One day
you will like me

囧囧有妖

著

总有一天你会喜欢我

深圳出版社

图书在版编目（CIP）数据

总有一天你会喜欢我 / 囧囧有妖著. -- 深圳：深圳出版社，2023.4
ISBN 978-7-5507-3740-2

Ⅰ. ①总… Ⅱ. ①囧… Ⅲ. ①长篇小说 – 中国 – 当代
Ⅳ. ①I247.5

中国国家版本馆CIP数据核字 (2023) 第 014913 号

总有一天你会喜欢我
ZONGYOU YITIAN NI HUI XIHUAN WO

出 品 人	聂雄前
责任编辑	张 梅 刘 婷
责任校对	黄海燕
责任技编	梁立新
项目策划	水豚文化
特约编辑	戚兆磊
封面绘制	小石头
装帧设计	长虎·设计 QQ:931640398 CHANGHU Designstudio

出版发行	深圳出版社
地　　址	深圳市彩田南路海天综合大厦（518033）
网　　址	www.htph.com.cn
订购电话	0755-83460239（邮购、团购）
印　　刷	北京润田金辉印刷有限公司
开　　本	787mm×1092mm 1/16
印　　张	22.25
字　　数	364 千
版　　次	2023 年 4 月第 1 版
印　　次	2023 年 4 月第 1 次
定　　价	49.80 元

目录
CONTENTS ≫

目录
≫

第一章

被壁咚了

今天是个风和日丽的大晴天，可夏郁薰刚一踏进公司的门就感觉阴风阵阵、劫云罩顶，心头不由得涌上一股不祥的预感。

于是她偷偷摸摸地猫着腰，决定先去打探一下敌情。

"安妮安妮……老板这会儿心情怎么样？"

"你死定了。"安妮头也不抬地回道。

"呃……谢谢……"

夏郁薰认命地走到总裁办公室门前，紧张地推了推鼻梁上遮住她半边小脸的黑框眼镜，深吸一口气，敲门，推门，迈脚。

下一秒，还没反应过来发生了什么事，先是手臂一紧，接着身体陡然被一股大力拖了进去，随即后背狠狠摔在了门板上。

最后，伴随着咔嚓一声响，门被反锁。

夏郁薰惊魂未定地背靠着门板，一抬眼，猝不及防地对上一张阴云密布、电闪雷鸣的脸……

呃……冷斯辰？！

吓死她了，这家伙不好好在办公桌前坐着，干吗站在门后面吓人？

不过，她这算是被壁咚了吗？

如果不是某人的表情实在是太可怕，这梦寐以求的画面还挺让她小鹿乱撞的。

"你迟到了三个小时。"冷斯辰的声音冷得掉渣。

"是两个小时五十三分钟……"某人不知死活地辩解。

"昨晚去哪儿了？"冷斯辰神色不善地打量了一眼她身上的新衣服，

以前没见她穿过这个牌子的衣服。

夏郁薰飞快地眨了眨眼睛，目光游移："没、没去哪儿啊！"

冷斯辰轻嗤一声："那你心虚什么？"

"我哪儿有心虚！"夏郁薰梗着脖子反驳。

"你一心虚就会口吃，逃避我的视线，眨眼速度变快，手指……"

冷斯辰的目光落在她的手上。夏郁薰顺着他的目光看过去，惊慌失措地松开绞着衣服的手指。

真是够了，从小到大在这家伙面前一点隐私都没有！

"我再问你一遍，昨晚去哪儿了？为什么没回家？"冷斯辰压抑着怒气又问了一遍。

冷家老宅就在她家隔壁，看样子冷斯辰昨晚是回老宅住了，不然怎么知道她没回家。

夏郁薰被他咄咄逼人的语气惹得有些恼怒，脱口而出："你管我去哪儿了，这跟你有关系吗？你以为你是谁啊，管这么多……"

"呵，我是谁？"冷斯辰低笑一声，"夏郁薰，你这个月的奖金……"

夏郁薰瞬间扑过去："Boss！老板！总裁！我错了！昨晚我去酒吧了，因为心情不好，所以喝多了，可是我没有影响到工作，我下次……"

冷斯辰打断她："心情不好？为什么心情不好？"

夏郁薰瞥了他一眼，然后低着头对戳手指："追了你二十年都没追到手，眼见着就要让别的女人给拐跑了，我心情能好吗……"

除了他那个绯闻未婚妻，还能因为什么？

前几天突然有个女人空降过来成了公司高管，公司众人纷纷猜测这位就是冷家内定的大少奶奶。

现在冷斯辰和那女人整日里朝夕相处，她连近水楼台的优势也没了。最让她紧张害怕的是，以她对冷斯辰的了解，她第一眼看到白千凝就知道，这女人是冷斯辰的理想型。

敌人太强大，这一次，她恐怕真的是凶多吉少！

冷斯辰一怔，面色似乎柔和了些，但不知想到什么，那张脸突然又开始电闪雷鸣："你昨晚跟谁一起？"

夏郁薰的眸光闪了闪："我……我一个人……"

冷斯辰撑在门上的手指有节奏地敲击着："说实话。"

夏郁薰咽了口唾沫："真、真、真的是我一个人……啊呸……"

悲剧，怎么又结巴了！

夏郁薰对自己绝望了，只好耷拉着脑袋，老老实实地回答："一开始是一个人，后来一个朋友路过，看我喝得烂醉如泥，又不知道我家住哪儿，就把我送去酒店住了一晚上。"

"一个朋友？"冷斯辰轻而易举地抓住了重点，如果只是去酒吧喝酒，她没必要紧张成这样。

"嗯……"夏郁薰模糊地应了一声，祈祷他不要再继续往下问。

可惜事与愿违。

"男人？"冷斯辰又问。

"是……"她硬着头皮点头。

"欧明轩。"冷斯辰吐出一个名字，用完全肯定的语气。

那个名字一出来，夏郁薰立即在心里哀号一声，这家伙会读心术吗？

夏郁薰彻底放弃挣扎，坦白从宽："我也没想到会遇到他，这次是偶遇，真的是偶遇！我就不明白了，你为什么总对他有偏见？学长人明明很好的……"

冷斯辰的脸色立即沉了下来："人很好？你认识他多久？了解他到底是什么人吗？"

"这跟认识多久有什么关系？我认识你二十年了又怎样？还不是没办法了解你！二十年风雨兼程啊，铁杵都能磨成针了。难道你对我真的就一点感觉都没有吗？哪怕只是某个瞬间觉得我还挺可爱的？蠢得可爱也行啊！"

冷斯辰揉了揉眉心，半响后抬起头来，面色冷硬得如同一块石头："当初来公司面试的时候，是谁口口声声要我公平公正，不要公私不分的？夏郁薰，该说的我早就说过，如果你继续把个人感情带到工作里，立刻给我离开公司，我不需要一个公私不分的下属。"

当初她要是不这么说，他怎么可能给她进公司的机会？现在他却用她说过的话来堵她。夏郁薰被他这番话刺激得眼眶一红："走就走！冷斯辰，你有什么了不起，你不就仗着我喜欢你！我告诉你，今天你对我爱答不理，明天……"

"明天怎样？"男人疏离的眉眼微微拧起，逆着光的俊脸一片森寒。

夏郁薰喉头一哽，就要脱口而出的"明天我让你高攀不起"硬生生地转了个弯："明天……明天晴转阴天，偏南风，温度 10~15 摄氏度，注意保暖……"

冷斯辰："……"

办公室门外。

安妮见夏郁薰出来了，正准备调侃她几句，却在看清她的脸后被活生生吓到了："夏郁薰，你不会哭了吧？"

话音刚落，夏郁薰已经一阵风似的跑开了。

在安妮以及所有公司同仁眼中，有着可爱小萝莉外表的夏郁薰绝对是铁血真汉子，就算前一秒被刀捅了，下一秒还能跟他们谈笑风生。她曾经单枪匹马徒手打翻七八个来公司找碴儿的混混，自此一战成名。

这么强悍的女人居然也会哭？

安妮安抚着自己受惊的心脏，用充满敬畏的眼神看了一眼阴森恐怖的总裁办公室，随后突然心中警铃大作：夏郁薰不会被辞退了吧？

完了完了！稳稳拉着 boss 仇恨且血厚防高的 MT 走了，她这个脆皮法师要咋办？

真是气死她了，这哪里是竹马啊，简直就是座珠穆朗玛！

夏郁薰埋头狂奔没看路，结果一头撞在迎面走来的人身上，奔跑的冲力让两人同时摔到地上。

身下传来男人闷哼的声音，夏郁薰立即爬起来不停地道歉："对不起，对不起……"

"你好，可以帮我找下眼镜吗？"男人眯着眼睛，一边摸索一边请求道。

"啊？是！"夏郁薰迅速找到一副银边半框眼镜递给他，然后捡起自己那副也被撞掉的黑框眼镜。

悲剧，两副眼镜全都摔碎了。还好她那副是平光眼镜，摔碎了也不影响视力。

夏郁薰一脸抱歉："不好意思，都怪我，害得你眼镜摔碎了。你留一下你的联系方式给我吧，我会赔给你的！"

夏郁薰内心叫苦不迭，完了，这男人的眼镜看起来价值不菲！

模糊看到女孩通红的双眼，男人急忙安慰："没关系，只是一副眼镜而已，你别哭，真的没关系。"

夏郁薰摇头，苦笑着解释道："不是因为你，是因为别的事情。"

男人闻言松了口气，从西装口袋里掏出一块蓝色的手帕递到她跟前："那有什么我可以帮助你的吗？"

这年头居然还有人用手帕？夏郁薰忍不住好奇地打量起眼前的人来。

只见男人面容俊逸，笑容和煦，阳光从走廊那头照过来，落在他的身上，让他整个人看起来神圣而纯净，就像童话世界里才存在的王子。

怎么感觉这张脸好像在哪里见过？

夏郁薰只觉得眼熟，但又想不起来到底在哪里见过，于是接过手帕，有些窘迫地开口："谢谢你，我已经没事了。你要去哪里？你眼睛不方便，我带你去吧。"

"不用了，我转个弯就到，办公室里有备用眼镜。"男人笑道。

"哦，那就好。"夏郁薰拍拍屁股站起来，"那你把你的联系方式还有眼镜的度数写给我吧，眼镜我还是要赔给你的。"

男人想了想，看她态度坚决，便掏出一张名片，在名片背面写上镜片度数后递给她。

夏郁薰接过名片，定睛一看，有些傻眼，不可思议地转过身看向那个男人离开的背影。

冷氏集团副总裁冷斯澈？

这人竟然是冷斯辰的弟弟，前不久刚学成归来，公司新上任的副总裁！

记得自己小时候既调皮又欺软怕硬，仗着他脾气好，砸破过他的脑袋，弄坏过他的书，还抢过他的糖……

呃，幸亏刚才撞掉了他的眼镜，他没认出自己。

出了公司大楼后，夏郁薰想了想，先去了公司附近的眼镜店，花了一个月工资买了一副一模一样的眼镜赔给冷斯澈，然后给自己重新配了副镜片。

导购小姐劝了她好几次，觉得她不戴眼镜好看多了，又给她推荐了一些时尚的镜框款式。可夏郁薰把那土气的黑色镜框当成宝贝似的，执意不换，配好镜片后，在导购小姐无法理解的目光下一脸满意地戴上。

半个小时后。

出乎所有人意料的是，夏郁薰重新回来上班了，还一脸什么事情都没有发生的样子。

其实，刚开始跑出去的时候，冲动之下她是准备辞职的，可是，从眼镜店出来后，看了眼银行卡上的余额，她瞬间冷静了下来。

没追到男人已经很惨了，要是再没了工作，岂不是人财两失？

自从她大学毕业，执意要来当冷斯辰的保镖以后，老爸就断了她的经济来源，一切只能靠自己。现在她要是就这么灰溜溜地滚回去，岂不是一辈子都在老爸面前抬不起头了？

不行，她不能走！

夏郁薰深呼吸，将大脑格式化重启，恢复到初始程序，然后活蹦乱跳地继续去刷 boss 了。

回到办公室里，远远地就看到安妮端着杯咖啡站在总裁办公室门口，脸上的表情跟要去打怪兽似的。

夏郁薰抽了抽嘴角走过去："干吗呢你？"

"嗷，宝贝儿！你没走啊？吓死臣妾了！你可千万要撑住，千万不要丢下臣妾一个人啊！"安妮一看到她立即激动得热泪盈眶。

说实话，她看到那么快就满血复活的夏郁薰也着实吓了一跳，这女人的心理承受能力简直跟她的武力值一样变态。

"瞧你那点出息！咖啡拿来，朕去送！"

夏郁薰掩去眸子里一闪而过的黯然，端着咖啡走到办公室门口。

正要敲门，突然听到了自己的名字，她下意识地顿住了脚步。

"是吗？想不到小薰这么有毅力，这么多年都不放弃。"

咦？这个人的声音怎么有点耳熟？而且他还认识她的样子……

"我都快被那丫头烦死了。"

这是冷斯辰的声音。

夏郁薰的心揪了揪，同时更好奇了，能让冷斯辰用这么轻松家常的语气对话的人会是谁？

"呵，我觉得小薰挺可爱的啊。"

那个温柔的声音说。

夏郁薰忍不住为这人点了 32 个赞。

"可爱？你确定你在国外待了这么多年，审美还正常？"

毫无疑问这句话是冷斯辰那厮说的。

夏郁薰恶狠狠地磨了磨牙，也没心思继续听后面他们说啥了，气呼呼地敲了下门走进去。

"老板，您的咖啡！"

冷斯辰看到夏郁薰，面色有些错愕："怎么是你送来？"

还以为她这次一定会辞职，看来还是太低估她了。

早该知道的不是吗？如果她真这么容易放弃，她就不是夏郁薰了，他也不会无奈了整整二十年……

"因为除了我，没人敢给你大总裁送来！"

夏郁薰没好气地把咖啡放下，正准备转身离开，刚才那个熟悉的声音响了起来："你是刚才我在走廊撞到的人？"

夏郁薰下意识地看向沙发上的男人，随即惊呼出声："冷斯澈……"

"你认识我？"他刚回国，公司知道他的人不多，而且这人还直呼他的名字，应该是旧识。这时，他的脑子里突然浮现出一个名字，忍不住有些激动地直起身。

"呃，我是夏郁薰……"夏郁薰决定还是坦白从宽算了。

"你是小薰？"冷斯澈的脸上闪过一丝惊喜。

没想到刚才遇到的女人居然会是她，之前他眼镜撞坏了看不清，她又哭得那样狼狈，他一时竟没有认出她来。

记忆中他还从没看她哭过，这是第一次看到她哭的样子。

"是我，好巧啊，刚才我居然没有认出你，后来看到你名片才知道的。"夏郁薰挠挠头，有些不好意思地说。

冷斯澈感叹："我不也没认出你，毕竟已经十年未见了！"

"是啊，那么久了。我记得我小时候抢过你的零食，弄坏过你好多东西，有次还不小心把你的头砸破了……呃，这刚一见面居然就撞坏了你的眼镜……俗话说，君子报仇十年不晚，其实我真怕你知道了我是谁会打击报复我来着……"夏郁薰尴尬道。

冷斯澈忍俊不禁："小薰，你还真是一点都没变。"

夏郁薰开心道："哈哈，是吗？你也是啊，还是一样帅破天际。"

冷斯澈闻言有些赧然地抿了抿唇："谢谢。"

夏郁薰看着冷斯澈害羞的样子，忍不住笑出了声："噗，容易害羞这点也完全没变。"

　　"两位要叙旧可否换个地方？"冷斯辰冷漠生硬的声音顿时打破了久别重逢的温馨。

　　"哥，你也还是一样吓人。"冷斯澈无奈地看了自家哥哥一眼，随即看向夏郁薰问道，"小薰，今天晚上有空吗？我刚回国，想跟大家聚一聚。"

　　"晚上？应该没事吧……"夏郁薰下意识地看向冷斯辰。

　　她是冷斯辰的贴身保镖，俗称跟班，他要是有应酬，她就必须跟着。

　　"只要你有空就行，哥晚上也会来，不会给你安排工作的。"冷斯澈急忙打消她的顾虑。

　　"那好吧，我会去的，晚上见。"反正她的工作就是跟着冷斯辰。

　　盛情难却，更何况他还是冷斯辰的弟弟，这点面子肯定是要给的，尽管她今天实在是没什么心情，但最后还是答应下来了。

　　"晚上见，待会儿我把聚会的时间和地址发给你。"冷斯澈不易察觉地松了口气。

　　"啊！对了阿澈，我把眼镜还给你，你等我一下，我去拿。"

　　冷斯澈听到那声熟悉的"阿澈"，面色微怔："好。"

　　夏郁薰很快把刚买的眼镜拿过来递给他："跟之前坏的那副一样，你看下合不合适，要是不行还可以去换。"

　　冷斯澈打开眼镜盒，郑重地戴上："很合适，谢谢。"

　　"那就好，我先走了。"

　　夏郁薰离开后，冷斯辰看向冷斯澈问了一句："你们见过？"

　　"早上偶然撞见的，那会儿我眼镜被她撞掉了，看不清所以没认出她来。对了，当时她正在哭，哥，你知道是出了什么事吗？"冷斯澈关切地问。

　　"没什么，上班迟到，骂了她几句。"冷斯辰若有所思地看了自家弟弟一眼，沉吟道，"你什么时候口味变得这么重了？"

　　或许夏郁薰那个白痴看不出来，但他一眼就看出了冷斯澈不同寻常的态度。

　　冷斯澈也不否认，微微扬起唇角："一直。"

　　"一直？"冷斯辰眉头微蹙。

　　"是，从第一次见到她开始。"冷斯澈回想着记忆中那张明媚璀璨的笑脸，眼中闪过一丝温柔，"只是，小薰从小就喜欢你，虽然你总说烦她，但我一直以为你们会在一起。"

冷斯辰闻言心中微震，没想到自小少言寡语的弟弟居然会对夏郁薰一见钟情，而且似乎用情不浅，至于他说的最后一句……

"我到底做了什么让你产生这样的误会？"冷斯辰有些无语地问。

冷斯澈看着他，欲言又止，最后郑重开口道："既然你对她压根没那个意思，也已经有了心仪的对象，我自然就没有顾忌了。哥，我想追求小薰。"

冷斯辰脸色有些不太好："你们不合适。"

"没试过怎么知道不合适？"这一次冷斯澈的态度异常执着，"哥，在做生意和经营公司方面我服你，但是在感情上，你还是别指导我了。"

接收到亲弟弟嫌弃目光的冷斯辰："……"

"哥，我去工作了。晚上带那位白小姐一起过来吧，人多热闹一点。"

冷斯辰心不在焉地应了一声，看着难得充满活力的弟弟，有些头疼地捏了捏眉心。

下班回家后，夏郁薰无比乖巧地给自家老爸又是捶腿又是捏肩，然后骗他自己约了安妮，这才顺利偷溜了出来。

要是被他知道自己大晚上的去见冷家的人，还一见就是俩，绝对又要生气了。

虽然他们家跟冷家住得挺近，不过冷家是百年大家族，书香门第，后来才转为经商，底蕴深厚。他们家在冷家看来大概就是暴发户，而她爸也瞧不上冷家那个目中无人的样子，反正两家一直是相看两厌。

只苦了夏郁薰，感觉冷斯辰和自己简直就是莎士比亚笔下的罗密欧与朱丽叶。

一个小时后，夏郁薰赶到了冷斯澈发给她的酒吧地址。

她是第一次来这酒吧，莽莽撞撞地走错了好几次路，最后还被一个醉鬼给拦住纠缠不休。她活动了下筋骨刚要直接过肩摔，突然整个身体被一阵熟悉的冷冽气息包围。

"乱跑什么？"将她带进怀里的男人沉着脸低斥。

"呃，老板？我迷路了……"夏郁薰底气不足地嘀咕。

冷斯辰鄙视地看了她一眼，然后拉住了她的手，面无表情地带着她往包厢走去。

他掌心的温度让她一阵心神恍惚。

为什么他不是和白千凝一起来？这些天他们可是一直出双入对。

夏郁薰心事重重地任他拉着自己走到包厢门口，在他开门的刹那陡然回过神来停住了脚步，从他掌心里抽出自己的手。

冷斯辰蹙着眉头看向她。

"万一被白小姐看到了会误会。"她解释。

冷斯辰冷笑一声："你会担心这个？"

"你……"

浑蛋！他的意思是她假惺惺的，其实巴不得白千凝误会是吧？她是巴不得他俩不成，可还不至于用这么不入流的手段！

话说这家伙是不是更年期提前了，尤其这几天，一直对她阴阳怪气的，嘴里没一句好话，一句比一句气人。

夏郁薰越想越气，恶向胆边生，先是瞪他一眼，然后迅速冲过去踩了他一脚，踩完立刻扮了个鬼脸闪进包厢。

冷斯辰压根没想到她会来这么一出，疼得额上直冒汗。

夏郁薰，你死定了！

走进包厢，夏郁薰一眼看到角落里打扮得光彩照人的白千凝。两人虽然没一起出现，但白千凝果然还是来了。冷斯辰还是第一次带女人进入他的圈子，可见白千凝对他而言确实很特殊。

"小薰，你来了。"冷斯澈迎了上去，为免她尴尬，打着圆场道，"白总监你们都认识，我就不多说了。给你介绍一下，这是我在美国的同学，韩启宇、墨菲。"

"你们好，夏郁薰。"

"你好。"叫墨菲的女孩撩了撩自己那头惹眼的金色大波浪，简单打了声招呼，然后不动声色地打量着她，那目光让她莫名有些不舒服。

"你好，久闻大名。"韩启宇和善地伸出手，目光在她和冷斯澈身上来回流转。

久闻大名？夏郁薰有些疑惑地看向冷斯澈。

冷斯澈轻咳一声岔开话题："我哥怎么还没来？我给他打个电话催一下。"

"斯辰说公司还有些事要处理，待会儿就到，这会儿应该已经在路上了。"一旁的白千凝柔声道。

那家伙明明就在门外，夏郁薰在心里嘀咕。

不过，他怎么还不进来？不会用力过重，脚骨骨折吧？以她的力气，还真有可能……

从夏郁薰一进门起，白千凝就在不动声色地打量着她，这会儿转动着酒杯，状似不经意地开口问道："夏小姐，听说你跟斯澈是青梅竹马？"

夏郁薰闻言怔了怔，白千凝这问题问得相当有水平啊，她没有直接问她和冷斯辰，却是问她和冷斯澈，但这不就等于问了她跟冷斯辰的关系吗？而且这个问题在今晚这样的场合问出来很自然，一点都不突兀。

不愧是跟冷斯辰一个圈子的人，全都是人精。

夏郁薰暗自腹诽了一句，然后随口答道："我们两家住得比较近，因为是在郊区，住的人不多，同龄的小孩子就更少了，所以小时候经常会在一起玩。"

实际上每次都是她主动去冷家找他们玩。冷斯澈身体不太好，大部分时间都只是在一旁看着他们。至于冷斯辰，每次都是被她缠得不行才跟着她一起胡闹。

不过，虽说他每次都是不甘不愿地跟着她去的，但到最后玩得最疯的反而是他自己，还害得她替他背了好几次黑锅，因为大人们绝对不会相信那些缺德事是他这个斯文的大少爷干的。

总之冷斯辰那家伙从小时候起就很腹黑了，可她却甘之如饴地被他黑。

两人正聊着，一旁的金发美女墨菲似笑非笑地说了一句："据我所知，A市最大的安保公司就是夏小姐家开的，你父亲就你一个女儿，舍得让你来冷氏当个小保镖？"

夏郁薰看了眼白千凝那娴静温柔事不关己的脸，简直憋了一肚子气。

这下算是明白了，难怪刚才就觉得墨菲看自己的眼神不对劲呢，她喜欢的应该是冷斯澈吧，可能从冷斯澈口中听说过自己，加上白千凝刚才的挑拨，让她误以为自己是打冷斯澈的主意，把自己当成假想敌了。

这招借刀杀人玩得漂亮啊！

夏郁薰差点儿当场飙出"老娘就是觊觎冷斯辰，咋地"，这时，包厢的门被推开，冷斯辰走了进来。

夏郁薰快要脱口而出的话硬生生憋了回去。

白千凝见冷斯辰来了，自然而然地往旁边坐了坐给他腾出位置："斯辰，刚刚还说起你呢！怎么这么久？"

"路上堵车。"冷斯辰面无表情地回答。

"这样啊……咦，斯辰，你的脚怎么了？"白千凝见冷斯辰的走路姿势似乎不太对劲，立即担心地问道。

下一秒，一道杀人的目光直直射向夏郁薰。

夏郁薰如受惊的小白兔一般下意识往冷斯澈旁边缩了缩，用他的手臂挡住冷斯辰飞刀一样的小眼神。

冷斯辰哼了一声，这丫头，现在知道怕了！

"没事，人多撞了一下。"冷斯辰在白千凝身边坐下。

后面陆陆续续又来了好些人，都是冷斯澈和冷斯辰他们圈子里的人，夏郁薰认识一两个，但都不是很熟，大家各自介绍一番之后便开始唱歌喝酒闲聊。

"白小姐身上这件衣服挺好看的，该不会是上期《秀客》杂志封面上天后洛微身上穿的那件吧？"墨菲看着白千凝身上那件镶钻的米黄色连衣裙，兴奋地问道。

一旁的几个女孩子闻言也都很感兴趣地跟着讨论起来。

白千凝矜持地笑了笑："那天我陪冷夫人一起逛街的时候看到的，试了下觉得不错就买了。"

这句话的重点显然不是衣服，而是陪冷夫人一起逛街。

众人纷纷露出心领神会的表情看向白千凝和冷斯辰两人。看来外界传言是真的，就算还没定下来，至少也是八九不离十了。

看着一群人在那说说笑笑打趣冷斯辰和白千凝，夏郁薰心塞不已地拿了盘甜点默默地吃了起来。

"小薰，吃这个。"冷斯澈将自己那盘甜点上的草莓叉给了她。

看夏郁薰在那儿发愣，冷斯澈揉了揉她额前柔软的发："犯什么傻，你不是喜欢草莓吗？"

"谢谢。"夏郁薰看着那颗草莓，心里多少有些感动，没想到这么多年了，冷斯澈还记得自己喜欢吃什么。唔，大概是因为小时候她抢过他的草莓，所以他记忆比较深刻吧！

"斯辰，少喝点酒，你的胃不太好。"对面的白千凝正在温柔叮咛着冷斯辰。

夏郁薰因为宿醉，到现在还有点头疼，这会儿看着冷斯辰和白千凝的亲密姿态更是雪上加霜。待了半个小时，她感觉脑袋越来越重，困得不行，跟冷斯澈说了一声想先离开。可是，她一说要走，冷斯澈坚决要送她，她家那么远，来回起码两个小时，她不想扫兴，最后只好留下。

大家渐渐聊开了，气氛很融洽，韩启宇唱了一首动感十足的歌热场，震耳欲聋的嘶吼成功吓退了夏郁薰的困意。

"好无聊！我们来玩国王游戏怎么样？跟真心话大冒险差不多，不过更加刺激！"刚结束鬼哭狼嚎的韩启宇又开始不安分地提议。

"好啊好啊！"

大家都挺感兴趣，积极附和起来，这种游戏就要人多的场合才好玩。

"玩可以，但是别太过火了。"冷斯澈头疼地看了韩启宇一眼，有这个家伙在，绝对不必担心冷场，可是就怕他热过头了。

今天是给冷斯澈接风洗尘，冷斯辰自然也不会拂了众人的兴致："你们随意，我奉陪就是。"

"那我来说下游戏规则啊，我们现在有十个人，就抽出扑克牌的红桃 A、2、3、4、5、6、7、8、9、10 外加鬼牌 1 张，共 11 张牌。每人抽一张牌，抽到鬼牌的人是国王，国王可以要求被点中的人做任何事情。"

韩启宇兴奋地搓搓手，继续说道："桌子上最后剩下的那张牌是国王自己的号码，国王的号码谁都不可以看，包括国王自己，所以国王也有可能点中自己。要是玩得太狠，很有可能挖坑把自己埋了哦！嘿嘿嘿，刺激吧？"

"咳，人挺多的，少我一个也不少，你们玩吧！我去玩会儿那个，呵呵，有点冷。"夏郁薰及时溜到了房间另一头的跳舞毯那里。

今天这种人员混杂的场合，这种类似真心话大冒险的游戏什么状况都可能出现，她还是不要掺和比较好。

冷斯澈立即起身跟了过去："小薰，我陪你吧。"

夏郁薰以为以冷斯澈的个性不喜欢玩那种游戏，也没多想，随口应道："好啊。"

冷斯澈一走，韩启宇和墨菲都有些遗憾，墨菲愤愤地瞪了夏郁薰一眼。

夏郁薰都快困死了，哪还有力气跳舞，只能把速度调到最慢，然后跟个笨拙的小兔子一般跳跳停停。

冷斯澈居然还撑着下巴，用欣赏芭蕾舞的神情看着她在那小兔子跳。

伴随着一阵几乎掀掉屋顶的喧闹声，夏郁薰一扭头就看到冷斯辰正挽着白千凝的手喝交杯酒。

夏郁薰的面色沉了沉，不知不觉间把跳舞毯的速度调到了最快。一旁的韩启宇看到跳出的相当漂亮的分数，不由得吹了声口哨。

夏郁薰直到实在跳不动了，才气喘吁吁地停下来，正喝水呢，韩启宇突然走了过来，单腿跪下，嘴里叼着一枝玫瑰，深情道："美丽的公主，当我第一眼看到你的时候，就已经被你的美貌征服，请你嫁给我吧！"

夏郁薰满头黑线地看着故作深情的韩启宇，想不到她本来想当个观众，却不幸成了道具。

见对面的墨菲正捧着肚子笑得花枝乱颤，夏郁薰抚额，不用想也知道谁是国王了。

韩启宇一个劲跟她眨眼睛，小声求道："答应啊！拜托拜托！配合一下！说句'I do'就行！"

夏郁薰抽出韩启宇嘴里的玫瑰，痞痞地勾了勾唇，一脚踩在茶几上，挑眉道："想娶我啊？行啊！打败我就嫁！"

韩启宇低咒一声，苦着脸继续用夸张的语气吟诵道："哦——我美丽的公主，您是如此尊贵，我怎忍心伤害您，请不要对我提出如此残忍的要求！"

夏郁薰翻了翻白眼："说人话！"

韩启宇立即说道："妹子，你别坑我，我知道你能打。这里这么多人，谁都行，你选一个，反正我不跟你打！"

夏郁薰扑哧笑出了声，本来她也没准备真跟他打，正想随便说句"我愿意"让他过关算了，没想到一旁的冷斯澈突然走过来牵起她的手，在她的手背上亲吻了一下，用无比认真的眼神看着她："我的女神，请赐予我祝福之吻，我将为你赢得胜利。"说罢目光微凉地射向韩启宇的方向，表情看起来一点都不像做戏。

此刻的夏郁薰一脸呆滞，话说她怎么不知道阿澈的演技这么好？被那双眼睛注视着，她自己都快入戏了，被亲吻的手背也感觉火辣辣的。

韩启宇看着这情形都快哭了，斯澈啊，不带你这样的，只是游戏而已啊，又不是真的，不用这也吃醋吧？

算了算了，他认栽！

被拆台的韩启宇掩面而逃，没有完成任务，乖乖被罚酒三杯，最后还被墨菲捶了一顿。

韩启宇冤枉死了，小姑奶奶你捶我干吗呀，是你自己非让我去招惹人家的好吗？

开了先例之后，就开始不断有人过来找碴儿。

夏郁薰满脸黑线，这哪是国王游戏，成话剧表演了吧！

"妹子，过来一起玩吧！"韩启宇在那边喊道。

"就是，一起玩嘛！"墨菲直接跑过来把夏郁薰拉到身旁坐下，然后招呼冷斯澈："斯澈，快过来！"

夏郁薰叹了口气，得了，玩就玩吧，她这样还不如一起玩呢！再说老让斯澈这个主人陪着自己也不好，那个墨菲急得眼睛都快绿了。

夏郁薰和冷斯澈一加入，气氛更加热烈了。

但不幸的是，夏郁薰加入的第一局就被抽到国王的韩启宇点中了。

"说吧，想让我干吗？"夏郁薰认命地问，她也不是玩不起的。

韩启宇拍拍她的肩膀安抚道："放心放心，别那么紧张，我对女孩子很宽容的，我就问你一个很简单的问题，你如实回答就行了。"

韩启宇说得容易，夏郁薰却反而更警惕了："什么问题？"

"我的问题是，在座的几位男士里面，如果一定要让你选一个……"说到这里，韩启宇故意意味深长地顿了顿，然后才继续说道，"你会选择谁？"

第二章

回忆像个说书的人

韩启宇话音刚落，夏郁薰整个人都傻在那里了，那脸色黑得跟被雷劈了似的。

宽容？你哪里宽容了啊！这个问题简直让她想对这家伙大开杀戒好吗！

她真是太低估这些人了，早知道她就不该松口过来一起玩游戏的，简直是悔不当初啊！

夏郁薰在那儿快被怄死了，不过围观的不嫌事大，都激动地起哄催她赶紧说。

夏郁薰极其小心地朝着冷斯辰的方向看了一眼，接触到他同时看过来的幽邃眼神后立即心虚地躲开了目光，一张老脸烫得都能煮鸡蛋了。

"妹子，快回答啊！怎么了？这问题明明很好回答啊！"韩启宇眨巴着眼睛一脸期待地看着她，随后心领神会道，"哦哦，我知道了，一定是因为在座的男士都太优质，你挑花眼了！别急，慢慢挑！你看我们家斯澈怎么样？"

冷斯澈的双颊浮现一抹不易察觉的红晕，头疼地瞪了好友一眼，提醒他适可而止。

夏郁薰死死埋着头作沉思状，躲开所有暧昧的目光，最重要的是防止自己的视线不自觉地透露出自己的真实想法。

无奈之下，夏郁薰果断端起酒杯咕噜咕噜灌下了满满一大杯酒，然后又一口气灌下了第二杯、第三杯。

韩启宇看着她豪放灌酒的动作愣了好半天才回过神来，随后无比遗憾地摇了摇头道："妹子，我这次真的是给你放了水，你随便选一个也好啊，何必接受惩罚呢。"

这种问题能随便选吗？韩启宇，你最好祈祷别落在我手上，不然你就死定了！夏郁薰暗中想着，直到此刻才敢偷偷看冷斯辰一眼。

只见那厮脱了外套，放松地将身体靠在沙发上，手里端着杯红酒，见她看过来，一双微醺的眸子似笑非笑地斜睨了她一眼。

那轻飘飘的一眼在她看来简直就是赤裸裸的嘲讽！

夏郁薰当即愤愤地别开头去，一副"我想的人才不是你，绝对不是你"的表情。

理想是丰满的，现实是骨感的，夏郁薰今晚的运气特别差，别说整到韩启宇了，连一次国王都没抽到，反倒是被点到了好几次。他们一个个提的要求又太奇葩，害得她因为做不到被罚喝了好多酒。

反倒是韩启宇那家伙运气好到爆，又一次抽到了国王。

韩启宇大笑三声，以国王的姿态扫视了一眼紧张的众人，随后轻咳一声宣布："我要开始抽啦！你们做好准备！"

夏郁薰擦了把汗，暗自祈祷千万不要抽中自己。每次韩启宇做国王玩得都特别大，搞得她现在看到韩启宇抽到国王都有心理阴影了。

"别嘚瑟了，快点抽！"墨菲一脸不耐烦地催促，这家伙简直是猪队友，一次都没撮合成功她跟斯澈。

"好好好，开始了，我的要求非常简单，请红桃 A 跟红桃 2 接吻。"

墨菲无语道："要是红桃 A 跟红桃 2 都是女人，或者都是男人也要接吻吗？"

这命令看似挺普通，其实非常没下限，韩启宇那家伙想出来的点子怎么可能那么简单。

"嘿嘿，那是当然啦！"韩启宇坏笑着。

于是，众人开始到处问那两个被抽中的倒霉鬼是谁。

等了半晌，人群中响起一个略显无奈的声音："我是红桃 A。"

唔，是冷斯澈，可怜的孩子。

那么，另一个人会是谁呢？是男还是女？

"可恶！"墨菲愤愤地看着自己手里的红桃 8，没好气道："谁啊？谁是红桃 2？该不会是个男人吧？我说韩启宇，红桃 2 该不会是你自己吧？"

"这不可能！"韩启宇急忙翻开自己的那张牌，然后松了口气，"好险好险，我是红桃3！"

就在气氛越来越紧张的时候，角落里传来一个弱弱的声音："那个，我是红桃2……"

众人齐刷刷地看向举起牌的人，发现居然是今晚运气最差的夏郁薰，她又一次被韩启宇抽中了。

对面冷斯辰看着夏郁薰手里的红桃2，眉头微不可察地皱了皱。

"怎么又是我？韩启宇，我跟你什么仇什么怨？"夏郁薰满头黑线地瞪了韩启宇一眼，墨菲的目光更是已经把韩启宇戳烂了。

韩启宇一脸无辜："妹子，话不能这么说，这次是妥妥的福利啊！我家斯澈这么帅，你绝对赚大发了！"

韩启宇说完，一个劲儿冲冷斯澈挤眉弄眼，满脸求夸奖的表情。

冷斯澈此刻脸色有些无奈，见夏郁薰为难的样子，掩去眸子里一闪而过的黯然，直接拿起一瓶酒将杯子倒满："我罚酒三杯，小薰今晚喝太多了，不能再喝了，她的三杯也由我来喝吧。"

他知道夏郁薰有多喜欢和在乎哥哥，让她跟他在哥哥的面前接吻，对她而言太残忍了。

"你不能喝酒。"一直沉默的冷斯辰突然开口。

冷斯澈身体不太好，而且有哮喘，得忌烟酒等刺激性的东西，大家都知道的，今晚大家玩的时候也很照顾他，没让他喝酒。

"哥，一两次没关系的。"冷斯澈拿起酒杯。

冷斯辰态度坚定，一脸不满地按住他的手。

气氛一时僵持住了。

然而，下一秒，令所有人都意想不到的情况发生了……

夏郁薰摇摇晃晃地撑起身子，倾身过去，一把搂过冷斯澈的脖子，柔软的唇似羽毛般擦过……

众人脸上的表情实在是精彩纷呈，片刻的寂静后，纷纷为夏郁薰的豪迈叫起好来，而当事人冷斯澈已经完全僵住了。

夏郁薰有些忍不住想笑，冷斯澈未免也太纯情了吧，弄得她好像吃小白兔的大灰狼一样。

虽然刚才那一吻有醉酒和赌气的成分，不过，不得不说，吃帅哥豆腐确实挺爽的。

　　说起来，其实她夏郁薰除了在冷斯辰面前被压得死死的，一出去就是嚣张的大尾巴狼。

　　一旁起哄起得最兴奋的韩启宇突然惨叫一声，瞪向一旁的墨菲："啊！疼疼疼疼疼！你这狠毒的女人！嘶，疼死我了！"

　　墨菲冷哼一声。

　　韩启宇一边哀怨地揉着自己被掐紫的胳膊，一边笑嘻嘻地凑到冷斯澈跟前："喂，斯澈，刚才什么感觉？"

　　"启宇，别闹了。"冷斯澈面色微红。

　　"这回兄弟为了你可是拼了！你瞅瞅我这个胳膊被蹂躏的！"韩启宇一脸"这次你一定要请我吃超级大餐"的表情把袖口卷起来给他看。

　　"啊——斯辰！"

　　白千凝一声尖叫，吸引了众人的注意力。

　　只见冷斯辰手中的酒杯居然被生生捏碎，玻璃碎碴儿全都扎进掌心，触目惊心。

　　"阿辰……"夏郁薰也有些被吓到了。

　　冷斯辰眉头都没皱一下，面无表情地站起来："你们继续，我去处理一下。"

　　白千凝急忙站起来："斯辰，我陪你。"

　　"不用。"冷斯辰直接转身离开。

　　白千凝见他脸色不好，只好坐了回去。

　　冷斯辰离开后，众人许久都没有说话，韩启宇干笑一声打破沉默："酒吧的杯子质量太差了！"

　　夏郁薰喃喃："这未免也太差了吧……"说着还试探着捏了捏自己手里的酒杯，她力气这么大都捏不碎。

　　"哎，冷总不在，我们先唱歌吧！"韩启宇把话筒塞到夏郁薰手里，"妹子，唱一首，就剩你没唱了！"

　　夏郁薰不好推辞，可她实在不怎么会唱歌，怕在外人面前丢脸，于是点了一首自己唱得比较熟的。

　　"回忆像个说书的人，用充满乡音的口吻，跳过水坑，绕过小村，等相遇的缘分。你用泥巴捏一座城，说将来要娶我进门，转多少身，过几次门，虚掷青春……我的心里从此住了一个人，曾经模样小小的我们，那年你搬小小的板凳，为戏入迷我也一路跟。我在找那个故事里的人，你是不能缺少的部分，你在树下小小地打盹，小小的我傻傻等……"

夏郁薰唱得还不错，技巧上或许不专业，但完全唱出了这首歌的感觉。大家嗨了太久，这会儿听了这么一首舒缓一点的歌，倒是觉得挺好的，纷纷给面子地鼓起掌来。

当夏郁薰略带伤感的声音响起，韩启宇简直惊讶不已："没想到那家伙居然会选这种歌，真是不符合她的气质。还以为她会唱《双截棍》或者'我不做大哥好多年'……"

冷斯澈牵强地笑了笑，没接话。

唱完一首完成任务，夏郁薰坐了一会儿发现冷斯辰还没进来，有些坐不住，跟冷斯澈说了一声去洗手间便拿起包离开了包厢。

夏郁薰刚推开包厢门往外没走几步，手腕突然被一股大力握住，随后整个人被一把拉过去摔在墙上，双手被按在头顶，膝盖也被压住，整个人动弹不得。

"冷斯辰，你又想干吗？"夏郁薰惊愕地抬头看向眼前的人。

这家伙怎么总是神出鬼没的？难道他刚才一直靠在门外？那自己刚才唱的歌不会也全都被他听到了吧？

回想着那些露骨的歌词，夏郁薰老脸有点红，因为歌词里有一句"说将来要娶我进门"是她对冷斯辰说的……

"你刚才那一脚难道想就这样算了？"冷斯辰眯着眼睛盯着她。

"不就是踩了你一脚吗？人家一个女孩子，踩你一脚能有多痛，你怎么这么小气！"夏郁薰一边说一边企图逃跑。

冷斯辰听得满头黑线，女孩子？有她力气这么大的女孩子吗？

夏郁薰一边挣扎一边考虑要不要给他一个过肩摔或者断子绝孙腿的时候，突然感觉手上有黏稠的液体顺着手腕一直流淌，直到滴落在她的胸前……

她低头一看，血……好像是冷斯辰的血……

她突然想起冷斯辰刚才徒手捏爆了酒杯，急忙用了巧劲挣脱，然后一把将他受伤的手抓住，狠狠瞪了他一眼："冷斯辰，你神经病啊！手都这样了也要折腾我！"

冷斯辰抽了一下手，嗯，某人力气太大，没抽出来。

夏郁薰什么也没有说，动作迅速地从小包里拿出酒精和棉球，在冷斯辰微惊的目光中专心给他清洗好伤口，然后又在冷斯辰更加惊讶的目光中继续掏出碘酒、纱布……

"你居然在包里放这种东西？"冷斯辰的表情有些难以形容。

哪个女孩子的包包里不是放满了化妆品、发夹、镜子等小物件，她倒好……这是时刻为打架做准备吗？

他实在是不知道该说她什么好了，该夸她敬业？

冷斯辰盯着她认真的表情，目光不知不觉停留在她的唇上，另一只没受伤的手缓缓抬起，下一秒，手指在她的唇上用力按了一下……

"嗷——"夏郁薰捂着嘴巴痛呼一声，"你戳我干吗？很痛哎！你要报仇踩我脚好了！要是毁容了怎么办？"

冷斯辰哼了一声："以后离斯澈远一点。"

"刚才只是个游戏好吗？再说要不是你心疼你弟弟身体，我至于牺牲自己吗？"夏郁薰一边嘀嘀咕咕，一边抬起头看了他一眼，咕哝道，"冷斯辰，你该不会是吃醋了吧？"

冷斯辰脊背微僵，冷声道："你脑袋被门夹了吗？"

夏郁薰被他气得一肚子火："是是是，我脑袋被门夹了！你们是白云，我是黑土，我配不上你，更配不上阿澈，我就是个祸害，这么怕我祸害你的宝贝弟弟，有本事你替天行道收了我啊！"

冷斯辰："你想得美。"

夏郁薰一副快气疯了的表情瞪着他，把纱布打了个结固定好，愤愤地摔门进了包厢。

夏郁薰进去之后，过了大约五分钟，冷斯辰推门走了进来，拿起跟前满满的一杯酒一饮而尽。

"咦，斯辰，你的手包扎过了？"细心的白千凝问。

"嗯。"冷斯辰随口应了一句。

白千凝虽然狐疑，也没多想，想着大概是找服务人员帮忙包扎的。

有关杯子质量这个诡异的问题很快就被大家忘记了，夏郁薰还是一副嘻嘻哈哈的样子，好像什么事都没有发生过，大家还是一样开心地继续玩游戏，并没有受到影响。

又过了两个小时，大家玩得都有些累了，能想到的点子基本也都想过了，可墨菲实在不甘心就这么结束，于是决定来点劲爆的。

"喂，我们换个玩法吧！由这一轮抽中国王的人为自己右边第一个人脱衣服，再由下一轮抽中国王的人为他穿上！怎么样？这个不错吧？嘿嘿嘿……"墨菲兴冲冲地建议道。

夏郁薰闻言，一口酒喷了出来："拜托，要是右边的那个是女人怎么办？"

墨菲不在意道："女人就脱外衣！男人脱光上身为止！"

"好啊好啊！"

其他人纷纷附和，场面火热到差点儿失控。

韩启宇紧张不已地拢紧了自己的衣服，用看色狼的眼神看着墨菲："墨菲，你太色了！"

"滚，没人想看你！"墨菲吼了一声，然后有些羞怯地看着冷斯澈，斯澈正好坐在她的右边，万一是自己抽到国王怎么办？那她岂不是要去脱斯澈的衣服……

啊啊啊！怎么办怎么办？实在是太激动了！

看着闹腾的众人，冷斯辰没说什么，都是朋友，这种游戏也无伤大雅。

冷斯辰正这么想着，不知道想到什么，突然瞥了眼夏郁薰的方向，随即眉头紧锁。

夏郁薰的左边是冷斯澈，右边是韩启宇，这意味着，万一抽到国王的是夏郁薰，那么她就要脱韩启宇的衣服；万一抽到国王的是冷斯澈，她就要被冷斯澈脱衣服……

"开始了！开始了！大家抽牌吧！"韩启宇催促。

所有人都抽了一张牌，然后翻开。

最后开牌的结果实在是出乎意料地……惊喜……

白千凝一脸羞涩道："国王是我。"

而白千凝右边的人是……冷斯辰。

"啊——"众人集体尖叫，场面沸腾了。

几个女人激动不已地抱在了一起，冷斯辰还没脱，她们就差点儿开始喷鼻血。

墨菲虽然有些遗憾不是自己抽到国王，不过，如果脱衣服的是冷斯辰的话，也是非常养眼的。怕就怕冷斯辰那座冰山玩不起，毕竟冷斯辰一直是高贵冷峻、拒人于千里之外的范儿。拜托，待会儿可不要冷场啊！

夏郁薰被一口酒呛得直咳嗽，冷斯澈轻拍着她的后背，有些忍俊不禁，随后担忧地看了眼自家那位跟这样的场合格格不入的冰山哥哥。

冷斯辰今晚中招的次数极少，没想到临结束掉进了这么一个大坑。

"噢——脱衣服脱衣服——"众人开始起哄。

"千凝，动手啊！这是你未来老公哎！有什么不敢脱的啊？"

"就是，就当提前演习了！"

"喂，你们别闹了，也玩得太过火了！"白千凝红着脸嗔怒道。

众人悻悻然之际，冷斯辰抬起白千凝的手放在自己的领口处，递给她一个眼神，意思很明显。

虽然最后中招的是自己，冷斯辰却不易察觉地松了口气。

于是，众人再次狼血沸腾了。

"冷总你太酷了！"

"千凝，加油啊！千载难逢的机会！"

"就是，冷总都要为了你献身了！我们是托你的福！"

……

冷斯澈看着冷斯辰，露出若有所思的神情。这次回来之后，他发现哥哥真的变了很多，若是以他之前的个性，肯定不会参与这种无聊的游戏，更别说配合。他最有可能的反应就是说一声"无聊"，然后不顾所有人的尴尬径自离开。

可是现在，这种场合他已经能够如鱼得水地应对。

自己与之相比真的差了太多，就连玩游戏，大家都会有意无意地照顾他。

白千凝看着冷斯辰俊逸的脸庞，心动不已。她先是解开他的领带，然后褪掉他的外套。

众人屏息凝视某人上身慢慢变得赤裸，直到蜜色的胸膛和漂亮的腹肌全都露了出来……

冷斯辰点燃一支烟，靠在沙发上，斜了众人一眼："满意了？"

所有人狂点头，这种机会、这种福利可不是天天有的。

"啊啊啊！要是裤子也能脱了就好了！"其中一个女孩子小声道。

"真希望冷大哥永远这样光着，下一轮永远不要到来！"墨菲花痴道。

"擦擦你的口水！"韩启宇一脸无语地看着那些犯花痴的女人。

此刻，包括冷斯澈在内，大家都没有注意到某个角落里，夏郁薰的表情阴森得可怕。

第二轮继续，抽到国王的人会为冷斯辰穿好衣服。

"谁啊？谁是国王？真希望没人抽中国王，让冷总一直这么裸下去……"几个女孩子兴奋地嘀咕。

"我是国王。"夏郁薰面无表情地亮出手里的牌。

无视所有人失望的目光，夏郁薰大步流星地走到冷斯辰跟前，三下五除二，不到十秒钟就帮冷斯辰把衣服穿好了。

"喂喂喂，你慢点穿嘛！穿这么快干吗啦！真是的！呜呜呜……没得看了，我的美男脱衣秀啊！"包厢里的几个女孩子纷纷悲痛欲绝地伸着尔康手。

看着夏郁薰将自己的衬衫扣子一直扣到第一颗，然后一丝不苟地系好领带，一副恨不得把他包裹得严严实实的样子，冷斯辰好整以暇地靠在沙发上，任由她忙碌，一直紧绷的嘴角不易察觉地微微扬起。

"行了，游戏到此结束。男人没关系，但还有女孩子在，不要玩得太过火。"

冷斯辰一句话结束了这个游戏，众人这才意犹未尽地散了。

出了酒吧，夏郁薰站在路边接了个电话。

夏郁薰用极其清醒、极其恭敬的语气对电话那头的人说道："今天太晚了，安妮不放心我一个人回家，所以留我住宿。没有，我绝对没有喝酒，我以我的人格保证。真的，爸，我没骗您。我有那胆子吗我？是是……以后我会注意的……好的，爸，您早点休息！"

夏郁薰刚挂掉电话便狂奔到一旁的垃圾桶吐得昏天黑地。

韩启宇瞠目结舌地看着变脸比翻书还快的夏郁薰："想不到这家伙居然也有那么怕的人！"

墨菲摇摇晃晃地指着夏郁薰，一脸鄙视："没点出息！想当年姑奶奶我二话不说就飞去了美国留学，我爹地妈咪一句话都不敢说！"

"是是是，你厉害！"一旁的韩启宇敷衍着要拉她上出租车。

墨菲拍开他的手："干吗呀？我不跟你一起走，我要斯澈送我！"

"我的小姑奶奶，您有点眼力见儿成吗？"韩启宇硬是把墨菲拖了进去，从车窗内伸出手冲冷斯澈挥了挥，然后带着墨菲疾驰而去。

今晚墨菲算是看明白了，原来姓夏的这女人喜欢的不是冷斯澈，而是冷斯辰。那会儿韩启宇问她在场的男士里最想选谁的时候，她绝对是在偷瞄冷斯辰来着。

还来不及松口气，她又确定了另外一件事，斯澈恐怕真的对这女人有意思。虽然这女人留在冷氏是冲着冷斯辰去的，但冷斯澈也在冷氏啊，这可怎么办？真是头疼死她了！

冷斯澈送走墨菲和韩启宇，不放心地走到夏郁薰跟前："小薰，你没事吧？"

"没事没事……"夏郁薰吐得奄奄一息。

"你要去你朋友那儿住？"冷斯澈问。

"嗯，不能回去，要是回家被我爸看到我这个样子，绝对九死一生。"夏郁薰一脸后怕。

冷斯澈愧疚道："都怪我叫你过来……"

夏郁薰拍拍他的肩膀："怎么能怪你呢，今天我也玩得很开心！"

"你朋友家在哪儿？我送你过去吧。"冷斯澈说。

这时，一旁的白千凝正扶着醉醺醺的冷斯辰："斯辰，你这个样子回去没有人照顾你，今晚去我那里好不好？"

冷斯辰瞥了冷斯澈和夏郁薰那边一眼："不用，今晚我跟斯澈一起回老宅。我让司机送你回去。"

冷斯澈闻言有些为难："我要先送小薰去她朋友那儿，可能会有点久……"

夏郁薰急忙摆手："很近的，我打个车过去就行，不用送了。"说完立即进了正好停下的一辆出租车里。

冷斯辰宁愿拒绝白千凝的邀请，都硬要过来防着她接近冷斯澈，她怎么还好巴巴凑上去自讨没趣。哼，真是以小人之心度君子之腹，她除了觊觎他冷斯辰之外，怎么可能觊觎别的男人！

正坐在出租车上，夏郁薰的手机铃声响了起来。看了眼屏幕上显示的"欧明轩"三个字，夏郁薰懒洋洋地接通："喂？有事吗？急事吗？不是就明天说。"

"唔，宝贝你对人家好冷淡……"

"有事说事，你再废话我就挂了。"夏郁薰这会儿头疼得不行，只想倒头就睡，实在没力气跟他侃大山。

手机那头男人的声音听起来委屈不已："宝贝，你怎么可以对我这么冷淡！你昨晚明明那么热情……"

夏郁薰被这句话吓得一激灵，顿时清醒了三分："你胡说什么？"

"啧，这么快就忘了？那我帮你回忆一下。昨晚我在酒吧碰巧遇到你，你喝得烂醉如泥，我又不知道你住在哪儿，就把你送到了酒店，到了酒店……"

夏郁薰一脸紧张："到了酒店怎样？"

她只记得昨晚是欧明轩把自己送到酒店的，后来的事情就没印象了。

早上她在酒店醒来的时候，欧明轩已经走了，她身上穿的还是昨晚那身臭烘烘的衣服，旁边倒是摆放着一套干净的运动服。她信任欧明轩的人品，所以完全没往别处想，但是，她不信任自己啊！所以这会儿想起来难免有些后怕。

欧明轩语气严肃道："到了酒店，你硬拉着我不放，一个劲儿叫我美人，要我做你的压寨相公，你也知道你力气有多大，我根本反抗不了！"

这简直是晴天霹雳！

夏郁薰此刻的内心掀起惊涛骇浪，呆愣了好半天才回过神来，结结巴巴道："学长，我、我对不起你……我不会对你做了什么禽兽不如的事情吧……"

夏郁薰已经快哭了，她当然知道自己的力气有多大，要是发起疯来，几头牛都拉不住。

"噗哈哈哈……"欧明轩实在是忍不住了，直接笑出声。

"学长，你怎么了？不会是受了刺激精神不正常了吧？"夏郁薰担忧不已。

欧明轩好半晌才忍住了笑，好心告诉她真相："放心，你没有酒后乱性扑倒我，我还是清白的。"

夏郁薰闻言先是重重地松了口气，然后终于发现不对劲儿，火冒三丈地吼道："欧明轩，你耍我！"

"可我说的都是事实啊，这要是古代，被你这么调戏，人家的清誉可就没了！"欧明轩一副小媳妇的语气。

夏郁薰一脸无语地吼："少诓我！你早就没有清誉那东西了好吗？"

"你凶我！你昨晚发酒疯把我手指都快咬断了，你居然还凶我！十指连心！你知道有多疼吗？"欧明轩悲愤地控诉。

"不会吧，没听说过我喝醉会咬人的啊？我酒品一向很好的……"夏郁薰说得有些心虚。

欧明轩呵呵了两声："你酒品好？夏郁薰，你不是很有种吗？怎么，自己做的事还不敢承认了？"

"谁说我不敢承认了！下次见面你也咬我一口，我们两清！"

"谁要咬你了？你以为我跟你一样属狗的！"

"那你到底想怎样嘛？"夏郁薰真的快崩溃了。

欧明轩听着手机那头带着哭腔的声音，神清气爽一脸愉悦，心里不厚道地想着：果然心情不好的时候，只要逗一逗这丫头就会变好。

"喂，你怎么不说话？"夏郁薰忐忑地追问，心想这家伙不会又要想出什么奇葩法子来整自己了吧？

"郁薰，有空带我去见你父亲一趟，就当是将功补过了！"欧明轩开口说道。

"什……什么？见我老爸？"夏郁薰几乎是尖叫出来的。

他们明明什么都没做啊，为什么要见家长？为什么为什么啊？这要是被她爸知道了，还不打断她的腿！还有阿辰，他们岂不是更没可能了？

与其到时候跟老爸求饶，不如现在跟学长求饶，夏郁薰想到这里，立即声泪俱下地哀号起来："学长，你饶了我吧！我下次再也不敢了！"

"你想到哪里去了。"欧明轩失笑，语气认真地说道，"我只是想跟令尊了解一些武术方面的知识而已。"

"啊？"夏郁薰愣住了，"怎么突然想学这个？你不是忙着飞来飞去，游山玩水吗？"

"谁说我飞来飞去是为了游山玩水？我就不能是为了工作吗？"欧明轩嘴角抽了抽。

毕业之后，他刚接管家里的公司，要做的事情那么多，都忙得快吐血了，她居然还以为他是在游山玩水。

"怎么可能，你就是说你去环游世界做流浪艺人了也比这可信……"夏郁薰弱弱地嘀咕。

她不知道欧明轩的家庭背景，只知道他QQ上显示的地理位置分明天天换，要她想象总是一副非主流颓废浪漫主义，整天不务正业的欧明轩西装革履地坐在窗明几净的办公室里忙碌的样子，实在是比让她想象自己穿淑女裙的模样还困难。

在欧明轩发飙之前，夏郁薰急忙跳过这个话题："我老爸现在已经不收徒了，除非是资质特别好的，但毕竟像我这样百年难得一见的武学天才实在世间少有，再想找一个可不容易！我只能保证他看在我的面子上指点你两三招。"

"真没见过哪个女孩子家家的整天因为会打架引以为豪的，你这样将来怎么嫁得出去？"欧明轩有些无语。

"又不要你娶！"夏郁薰没好气道。

欧明轩冷笑："那你想要谁娶，冷斯辰？做白日梦吧！"

夏郁薰炸了："欧、明、轩！"

"我怎么了我？跟我认识这么久，难道还不足以提高你的审美水平吗？那家伙到底哪里好了？夏郁薰你是不是瞎了？"

"你才瞎！"

……

两人又开始就夏郁薰的审美问题展开了第 N 次唇枪舌剑。

昨晚聚会结束得晚，后米又跟欧明轩扯了大半夜，第二天早上夏郁薰差点儿没起来，险险踩着点儿赶到公司楼下，一头冲进电梯里。

与此同时，总裁办公室。

"老板，您要的咖啡。"安妮恭恭敬敬地把咖啡放下。

"夏郁薰呢？"冷斯辰神色不悦地抬头看了她一眼。

平时送咖啡的都是夏郁薰，除非她不在。

安妮小心翼翼地回答："她……她还没来……"

若是夏郁薰来了，这种危险的任务还会轮到柔弱的她吗？那死丫头昨晚也不知道去哪里疯了，喝得醉醺醺的，早上怎么叫她都不醒，她只好自己先走了。

"没来？"冷斯辰寒着脸蹙起眉头。为什么她没和安妮一起来公司？

这都是第几次迟到了，那丫头最近真是越来越不像话了。

"你出去吧。"冷斯辰挥了挥手。

安妮如蒙大赦地退了出去。

冷斯辰心情烦乱地将跟前的文件推开，靠在椅背上。

昨天他对夏郁薰说的话是有点重了，本来还担心她会辞职，好在那丫头一向心大。但是现在，他却宁愿她辞职算了。

办公桌上的内线电话响起，冷斯辰随手接了起来："喂。"

"哥，是我。"

"斯澈，什么事？"

"哥，可以把小薰调给我吗？"

真是想什么来什么……

冷斯辰揉了揉眉心："怎么，我给你安排的人不满意？"

"哥，你明知道的。"

"斯澈，这件事情上，你最好公私分明，把她放在身边并不是什么好事。"

"哥，我也是为你好啊，把一个迷你迷成这样的小丫头放在身边，就不怕白小姐吃醋？"冷斯澈半开玩笑半认真地说。

"是夏郁薰让你跟我说的吗？你让她接电话。"冷斯辰的声音酝酿着风暴。

电话那头的冷斯澈露出困惑的神情："让她接电话？你该不会是以为她在我这里吧？这件事完全是我自己的主意，小薰并不知情。实际上，十分钟前我打电话跟她提过一次，当时她并没有答应。"

冷斯辰蹙眉："那丫头，整天迟到，我看她是不想干了！你也不用跟我要人了，干脆直接辞退，我不需要这么没有责任心的员工。"

"啊？她还没来吗？十分钟前就听她说已经到公司大楼了啊……"电话那头的冷斯澈沉默片刻，随后突然惊慌道，"完了，她该不会是没看到那块电梯故障的警示牌吧……"

冷斯辰被这么一提醒，心头那股无名火瞬间凉了下去。以夏郁薰的智商，这种事发生的可能性在百分之九十以上。"该死……"

"应该没什么大事，就算是被困在电梯里也没有危险，现在打电话通知工人加快维修，很快就能修好的……喂，喂？哥？"

"那丫头有幽闭空间恐惧症！"冷斯辰说完立即挂断电话往楼下跑去。

冷斯辰一边跑一边打夏郁薰的电话，结果显示对方无法接通，八成真的是在电梯里。

半个小时后，维修工人赶到了公司。

冷斯辰一直等在电梯门口，烦躁地扯着领带。夏郁薰，这个白痴，她长眼睛到底干什么用的?

等电梯终于修好,已过去许久。

电梯缓缓打开,角落里,夏郁薰蜷缩成一团,一张小脸毫无血色,全身都汗湿了。

冷斯辰呼吸一窒,立刻大步走进去。看到这一幕后,本来已经累积到极点的满腔怒火瞬间熄灭,他小心翼翼地将她抱了出来。夏郁薰蜷缩在他的怀里,全身都在颤抖,嘴里一直神志不清地呢喃:"妈妈,不要打我,不要丢下小薰……救救我,救救我,好黑,好冷……阿辰……阿辰我好怕……"

冷斯辰的心揪成一团,将她搂紧了些:"小薰乖,没事了,我在这里。"

夏郁薰很快被送去医院,到了晚上情况才稍微稳定了些,不过一直处在昏迷当中。

从头到尾她一直握着冷斯辰的手不肯松开,只要他稍微动一下,她就会惊醒,然后不断地梦魇呓语。

半夜里,疲惫了一天的冷斯辰无奈之下只好侧躺在她的身边小憩片刻,一边熟练地轻拍着她的后背,一边安抚:"已经没事了,别怕,乖乖睡……"

病房外,冷斯澈靠着冰凉的墙壁,彻夜无眠。

哥,你这个笨蛋,你是真的讨厌她吗?

他几乎骗过了所有人,甚至连他自己……

第三章

欲擒故纵

　　第二天早上。

　　夏郁薰半梦半醒之间，挪动着身子想要翻个身，却发现腰身被人搂住没办法动弹，想要伸伸胳膊踢踢腿，胳膊和腿也被压住了。

　　这是怎么回事，传说中的鬼压身？

　　继续动……结果整个人都被收进一个温暖的怀里。

　　冷斯辰拥着她，依旧轻拍着她的后背，模糊不清地呢喃："没事了，已经没事了，乖，别乱动，好好睡觉……"

　　夏郁薰唰的一下睁开双眼，正对上对方微微敞开的白色衬衫和衬衫内精壮的蜜色胸膛。

　　呃……春梦？

　　蹭一下，再蹭一下……终于挪出一点距离好抬头去看清那个人的脸。

　　当那张秀色可餐的睡容映入眼帘，夏郁薰倒抽一口冷气，赶紧用手捂住自己差点脱口而出的尖叫。

　　这个大清早将自己搂在怀里安然入睡的男人居然是——冷斯辰！

　　幸福来得太突然……

　　做梦，我是在做梦，我一定是在做梦！我再睡会儿吧！夏郁薰一边闭上眼睛一边自我催眠不想醒来，可是耳边强有力的心跳声完全扰乱了她的神志。

　　如果是梦，这也太真实了吧？

　　夏郁薰偷偷地再次睁开眼睛。

　　天哪，冷斯辰还在……

闭眼再睁开，闭眼再睁开，如此反复，冷斯辰居然一直好端端地躺在那里，躺在自己的身边。

真不能怪她不敢相信，明明那么讨厌自己的人，竟那么亲密地拥着自己，刚才还用那么温柔的声音哄自己睡觉，怎么可能不是做梦？

她小心翼翼地伸出有些颤抖的小手触摸上去。眉毛、鼻梁、嘴唇、下巴，唔……喉结……

第一次这么近距离看他，即使在梦里也觉得好幸福。

"摸够了没有？"正被她上下其手的男人突然睁开眼睛。

夏郁薰瞳孔一缩，吓得小心肝扑通扑通差点从嗓子眼儿里跳出来，差点儿脱口而出"没有"。

"怎么睡个觉都能这么闹？"冷斯辰蹙着眉头握住她捣乱的小手，疲惫地再次闭上眼睛，下巴抵在她的头顶，"安生点，不许再闹了，时间还早，再睡会儿……"

夏郁薰僵直着身体，呆愣着小脸，任由他抱着自己重新睡着了。

此刻，她的大脑正艰难地以龟速运转着，费了好半天时间，总算是想起了昨天发生的事情。她昨天早上快迟到了才赶到公司楼下，因为怕迟到又被冷斯辰骂，只顾着一头冲进电梯里。

万万没想到，电梯上升到一半居然坏了，然后自己就被关在了电梯里。最后，似乎是冷斯辰把自己抱出电梯的……

夏郁薰心情复杂地盯着冷斯辰的脸。他的眼睛下面有淡淡的阴影，下巴上有青色的胡碴，一定累坏了吧。

原来记忆里那些温柔的声音和安抚不是梦，他真的来救她了，真的一直陪在她身边。

她还记得自己小时候被妈妈关在黑漆漆的小木屋里，整整两天两夜，那次也是他找到了自己，然后一路把她背到了医院。

想到这里，夏郁薰懊恼不已地长叹一声。为什么总是会遇到这么多悲催的状况，每次都给他添麻烦。自己已经那么努力地想要能帮到他，想要站在他的身边，可是一直以来却只能给他带来烦恼，也难怪他会讨厌自己。

"别这么僵硬，像抱着一块木头，放松一点。"冷斯辰不满的声音伴随着灼热的气息从头顶传来。

"呃……哦……"夏郁薰深呼吸，试图放松下自己的身体。

可是……拜托！一大早醒来，突然发现自己被觊觎了二十年的男人抱在怀里同床共枕，你让我怎么放松啊！

"还难受吗？"冷斯辰半梦半醒地闭着眼睛，伸出手掌摸了摸她的额头。

"已经没事了……"夏郁薰有气无力地回答。

"你昨晚发烧了。"

"对不起，给你添麻烦了。"夏郁薰闷闷地咕哝。

真是该死！他能不能给点正常的反应？就算是把她骂得狗血淋头也好啊，突然这么温柔，真的好不习惯，却又……好喜欢……好怀念……

他的气息、他的心跳、他的温度，一切的一切都让夏郁薰越来越紧张，只能无意识地拼命绞着手里的布料。

冷斯辰轻叹一声，终于被她折腾得睁开眼睛，慢慢地、一根一根地掰开她的手指。

夏郁薰一脸迷茫，不明所以地抬头看他。

"衣服快被你撕烂了，昨晚折腾了一夜，你都不累吗？"冷斯辰轻叹。

夏郁薰这才发现刚才自己手里一直揪着的是他的衣服，听到他这句很容易引起歧义的话，一张小脸立刻涨红了："对……对不起……"

冷斯辰的嘴角微微扬起，俊逸的脸庞朝着她的脸越靠越近……

夏郁薰拼命眨眼睛："你……你……你做什么？"

"夏郁薰……"

"在！"她紧张兮兮地答。

"你脸好红……"

怦——更红了！

她恼羞成怒地一点一点努力往被子里缩……

"不要告诉我，你在害羞？"冷斯辰撑着手肘，继续逼近。

"我告诉你，我才没有害羞！"已经缩得只剩下眼睛露在被子外面了。

"夏郁薰，我发现你越来越没种了。"冷斯辰轻嗤一声。

"你这是赤裸裸的诬蔑！"她最讨厌别人说自己没种。

冷斯辰眉头微挑："诬蔑？刚才是谁对我上下其手的？"

夏郁薰像蒸汽机似的头顶嘟嘟冒烟，怒气冲冲地反驳："这和我对你上下其手没有关系！呸呸，不对，我根本没有对你上什么下什么！"

看着夏郁薰气得双颊鼓起，两眼圆瞪，简直像只袖珍喷火龙一样，冷斯辰闷笑一声，伸手过去蹂躏她柔软的发丝。

他都不记得自己多久没有过这样的好心情。

"啊，惨了！"夏郁薰突然尖叫一声抬起头来，结果动作太大直直撞到了冷斯辰的额头。

顷刻间，暧昧的气氛荡然无存。

"嘶——夏郁薰，你练过铁头功的吗？"

"对不起对不起啊，阿辰！"夏郁薰手忙脚乱地替他揉着被撞到的地方，"对了，阿辰……呃，对不起又叫错了！老板，我昨晚一夜没回去，我爸是不是知道我又闯祸了？"

冷斯辰想起昨天的事情就怒从中来，鄙视地看了她一眼："现在才知道怕，早干什么去了？你的眼睛到底是干什么用的？那么大一块牌子都看不见，还傻傻地往里冲！我真想掐死你！"

夏郁薰被吼得耳膜都快破了，飞快地躲进被子里，闷声道："突然好困，睡觉，睡觉！"

冷斯辰无可奈何地看着她："我已经跟你爸说了你要跟我出差，三天后才能回来。"

夏郁薰又飞快地掀开被子，跪坐起来双手合十，用小鹿一般湿漉漉的眼睛盯着他："恩人！"

那双清澈的眼睛点缀着点点晨光，满满的都映着他的影子，莫名令他心头一颤。

冷斯辰失神地摸了摸她的眼睛："夏郁薰，以后别戴眼镜了，你的眼睛很好看。"

夏郁薰闻言，脊背蓦然僵直，有些慌乱道："对了，我的眼镜呢？眼镜！眼镜！"

胡乱摸索一番，枕头下面没有，床上也没有，于是夏郁薰爬爬爬，越过冷斯辰的身子伸手探向床头柜。

冷斯辰一把将她悬空抱起来，然后按坐到自己腿上，怒道："夏郁薰，你又无视我！"

夏郁薰的身体微微颤抖，眸子里毫无征兆地渐渐蓄满了泪，神情无比惶恐："眼镜，眼镜……求求你给我……求求你……"

冷斯辰因为她的反应而愣住了，眉头紧蹙地握着她的双肩："夏郁薰，不许哭！你到底怎么回事？"

"给我，给我好不好？求求你……我的眼镜……我的眼镜呢……"

夏郁薰此刻的神情就像没了刺的刺猬，满是无助和惊惶。

冷斯辰叹了口气，一只手揽着她，一只手伸过去拿过她的包包，把她的宝贝眼镜拿出来："给你，别哭了。"

"眼镜！"夏郁薰立即飞快地抢过来戴上，身体终于不抖了。

她哭得精疲力竭，无力地靠在他的怀里，抽抽搭搭的。

冷斯辰习惯性地轻拍着她的后背，面色阴沉地想着她刚才不寻常的反应。实际上，这种事情已经不是第一次发生了，但每次问她，都问不出所以然来，也不知道她到底是个什么毛病。

过了一会儿，病房的门叩响几声，有人推门进来。

冷斯澈提着早餐，看到歪靠在冷斯辰怀里的夏郁薰，神情尴尬地愣了片刻，接着强自镇定地走过去："哥，我给你们买了早餐。"

"小声点，刚睡着。"冷斯辰轻轻将夏郁薰的身子抱起来重新放回床上躺好。

冷斯澈一边将早餐摆到桌子上，一边跟他说道："公司里的事情不用担心，我都帮你处理好了。另外，白小姐来过一次，我支走了她，如果被她看到你和小薰……"

冷斯辰的眉头蹙起："我和夏郁薰没有什么。"

"哥，你喜欢白千凝吗？"冷斯澈突然问。

"她是哈佛毕业，有姿色，有能力，爸妈对她很满意。"

"所以你是真的准备跟她确定关系？你喜欢她吗？"冷斯澈不依不饶。

"这不重要。"冷斯辰有些烦躁地系好领带。

"那小薰呢？"冷斯澈蹙眉问道。

"这和她有什么关系？"冷斯辰神情不耐。

"你扪心自问，对她真一点感觉都没有吗？哥，我真的不想提醒你，你刚才看着她的表情有多温柔。"冷斯澈的语气有些激动。

冷斯辰语气微冷："斯澈，你到底想说什么？"

"我什么也不想说，我只想提醒你，如果你决定要娶的人是白千凝，就请不要再招惹小薰，不要做出令她误会的举动。如果你喜欢小薰，就跟她在一起，别再伤害她！"

也……别再给我希望。

冷斯澈质问的话让冷斯辰心头烧起一簇无名火。他对她避之不及，何来招惹？

"一直以来都是她招惹我，是她对我纠缠不休，我的审美没有你那么特别。夏郁薰那样的女人——如果她还算得上是个女人的话——我连看都不会看一眼。请你搞清楚状况，不要总是把我和她扯在一起，我跟她根本不是一个世界的人！"冷斯辰说完便面色阴沉地走下床拿起外套准备离开。可是，当他走到门口正要关上房门的时候，动作却突然顿住。

屋内，夏郁薰的声音微若蚊吟，可他还是清楚地听到了。

"总裁……请不要关房门……"

刚才他说的话，她都听到了……

冷斯澈的脸上闪过一丝慌乱，冷斯辰沉着脸将病房的门打开，然后转身离开。

"阿澈……"夏郁薰唤了一声。

"我在。小薰，你要什么？"冷斯澈急忙应声。

"窗户也打开好吗？"夏郁薰闷声道。

"好。"冷斯澈立刻去打开所有的窗户，笨拙地解释着，"小薰，哥的话你不要介意，你也知道他那个人刀子嘴豆腐心……"

"没事的，阿澈你回去吧，我想一个人待会儿。"夹杂着花香的微风从窗外吹来，让她稍稍放松了一些。

"那……好吧，你要是哪里不舒服记得按铃叫医生，我晚点再来看你。"冷斯澈满脸愧疚，心中懊恼不已。如果不是他跟哥哥在病房里争吵，她就不会听到那些伤人的话。虽然他希望她死心，但更怕她受伤。看着她现在这个毫无生气的样子，他心痛到无法呼吸。

冷斯澈走后，夏郁薰静静地靠坐在床头，看着窗外。

她害怕那种感觉，被关在没有出口、只有黑暗的地方，无论怎么乞求都没有人来救她。如果那个时候有人带她走，便是救赎她的神明，是她生命里的光，是她一生的信仰。

有时候，对冷斯辰这种近乎病态的执着和依赖，连她自己都感到心惊和害怕，可是她没有办法，他早已融入了她的骨血，她要如何抽离？她知道自己如同飞蛾扑火，被那一瞬间的明亮和温暖所蛊惑，最后或许会换来遍体鳞伤，甚至可能是付出生命的代价，但是，她不后悔……也无法停止……

深夜，夏郁薰一个人躺在病床上，白天所有被她压抑着的负面情绪全都幽灵一般呼啸而出。心悸的感觉越来越严重，几乎让她无法呼吸，最后，她实在受不了，猛然坐起身子。

她迫切想要摆脱这种感觉，想要找人说说话，可是，这种时候，她却连一个说话的人都找不到。

最后，她掏出手机不抱希望地发了一条短信——睡了吗？

刚放下手机，那边电话就打来了，手机里传来某人一如既往欠揍的声音："宝贝，想我了？"

手机里熟悉的声音传来的刹那，夏郁薰顿时安心了些："你怎么这么晚还没睡啊？"

"想你想的啊！"

夏郁薰的脸黑了黑："还能不能好好聊天了？"

"好好好，好好聊天，你找我什么事儿？"欧明轩问，声音温柔。

"没事。"夏郁薰咕哝。

"没事你半夜三更发短信给我？"欧明轩扬声道。

"你能因为无聊就打电话骚扰我，我怎么就不能没事找事发短信给你了？你大学骚扰我那么多次，我嫌弃你了吗？嫌弃你了吗？啊？"

"行行行，欢迎骚扰！说正经的，你到底出什么事了？"

"没事，就是生病了，一个人在医院里无聊……"

"病了？严重吗？"

"不严重，已经好了。"夏郁薰简单跟他解释了下白天发生的事。

"那就给老子说实话，到底是因为什么事？"这丫头会因为生个病就脆弱到大半夜找他？他会相信才有鬼。

"唔……因为冷斯辰……"

"……"

接下来便是欧明轩长达几个小时的疯狂吐槽。

虽然被骂得狗血喷头，夏郁薰却莫名觉得心情好多了，胸口闷闷的感觉也缓解了不少，困意便涌了上来。

"学长……你骂累了吧……我好困啊，要睡了，明天再骂好不好？晚安……"夏郁薰喃喃了一句，便进入了梦乡。

听着手机那头的呼吸声，欧明轩一阵无语，死丫头，大半夜的把他吵醒，他骂精神了，她自己倒是跑去睡了。

第二天，夏郁薰觉得身体已经好多了，无奈冷斯辰给她安排了住院观察，而且他之前已经和老爸说了她要出差三天，就算这会儿出院也不能回家，只能继续在医院里待着。

医院后面的小花园里，柔软的草坪上，夏郁薰将单手枕在脑后，享受着清风拂面和阳光的沐浴，心情渐渐好了一些。

这时，一片阴影突然从头顶飘了过来。

夏郁薰陡然睁开双眼，眼中杀气大盛地怒吼一声："哪个杀千刀的挡我光！"

"哟，精神不错得很嘛，真看不出你哪里有身为病人的自觉。"头顶上方欧明轩欠揍的声音悠悠然地飘荡而来。

夏郁薰猛地坐起身子，拔了一把小草尽数砸到他的身上，然后用力捏了捏他那张最宝贝的俊脸："我是不是见鬼了？凌晨跟你打电话的时候，你不是还在 C 市吗？我不小心睡着了忘了挂电话，你也不知道挂断，话费多贵你知道吗？我早上起来都停机了……"

欧明轩皱着眉头躲开她的蹂躏："你给我温柔一点，疼死了！白痴，鬼能有影子吗？"

"喊，你以前不是还要我千万别对你温柔，否则会做噩梦吗？真是善变的男人！"夏郁薰鄙视地看他一眼。

欧明轩也不和她多作争辩，自顾自地躺了下来，然后又很不客气地将脑袋枕在她的大腿上。

大腿上先是一重，随即被头发扎得有些痒，夏郁薰蒙了，随后气得日照香炉生紫烟："欧明轩！你你你……你给我滚下去！"

气死了！气死了！这种动作只有情侣之间才可以做的好不好？

欧明轩充耳不闻地闭上双眼："郁薰，我就睡一会儿……"

这家伙怎么回事？声音听起来比她这个病人还虚弱……该不会是因为担心自己所以连夜赶回来的吧？

看着满脸疲惫的欧明轩，夏郁薰有点心软："那……那就一小会儿……"

一会儿时间过去了，又一个一会儿过去了。夏郁薰终于忍不住推了推他的肩膀："时间到了。"

欧明轩咕哝："再一会儿……"

"喂，你怎么好像几辈子没睡过了一样？"

欧明轩迷迷糊糊地回答："三天。"

夏郁薰差点儿被自己的口水呛死："三天不睡，你干什么去了？还有啊，你好好的干吗连夜赶回来？电话里不是说后天才能回来的吗？"

"别吵我，困……"

"这么困，回来了就回家睡觉去啊！跑我这里来做什么？"

"睡。"欠揍的回答。

夏郁薰满头黑线地看向将自己的大腿当成私人所有物，睡得一派心安理得的某人。

"郁薰……"

夏郁薰听到他叫自己，立即警惕起来："干什么？你该不会还要我去替你拿床被子吧？我告诉你，你不要得寸进……"

夏郁薰话未说完，欧明轩打断她臆想："笨蛋，看到你没事，我就放心了。"

两人身后的不远处，忍了整整一天，终究还是不放心赶来医院的冷斯辰站在树荫下，面色是前所未有的阴沉。

片刻后，他自嘲地低笑一声，将手中的零食、饭盒全都扔进了旁边的垃圾桶。

听了欧明轩的话，夏郁薰愣住了，不可思议地看着他："学长，你该不会真的是因为昨晚那通电话才特意连夜赶回来的吧？"

欧明轩身子一僵，轻嗤一声："夏郁薰，你少自恋了。"

夏郁薰这才松了口气，拍拍自己的胸口："吓我一跳，浑蛋，害得我还小小感动了一把！"

欧明轩此刻在心里咒骂着，死丫头，昨晚莫名其妙找他，说了一番莫名其妙的话，问了半天才搞明白原来又是为了那个该死的冷斯辰。他心里气归气，但还是一刻都待不住，连夜开车赶了回来。

"夏郁薰！"

"干吗？连名带姓叫我真的很讨厌哎！"夏郁薰不满道。

欧明轩狠狠戳了戳她的脑袋，一副恨铁不成钢的语气："夏郁薰，你真是没有出息。"

夏郁薰连连往后躲:"说话就说话,别动手动脚,我就是没出息怎么了?"

"那个男人都快被你宠上天了,活该你天天受他欺负!"

"也没有天天欺负我,他之前还救了我呢。"夏郁薰咕哝。

"那是他应该做的,这点小恩小惠就把你收买了?我说你能不能给我争点气?你有今天完全是自作自受!"

"这话你昨晚说很多遍了……"

欧明轩继续戳着她的脑袋:"那我有没有跟你说,就算你要追男人也要把脑子放聪明点?实在不行就去读读《孙子兵法》,翻翻'三十六计''心灵鸡汤'也好啊!懂不懂什么叫欲擒故纵?知不知道什么是以退为进!对待男人要忽冷忽热、若即若离;要温柔体贴,也要冷艳神秘;要被动中显主动,主动中显被动。千依百顺那是最下乘的方法,最上乘的方法是求而不得。夏郁薰,你那个白痴脑袋就只会用最下乘的办法!"

这死丫头,认识她以来,她一直都是没心没肺开开心心的,却总是为了冷斯辰那浑蛋把自己弄得一身狼狈。只要一遇到有关冷斯辰的事情,好好的一个女汉子立即变得伤春悲秋、哀怨伤怀,就差学人家林黛玉葬花了,真是想到就来气。

夏郁薰听完欧明轩一番滔滔不绝口若悬河的"论如何搞定男人"之后,顿时双眼放光,满脸崇拜地看着他,简直恨不得直接把他供起来膜拜了:"学长,你好博学!"

欧明轩冷哼一声:"你现在才知道?"

夏郁薰嘿嘿笑着,然后一脸谄媚地问:"学长,大神!依您之见,您觉得小女子如今该用何计?"

欧明轩白她一眼,他会教她怎么去追冷斯辰?除非他疯了!

欧明轩作凝神沉思状,然后说:"你要做的第一件事是……别给我一天到晚围着冷斯辰那家伙转悠悠!"

夏郁薰被他吼得缩了缩脖子,小心翼翼地问:"那依您之见,我该围着谁转?"

欧明轩邪气地勾起嘴角:"我!"

夏郁薰瞪大双眼:"开玩笑,围着你转,你付我工资?"

"又没让你辞职,你先请假一周,把他晾几天再说。只有你不在身边了,他才会发现你的重要性，你要给他时间想你，以退为进、欲擒故纵懂不懂？现在这是最适合你的方法。"

欧明轩嘴里这么说着，心里却在想，恐怕她根本没什么重要性，等她发现那个男人根本不在意她是否离开，或许就该死心了。

"以退为进……欲擒故纵……"夏郁薰自然不知道欧明轩心里的小九九，听得连连点头。一直以来她总是埋头向前冲，竟从未想过这些。

"有道理有道理，正好我还可以趁这个机会请病假！"

于是，欧明轩的奸计就这样轻松得逞了。

又是漫长的一天过后，夏郁薰终于可以出院了。

至于跟冷斯辰请假的事情，出乎意料地顺利，顺利到让她非常、极其以及特别挫败。

欧明轩停着车在她公司楼下等她，看她一脸不高兴地走出来，不用问也知道结果了。

不过，明明知道结果，他还是故意问她："怎么样？你们伟大的老板有没有依依不舍？有没有对你嘘寒问暖？有没有热情挽留你，告诉你公司和他都不能没了你？"

夏郁薰狠狠瞪他一眼："开你的车。"

当时的情形是这样的。

夏郁薰走进总裁办公室："总裁，我想请一个星期的假……这个，那个，是因为……"

"嗯。"冷斯辰埋着头看文件，眉头都没有抬一下。

完了。

夏郁薰就这样请到假下楼来了，先前准备了整整一天的好几套方案的台词和借口等被冷斯辰一个字全堵了回去。

"学长，这七天我不上班要怎么过？"夏郁薰坐在副驾驶座上哀号。

欧明轩一只手操纵着方向盘，一只手支着下巴，心情好得不得了："正好这两天我也没事，你现在就带我去你家拜师学艺吧。"

夏郁薰一跃而起："欧明轩！你早就计划好了是不是？你居然算计我？"

"瞧你这话说的，我只不过是顺便而已，主要还不是为了你吗？"

夏郁薰将信将疑地看看他，越看他越像一只狐狸，还是个有千年道行、九条尾巴的那种。

夏郁薰正在胡思乱想，突然注意到欧明轩这车，忍不住吐槽道："啧啧，居然是兰博基尼最新款，一定是租来的吧！好多男人追女孩子的时候要场面都会去租名车，难道你刚去送了某个美女回家，顺道过来接我？"

欧明轩额头的青筋跳了跳，深吸一口气道："我说夏郁薰，我到底做了什么事情，让你认为我穷到要租车泡妞的地步？"

夏郁薰眨眨眼睛，理所当然地说道："你做了很多事！当年你天天去食堂跟我蹭饭，连上网包夜都让我付钱。人家送女孩子生日礼物都是送花送蛋糕送布偶什么的，可你倒好，我过生日，你居然做个破纸灯在宿舍楼顶到处飘，还差点儿烧了学校电线。你就算送我一块钱一个的护指套也好啊！居然连一块钱都舍不得花！"

欧明轩捂住胸口，一副受了重伤的样子。

苍天！谁来救他！

他跟她蹭饭是因为要躲避那些女生的邀请，拿她做挡箭牌；上网包夜让她付钱是因为他身上从来不带零钱；至于破纸灯，那可是他亲手做的孔明灯。她到底懂不懂情怀，懂不懂浪漫？换个别的女人早就哭着以身相许了好吗？

欧明轩实在是拿她没办法了，以她的智商根本跟她解释不清，最后只好放弃解释。

一个小时后，两人到了郊外。欧明轩找了个地方将车停好，远远看到了"精武馆"的大门。

夏郁薰的老爸夏末林年轻的时候当过几年兵，退役后又做了拳击手，得过好几个国际大奖，结婚之后便退下来，用之前攒的钱做了些小本买卖，卖体育器材之类的，后来生意越做越大，开了几个高规格的健身房，又创办了 A 市最大的安保公司。

生意稳定下来之后，夏末林迷上了传道授业，把家里的院子改成了训练场，门口挂了个"精武馆"的牌匾，收了一批资质不错的少年。至于夏郁薰，夏末林非常不希望自己的女儿继承他的衣钵，毕竟是女孩子，整天打打杀杀的太不像话了。

他立志把女儿培养成淑女，无奈夏郁薰一路朝着女汉子的道路狂奔而去，几头牛都拉不回来。那丫头从三岁开始打架没输过，考试没及格过，妥妥的学渣，唯一拿得出手的只有体育。高三那年要不是冷斯辰帮她补课，她连大学的体育系都考不上。

夏郁薰和欧明轩走到大门口，突然有不明飞行物从院子里朝两人飞了过来。夏郁薰一个旋风腿把那玩意踢了回去，院子里顿时传来"啊"的一声惨叫。

接着，不明物体一个接一个地飞出来，夏郁薰漂亮的连环踢让它们全都从哪儿来回哪儿去。

院子里的惨叫声此起彼伏。

"哼，雕虫小技，居然还敢拿出来丢人现眼。"夏郁薰冷哼一声，推开颇有几分古风韵味的铜环大门。

只见院子里二十个小伙子麻利地站成两排，夹道恭迎，齐声喊道："师姐——"

夏郁薰随意地挥挥手："平身平身，该干吗干吗去。等等，张宝、余乐、韩风，你们三个给我留下。"

夏郁薰指着其中一个光头、一个平头、一个爆炸头，把三个少年留了下来。三个少年一齐用无比八卦的眼神盯着夏郁薰身旁英俊潇洒金光闪闪的男人。

光头张宝："师姐，这位是？"

平头余乐："您相公？"

爆炸头韩风："啊哦，该不会真的是姐夫吧？姐夫是不是眼神不太好？"

夏郁薰在三个少年脑门上分别敲了一下："给我闭嘴！我说你们能不能换个花样，每次都是那招，你们不腻我都腻了。"

张宝："师姐，我们换了啊！"

余乐："真的换了！"

韩风："张宝和余乐说的是实话，我们上次用的是苹果，后来经过师姐的教导后觉得浪费食物不好，所以我们这次换成鞋子了。"

夏郁薰一声狮子吼："你们这帮小王八蛋，居然用臭鞋子偷袭姑奶奶！全给我去面壁——"

"是——"三人排队小跑，咚咚咚闪去墙角了。

欧明轩满头黑线，原以为他所了解的夏郁薰已经够暴力了，没想到他之前看到的其实只是冰山一角而已。这丫头还真是……精力充沛啊！

"郁薰。"

这时，屋子里走出一个穿着宽松道服、面目威严的中年男子。

夏郁薰画风突变，立刻立正向右转，小跑向前，弯腰鞠躬："父亲大人。"

"嗯，出差回来了？"

"是的。对了，老板最近放了我一个星期的假。"夏郁薰努力保持着镇定撒谎。

"嗯，正好你帮忙训练一下张宝、余乐和韩风他们三个，下周就要比赛了。"

"好的。对了，爸，我带了一个朋友回来，他对武术很感兴趣，想跟你请教请教。"

夏末林对欧明轩点了点头打了声招呼，然后开口道："嗯，带你朋友进来坐吧。"

见夏末林走进屋子里，夏郁薰立刻松了口气，霜打的茄子一样垮下肩膀，背后的衣服都已经汗湿了。

欧明轩看着刚才那一幕，只能用四个字来形容：叹为观止！

"还真是一物降一物啊。"欧明轩感叹道。

夏郁薰白他一眼："别说风凉话。"

夏郁薰把欧明轩介绍给夏末林之后便脚底抹油去厨房做晚饭了。等欧明轩和夏末林交流完去厨房找夏郁薰的时候，正看到她围着围裙做汤，一副极度不符合她气质的贤妻良母模样。

欧明轩凑上前去，一脸不可思议："今天我可真是大开眼界，你居然还会做饭？"

"不然你以为呢？"夏郁薰白了他一眼。

"我以为你只会吃。"

"一边去。"夏郁薰尝了一口西红柿鸡蛋汤，满意地点点头，"做饭可是留住男人的必备技能。"

实际上她的厨艺确实很糟糕，以至于夏末林一看到她进厨房就害怕，不过经过她锲而不舍的努力之后，现在总算是小有所成了。

欧明轩一副前辈的姿态摇了摇头："呵呵，简直太天真了，要是你到现在还以为抓住一个男人的心就要先抓住他的胃的话，我明确告诉你，你的手位置放高了。”

夏郁薰愣了几秒钟才反应过来欧明轩的意思，当即踹了他一脚：“你不耍流氓会死啊？”

“我说的可是至理名言，好好记着吧小白痴。”

夏郁薰懒得理他，随口问道：“你跟我爸聊完了？我爸怎么说？收你吗？”

“你爸说以后我就跟着你学了！”欧明轩回答。

“噗——”夏郁薰一口汤全喷了，“他不仅收了你，还把你交给我？怎么可能？你这家伙怎么办到的？你和我爸说什么了？”夏郁薰尖叫道。

欧明轩耸了耸肩，说得特无辜：“我没说什么啊。他问我和你是什么关系，我说男女关系。”

夏郁薰指着他气得说不出话来：“欧明轩，你你你……”

“我怎么了？我有说错吗？你是女的，我是男的，我们当然是正当合法的男女关系。”欧明轩一副理所当然的表情，然后突然“啊”了一声，“好像是我说错了。”

“你当然说错了！”夏郁薰火冒三丈地瞪着他。

欧明轩上下打量着眼前的这只小喷火龙，摇摇头道：“我们不是男女关系，我们应该是男男关系！”

“欧明轩，我跟你拼了——”

夜幕降临，整座城市万家灯火。

这个时间员工全都下班了，冷氏集团整栋大楼都是黑的，包括那间奢华的总裁办公室。

冷斯辰微闭双眼，坐在黑暗中，右手的香烟只剩下半截，左手边的咖啡早已经凉透。

大概有三天不眠不休，也没有好好吃过饭了。他一句“不许任何人打扰”就再没有人敢来劝他，就连咖啡也没人敢送进来。

手机铃声突然响起，在黑暗中显得异常突兀。

看着来电显示，冷斯辰的眉宇间闪过一丝疲惫，半天没动，片刻后，还是接起了电话。

“喂，爸。”

“斯辰，你二叔的事情怎么样了？毕竟都是亲戚，别闹得太难看了，面子上过不去。那些钱也不多，让他还回来也就算了，实在要不回来，也不要追究了……"

每次都是这番说辞，冷斯辰面色不耐，以免又引起争吵，只能无奈应下："我知道了。"

"嗯，你妈要和你说话。"

"喂，斯辰啊。"手机那头换成了冷斯辰的母亲。

"妈，什么事？"

"小澈在你那儿工作得怎么样啊？适不适应？"

"嗯，还好。"

"小澈身体一直不怎么好，你记着要多照顾他，千万别让他做烦心的事。还有啊，有空帮妈咪劝小澈回家住吧，他一个人在外面，我总不放心。"

"好，我会劝他。"

"你和千凝相处得还好吧？记得有空多陪陪人家女孩子，别总板着张脸，对女孩子要温柔一点。"

"知道了。"

"对了，还有啊，上次跟你说的三叔公家的大儿子的工作安排好了吗？"

"安排好了。妈，我还有工作，先挂了。"

刚一挂断电话，冷斯辰手中的手机就滑落掉在地板上，另一只手微微按着胃部，面色痛楚，额头上冷汗涔涔。

他的声音带着病态的沙哑，可是没有一个人发现，也没有人问一句。他们的心里只有公司，只有斯澈，只有联姻，甚至八竿子打不着的亲戚……

大概是因为从小到大他都太让人省心，在他们的眼里，他似乎理所当然是不需要关心的那一个。

会总是在他耳边唠叨，在他身边喋喋不休的，也只有那个笨蛋。

少了她在身边，还真是清净……清净到他竟产生了寂寞的错觉……

第四章

七天七世纪

　　夏郁薰觉得自己留欧明轩在家吃饭实在是个糟糕透顶的主意。那家伙太狐狸了，居然三言两语就把她爸哄得服服帖帖。

　　欧明轩走后，她爸对她说了一句极其惊悚的话："郁薰，这孩子不错，这次你总算还有点眼光！"

　　不过，其实夏爸爸一直在心里疑惑，这么个好孩子怎么就看上他们家郁薰了呢？

　　听完父亲误会的话后，夏郁薰一脸无语，赶紧跟她爸解释清楚跟欧明轩只是朋友关系。

　　洗过澡之后，夏郁薰盘腿坐在地板上发呆，顺手够到床头的照片，手指温柔地抚着照片里少年微笑的眉眼。

　　那是冷斯辰唯一笑着的照片。十六岁的冷斯辰面容还有些稚气，看着身旁气鼓鼓的夏郁薰正笑得一脸灿烂。

　　"幸灾乐祸的家伙！"夏郁薰狠狠弹了他那张俊脸一下，接着拨了一通电话。

　　"喂，阿澈。"

　　"小薰，你好点了吗？要不要紧？"接到夏郁薰的电话，冷斯澈很高兴，关心地询问道。

　　"我早就没事了。"

　　"你找我有事吗？"冷斯澈的语气有几分期待。

　　"那个……我是想问你，总裁他现在有没有在加班？"夏郁薰迟疑着问。

　　"我下班的时候他还没走，说是有些文件要处理。"冷斯澈的声音有些失落。

夏郁薰的眉头立即蹙起："不用说，以他的个性现在肯定还在公司，晚饭绝对也还没吃，那家伙忙起来连外卖都懒得叫的。胃本来就不好，还一直喝咖啡！"

"小薰……"

"嗯？"

"既然关心他，为什么不自己打电话问他？"为什么要经过我，为什么让我知道你对他的关心和了解。

夏郁薰当然不好意思告诉冷斯澈自己这是在欲擒故纵，支支吾吾道："我怕他嫌我烦嘛，总之谢谢你了，不打扰你了，我待会儿给他叫份外卖好了。"

冷斯澈轻笑一声："我很乐意被你打扰，而且你口中的人也是我的哥哥啊。"

院子里，刚训练完准备回家的三个少年被夏郁薰叫了过去。

"韩风，你家是不是住在冷氏公司附近？"夏郁薰问。

"是啊，师姐，怎么了？"韩风抹了把额头的汗。

夏郁薰嘿嘿笑着，把一个饭盒塞给他："帮个忙吧，明天的训练我可以给你放水哦。"

韩风一听这话立刻点头如捣蒜，张宝和余乐皆露出羡慕不已的神情，这种好事怎么就没落到他们头上呢？

于是，半个小时后，韩风出现在鬼宅一样阴森的冷氏公司大楼里。

"哪有人啊？师姐，这该不会又是你最新的整蛊计划吧？"韩风正嘀咕，一个阴森森的声音在身后响起。

"谁派你来的？"

虽然只有一句话，但那极具压迫的气势还是吓得韩风差点扑通一声跪下来。韩风抖着双手拿着饭盒，高高举过头顶："请问您是冷总吗？大侠饶命！小的只是来送外卖的啊！"

"我并没有叫外卖。"冷斯辰的声音更加危险了。

"我……我没骗你，你认识冷斯澈吗？是他让我送来的。"韩风按照夏郁薰教的说道。

等了一会儿，感觉周围的气压终于恢复了正常，韩风把饭盒放下，拔腿就跑。

"等等……"

韩风怎么可能等，几秒钟就跑了个没影。

"……"冷斯辰有些无语。

第二天。

韩风声泪俱下地讲述了自己的可怕遭遇，现在冷斯辰已经成了魔鬼的代名词。夏郁薰被他烦得头疼不已，一声怒吼打断了他的话："瞧你那点出息，不就让你送个外卖，啰唆一天了，至于吗？"

话音刚落，耳畔飘来某人悠悠然的声音："夏郁薰，你也好意思说别人，到底是谁没出息？"

夏郁薰立刻僵直了脊背，心虚道："我又没有犯规去见他。"

欧明轩冷笑一声："真是烂泥扶不上墙，朽木不可雕，孺子不可教，活该你追了人家二十年都没追上！"

夏郁薰沉着脸不说话，朝正在踢腿的张宝勾勾手指："小宝，过来。"

张宝立刻退避三舍："师姐，求您饶了我吧，您都打了整整一天了！"

韩风最惨，昨天夏郁薰还承诺要给他减轻训练量，哪知道今天却对他进行了惨无人道的非人折磨。

两个小时后，三个可怜的沙包全都躲到了角落里，生怕再被她叫过去。

夏郁薰自暴自弃地呈大字形躺在地板上，夸张地哀号："学长，我全身无力，眼冒金星，印堂发黑，我觉得我快要不行了！"

角落的三个少年作无语滴汗状，就她那样，疯得几头牛都能制服，还全身无力？不行了？也亏她说得出口！

"不行，我要撑住，一定要撑住！"夏郁薰突然又一跃而起，奔去院子里跑步了。

欧明轩满头黑线地看着她折腾的身影。这丫头怎么像吸毒的人毒瘾犯了一样？不过，冷斯辰那种男人对女人而言确实是罂粟……为了她的生命安全，还是尽快帮她"戒毒"的好！

与此同时，某奢侈品店，冷斯辰正在陪白千凝逛街。

"斯辰，你看我穿这个好看吗？"白千凝从试衣间里走出来。

"不错。"冷斯辰点头，她已经试了十几件，但他的脸上丝毫不见不耐烦。

"小姐，你身材好，皮肤又白，这件衣服真的很适合你。"店员卖力地推销着。

白千凝转了个圈对着镜子看了看，迟疑道："其实刚才那件也挺喜欢的……"

"刚才试的都包起来。"冷斯辰直接把卡递给店员。

店员差点儿直接扑过去抱大腿，立刻喜笑颜开道："小姐，你男朋友对你真好，又耐心又大方！"

白千凝双颊晕红，矜持地笑着。

一阵手机铃声响起，冷斯辰不易察觉地松了口气："我出去接个电话。"

走出商场，冷斯辰点燃一支烟，扯了扯领带，语气听起来有些心情欠佳："梁谦，什么事？"

"冷总，最新消息，我听说有人要动你的小保镖夏郁薰！"手机那头的助理有些亢奋地汇报道。

冷斯辰闻言，脸色立刻沉了下来："说清楚。"

"还不是冷博云那个老家伙。他暗中动了你好几次都被夏郁薰破坏了，所以现在人家视她为眼中钉肉中刺，据我所知，他找人劫过夏郁薰一次，本来想杀鸡儆猴做给你看的，谁知道人没教训成，几个大老爷们儿反而被一个小丫头教训了个落花流水。不过，这次恐怕就没那么容易了，上次他丢了面子，这次肯定说什么也得找回场子……"

冷斯辰听得面若寒霜："他劫过夏郁薰？这些你之前怎么不说？"

"之前我也不知道啊！这么丢脸的事情，他不可能往外说，夏郁薰自己也没说，这次我还是听到这个消息之后深查了一下才知道事情的原委。"梁谦解释。

"知道了，你继续查。"难怪最近总觉得有人在附近鬼鬼祟祟地跟踪自己，上次紧张过度，还差点儿误会一个送外卖的，原来他的感觉没错，但没想到对方这次居然是冲着夏郁薰去的。

想到这里，冷斯辰立刻拨通了夏郁薰的手机。

"万里长城永不倒，千里黄河水滔滔，江山秀丽叠彩峰岭，问我国家哪像染病。冲开血路，挥手上吧，要致力国家中兴，岂让国土再遭践踏，这睡狮渐已醒……"

伴随着一阵响亮的手机铃声，精武馆里传来夏郁薰惨绝人寰的号叫声。

"啊啊啊——"

正在打沙袋的欧明轩见怪不怪地走过去，踢了瘫在地上装死装得好好的又突然诈尸爬起来的夏郁薰一脚："你够了吧！能不能不一惊一乍的，又怎么了？"

夏郁薰双手颤抖地捧着手机："学学学……学长……"

"你见鬼了？"欧明轩话音刚落，便看到夏郁薰手机屏幕上的来电显示，嘴角抽搐道，"江山如此多娇？什么玩意？这谁啊？"

夏郁薰来不及解释，被铃声催得赶紧接通电话，声音有些发飘："喂，老板……"

"怎么这么久才接电话？"冷斯辰的声音很不悦。

"我我我……我……"

"夏郁薰，你的假期结束了，立刻回公司。"冷斯辰没耐心地打断她。

夏郁薰蒙了："啊？为什么啊？"

她还不会很傻很天真到以为他是想自己了。

一旁的欧明轩突然夺过她手里的手机，对着那头说道："很抱歉，郁薰她现在很忙，而且，这是她的假期，不是上班时间，没有义务随传随到。"

欧明轩挂掉电话之后，夏郁薰心里只有两个想法：学长好强悍，还有，这次她死定了！

"学长，我被你害惨了！"现在的夏郁薰才是真正的印堂发黑。

欧明轩捏了捏她红扑扑的小脸："要不你准备怎么说？'主子，奴才立刻就到？'夏郁薰，拜托别这么奴颜媚骨、自贬身价行不行！"

夏郁薰盘膝坐着，无精打采地撇撇嘴。

阿辰他忽然找自己回去到底是因为什么呢？真是纠结啊！

"学长，我就是一棵在黑暗的缝隙里成长的小小的柔弱的向日葵。"夏郁薰一副忧郁诗人的表情。

欧明轩上下打量了她一眼："小小的，还柔弱的？我看是发育不良的吧。"

"向日葵"低头看了眼自己的某个部位，然后脸黑了。

夏郁薰勉强找回感觉，继续忧郁："如果永远没有见过阳光，或许我就不会再向往了。可是现在，我不想再过没有阳光的日子，只想每时每刻随着他转动，即使他是那么耀眼，那么高高在上遥不可及。"

欧明轩："呕……"

晚上，夏郁薰趴在床上打开日记本。

"终于下狠心请了一个星期的假，因为学长教我欲擒故纵、以退为进，也不知道到底管不管用，反正我自己已经被思念和担心折腾得半死了。

"想念你的声音你的脸甚至你的头发丝，担心你工作起来又熬夜又没有好好吃饭。

"一直一直忍着不去见你，并不是因为把你忘了，而是在给你时间，好让你来想念我，但是，到最后却是我在想念你……"

吐血！果然还是写不来这么煽情的东西。

夏郁薰眼珠子转了转，一边邪笑，一边继续写道："江山如此多娇，引无数英雄竞折腰！那片江山本来就是属于我的，怎可遭奸人践踏！我一定要崛起，我要收复河山！冷斯辰，你等着，总有一天我要让你匍匐在我的脚下，向我忏悔，祈求我的原谅！啊哈哈哈……"

一个星期后。

夏郁薰为了庆祝自己熬过了这漫长的七天，带上几个少年还有欧明轩一起去 KTV 唱歌。

夏郁薰化身麦霸，抱着话筒就开始嘶吼："一个星期没有你的消息，我想你想得快疯了自己。如果一秒是一天的印记，我已过了七个世纪。夜夜都梦见你奔向我的怀里，说今生我们再也不分离……哦，七个世纪，全都是冬季，就算是惩罚也到了绝地。但愿每个夜里闭上眼都是你，我宁愿长眠，不要醒来——"

欧明轩："……"

"笑，就歌颂，一皱眉头就心痛。我没空理会我，只感受你的感受。你要往哪走，把我灵魂也带走，它为你着了魔，留着有什么用。你是电，你是光，你是唯一的神话，我只爱你，You are my super star……"

欧明轩："……"

"是我勇敢太久，决定为你一个人而活，不能说出口，那么折磨。勇敢了太久，城市充满短暂的烟火，无处躲，照亮了沉默，明白是寂寞……吼哦——"

欧明轩："……"

几个少年一边吃薯片一边硬着头皮很给面子地不停鼓掌摇铃，其实鸡皮疙瘩都快掉一地了。

韩风："没想到连师姐也会为情所困！"

余乐："师姐什么时候不为情所困了？"

张宝："据说师姐自从三岁认识那个冰山总裁就开始为情所困了。"

韩风："啊，问世间情为何物！"

余乐："直教母老虎……"

张宝："也变成小白兔！"

欧明轩："……"

欧明轩发现自己今天过来就是个错误。真是受够了，这丫头居然如此无视他的魅力，一天到晚在他的眼皮子底下迷恋另一个男人，还迷恋到生不如死，这简直是他人生中的一大败笔。

最让他难以接受的是，这个男人竟然是他最讨厌的冷斯辰！

夏郁薰，其实我真的不想对你下手的，况且你那个样子我也根本下不了手，但是，谁让你偏偏要爱上冷斯辰呢。

既然"戒毒"方案不成功，那就只好用"以毒攻毒"了。冷斯辰是罂粟，他欧明轩又岂是省油的灯？

第二天早上。

夏郁薰接受了众人的关心问候之后，便怀着荆轲刺秦王之心进了冷斯辰的办公室。

啊，风萧萧兮易水寒，壮士一去兮不复还……

"那个，老板，您找我？"

虽然这七天每一天都是煎熬，但她还是熬过来了。不得不说人的潜力是无限的，就是不知道这效果到底怎么样。到现在为止，冷斯辰除了那天给她打了个电话，之后就再也没有消息。

冷斯辰放下文件，十指交叉抵着下巴，神情莫测地看向安然无恙的夏郁薰："你还没死？运气不错。"

之前打她电话却被欧明轩挂断之后，他一腔怒火之下本想不管她了，最后还是让梁谦派人盯着那边，以免出事。最后却被告知她跟欧明轩一直待在家里，没有出过门……

呵，算他多管闲事白担心了！

夏郁薰嘀咕："我知道……我马上就要运气不好了。"

"你倒是挺有自知之明。"冷斯辰轻瞥她一眼，命令道，"过来。"

夏郁薰猛摇头，有种不祥的预感。

"不要让我说第二次。"冷斯辰压低声音。

夏郁薰嗖的一声蹿到他跟前。

冷斯辰坐在椅子上，因为要仰视她而面露不悦："蹲下。"

"噢……"夏郁薰内心满屏吐槽，默默地蹲下身子……

冷斯辰看着她，幽邃的眸子里写满复杂的情绪。

夏郁薰被他看得有些发毛，还来不及弄懂他到底什么意思，只见他突然伸出魔爪，一把将她运动服的上衣拉链一拉到底……

她里面只穿着一件小可爱……

受害者发飙之前，冷斯辰倒是先发飙了，顶着那张四千米海拔的冰山脸狂放冷气："夏郁薰，给我一个解释。"

夏郁薰的第一反应是手忙脚乱地想要拉起衣服，结果发现那家伙居然暴力得把拉链的锁头都扯掉了。

"有什么好遮的，回答我的问题。"

这妮子的内衣品位实在是让他震撼，上面印的蓝胖子是什么东西？

夏郁薰一手揪着衣服，一手抖着手指指着他："拜托，人家好歹也是女孩子，你怎么可以……你简直……我要告你性骚扰……"

"原来你还有性别意识。"冷斯辰嘲讽地看她一眼，然后毫无预兆地伸手揽住她的腰，一个用力带到自己的腿间，"你肩膀上的疤是怎么回事？"

夏郁薰崩溃了："你要看肩膀用得着把我衣服全拉开吗？"

"这不是重点，回答我的问题。"

因他不知道伤口到底在哪儿，又了解她是那种不是证据确凿绝对不会松口的性格，所以理所当然地选择了最快捷直接的方式。

夏郁薰的气势明显弱了下去，然后开始眨眼睛，并且频率越来越快。

冷斯辰逼近她："想好借口了吗？"

夏郁薰烦躁道："没有，我再想想！"话刚说完就知道自己完了。

"下次撒谎之前学聪明一点。"

"谨记总裁教诲。"夏郁薰闷声道。

"现在怎样？要说实话吗？你身上的这道疤，怎么来的？"

"我干吗要告诉你，总之与你无关。"

冷斯辰冷哼一声："那就是与我有关了。"

夏郁薰心里懊恼不已，他又没说与他有关，自己干吗要不打自招啊。完了，他到底是怎么知道这件事的，要是他知道自己被人警告受伤的事情，一定会觉得她很没用，觉得她很麻烦，会不会被炒鱿鱼啊……

"疼不疼？"

"呃……"夏郁薰愣了，他居然没有指着她的脑壳骂她白痴，而是温柔地问她疼不疼？不太正常啊！他的脑袋是不是出问题了？

夏郁薰挠挠头发，咕哝道："其实……还真挺疼的。"

冷斯辰深深吸了一口气，然后指着她的脑壳怒骂："夏郁薰！你是白痴吗？真当自己是女侠，是武林高手了？为什么瞒着我？如果我今天不问，你是不是准备一直瞒下去？如果有下次，下下次呢？你以为你这小身板能经得住多少刀，夏郁薰你……"

夏郁薰满脸黑线，一手揪着衣服，一手揪着耳朵，虔诚地听着冷斯辰在那怒吼。此时，她的心里只有一个念头：他果然还是正常的。

冷斯辰满腔怒火地看着她那可怜兮兮的小样，恨不得把她的脑袋敲开重新放个大脑进去："从这一刻起，不许离开我的视线。"

"为什么……"

"贴身保镖！懂什么是贴身吗？"冷斯辰真的被她气到了，搂着她腰身的手猛地一收，夏郁薰一下子贴进了他的怀里。

"我的衣服衣服散了散了……"夏郁薰慌乱地在他怀里挣扎着。

片刻后……

"总裁，你好有才！"夏郁薰看着衣服上那五个办公用的小夹子，嘴角抽搐了几下。

冷斯辰埋着头处理公事，表面风平浪静，内心却是风起云涌，刚才居然差点儿失控，而对象还是夏郁薰，这未免也太饥不择食了……

因为被勒令贴身保护，不准离开他的视线，夏郁薰在办公室里一直待到了下班，无聊之下躺在沙发上睡着了。

"夏郁薰，起来了！"

不知过了多久，耳边有熟悉的声音叫她。夏郁薰迷迷糊糊地揉了揉眼睛："阿辰，什么时候了……"

冷斯辰心头一颤，仿佛回到了上学的时候，每次放学趴在桌子上睡着的夏郁薰都会一边擦着口水，一边问他什么时候。好像已经很久没听她叫自己阿辰了，是因为上次骂得太过分了吧。

夏郁薰本来想伸一下懒腰，但是考虑到现在的衣服状况很危险，所以还是作罢了。

"把这个换上。"冷斯辰扔给她一个袋子。

"你什么时候买的衣服？"夏郁薰挠挠脑袋有些惊讶。

"晚上有一场应酬。"

"那我……"

"一起。"

"哦……"夏郁薰本来是想说她和以前一样在车里等他，没想到他会让她一起。怎么总觉得他有些怪怪的，是错觉吗？

"你到底好了没有？"冷斯辰站在洗手间外面不耐烦地催促着。

"哦，马上！"夏郁薰匆匆忙忙地从洗手间里单脚跳了出来，还有一只高跟鞋没有穿好。

一身可爱的小公主裙衬得她整个人好像一只精致的洋娃娃，剪裁合体的 V 形领口让她虽然不大但形状姣好的胸部看起来倒也有了几分女人味。

只是……

"夏郁薰，你真的够了。"

冷斯辰无可救药地看她一眼，几步走过去，夺过她手里的鞋子，然后俯身给她穿上，又扣好另一只鞋子还没扣上的带扣。

冷斯辰弯腰给她系鞋扣的那一秒，夏郁薰呆了……

冷斯辰上下打量她一遍，又将她领口的胸花摆正，腰带微提，裙角理平。

夏郁薰继续呆滞，任由他神情认真地摆弄着自己。

终于把她整理好后，冷斯辰眉头紧蹙地盯着她。

"怎……怎么？"夏郁薰被他看得一阵紧张。

冷斯辰看了良久，最后揉了揉眉心开口道："你还是脱了吧。"

夏郁薰闻言，心里的那点儿旖旎之思全都化成了怒火："冷斯辰你玩我呢！我九死一生才穿好，你现在又让我脱了……"

九死一生……

"算了，走吧。"

"去哪儿？"

……

十分钟后，夏郁薰出现在了一家装饰奢华的造型会所，浑浑噩噩地被冷斯辰推给了一个染着红头发、穿着一身花衬衫的男人。

冷斯辰看了眼手表："杰森，我只有一个小时。"

红发男看着夏郁薰的一头杂毛，弹了个响指："冷总，还是您了解我，我最喜欢做有挑战的事情！"话音刚落，二话不说就要来摘夏郁薰的眼镜。

于是，一直处在梦与现实边缘搞不清楚状况的夏郁薰苏醒了。她迅捷地将手搭在男人的肩膀上，接着，一个标准的过肩摔……人高马大的造型师就这样狼狈地摔在了地上，地板发出砰的一声巨响。屋子里所有的人都惊呆了，只剩下男人躺在地上哀号的声音。

冷斯辰刚要发火，夏郁薰万分委屈地缩到了他的身边，用手护着眼镜，一脸惶恐地抱着他的一只手臂："阿辰，我不要在这里。"

又是这该死的眼镜！冷斯辰本是恼怒不已，一看到她这个害怕的样子又偏偏狠不下心来。

杰森狼狈地爬起来，哭笑不得地扶着腰："拜托，这位小姐，我才是被揍的那个，你干吗一副被欺负的神情啊？"

冷斯辰深吸一口气："夏郁薰，你……"

夏郁薰神色慌张，视线一直落在外面，只想快点离开这个地方。

"看着我。"冷斯辰双手捧着她的小脸，转向自己。

"老板，我有点不舒服，可不可以先回去？"她近乎哀求。

"夏郁薰，到底是什么让你一遇到和眼镜有关的事情就这么激动？"冷斯辰说着就要去摘她的眼镜。

夏郁薰一慌："不要摘……"

他已经摘下了。

夏郁薰用双手捂住自己的脸。冷斯辰又强硬地拉下她的双手。

"抱歉，杰森，这丫头有点爱使小性子，不喜欢人家碰她的眼镜。"冷斯辰一脸无奈。

杰森讪讪地摆摆手："没事没事，真是有个性的女孩子。这位小姐应该是个练家子吧？呵呵，身手不错，不错……"

此刻杰森的内心几乎是崩溃的，他居然被个女孩子一招给撂倒了，简直是太丢脸了！不过，话说冷总的审美什么时候变得这么特别了？

杰森一边狐疑地想一边看向夏郁薰，下一秒，看清摘去眼镜的夏郁薰后，杰森整个人都呆住了，忍不住惊叹道："小姐，你的眼睛好美！这副眼镜真的很不适合你，完全遮住了你的优点，我建议你……"

"给她做头发、化妆，我赶时间。"看着杰森无比热切的目光，冷斯辰神色不耐地打断他。

"呃，这次该不会又被揍吧？"杰森犹豫了半天，确定她没危险性了才战战兢兢地走了过去。

夏郁薰这次总算是配合了，不过，直到杰森给她做好头发化完妆，她都没说半句话，全程一副"本小姐心情很不好随时可能会耍毛"的模样。

"啧啧，挺漂亮的一个小美女，怎么喜欢把自己打扮成无敌丑女呢？"

检查了一遍确认没问题之后，杰森将夏郁薰转过来，连同椅子一起推到冷斯辰面前，一脸邀功道："冷总，搞定了，您看下满意不？"

冷斯辰漫不经心地从杂志间抬起头，看清夏郁薰的瞬间，脸上的表情一下子愣住了。

此刻的夏郁薰化了个日式的桃花妆，小脸蛋白里透红，娟秀的眉神采飞扬，唇色如粉嫩的花瓣，原本乱糟糟的头发从后面绾成一个可爱的发髻，用一枚水晶发夹别着，几缕发丝微卷俏皮地搭在肩膀。

最令人惊艳的便是那双眼睛。不是时下流行的欧式大双眼皮，而是性感复古的凤眼，眼尾微微上挑，瞳孔流光溢彩，美得不像话……

不是清秀可人，不是小家碧玉，而是明媚动人。摘掉眼镜的夏郁薰，就如同被点上眼睛的龙，满满都是灵气。

认识了这么多年，他从不知道，夏郁薰竟然可以这么美……

"你……"冷斯辰盯了她半天才回过神来，随后眉头越蹙越紧。

夏郁薰一见他蹙眉，也跟着蹙眉："我又怎么了？"

冷斯辰越看越纠结，突然不想带她去了。在夏郁薰被他看得耍毛之前，冷斯辰总算是心情不佳地拉着她上了车。

半个小时后，车在一栋豪华别墅前停了下来。

别墅前的广场上停着一排排的豪车，穿着光鲜亮丽的青年才俊和名媛淑女来来往往。别墅门口有两个工作人员正在查看请柬，引着宾客进场。

见夏郁薰正神情严肃地查看地形和来往人物，冷斯辰搭着她的肩膀："一个朋友的生日宴，不用太紧张。"

"哦。"夏郁薰收回目光，不过因为职业病，还是没有放下戒备心。今天冷斯辰又是突然翻旧账，又是让她贴身保护，肯定是发生了什么事。

冷斯辰见她神色恹恹的样子，抬手摸了摸她的额头："怎么了？真的不舒服？"

夏郁薰面无表情道："没有，走吧。"

"还在生气我摘了你的眼镜？"冷斯辰失笑。

夏郁薰冷飕飕地瞥了他一眼："生气？这要是别人摘的，我……"

"你什么？"冷斯辰挑眉。

夏郁薰横起手掌："我把他大卸八块！"

"很荣幸我还活着。"冷斯辰揉了揉她的脑袋，然后挽起她的手。

夏郁薰触电一般缩回了手："干吗？"

"今天你不仅是我的保镖，还是我的女伴。"

"为什么是我？你的白小姐呢？"夏郁薰没好气道。

"出差了。"

这是把她当备胎吗？夏郁薰郁闷得不行，却没种直接撂挑子不干，只能恨恨道："加工资吗？"

冷斯辰看着她一副"你敢说不，小爷绝对掉头就走"的小表情，嘴角微勾，答道："双倍。"

夏郁薰这才哼了一声，勉为其难地把手挽了上去，跟着他进了宴会厅。

刚迈进去没几步，夏郁薰还没回过神来就被弄蒙了，迎面过来打招呼套近乎以及八卦她身份的人简直络绎不绝，姑娘们从四面八方铺天盖地射过来的嫉恨的小眼刀都快把她千刀万剐了。她知道冷斯辰人气高，还有个什么 A 市所有女人最想嫁的男人排名 No.1 的称号，但还是第一次切身地感受到女人们的疯狂。

"那女人是谁啊？冷斯辰最近不是跟白千凝走得很近吗？"

"不认识啊！没见过！"

"啧，我就说嘛，我男神怎么会看上白千凝那种肤浅的女人。"

……

听说冷家已经内定了白家大小姐为长媳之后，无数少女芳心碎落一地，这会儿见到冷斯辰带了别的女人做女伴，她们虽然嫉妒这个女人，但想到有人打脸白千凝，心中还是挺快意的。

过来搭讪的人越来越多，而且几乎每个都要拐弯抹角地询问一下夏郁薰的身份，说了是公司员工，又要问是哪家千金，姓啥名啥爹妈是做什么生意的……夏郁薰挺烦这些名流宴会的，除非是为了冷斯辰工作需要，以保镖的身份出现，从没以夏末林女儿的身份参加过，所以场上没人知道她的底细。

冷斯辰眼见着夏郁薰被烦得脸色越来越差，已经快到崩溃的边缘，在她爆发的前一刻，突然微微俯下身凑到了她的耳边，轻声道："饿了吧？我跟朋友说会儿话，你去弄点东西吃。"

极其平常的一句话，但他温热的气息撩拨在耳边，夏郁薰的脸一下子热了起来，下意识地摸了摸麻痒的耳根子："哦……"

"小姑娘有些怕生，大家不要吓到她了。"冷斯辰轻笑一声寒暄着，实则是在提醒众人不要去骚扰她。

刚准备跟上夏郁薰的几个女孩闻言都识相地收回了脚步。以后再打听也是一样的，现在还是不要惹怒冷斯辰为妙。

夏郁薰拿了些吃的，然后找了个视野开阔可以纵观全场的角落坐下。在她对面不远处，一身蓝灰色西装的男人盯着夏郁薰的方向，将杯中的红酒一饮而尽，脸上露出玩味的笑容。

冷斯辰身边的女人居然不是白千凝？

男人重新倒了杯红酒端起来，起身一步步走到了夏郁薰跟前："嗨，美女，可以坐下吗？"

夏郁薰抬头看了眼过来搭讪的男人："李总，几天不见，越发风流倜傥了啊。"

男人愣住了："你认识我？"

夏郁薰翻了翻白眼："我是小夏。"

男人一听，惊愕万分地上下打量了她一番："小夏？！你……你去整容了？"

夏郁薰嘴角一抽："呸，你才去整容了！"

"哈哈哈……你这丫头，我就喜欢你这个性！"男人明明被骂了，却笑得挺高兴。

这人什么毛病啊，居然喜欢人骂他？不过，她也是因为对李云哲的个性有所了解，所以才敢这么毫无顾忌地跟他说话的。

"来来，你家大总裁去应酬了，哥哥陪你聊天！"李云哲顿时来了精神，冷斯辰身边这个小保镖可是有意思得紧。

夏郁薰眼皮子都不抬一下："没心情，您能不能行行好，让我自己待会儿？"

李云哲啧啧咂舌："一定是因为你家大总裁名草有主了，所以在这黯然神伤吧？"

李云哲话音刚落，夏郁薰的脸立即黑了，她表现得真有那么明显吗？

因为不想影响工作，所以她已经很努力掩饰自己对冷斯辰的感情了，不过看来还是没能瞒过李云哲这只老狐狸。不过被发现了也没什么，反正喜欢冷斯辰的女人多了去了，多她一个也不奇怪。

夏郁薰在心里把李云哲给过肩摔了一百遍，面上却闲闲地托着下巴，不紧不慢地幽幽说道："李总啊，听说白小姐是您的初恋啊？怎样，看着初恋被商场劲敌夺走，心情如何？发表下感想嘛。"

之所以知道得这么清楚，是因为当初为了知己知彼百战百胜，她想方设法打听过白千凝的一些信息。

这次是李云哲的脸黑了，那表情跟吞了一百只苍蝇似的，咬牙切齿道："小丫头，你太毒了！"

"承让承让。人不犯我，我不犯人，人若犯我，我就会生气……"刚才那些人不停敬酒的时候，她喝了很多，当时还没感觉，但红酒后劲大，这会儿夏郁薰已经开始有些上头了。

李云哲好笑道："我知道，你生气，后果很严重。"

夏郁薰哼了一声："知道你还惹我，活该！"

李云哲捏了捏眉心："我说，你一个女孩子家家的，就不能温柔点？学着扮扮柔弱撒撒娇什么的。老这样哪个男人受得了你？真是白瞎了你这身打扮！"

不得不说，今晚这丫头稍微打扮一下还真挺让人惊艳的，要是平时她也能好好拾掇一下自己，说不定冷斯辰早就被她拿下了。

夏郁薰"喊"了一声："李大总裁，您就饶了我吧。我怕温柔起来会吓死你。撒娇？我怕吓死我自己！"

不远处，冷斯辰看着夏郁薰的方向，脸色越来越沉。本来他还有些担忧她不适应这种场合，没想到却看到她在跟个男人交谈甚欢，而那个男人居然还是李云哲。

"冷总，怎么这次你的准娇妻没来，却跟了个小甜心？我记得你不爱吃甜食的啊？"这次宴会的东道主，冷斯辰的好友蓝浩阳吊儿郎当地把手搭在冷斯辰的肩膀上，不怀好意地问道。

"我有说过吗？"冷斯辰浅酌一口红酒。

"斯辰！"

蓝浩阳正要说话，一个身材高挑面容冷艳的性感女人端着一只酒杯朝这边走来。

"那种辣妹才是你的口味吧？不打扰你们喽，拜！"蓝浩阳立即揶揄地用手肘捅了捅身旁的冷斯辰，一副看好戏的语气。

洛微在娱乐圈混得风生水起，天后级人物，但却从来没有跟哪个男人传出过绯闻，是那种可远观不可亵玩的孤傲型美女，多少男人对她趋之若鹜，她都不看一眼，却对冷斯辰情有独钟。

"斯辰，刚才……你身边的小猫咪是谁？看不出来挺能喝的，不像白千凝那女人滴酒不沾，娇气得很。"洛微试探着说道。

"嗯，还可以。"冷斯辰模棱两可地应付。

"我那有刚到的极品拉菲，晚上要不要去我那，一起喝一杯？"洛微露骨地邀请。

"晚上有事。"冷斯辰面无表情道。

洛微握着酒杯的手有些颤抖："斯辰，你一定要这样拒人于千里之外吗？你明知道我对你的心意。难道你真的要和姓白的那个女人在一起？我哪里比不上白千凝？为什么你选择她却不选择我？如果是因为我的职业，我可以为了你退出娱乐圈！"

"没必要。"

"冷斯辰，我喜欢了你整整七年，你难道一点感觉都没有吗？"

"没有。"

"你……"洛微几乎要把酒杯给捏碎。

躲在一旁偷偷看八卦的蓝浩阳一个趔趄差点儿摔倒，冷斯辰这家伙未免也太不解风情了吧？他到底是不是男人啊？对着这么一个尤物也能拒绝得出口，还拒绝得这么不给面子。

第五章

生命垂危

另一边，夏郁薰正跟土拨鼠似的在桌子底下钻来钻去。

李云哲见状有些好笑地问："怎么了？你到底在找什么呢？"

"我的耳环掉了一个。"夏郁薰一边说一边瞪大眼睛摸索，都怪自己没出息，一看到冷斯辰和别的女人说话就激动。

"耳环？一起找吧，掉哪儿了？"李云哲问。

"好像是桌子底下。"

李云哲也弯下了腰帮她一起找，结果，砰的一声，两人找着找着，头撞一块儿去了。

"噢，疼死我了！小夏，你那脑袋到底是什么构造，怎么这么硬？"李云哲抱头痛呼。

"就是正常的人体组织构造而已。"夏郁薰终于成功找到那只一看就很贵的镶钻耳环，松了口气坐回沙发上。要是搞丢了她可赔不起。

一不小心喝了太多酒，夏郁薰的手有点抖："完了，戴不上去了。"

"算了，我帮你吧。"李云哲看她那痛苦的小样，心里都替她急。

"你行不行啊？"夏郁薰有些怀疑。

"至少我没醉！"

"你的意思是我醉了？"夏郁薰不高兴地怒视着他，双颊染上了薄醉的风情，红扑扑的异常可爱。

李云哲双手环胸看着她："你没醉？有本事你用筷子把盘子里的小珍珠夹起来给我看看。"

"无聊！我没醉也夹不起来的好不好。"

李云哲轻咳一声，她确实还有几分清醒。

最后，夏郁薰还是自己把耳环戴上了，她没打耳洞，这种耳环是直接夹在耳垂上的，所以很容易掉。

"你耳朵有点红，是不是磨伤了？"李云哲看着她的耳朵。

"不会吧？是有点痛，我平时没戴过这个。"夏郁薰摸摸隐隐有点刺痛的耳朵。

"我帮你看看。"

李云哲刚倾身过去，夏郁薰突然被一只横过来的大手往上一提，旋转半圈后，整个人晕晕乎乎地撞进了一个结实的怀抱。

"唔，谁没事转老娘呢，头好晕……"坐太长时间，又喝了那么多酒，猛地被拉起来，夏郁薰一阵天旋地转，眼前一黑，直接失去了知觉。

冷斯辰似护食的野兽般神色不悦地看了李云哲一眼，一言不发地将夏郁薰拦腰抱起。

看着冷斯辰离开的背影，李云哲将杯中的酒一饮而尽，满脸不甘地喃喃自语道："啧，千凝啊千凝，你的眼光也不怎么样嘛，这种到处勾三搭四、连窝边草都不放过的男人到底哪里好了？"

"浩阳，我先走一步。"冷斯辰临走前跟蓝浩阳打了声招呼。

"拜，甜点吃太多小心腻哦。"蓝浩阳意味深长地笑。

不简单啊不简单！还没看过斯辰对哪个女人露出这种……这种恨不得撕碎又恨不得疼进骨子里的表情。因为他对任何女人都只有一种表情，那就是面无表情，所以今天自己实在是大开眼界。

可怜的小甜心，为你默哀，不知道够不够冷斯辰塞牙缝的……

出乎冷斯辰意料的是，夏郁薰喝醉后一点都没有闹，自顾自地从包中摸索出眼镜戴上，然后安安稳稳地睡在了后座，实在乖巧得有些诡异。

半个小时后，冷斯辰将车开到他的别墅前停下，然后打开车门去叫醒她。

夏郁薰扶了扶眼镜，摇摇晃晃地从车里走出来，第一件事就是脱下高跟鞋拎在手里，又伸手把脑后的发髻全都拆散，耳环摘下来塞到冷斯辰手里，然后赤着脚跌跌撞撞往回走，一边走一边嚷嚷："冷斯辰，你就知道折腾我！"

"你去哪？"冷斯辰跟上几步，一把将她拉了回来。

"放手，男女授受不亲，这不是我家，我要回家去！"

"你就不怕你爸打你？"冷斯辰也不拦她，只是双手环胸，好整以暇地说了一句。

"冷斯辰！你少威胁我，我告诉你，我才不怕！总不能一喝醉就去别人家里躲着，这种窝囊的事情，我夏郁薰做过一次，绝对还会做第二次……"夏郁薰嚷嚷完，跟跟跄跄地晃到冷斯辰家门边，大力地拍打着门板，"还站那愣着干什么？冷斯辰，开门啊！开门……"

看着她那嚣张的小样，冷斯辰一脸无语，他真是见鬼了，刚才居然还以为她乖。他大步流星地走过去，一把将她扛到肩上。

"啊——"夏郁薰尖叫一声，挥舞着两只小爪子，"浑蛋，你干吗？你放我下来——"

啪的一声响起。

夏郁薰身子一僵，接着满脸屈辱，号得更凄惨了："冷斯辰，你浑蛋！我爸都不敢打我屁股，你居然打我屁股？冷斯辰你放我下来，我保证不打死你……"

啪——冷斯辰毫不犹豫地又是一下："夏郁薰，你最近胆子越来越大了。告诉我，谁给你的胆子，嗯？"

"没谁给我的，我自己长的！你放我下来，你再不放，再不放……我要吐了！我吐你一身！"

"你敢，憋回去。"

"冷斯辰，你还有没有人性嘤嘤嘤……"

"你给我闭嘴，进去再跟你算总账。"

冷斯辰将夏郁薰扔到床上，憋了一肚子火，刚要质问她什么时候跟李云哲混在了一起，那丫头却一沾到枕头立刻就四仰八叉睡得不知人事。

"夏郁薰，你是猪吗？"冷斯辰无语地站在床沿盯着她豪放的睡姿。他没有蠢到这时候去叫醒以及靠近她，否则绝对会被她咬，他太了解她的酒品了。

半夜里，夏郁薰迷迷糊糊地醒来，一时之间有些不知道身在何方，迷迷糊糊地揉了揉头发，然后下意识地顺着光亮的方向走去。

安静的书房里，冷斯辰坐在灯光下，时而手指在键盘上快速敲击，时而翻看文件写写画画，眉宇间有化不开的疲惫。

夏郁薰站在门外，脚底不由得生了根，痴痴地看着他专注工作的画面。

看着看着，她发现冷斯辰正翻文件的手突然顿住，按在了自己的胃部，面上露出一丝痛苦的神情。

夏郁薰这才回过神来，急忙跑过去："你怎么了？"

冷斯辰看了眼突然出现的夏郁薰："你醒了？"

"你的胃药呢？"夏郁薰急忙去一旁的抽屉里翻找，好不容易翻出一个药瓶，却是空的。

"你去睡吧，我没事。"冷斯辰沉声道。

夏郁薰依言转身离开。

看着她离开的背影，冷斯辰的脸上划过一丝不易察觉的落寞。

然而，没过多久，夏郁薰又赤着脚噔噔噔跑了回来："白色的药丸一粒，黄色的胶囊三粒。"

"药哪来的？"冷斯辰神色微惊。

夏郁薰白他一眼："我都有随身携带的好不好，果然还是派上用场了吧。"

冷斯辰有些无语，还真是个名副其实的医药箱，上次在酒吧的时候看她从包里拿出纱布酒精已经很惊奇了，没想到她那小小的包里真是什么都有。

"你先吃药吧，我去给你煮点粥，粥养胃。"说完就跑去厨房忙活了。

冷斯辰听着厨房里时而发出的细碎声响，眼睛盯着文件，却再也无法集中精神。不过，心里竟异常地宁静。

一番忙碌之后，夏郁薰小心翼翼地端着碗粥走了进来："做好了，当心有点烫。"

"你做了多少？"冷斯辰问，心里却在惊奇，这丫头是什么时候学会做饭的？印象里她少数几次尝试做饭的结果都是烧了厨房。

"挺多的，不用担心不够。"夏郁薰说。

"你也吃一碗吧，晚上除了喝酒什么都没吃吧。"冷斯辰面无表情地说了一句。

夏郁薰一愣，接着嘿嘿傻笑，然后很开心地去盛粥。

冷斯辰吃着吃着，面上露出一丝奇怪的神情："这粥……"

夏郁薰立即有些忐忑地问："怎么了？难道没熟？我自己吃着还好啊。"

"这个味道……很熟悉，和有次吃的外卖味道很像。"冷斯辰沉吟道。

"呃……是吗？呵呵，那说明我的手艺好嘛。"夏郁薰干笑。

　　外卖？她想起来了，请假在家的时候，她担心他不好好吃饭，就做了点养胃的粥让韩风给他送过去，因为怕太殷勤会影响自己欲擒故纵的计划，就让韩风说是冷斯澈叫的外卖。

　　这家伙的嘴也太刁了吧？白粥而已，味道不都差不多吗？这也能吃得出来？

　　吃完了粥，夏郁薰挠挠头："对不起啊，之前我又发酒疯了吧？这会儿我已经酒醒了，那……我回去了啊……"

　　"回去？"冷斯辰立即皱起眉头。

　　"我去安妮那儿。"夏郁薰说。

　　"大半夜的往那儿跑？"冷斯辰面露不悦。

　　唔，这意思是留她住下来吗？夏郁薰窃喜的同时也有些忐忑："那……我去客房睡吧？有多余的被子吗？"刚才自己躺的那间应该是冷斯辰的卧室，她可不敢继续躺。

　　"没有，我晚上不睡。"

　　唔，这意思是让她继续在主卧睡吗？这家伙真是，说话总是这么简洁，每次听他说话全靠猜。

　　"那我去睡啦？"夏郁薰见他不出声，应该是默认了，这才回卧室去睡了。关上门，夏郁薰开心地在那张大床上滚了几轮，兴奋得大半个小时后才睡着。

　　翌日清晨。

　　书房里，彻夜未眠的冷斯辰揉了揉眉心，关上笔记本电脑。

　　起身走进卧室，看着床上四仰八叉的小丫头，冷斯辰神色一软，不由自主地走过去，在床沿坐下。大概是看她睡得太香了，勾得他克制的困意全都翻涌上来，于是轻轻挪到床上，在她旁边躺了下来。本来只是想稍微小憩一下，似是被她的好眠传染似的，迅速进入了梦乡。

　　半个小时后，夏郁薰呆呆地盯着身旁的俊脸。

　　这已经是第二次早上醒来发现自己跟冷斯辰躺在同一张床上了。老天爷最近对她太好，简直让她有些受宠若惊。

　　夏郁薰趴在冷斯辰的身边，花骨朵儿状托着下巴看着他睡梦中显得异常柔和的侧脸，感觉自己又醉了。

虽然实在不舍得离开，不过最后还是一骨碌爬起来，去厨房给他准备早餐。做好早餐后，她看时间差不多了，给冷斯辰留了张纸条，然后匆匆赶去上班了。

夏郁薰离开后没多久，冷斯辰就醒了，看到枕边空荡荡的，冷斯辰猛地翻身坐起，眉头紧紧锁着。

他急忙起身走进客厅，发现她人不在，只有桌上的早餐，还有一张提醒他吃药的纸条。

冷斯辰在餐桌旁坐下，很快冷静下来。他有点紧张过头了，现在是大白天，应该不会有事。

事实证明，这人若是倒霉，连大白天都能遇到打劫的。

夏郁薰看着巷子里堵着的那几个人高马大、黑衣墨镜的家伙，放下手里的包，无奈地叹了口气。

"怎么样？是要乖乖跟我们走一趟，还是被打晕了扛走？"其中一个黄毛拍着手里的钢管威胁道。

听这话似乎不是打劫？

夏郁薰掰了掰手指："打晕了扛走吧。不过，是我把你们打晕了，再扛去警察局！"

"哈哈哈……大哥，这小妮子说要把我们打晕，还扛走！就她那小身板！哈哈……"

黄毛话音刚落，旁边被称作老大的光头男狠敲了一下他的脑袋："给我闭嘴！"

"是是……老大……"

光头警告地瞪了几个笑得猖狂的小弟一眼，接着看向夏郁薰开口道："你就是夏郁薰？听说你很能打？"

此话一出，那几个小弟全都傻住了，见鬼似的看着眼前娇小的女孩子，她这样子哪里像能打的了？

"能不能打关你什么事？"夏郁薰没什么耐心地说道。

光头神色认真地看着她："跟我打一场吧，你赢了，我就放你走。"

没想到他们不按照常理出牌，夏郁薰愣住了："你的意思是，你要单打独斗？确定不一起上吗？到时候输得太惨可别怪我没手下留情。"

"你……"几个小弟一听夏郁薰这嚣张的话，立刻就要冲上去扁她，但被光头拦住了。

"请指教。"光头行了一个标准的武士礼。

夏郁薰眉峰一挑，一眼看出他是个受过专业训练的练家子。一般的打手只会抡着钢管冲过来，哪还会这样跟她客气，这分明是个武痴啊！

开打十分钟后。

一旁围观的几个小弟目瞪口呆，眼睁睁看着自家老大竟被一个小姑娘打得毫无还击之力。

夏郁薰一打起架来，全身的血液都在沸腾。

小弟们面面相觑，急得不行，黄毛眼珠子乱转，最后偷偷摸摸地趁着夏郁薰不备晃着刀子突然冒了出来。

夏郁薰正专心致志地和光头过招，突然余光瞥见一道冷冽的刀光，可要躲已经来不及了，最后腹部还是被划了一刀。

她一脚把偷袭的小弟踹飞，踉跄着后退几步捂住腹部的伤口。

下一秒，被踹飞的黄毛又被光头一脚踹得更远。

"浑蛋！谁准你出手的！"光头暴怒。该死的，这次他真是没脸见人了。

"夏小姐，你怎么样？我送你去医院吧！"光头满脸羞愧地上前几步。

他平生最佩服的就是能打的人，她一个娇小的女孩子，居然有这么好的身手，更是让他佩服不已。本来他是想趁今天这个机会好好跟她打一架，谁知道居然被那些兔崽子给毁了。

夏郁薰没理他，自顾自地把运动服撩上去，然后从包里摸索出酒精纱布，简单处理了一下伤口："这情况怎么算？"

"算我输了！"光头说着狠狠瞪了黄毛一眼。

"那我可以走了吧？"

光头见她转身要走，急忙拦住她，为难道："对不起，你现在还不能离开，不过，如果你是要去医院，我可以送你。"

"你们不是为了绑架我，而是为了拖延时间阻止我去公司？"这会儿夏郁薰的大脑突然好使起来。

那岂不是表示……冷斯辰有危险！想到这里，夏郁薰立即怒斥一声："滚开！"

"夏小姐，请不要为难我……"

"见过无耻的，没见过这么无耻的，说好单打独斗还让小弟背后偷袭，现在你们是不是还想一起上？那就过来啊！姑奶奶来一个打一个，来两个打一双！"夏郁薰彻底被惹毛了，一想到冷斯辰现在可能有危险，血全都涌到了脑子里。

"……"光头被说得哑口无言，最后眼睁睁看着她离开，愣是拦住了所有小弟没有追上去。

跑到路口后，夏郁薰迅速拦了一辆出租车赶去公司。还好她身上的衣服是黑色的，看不出来血迹，否则怕是没司机敢载她。

等夏郁薰赶去公司，果然出事了。

总裁办公室门外人头攒动，不仅有公司员工，还有一群记者。

办公室的门正敞开着，只见办公桌前，冷斯辰正被一个女人用刀抵着咽喉，而那个女人竟然是炙手可热的大明星洛微……

怎么会这样……

冷斯辰的目光没有焦距，好像有些神志不清。他的衣服全被扯乱了，洛微黏在他身上，也是衣衫不整，而且她的神情似乎有些不正常。

看着那些闻风赶来的狗仔队，夏郁薰来不及多想，二话不说赶上前去夺了他们的摄像机，把内存卡拿出来掰断。

"你这个野蛮的女人！我的相机，你居然敢动我的相机……"一时之间，记者们全都怒目而视，嚷嚷成一团。

夏郁薰自然知道这些记者不好惹，但是现在她哪里还顾得上这些。她也不跟那些记者废话，直接一把揪住其中一个员工的衣领："去通知保安封锁公司大门，不许再放进一个记者，这里的这些全都给我赶出去。"

"可是，洛微说不准叫保安，记者也是她叫来的，万一惹毛了她……"

夏郁薰压低声音："你就不能随机应变一点？那女人现在所有心思都在总裁身上，哪有空管这些？快点去！"

"可是，小夏，那些记者不能得罪啊……"那员工还是有所顾忌。

"所有的事情我一个人负责行不行？你再不赶人，我就揍你了！现在的情况是我威胁你赶人的，可以了吗？"

那人被她吼得耳朵都快聋了，无奈之下只好赶紧照着她说的做。

夏郁薰看着那些没了相机就在捣鼓手机的记者，一个箭步冲上前去，劈手夺过他们的手机："我警告你们，不许再拍照！"

"你是谁啊？实在是太过分了！我们是记者，有权利将真相呈献给群众！”

“放屁！就算是公众人物也是人，隐私权同样受法律保护，你们再继续纠缠不休，就等着吃官司吧！”

夏郁薰盛气凌人的气势震得一群记者面面相觑，大半开始打退堂鼓，也有点清醒过来，虽然今天这个料特别劲爆，但冷氏可不好得罪……

几分钟后，保安赶了过来，剩下的还在犹豫的记者终于也陆续被请了出去。如夏郁薰所言，洛微这会儿全部心思都在冷斯辰身上，压根没有注意到外面发生的事情。

解决完这边，夏郁薰开始小心翼翼地朝着办公室的方向接近。

“别过来，别过来！全都给我滚开！斯辰是我的，谁也不许抢走他，谁也不许……”洛微注意到夏郁薰的靠近，突然激动地尖叫起来，抵着冷斯辰咽喉的水果刀一不小心就刺进去几分，血立即渗了出来。

“别激动，别激动……我只是想帮你关上门而已，他是你的，是你一个人的，哪能让别人随便看啊，对吧……”夏郁薰尽量摆出无害的表情，一边说话，一边走去把那扇门锁已经被撞坏的房门给掩上了。

冷斯辰的眼神告诉她，现在她最应该做的就是带上房门。她明显注意到关上门的一瞬间，缝隙中冷斯辰阴沉的脸色好看了许多。

哎，被那么多人当成猴子一样围观了那么久，以那厮的个性，这会儿绝对已经气得快炸了。

“小夏，现在怎么办啊？我们叫警察吧！”安妮惊慌失措地说。

“不行，绝对不可以叫警察！”夏郁薰一口否定。

“夏郁薰，你算哪根葱？不叫警察，出了什么事你负责？”人群里开始有人叫嚷。

“反正不用你负责，你叫个屁！谁敢叫警察就试试看！”

要是叫了警察，事情就闹大了，现在网络这么发达，事情要是爆出来了，很难盖得住。

夏郁薰一声狮子吼，瞬间没人再敢说话。大家都知道夏郁薰虽然平时嘻嘻哈哈的很好说话，但绝对不是好惹的角色，她也是极少能在总裁面前说得上话的人。同时，众人也回忆起，这个娇小的女孩来公司后，是怎样一步步用实力证明自己丝毫不比那些身材魁梧的大块头男保镖差。

冷氏在商场的劲敌太多，招惹了不少仇家，所以冷氏对保镖的要求也尤其严格。夏郁薰能坐到这个位子，绝对不可能没两把刷子。

她的长相性别都很容易让人忽视她的杀伤力，但恰恰这一点也是她最大的优势，她就像是冷斯辰身边一把带鞘的刀。

"郁薰，那现在怎么办？如果总裁出了什么事，我们都担不起啊。"安妮怯怯地问。

"安妮，你在这里守着这扇门，谁都不许进去。给我十五分钟，我来搞定。"

安妮正焦急不已，突然看到夏郁薰走过的地方，地上有斑斑驳驳的血迹，捂住嘴尖叫了一声："天啊！血……"

"好像是小夏的血！"

"刚才看她脸色就很不对劲，苍白得跟鬼一样！"

"我怀疑小夏今天这么迟来，是不是因为路上被那女人的同伙堵住了啊？"

"很有可能，小夏那么机灵，那疯女人一定是怕她坏事！"

与此同时，夏郁薰已经赶到总裁办公室头顶上的那间办公室。

刚一撞开门，竟看到市场部经理正搂着美女秘书在热吻，两个人的衣服都已经褪得差不多了……

夏郁薰的第一反应是，不错，他们居然还完全不知道发生了什么事，消息应该还没传开。

"啊啊啊——"两人的尖叫声此起彼伏。

夏郁薰无视那对被吓惨的野鸳鸯，径直走到窗口，手一撑，干净利落地跳了下去。

"啊——"美女秘书终于承受不住接二连三的刺激，尖叫一声晕了过去。

市场部经理则是瞪着双眼整个人都傻了。这算什么？那女人是不是神经病啊！跳楼就跳楼，干吗不去顶层，偏偏要选这个时间，在这个窗户口？

夏郁薰顺着水管爬到十六层，悄无声息地从窗户翻进了总裁办公室，接着，屏住呼吸，小心翼翼地挪到柜子后面，潜伏着伺机而动。

只见洛微正痴迷地抚摸着冷斯辰的身体："斯辰，斯辰……你要我好不好？我这么喜欢你，这么爱你，爱了你整整七年，你明知道我对你的心，你怎么可以娶别的女人？我哪里比不上白千凝那个贱人？哪里比不上！我知道，你一定很想要我的对不对……你不需要忍耐的……我是你的……"

洛微抬起冷斯辰的手，覆在自己的柔软之上。

冷斯辰的脸色异常难看："洛微，你给我清醒一点。"

"为什么……你为什么不要我……是不是我哪里不够好？我可以改，我可以改的啊……"

夏郁薰听得心中百感交集。七年啊，是挺长的了……可是，这里还有个二十年的呢！七年就这样了，她这个从三岁起认识冷斯辰，至今已经有二十年的岂不是要毁灭地球去？

话说，为什么冷斯辰坐在椅子上一动不动的？神情看起来也很痛苦，好像在极力忍受着什么。

夏郁薰来不及多想，匍匐着爬过去，慢慢接近冷斯辰和洛微……在洛微爬上冷斯辰的腿各种挑逗之时，夏郁薰一个手刀挥向她的后颈处，精准地将她劈晕了。

总算是搞定这个疯女人了，夏郁薰抹了把汗站起来："老板，你没事吧？"

"你……夏郁薰？"冷斯辰不可思议地盯着幽灵一样在洛微身后出现的女人。

她到底是从哪儿冒出来的？

看着冷斯辰脖子上的血痕，夏郁薰满脸紧张："你受伤了，得赶紧去医院！"

刚要扶他起来，冷斯辰突然大喝一声："别过来！我身上绑了定时炸弹！"

"……"夏郁薰傻了，半晌后爆了一句粗口，"这女人是疯了吗？有八卦说她年幼的时候被继父虐待，精神不太正常，难道是真的？老板啊，不是我说你，你看看你这招惹的都是什么人啊？不过话说回来，上次我去庙里给你求了一卦，卦象说你今年会有桃花劫，没想到居然是真的……"

"夏郁薰，这个时候还有心情说废话！"冷斯辰有气无力地低吼，他怎么也没想到自己居然会栽在一个女人手里，还栽得这么彻底！

夏郁薰不在意地耸耸肩："为什么没有心情？不就是定时炸弹吗？她怕是想跟你最后缠绵一次，然后和你同归于尽吧？唉，真是可怜的女人，不过，我很佩服她的勇气！"

洛微做了她不敢做的事，发了她不敢发的疯……爱情本身就是一种临时性精神病，等到哪天不爱了，病就好了。

夏郁薰一边说着让冷斯辰抓狂的风凉话，一边蹲在那里捣鼓着炸弹。计时器上显示只剩下三十秒了……

"夏郁薰，你到底行不行？"冷斯辰知道她有点小能耐，但根本不知道她底子有多厚。

夏郁薰没好气地白了他一眼："我要是不行，你能叫拆弹专家吗？就算现在叫也来不及了……"

冷斯辰不说话了。他宁愿死，也不愿被别人看到现在这个狼狈的样子。他最感谢她的就是她赶走了那些记者，关上了那扇门。

"大不了……我陪你一起死……"夏郁薰说着，嘿嘿笑了一声，"牡丹花下死，做鬼也风流嘛……"

话刚说完，计时器上的数字骤然停止跳动。

夏郁薰摆弄着拆下来的东西，不可思议道："这女人是白痴吗？这种低级的玩意儿已经淘汰几个世纪了，也亏她有本事找得出来。"不过从她找的那些不靠谱的打手来看也知道，她肯定是第一回做这种事情，压根没经验。

冷斯辰刚恢复行动力，就一把将她抱坐到了腿上，一阵没完没了的热吻。

夏郁薰完全被这突如其来的状况弄晕了："总……总裁……冷斯辰！你干吗呀！"她满面通红地挣扎着想要躲开，他的吻从她的唇蔓延到脖子，并且愈来愈往下。

腹部的刀伤因为挣扎的动作被牵动，夏郁薰疼得背后冷汗涔涔。刚才因为气氛太紧张还没觉得，这会儿所有的痛感都涌了出来。

"你难道要我去碰那个女人，嗯？"冷斯辰的声音异常沙哑，身子热得不像话。

夏郁薰僵硬地感觉到自己坐着的地方生理反应强烈。这到底是怎么回事？

"难道……那女人给你下了药？"夏郁薰终于反应过来。

冷斯辰始终一言不发地在她的身上忙碌，专心致志地将她的衣服拉扯下来。

夏郁薰突然觉得悲哀："呵，冷斯辰，在你心里，我夏郁薰只配做你灭火的工具是不是？"

"你不是口口声声喜欢我吗？为什么我不可以？欧明轩，甚至斯澈，谁都可以，为什么我不行！夏郁薰，如果这就是你的喜欢，未免太廉价！"

夏郁薰突然感觉伤口已经不再痛了，因为比起心里生不如死的痛，身上的疼痛根本就不算什么。

她如此爱他，得到的却永远只有无止境的伤害和误会……

"冷斯辰，你想怎样就怎样吧……我好累，真的好累……"夏郁薰渐渐放弃了反抗，任由他不断地亲吻着自己。那样亲密的碰触，却让她心寒似铁。

冷斯辰的手探进她的衣内，突然触摸到一股黏腻的液体……他心头一惊，立即将她的外衣全都拉开，竟然发现她整个腹部全都是血，而他的双手也已然被她的鲜血染红……

"夏郁薰！为什么会受伤？"冷斯辰惊怒交加地吼了一声，急忙用手掌堵住她的伤口，可是那里还是在不断涌出鲜血。

因为失血过多，夏郁薰的神志已经有些迷糊，她勾住他的脖子，在他的唇上印下一吻，神情恍惚地呢喃道："阿辰……其实，刚才……有一瞬间，我并不想去拆掉那个炸弹……洛微不是疯子，我才是……呵呵……我才是疯子……"

"闭嘴！别说话！"冷斯辰将她拦腰抱起，一脚踹开房门。

此刻门外面正围满了员工，看到怒火冲天的冷斯辰和他怀里满身是血昏迷不醒的夏郁薰，倒抽冷气的声音此起彼伏。

"天啊，小夏！"安妮颤抖着身体尖叫一声。

"小薰——"一个人影从人群中飞奔过来，看着冷斯辰怀里奄奄一息的女孩，声音颤抖得不成样子，"哥，这到底是怎么一回事？"

"斯澈，这里的事情就交给你了，我先送小薰去医院。"冷斯辰说完匆匆离去。

看着怀里渐渐失去血色的小脸，冷斯辰一颗心简直像被烈火焚烧一般。活了二十多年，他从来不知道，有一天自己居然会有这么绝望这么惊惶的一刻。

"夏郁薰，撑住……"他唯一能做的就只有一遍遍地唤她的名字，好像这样就会让自己安心一点。

终于将她送进急诊室，冷斯辰几乎虚脱，整个人都陷入了巨大的恐慌之中。

"医生，她怎么样？"

"病人失血过多，现在急需输血，但她的血型很特殊，属于稀有血型中的 Rh 阴性 A 型血。这种血型的人很少，我们医院库存的血浆不够，正在紧急调配，但很可能调不到，所以你必须做好最坏的打算。请问病人有亲人是这个血型吗？"医生问。

"她只有一个亲人，是她的父亲，但我不知道她父亲是什么血型。"医生的一番话让冷斯辰有种坠入地狱的感觉。

"那赶紧通知他过来一趟吧。"医生说完便匆匆进了急诊室。

现在这种情况，肯定是不能再瞒下去了，冷斯辰最终还是拨通了夏末林的电话。

二十分钟后，夏末林匆忙地赶来医院，后面还跟着执意要一起来的张宝、余乐和韩风。

见到冷斯辰，夏末林二话不说，上来就重重地打了他一拳。夏末林是练家子，那一拳绝对不轻。

冷斯辰一声不吭地抹去嘴角的血迹，一副认打认罚的样子。

"啊啊啊，你你你……你不是那个冷氏集团的总裁吗？"一旁的韩风一脸见到鬼的表情。

冷斯辰若有所思地看着夏末林身后大呼小叫的男孩子："我好像在哪里见过你。"

"你当然见过我，就几天前，师姐担心你不好好吃饭，就做了粥让我送过去，结果你居然把我当坏人，一直恐吓我，我差点儿被你吓死！"韩风忍不住抱怨道。

"你是那个送外卖的？"冷斯辰终于想了起来。难怪会觉得夏郁薰煮的粥跟他某次吃的外卖味道一模一样……原来不是巧合，原来那次的外卖竟然是她亲手做好让人送来的。他就说，除了她之外，还会有谁能想到那种时候给他送饭，即使是他的亲弟弟。

等了一会儿，急诊室里走出一个医生："哪位是病人家属？病人家属来了没有？"

"是我，我是她的父亲！"夏末林赶紧迎上去。

"请问您是 Rh 阴性 A 型血吗？"医生问。

夏末林神色微怔，然后摇了摇头："不是。"

"那病人的母亲或者其他家人呢？"

"她母亲已经去世了，我是她唯一的亲人，我女儿现在到底怎么样了？"夏末林焦急地问。

"病人正在输血，可是血浆远远不够，我们会尽全力调配。"

"谢谢，谢谢你们，求你们一定要救我女儿，求求你们……我就只有她这么一个女儿了……"平日里不苟言笑的夏末林此刻脆弱得像个孩子，几乎要给医生跪下了。

冷斯辰垂在身侧的双手紧握成拳："伯父，对不起，我发誓绝对不会让小薰有事的。"

"若欣，对不起，对不起……我答应过你一定会好好照顾她，却没有做到……我不是一个合格的父亲……"夏末林抱着脑袋，颓然地坐在长椅上，仿佛一下子老了十几岁。

他一直反对她和冷斯辰在一起，也不许她进冷氏做那个危险的工作，可是，骂了多少次，打了多少次，一次也没有用。每次看到她可怜兮兮地一个人躲在角落里，一边抹药酒，一边对着若欣的照片抹眼泪，他就狠不下心去制止她了。

此刻的夏末林心中满是悔恨，当初若是他能狠心一点，或许就不会有今天了。

冷斯辰知道自己如今说什么都无济于事了，只能默默地动用所有关系开始找血型匹配的人。

几分钟后，手机铃声响起，冷斯辰立即接通："喂，斯澈，有消息吗？"

"哥，我知道有一个人的血型好像跟小薰一样。但是，这个人可能会有点麻烦……"

"谁？"冷斯辰屏住呼吸。

"沈南风。"

听到这个名字，冷斯辰刚有点温度的心又凉透了："怎么会是他？他人现在应该还在意大利……"

冷斯澈急忙说："哥，他人现在就在公司。若非他突然登门拜访，我也不会想到他……"

居然这么巧？

　　沈南风是商界白手起家的传奇人物，愣是一步步把一个小作坊发展成了跨国集团，在圈子里很有威望，据说最近准备回国发展。前段时间他联系过自己，似乎是有跟冷氏合作的意向，不过他仔细考虑过之后还是拒绝了。沈南风这次主动找上门来，怕是没那么简单。

　　"知道了，我立刻就过去。"冷斯辰没有时间多想，最后望了一眼病房的方向，迅速朝公司赶去。

第六章

被逼相亲

冷氏集团公司大楼。

"开什么玩笑,那个男人四十三岁了?可是一点都看不出来,看起来好年轻啊!真的好帅,果然还是成熟男人更有魅力!"

"啊啊啊,他对我笑了!"

"别花痴了,人家可是天霖集团的大 boss,怎么可能看上你?"

"怎么就不可能了,他刚才还称呼我美丽的小蔷薇呢。"

"意大利男人以及在意大利待久了的男人都那德行,嘴上跟抹了蜜一样,泡妞技能全满。哪像我们老板啊,整天就知道制冷,好羡慕能在天霖工作的人啊!"

"别说了别说了,总裁回来了!"

几个花痴的女员工像老鼠看到猫一般迅速返回到自己的位子上。

会客厅里,一身休闲打扮的沈南风看到狼狈赶来的冷斯辰,好整以暇地支着下巴:"十分钟,比我预料的还要快。"

冷斯辰扔掉挂在手臂上血迹斑斑的西装,在他对面坐下,没工夫跟他寒暄,直接开门见山道:"沈总找我有事?"

沈南风轻笑:"我就是听说你的小甜心受了伤失血过多,正巧我就是 Rh 阴性 A 型血,所以来问问,需不需要我帮忙?"

这家伙的消息倒是快!

冷斯辰冷哼一声:"你这算是趁火打劫吗?"

"话不能这么说,只能说我最近运气太好,机会自己送上门。不过,就算没有这个契机,我照样有其他办法让你同意跟我合作。我沈南风想做的事情，还没有做不到的。"沈南风抿了口茶，颇为欠揍地继续说道，"要知道我这血可是稀少珍贵得很，这场交易也不一定是你吃亏。"

冷斯辰无语地看着沈南风那副奸计得逞的表情，以及他双眸里狡黠的精光。该死的老狐狸，得了便宜还卖乖。

沈南风这个人心机深沉，背景又太复杂，跟他合作得到好处的人很多，被他坑得倾家荡产的人更多。如果他只是一个人，或许还会搏一搏，可他代表的是整个冷氏，他不能用冷氏冒险。但是现在，他别无选择。

虽然被人威胁利用心中不快，不过还是要感谢他的出现。

他心里也明白，沈南风那样的身份，即使刚回国在国内根基不稳，但被利益驱使主动上门找他合作的人还是数不胜数。若他不是真的有意帮忙，肯定不屑利用自己的血液和别人交易。

只是有一点他不明白。"为什么一定是冷氏？"冷斯辰问。

沈南风伸出一根手指摇了摇："错，我选中的不是冷氏，而是你，冷斯辰。"如果没有冷斯辰，冷氏不过是一盘散沙。若非冷氏是家族企业，他甚至想直接把冷斯辰这个冷氏总裁挖走。

圈子里的人都知道，沈南风有个外号叫"挖墙脚狂魔"，这人眼光特别毒，他能混到今天这个地位，很大原因是他会看人，更会用人。

安静的病房里，夏郁薰输过血之后，已经转危为安。

沈南风站在病床前，满脸惊疑不定地打量着床上面色苍白的女孩。方才第一眼看到这女孩的时候，他的心跳都漏了半拍。

这个女孩子怎么越看越像一个人？

女孩似乎睡得不太安稳，一直蹙着眉头，时而挥动一下小手，那柔弱却倔强的神情看得他心头莫名抽痛。他被一种莫名的感情牵引，情不自禁地想要亲近她，可是，他刚伸出手就被人从半空中截住。

"你想做什么？"冷斯辰似守护领地的野兽般警惕地看着他。

"动作还真快……"沈南风不满地撇撇嘴，"我给了她那么多血，碰一下都不行？"

冷斯辰面如寒霜："你的血我已经付出了代价，她什么都不欠你的，若你妄想打她的主意，不要怪我不讲情面。"

沈南风虽然是个成功的商人，但风评太差，换女人如换衣服，实在是让他没办法不警惕。

沈南风丝毫不在意冷斯辰恶劣的态度，玩味地看着他："你自己不要人家，又不准别人打她主意，这是什么道理？"

"唔……阿辰……"

冷斯辰正要发作，却因为夏郁薰的呢喃完全熄火："小薰，你醒了？"

"嗨，小甜心！"沈南风也兴奋地凑过去打招呼。

夏郁薰虚弱地睁开眼睛，看到一张陌生的脸，有些迷茫。

"不用理他。"冷斯辰说。

"喂，不带这样的吧，用完就扔啊，我好歹是她的救命恩人！"沈南风叫嚷道。

"别管他，再睡会儿吧。"冷斯辰拍了拍她的脑袋。

夏郁薰眨了眨眼睛："哦。"

"哦？你就这么相信他，这么听他的话啊！没想到我居然救了个小白眼狼！"沈南风下巴都快惊掉了，不停地抗议着，然后就被冷斯辰以太吵为由无情地赶出去了。

"觉得身体怎么样？有没有哪里不舒服？伤口疼吗？"冷斯辰问。

夏郁薰眯着眼睛享受着头顶温暖的手掌和关心的话语，下一秒，像是突然惊醒一般，惊慌失措地直起身来离开冷斯辰的怀抱，缩到角落："总裁，我没事了，你去忙吧！"

怀里陡然一空，冷斯辰面上浮现一丝怔忪，就像是突然从梦中醒来。沉默片刻后，他才站了起来："那我先走了，你好好休息。"

这一次，怕是真伤到她的心了。当时他是失去理智了才会说那些话、做那些事，但是现在说后悔也来不及了。

走出房门之前，他背对着她说了一声："对不起。"

冷斯辰关上门离开的瞬间，夏郁薰的眼泪立即扑簌扑簌地滚落下来。

沈南风和冷斯辰离开后没多久，夏末林端着饭盒进来了。

"爸……"夏郁薰一见夏末林，立即满脸惶恐。

夏末林放下餐桌板，打开饭盒："饿了一天了，吃点东西吧，我特意回家做好给你带来的。"

夏郁薰看着冒着热气的饭菜，眼眶微红："谢谢爸。"

"韩风他们三个小子非要来陪你，可是明天就要比赛了，我把他们全轰去训练了，也省得他们烦你。那个给你输血的人是冷斯辰找来的，我本来想当面谢谢他，结果没见到人，冷斯辰说已经给了他好处，让我不用管。不管就不管吧，反正这也是他应该做的……"

听夏末林唠叨好一会儿了，居然还没说到正题，夏郁薰终于沉不住气了，嗫嚅着开口道："那个，老爸……"

"怎么了，菜不合胃口吗？"夏末林问。

"不是不是，我是想说，老爸，您行行好给我个痛快吧！"夏郁薰哭丧着脸哀求。

"什么意思？"夏末林一时没反应过来。

夏郁薰作西子捧心状："老爸！您要打要骂都行，别做这么长时间的铺垫，女儿我的小心脏承受不住！世界上最可怕的事情不是死，而是等死啊……"

夏末林哭笑不得地用勺子轻轻敲了一下她的脑袋："你这孩子……"

夏郁薰摸摸脑袋，诚惶诚恐道："老爸，轻了，打太轻了……"

老爸温柔起来简直比发火还吓人，又是给她送饭，又是暖言软语，害得她差点儿吓破了胆。

"我打你做什么？真正该揍的另有其人。"夏末林没好气道。

"咳咳……爸，我们总裁脸上那熊猫眼是不是你给画上去的？"夏郁薰轻咳一声问。

"是我打的又怎样？谁让他欺负我女儿！"

"爸，你好厉害！"夏郁薰一脸崇拜地扑过去，"老爸，我爱你……"

夏末林神色微愣，随即露出慈爱的神情，无奈地叹了口气道："你这丫头，一点都不让人省心，你说你要是出什么事，我怎么跟你妈妈交代？"

提到妈妈，夏郁薰的神色立即黯淡了下去。

"对不起，你们不可以进去！喂，你们别乱闯！"

"你们再这样我要叫保安了！"

"先生！先生……"

……

父女俩正说着话，病房门外突然传来嘈杂的声音，紧接着，几个男人硬闯了进来。

夏郁薰看着那些气势汹汹的人有些眼熟，努力回忆了一下，想起他们是那些被她赶出去的记者。

"夏小姐，这张是法院的传票，我们法庭上见！你威胁殴打记者、砸坏摄影器材，我会用法律手段为我的职业讨回一个公道！"为首的高个子记者恶狠狠地将传票扔到夏郁薰的床上。

"我们走！"一行人浩浩荡荡地来了又走了。

夏郁薰捏紧了手里的传票。

"郁薰，这是怎么回事？"夏末林面色微沉。

"爸，您别担心，没什么事。"夏郁薰安慰。

"没什么事？没什么事你会变成这样？你知不知道你差点儿死了？昨晚你一夜未归，今天我就得到你病危的消息，所有的事情我都是最后一个知道！郁薰，你有把我当成你的父亲吗？我跟你说过多少次，你跟冷斯辰不合适，你这样到头来受苦的只有你自己！为什么你就不能听我一句？"夏末林终于爆发了。

"听听听……这次我一定听……我已经准备辞职，以后我一定不会再让您担心了。"夏郁薰急忙安抚。她了解老爸的个性，这次的事情真的已经触及他的底线，要是不这么做，他绝对不会善罢甘休。

夏末林一听她要辞职，脸色果然好看了许多，但依旧还是不放心："不仅是辞职，你必须保证不再对那小子抱着那些不切实际的想法。"

"我知道了……"坚持了这么久，让她就这么放弃，她真的做不到，但现在的情况只能先应下来。

冷氏集团，总裁办公室。

"那些记者现在大部分都撤诉了，可是有一个什么《星汇》杂志的记者比较难办。那人软硬不吃，要求我们必须给个交代，否则就公开那天发生的所有事情。哥，现在怎么办？"冷斯澈一脸焦急。

冷斯辰坐在办公桌前，面上有些心不在焉，半晌后才开口道："解雇夏郁薰。"

冷斯澈闻言，无法置信地看着他："哥！你怎么可以这样做？这对小薰太不公平了！她全都是为了你，为了公司！"

冷斯辰疲惫地靠在椅背上："斯澈，这件事我已经决定了。"

冷斯澈正要说话，敲门声响起，安妮走了进来："总裁……"

"什么事？"

"这个……"安妮小心翼翼地递过去一张纸。

"这是什么?"冷斯辰不解。

"是小夏的辞职信,我之前去医院看她,她托我带过来的。"安妮战战兢兢地回答。

冷斯澈脸色一变,立即开口:"退回去!"

冷斯辰的脸上看不出情绪,沉吟片刻后说:"放下吧,你可以出去了。"

"是。"安妮松了口气,赶紧闪人。此刻,她的心中简直悲伤逆流成河,没想到她最担心的事情还是发生了,夏郁薰那家伙辞职了。

"哥……"

冷斯辰闭上眼睛:"斯澈,你也出去,让我静一静。"

虽然这次的事情是意外,但也给他提了个醒,他不可能一天二十四小时控制她的行踪,保证她的安全。现在唯一的方法就是让她远离这潭浑水。

一个星期后,夏郁薰身体恢复得差不多便出院了。

今天天气不错,窗外阳光明媚,夏郁薰的心情却是阴雨绵绵。

住院的这段时间,冷斯辰一次都没有来过,连今天她出院的日子都没有来。之前她让安妮带过去的辞职信,他居然什么都没说直接收了。

夏郁薰郁闷地坐在后面院子里的秋千上,正胡思乱想,夏末林走了过来。"郁薰,你朋友过来看你了,非要亲自下厨做一道菜迎接你出院,还不许我帮忙。"

"我朋友?"夏郁薰满腹狐疑地起身走进厨房。

当看到那个熟悉的背影,夏郁薰简直惊喜交加:"学长!"

刚要扑过去,欧明轩却伸出一只手按住她的脑袋不许她靠近。

"学长你干吗呀?"夏郁薰一脸委屈。

"你身上有伤,给我乖乖坐过去别乱动。"欧明轩正有模有样地拿着勺子调味。

夏郁薰眼泪哗哗的:"呜呜呜……学长,还是你对我好……"

欧明轩得意地哼了一声:"是不是很感动?今天我亲自下厨,庆祝你终于跳出火坑。"

夏郁薰的脸黑了黑:"我谢谢你啊……"

"怎么样?这次的教训够不够让你觉悟?"欧明轩看着她憔悴的小脸,

又是生气又是心疼地问道。

夏郁薰苦着脸道："我当初跟那些记者起冲突的时候就有心理准备了，帮他是我心甘情愿，即使代价是离开公司。真正让我难过的是他当时说的那番话。其实上次我就已经觉得奇怪了，总觉得哪里出了差错，他好像误会了什么，为什么阿辰会认为我和你……"

欧明轩挑了挑眉："你和我怎么了？"

"我和你……没什么！"夏郁薰憋了半天还是没能说出口。

欧明轩恶意地凑到她的耳边，轻声说道："他是不是认为我们……是那种关系？"

夏郁薰的脸一下子就涨得比锅里的螃蟹还要红了。这家伙，知道就好，有必要说出来吗？

"既然他已经误会并且认定，干脆把它坐实好了，否则你多吃亏啊，对不对？"欧明轩一脸蛊惑的表情。

"对你个头啦！"夏郁薰气得直挠他。

"别乱动我，我做菜呢！"欧明轩一本正经地说道。

夏郁薰上下打量着身上围着她的粉色围裙、手里拿锅铲的欧明轩，嘴角抽搐了几下："你这身打扮可真惊悚。还有，你居然会做菜？我还以为你只会吃呢。"语气和某人当初看到她做饭时的感慨如出一辙。

"我只会做一道红烧小螃蟹，刚学的，其他都是你爸做的。"欧明轩老实说道。

"为什么只会做螃蟹啊？"

欧明轩坏坏地笑笑："你不觉得那小螃蟹挥舞着俩钳子横行霸道的样子和某人很像吗？"

夏郁薰的脸由红转青："你就因为这个才特意去学这道菜的？"

"是啊！"

"真是……有够无聊的你。"夏郁薰瞪了他一眼。

这家伙实在是够损，和他说话忒费脑子，一不小心就会被他算计了。

"郁薰，对不起，你最危险的时候，我没有在你身边。"欧明轩突然语气低落地说。

"没关系啦，我福大命大！"夏郁薰这次倒是反应快，因为见多了他突然变脸的样子。

"你哪里是福大命大，分明是祸害遗千年，阎王都不敢收你。"

"喊，阎王都不敢收我，那也是本事！你行吗你！"夏郁薰大大咧咧地坐在椅子上，跷着个二郎腿。

"伤到哪里了？给我看看。"欧明轩将菜盛好，洗完手后走过来，蹲在她的身前。

夏郁薰窘了："学长，我郑重声明我的性别，女。"

欧明轩别开脸闷笑："不方便就算了，也难得你还有性别意识。"

夏郁薰抓狂了："什么人嘛！一个两个全认为我没性别意识！我哪里没有了？"

"冷斯辰也说过？想不到我们居然还有这么一点共同的认识。"

夏郁薰垂下脸。

"我说，能不能别一提他，你就一副要死不活的表情？"欧明轩一脸恨铁不成钢的表情，语重心长地说，"郁薰，你也该长大了，学着去忘了他好不好？有些人，不是你付出就会有回报，不是你努力就能得到，你跟他根本就不是一个世界的人。"

夏郁薰严肃地看向他："可是，我一直坚信付出就一定有回报，努力了就一定能够得到。什么不是一个世界的人，不都在地球上吗？只要不是阴阳相隔，不是天上人间，就没有什么不可能的。"

"郁薰，我说你……"欧明轩头疼得不行，这丫头真是固执得可以，被她看上的男人，到底是幸福还是悲哀？

"学长，我知道你想说我固执说我傻，你不会懂的。我已经失去过我生命里最重要的人，这点小挫折对我来说根本就不算什么。失去至爱的感觉，我再也不想尝试第二次。"

"这么说来，你还是不愿意放弃了？"欧明轩纵使辩才卓绝，在她的固执面前也硬是败下阵来。

夏郁薰露出无奈的神色："我不是没想过放弃，可是，想到放弃时的难过，比他拒绝我时更加难过一百倍一千倍。"

"那你想怎样？你现在连在他身边的位置也没有了。"欧明轩叹气。

夏郁薰立即挺直脊梁，一字一顿道："是，位置，我需要一个位置！之前是我找错了方向，站错了位置！我爱他，绝不像攀缘的凌霄花，借他的高枝炫耀自己；我爱他，绝不学痴情的鸟儿，为绿荫重复单调的歌曲；也不止像泉源，常年送来清凉的慰藉；也不止像险峰，增加他的高度，衬托他的威仪。甚至日光，甚至春雨。不，这些都还不够！我必须是他近旁的一株木棉，作为树的形象和他站在一起……"

"得了，别在我面前显摆了，脑子里统共也就只会这么一首舒婷的诗。当年朗诵的时候，你若有现在这种激情，早就拿一等奖了。"欧明轩满头黑线地打断她激情澎湃的演讲。

夏郁薰脸一黑，被拆台了！

欧明轩无奈道："说了那么多，你到底是准备做什么？"

夏郁薰斗志满满道："我要奋发向上去考研！我要考个工商管理硕士回来！我想过了，就算我这次不辞职，做保镖也做不了几年，等我老了打不动了，就不能继续待在他身边了，而且还会整天让我爸提心吊胆，不是长久之计。"

欧明轩看着她那张熠熠生辉充满斗志的小脸，无法置信道："你一个体育特招生要去考研？你是不是疯了？女子读书不宜多，老祖宗还说过女子无才便是德呢。"

夏郁薰顿时怒了，义愤填膺道："学长，亏你还是新世纪奋发向上的好青年呢，居然有如此迂腐的思想！学长，我对你太失望了，你知道什么是知识改变命运吗？"

欧明轩："……"这怪谁啊？他还不是被她给逼的，看她思想这么固执，他本来想用封建思想去以毒攻毒来着。

吃饭的时候，夏郁薰再次见识到了欧明轩的阴险。

对面一个两个三个四个五个家伙全在啃螃蟹，只有她一个人泪流满面地在扒青菜白饭。

筷子刚偷偷移到螃蟹上，就被欧明轩敲了一下手背："你身上还有伤呢，螃蟹是发物，容易导致炎症，不能吃。"

"欧明轩，你绝对是故意的！"夏郁薰怒了。

欧明轩眉头一挑："我也没说我不是故意的啊。"

其他几个少年躲在一旁闷笑，连夏末林也忍俊不禁。

啊啊啊！这阴险的家伙，居然做了一盘那么美味的螃蟹，让她看着他们吃，碰都不许碰一下，酷刑也没这么残忍的。就说他怎么会这么殷勤，原来在这等着她呢！这么过分，居然还美其名曰，为了让她印象深刻，长长记性。气死了气死了！

"看把你馋的，不就几只螃蟹吗？等你伤全好了，让你吃个够。来来，给你尝尝学长的手艺，不过只能尝一点点哦。"欧明轩撕下一小块，真的是一丁点大的一小块蟹肉塞进她的嘴里。

夏郁薰一脸屈辱，还不够她塞牙缝的呢！

"明轩，你和郁薰是一个大学毕业的吧？"一旁的夏末林有意无意地问了一句。

欧明轩放下碗筷："是的，一个学校。"

"你今年多大了？"

"我比郁薰大一岁，郁薰是我的小学妹。"

"家里还有兄弟姐妹吗？父母都是什么职业？哪里人？"夏末林是直性子，不会那些个弯弯绕绕的，想到什么就问什么。郁薰上次解释说她和欧明轩只是普通朋友，但他是有眼睛的，看得出这孩子喜欢他家丫头，所以想要提前把把关。

"没有，我是独生子，父母都是做生意的，他们现在居住在意大利。"欧明轩一一回答。

"那你以后也会去意大利吗？"夏末林眉头微蹙。

"未来的事情我也不确定，不过我个人比较喜欢待在国内。"欧明轩老老实实地回答。

夏郁薰在那边越听越诡异，最后，当夏末林问到欧明轩生辰八字的时候，她终于沉不住气了："老爸，您这查户口呢？"

"郁薰，你别说话。"夏末林神色严肃。

夏郁薰立即小鹌鹑一样缩了回去，讪讪地闭了嘴。

"郁薰，伯父也是关心你，怕你交友不慎。"欧明轩丝毫不在意地说道。

吃完饭后，夏郁薰把欧明轩送到了路口。

她决定下个月就开始备考，欧明轩这次完全劝不动她，只能无可奈何地任由她燃烧小宇宙，说不定等燃尽了就消停了。

夏郁薰回来的时候，夏末林突然找她谈话。

"爸，什么事？"

夏末林语重心长道："郁薰，我考虑过了，明轩那孩子家境不错，长得又太好看，我担心你恐怕抓不住他，这个我们就不考虑了。要是稍微一般点的，说不定可以劝对方入赘……"

夏郁薰急忙打断，无奈地解释道："老爸啊，您真的想太多了。我跟他没什么，我们真的只是普通朋友。"

夏末林点点头："那就好。"

夏郁薰刚松下一口气，夏末林继续说道："郁薰，我跟你张阿姨问过了，她说她那边有不少不错的对象，经常会组织线下聚会。等你身体好些就去试试看吧，说不定能遇到合适的。"

张阿姨是夏末林一个朋友的妻子，退休以后最大的爱好就是当红娘，而且有越做越专业、越做越大的趋势，没想到终于把魔爪伸到她身上了。

真是屋漏偏逢连夜雨，夏郁薰的世界天崩地裂，没想到她这个超级霹雳无敌小魔女居然也会有被老爸逼到去相亲的一天。

"怎么了？"夏末林见她不说话，立即沉下了脸，"你还放不下那小子？"

"没有没有，我去，我去就是了。"夏郁薰无奈地应了下来，到时候见机行事吧。

转眼过了一个月，这一定是夏郁薰人生中最漫长的一个月了，她居然坚持了一个月没见冷斯辰。

这个月她一直沉浸在知识的海洋里，每天用功读书，只可惜收效甚微。看得慢，忘得快，一看书就疯狂打瞌睡，打一整套拳提神才能多看几页。看来她真的不是读书的料，连对冷斯辰狂热的爱情力量也拯救不了她学渣的本质。只是，她必须坚持！

某日，精武馆。

夏末林站在门口，困惑地看着手里的一封请柬，这是刚才有个年轻人很客气地送过来的。

难道是弟妹上次说的给郁薰安排的联谊会？应该没错，没想到挺正式的，还有请柬。

夏末林兴冲冲地将请柬拿给正在屋里悬梁刺股的夏郁薰："郁薰，联谊会的请柬，明天穿好看点去参加。"

女儿最近说想用功读书去考研，虽然他是个大老粗，但女儿愿意学习总是好事。他一直觉得女孩子家整天舞刀弄枪的不太好，把女儿教成这样，他一直很自责，所以对于夏郁薰的觉悟，他表示全力支持。当然，这终身大事也不能忘。

啥？联谊会？夏郁薰惊吓之下嘎嘣一声折断了手里的笔。没想到终究还是躲不过啊！

"别太紧张了，很简单的一个小聚会，大概十几个人，就当去玩了。"夏末林安抚。

夏郁薰支支吾吾，本来准备敷衍敷衍得了，但是被夏末林一眼看穿了小心思，逼着她去商场买几身像样的衣服，回来还要检查。

没办法，她只好去了商场，因为实在不会挑衣服，所以叫上了安妮陪她一起。

"这双鞋子怎么样？"

安妮看着夏郁薰手里那双起码有上百个铆钉的鞋子，无语地翻了翻白眼："你是想把人都吓走吗？"

"吓走了更好。"夏郁薰咕哝。

"试试这双。"安妮找了双性感的银色尖头高跟鞋递给她。

夏郁薰试探着塞了塞脚，说："这双小了点儿吧？头这么尖，肯定塞不进去，还是换大一码吧！"

"不行，再大就难看了，就这双，挤挤就进去了！"

夏郁薰没办法，只好继续塞，最后使出了吃奶的劲才穿了上去。站起来走了几步，发现自己的武力值急剧降低，这东西简直是封印武力的神器啊！

"我还是不要穿了，实在是太受罪了。"夏郁薰抱怨。

"这点罪都受不了，还怎么吸引男人？"安妮脸上那副"朽木不可雕也"的表情跟欧明轩当初如出一辙。

"拜托，女人的美应该是由内而外的好不好！"夏郁薰不服气地反驳。

"由内而外，那也总得有外啊，你说你有外吗？"安妮叉着腰吐槽道。

一个两个全都太毒舌了吧！

夏郁薰哀号："大不了我把运动裤换成牛仔裤。"

"夏郁薰，你到底是不是女人？穿一次裙子会死还是怎样？"安妮忍无可忍地吼。

"不穿不穿就不穿，反正我不要穿裙子！"夏郁薰猛摇头。上次破例穿裙子也是冷斯辰要求她才勉强穿的。

安妮实在拿她没办法，最后只好给她选了一身浅蓝色的休闲装，也算大方得体。

第二天晚上，夏郁薰拾掇了一下自己，无奈地去赴宴了。

"咳咳，司机师傅，您确定是这里没错吗？"

"没错啊，就是这里，我都开了十几年的车，怎么可能走错。"司机笃定地说。

夏郁薰只好走下车，揪紧了手里的包包，再看一眼那座豪华到招摇嚣张的别墅，咽了口唾沫。

眼前时不时有高级轿车行驶进来，穿着华丽的名媛淑女、有钱公子哥三三两两络绎不绝，高大威猛的保安随处可见，连门前迎宾的侍从都穿得人模人样。

"我想……我是真的走错地方了……"

这哪里是老爸口中的简单小聚会，哪里是只有十几个人啊？夏郁薰一边内心嘀咕一边拿出包包里的请柬，地址看了一遍又一遍。

难道是同名的地点？

真是奇怪，哪有宴会请柬什么都不说清楚，只写地址和被邀请人姓名的。难道是恶作剧？

夏郁薰犹疑不定地徘徊着，要不回去好了！可是，如果就这么回去了，老爸肯定会以为她故意逃跑而发飙的。

一直到来宾差不多都进去了，夏郁薰才终于挪到门口打探情况："你好，请问，这个是你们发出的请柬吗？"

侍从看着她的眼神本来还有些鄙夷，一看那张请柬，立即异常热情地将她迎了进去："是的，夏小姐，您请进。"

夏郁薰就这么一头雾水地被人带了进去。

大厅里所有人都穿着晚礼服，夏郁薰这一身虽然平时很得体，但在这种情况下显得格格不入。她就像一只误入狼群的小兔子，步履维艰地在众人或诧异或嘲讽的目光中漫无目的地走着。正彷徨无措的时候，一只凭空而来的大手猛地将她拉到了一个角落里。

夏郁薰刚想尖叫就被人捂住了嘴巴："唔……"

正想下毒口，那人似是猜到她的心思一般，用虎口捏住她的两边下颚，咬牙切齿道："夏郁薰，你敢咬下去试试！"

听到这熟悉的声音，夏郁薰愣了，随后像见到亲人一般，激动得泪光在眼眶里转啊转，猛地扑了过去："学长嘤嘤嘤……你来救我了！"

"你搞什么？怎么跑这里来了？"欧明轩一脸无奈地推开她。这丫头也太能折腾了，一点都不得消停。

"我也不知道，我是被妖怪拐进来的！"夏郁薰可怜兮兮地说道。

"夏郁薰，你给我说人话。"欧明轩给了她一记栗暴。

"我爸给了我一张请柬，说是联谊会，非要我来，我自然不敢不来，所以就来了。我估计是哪里弄错了，我爸当时应该也没注意，以为是联谊会的请柬呢……"

欧明轩若有所思道："请柬呢？给我看看。"

"哦……"夏郁薰乖乖将请柬掏出来。

"看你那没出息的小样，你不是天不怕地不怕吗？"欧明轩一边说一边接过请柬。

夏郁薰闷不吭声。以前做冷斯辰保镖的时候，并不是没有见识过这些宴会，但她从来没有害怕过，因为她知道有他在。可是这一次，只有她一个人。

"这请柬确实是真的。"欧明轩得出结论，随即脸色变得有些沉重，"郁薰，你怎么会认识沈南风？"

"谁是沈南风？"夏郁薰一脸迷茫。这名字好像听起来有些耳熟。

欧明轩简直对她无语了："就是今天生日宴会的寿星、这幢豪宅的主人、拐你过来的妖怪！"

夏郁薰蒙了，第一反应居然是："学长，你也是被拐来的吗？"说完立刻又改口道："一定不是，因为你也是妖怪……"

欧明轩现在的样子，不管是气质还是装扮，都和宴会上的那些人一样，戴着光鲜亮丽的面具，让她觉得有些陌生。

"学长……你……你到底是什么人？"夏郁薰犹豫着问。

"流浪艺人。"欧明轩毫不犹豫地回答。

"喂！"夏郁薰恼怒地瞪他一眼。

"我说了你信吗？"欧明轩一脸无语，这丫头恐怕宁愿相信他是个要饭的，也不会相信他的真实身份。

夏郁薰上下打量着他，咬着指甲盖儿说道："你不会真是高富帅吧？"

"怎么？本少爷哪里不像？"欧明轩的脸黑了黑。

"真的是啊？"夏郁薰震惊了，"话说你姓欧，这姓氏还挺少见的……欧……你……你跟欧氏集团什么关系？"

这丫头，总算是开窍了。欧明轩白了她一眼："欧氏集团的董事长是我爹。"

"啊啊啊，天哪！你就是那个欧氏新上任的总裁？"夏郁薰一脸难以置信以及恍然大悟。难怪他跟冷斯辰两个人这么不对付呢！

"唔……听说你们挺惨的哎，经常被我们公司抢单子……"夏郁薰一脸天真无邪地说。

就知道被她知道了自己的身份后一定会这样，欧明轩气得额头青筋暴跳："什么叫经常被抢单子，谁稀罕那些破单子！你都辞职了知道个屁，这段时间我们公司可是连着竞标到好几个工程，那才是大单子，我们公司……"欧明轩话没说完，突然眼尖地看到了对面华信科技的董事长。最近他准备找华信合作，但是华信的董事长很难约，他好不容易才打听到他的行程，准备借着这次沈南风的生日宴找他谈谈。

欧明轩只好暂时忍下了这口气，叮嘱道："别乱跑，在这里等我，我有事离开一下。"

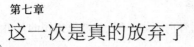

第七章
这一次是真的放弃了

夏郁薰摆摆手，让他快去，然后找了个角落坐了下来。

"那个什么沈南风，一定是跟我有仇。"夏郁薰无聊地趴在桌子上，一边用手指画圈圈一边碎碎念。

"呵，仇是没有，恩倒是有的。"悠悠然的声音突然在脑后响起，夏郁薰吓了一跳。

"嗨，小甜心，我们又见面了。"沈南风一副心情颇好的模样。

"你……是你！"这不是上次在医院给她输血的人吗？夏郁薰怎么也没想到会在这里遇到那么多熟人。

这时候，宴会主持人的声音响起。"感谢大家百忙之中抽出时间来参加沈先生的宴会，下面有请今天的寿星出场。"

哗啦啦的掌声响起。

时间一分一秒地过去了，寿星却没有出现。

此时，沈南风正和夏郁薰一起躲在角落里相谈甚欢。

尴尬的主持人一边擦汗一边绞尽脑汁找了个理由搪塞过去。

很快有人发现了沈南风的踪影，同时发现的还有那个穿着格格不入的女孩。

"这不是刚才那个女孩吗？"

"我就说，她那身打扮是怎么进来的，想不到居然和沈先生有关系。"

"而且关系貌似还不一般，沈先生居然亲自给她切牛排！"

"啧啧，情人？有钱人的审美观真是奇特……"

"不像，你看沈南风对哪个情人有过好脸色，他可不是个会怜香惜玉的主。"

"那丫头到底是什么人？"

……

"天哪，你是沈南风？杂志和电视上经常能看到的那个特别厉害的企业家沈南风吗？我经常听安妮他们说起你。"夏郁薰终于想起为什么这个名字听起来这么耳熟了。

恭维的人太多，日子久了，他早就已经麻木，不过，此刻看着这丫头生动的神情和眼中毫不遮掩的崇拜，他竟感到无比虚荣和满足。

从夏郁薰走进这里的时候，他就注意到她了。她小心翼翼地踏入这个与她格格不入的世界，在那些人不善的打量之下显得有些彷徨无措。那样熟悉的场景和她脸上熟悉的神情，几乎令他的心脏停止跳动。直到她被欧家那个小子拉走，他才回过神来。

此刻，他痴迷地看着眼前这张灵动的小脸，简直如看到那人重生一般，于是情不自禁地伸出手，轻轻地抚摸上她的脸颊。

"沈先生？"夏郁薰因为他突然的动作愣住了。

沈南风不动声色地收回手，笑嘻嘻地托着下巴看着她，一脸期待的样子："小甜心，我的礼物呢？"

夏郁薰闻言，有些尴尬地挠挠头："抱歉啊，我之前弄错了，还以为是联谊会的请柬，糊里糊涂地就来了，不知道是你的生日，所以……我都没有准备礼物。不然，我下次带给你好吗？"毕竟也算是她的救命恩人，这点礼数还是要有的。

沈南风的嘴角微微扬起："不用下次，你现在就有一样东西可以送给我。"

"啊？有吗？什么东西？"夏郁薰实在是看不出自己这样子有什么能拿得出手的送他。

"可以……给我一个拥抱吗？"沈南风看着她，目光有些哀伤，以及害怕被拒绝的紧张。

"啊？"夏郁薰怔了怔。话说，这不太合适吧？她能感觉到他对自己没有恶意，甚至对她非常热情，不过，这会不会有点热情过头了？

"不可以吗？"沈南风无比落寞地垂下眸子。

那伤心失望的神情，看得夏郁薰下意识地点了下头。

沈南风立即露出无比感激的眼神，颤抖着双臂轻轻拥住了她。

几乎是被沈南风拥过去的刹那,身后突然伸出一只手,一把将她拉了过去。夏郁薰被扯得趔趄着扭过头去,然后面色一呆。

冷斯辰!他怎么会在这里?

"沈南风,我记得我警告过你,不要打她的主意。"冷斯辰扼着夏郁薰的手腕,目光冰冷地看着一副假惺惺状诱拐小白兔的沈南风。

"我怎么了?我跟小甜心非常投缘,只是想要一个真心的、温暖的拥抱作为生日礼物而已,这也不行吗?"沈南风一脸无辜,说着还委屈地朝夏郁薰看了一眼。

夏郁薰被他看得有些心软,也不满冷斯辰的误会,忙解释道:"是啊阿辰,沈先生没有恶意的……"

"你给我闭嘴!"冷斯辰狠狠瞪了她一眼,直接拉着她大步流星地走出宴会厅。

到了厅外,冷斯辰如同一只暴怒的狮子般原地转悠了两圈,怒吼道:"夏郁薰,你是白痴吗?那种理由你也相信?是不是是个男人装装可怜你就要扑上去安慰,任由人家占便宜?你到底有没有脑子?"

他清净了一个月,结果一见到这丫头,情绪就失控了,心情被搅得乱七八糟,这种感觉真是糟糕透了!

夏郁薰被他指着鼻子骂,也火了:"冷斯辰,你骂够了没有?是啊,你聪明,你智商高,你了不起!我弱智,我白痴,我没有脑子!可这关你什么事?我乐意被人占便宜,你管得着吗?"

"你……"冷斯辰被她气得几乎一口气喘不上来,"乐意被人占便宜是吧?"话音刚落,冷斯辰一步一步朝她逼近。夏郁薰趔趔趄趄地被逼到墙角,直到背靠着墙壁,被冷斯辰一只手撑在身侧封住了她所有的逃跑路线。

这危险的姿势,暧昧的距离……夏郁薰心都提到了嗓子眼。

就在冷斯辰越靠越近,几乎呼吸相闻的时候,夏郁薰一咬牙一闭眼,踮起脚尖,恨恨地抬头撞上了冷斯辰的唇……

冷斯辰猝不及防下被她的主动袭击给惊到了,一时没反应过来,顿时僵在那里,甚至连怒火都凝固了:"夏郁薰,你知不知道你自己在做什么?"

夏郁薰咽了口唾沫,结结巴巴道:"我……我……我当然知道!我这叫先下手为强!与其被人鱼肉,不如我鱼肉人……"

夏郁薰的声音越说越小,然后努力地缩着身子,终于成功从冷斯辰的臂弯下钻出去，迅速逃窜得无影无踪。

冷斯辰若有所思地摸了摸自己的唇，看着她健步如飞的样子，无语的同时也松了口气。想必她的伤已经完全好了，那丫头虽然莽莽撞撞经常受伤，可是身体恢复能力也快得惊人。

另一边，夏郁薰埋头猛冲，一下子扎进了一个熟悉的怀抱里。

"嗷……夏郁薰！你想谋杀啊！"欧明轩痛得捂着被她狠撞了一下的胸口，"你跑哪去了？我找你半天了。"

夏郁薰气喘吁吁地弯着腰，说不出话来。

欧明轩无奈道："后面有狼追你？跑这么拼命。"

"学长，我回家啃课本去了！"她今天就不该来！

"太晚了，我送你吧，上车。"欧明轩拉着她的手臂，却发现她的身体突然僵了一下，一扭头，对上一双森冷的眼。

冷斯辰不知什么时候出现的，一边目光不善地盯着他，一边拉着夏郁薰的另一只手臂："跟我走。"

夏郁薰看看欧明轩，又看看冷斯辰，两人的表情一个比一个可怕："呃，我……我能不能自己走？"

"不能！"两个男人异口同声，然后同时抓紧了她的手臂。

欧明轩用从未有过的认真表情看着她："夏郁薰，你要是还有半点尊严，就跟我走。"

冷斯辰没说话，只是面无表情地看着她。

夏郁薰这会儿内心真是天人交战。她知道学长是为自己好，可冷斯辰本来就已经误会自己和学长了，如果这时候跟学长走，更是跳进黄河也洗不清了。

见夏郁薰神色动摇地看着冷斯辰，欧明轩深吸一口气，将她往自己这边拉了拉："夏郁薰，你到底长不长记性？到底要吃几次亏才能清醒？嫌自己被他害得还不够惨是不是？"

"我……"夏郁薰感觉自己其中一只手臂上的力道突然消失。

冷斯辰松了手，转身离开。

夏郁薰神色一慌，一脸抱歉地看着欧明轩，深深弯下了腰："学长，对不起。"

"夏郁薰……你……好……很好……"欧明轩一拳砸在车门上，发出巨大的声响。

这时，冷斯辰突然转过身，深深地看了他一眼。

撞上冷斯辰轻蔑的目光，欧明轩双目猩红，差点咬碎牙。

不远处，沈南风摸了摸下巴，一脸兴致盎然地看完了这场戏。

最后，夏郁薰还是上了冷斯辰的车。

车窗外的树木快速倒退，一轮冷月高高悬挂在如墨的夜色中。

夏郁薰无精打采地坐在副驾驶座上，有一下没一下地拨弄着安全带，心情有些低落。她从没见过学长那么生气的样子，这次他一定对自己失望透顶了吧。

话说回来，冷斯辰刚才为什么突然出现，让自己坐他的车走呢？担心她？还是单纯看欧明轩不顺眼，不喜欢自己跟他来往？

冷斯辰从刚才起就一句话都没说，面无表情地开着车。车内安静得诡异。

尖锐的刹车声突然响起，正心不在焉的夏郁薰身子猛然向前倾去，又被安全带一下子拉了回来，勒得她龇牙咧嘴。紧接着，她还没反应过来发生什么事，耳边响起解安全带的声音。冷斯辰的身子猝不及防地覆了过来，他一只手撑在她的椅背上，死死盯着她，那跳动着火焰的目光仿佛恨不得把她一把火烧了："夏郁薰，你够了没有？"

"我怎么了？"夏郁薰一脸迷茫。她又怎么着他了？他让她跟他走，她二话不说就跟他走了，都重色轻友到这份上了，还要她怎样？

冷斯辰撑在她的身前，捏着她的下巴，阴恻恻地问："夏郁薰，告诉我，现在你人在我的身边，但是心里想的是谁？这一路上，你脑子里装的又是谁？"

他靠得太近，语气又太危险，夏郁薰紧张得压根说不出话来，瞪大双眼盯着他近在咫尺的脸。

"呵，我就知道……"冷斯辰自嘲地轻笑一声。

"呃……"夏郁薰一脸呆滞，他知道？他知道什么了？她刚才分明什么都没说吧！正要开口说话，眼前一暗，充满侵略的吻瞬间落下……

她瞳孔微缩，下意识地偏过头去，下巴却被他捏得更紧。接着唇上一疼，口腔中满是血腥的气息……胸腔内的空气越来越稀少，她又不会换气，只能用力推搡着身前严实得跟堵墙似的胸膛。

"唔……不要……"

冷斯辰的唇一路辗转至她的耳畔和侧脸："不要什么？这不正是你想要的吗？"

夏郁薰有些失神地看着窗外："我……"

是啊，这不正是自己想要的吗？想要跟他在一起，想要做他的女人。可是，明明是最亲密的动作，为什么却让她感到这般恐惧；明明是最熟悉的人，却让她感觉如此的陌生。他的动作越来越火热，她却只觉得越来越冷……她内心无比害怕，却不敢再挣扎，不敢推开他。刚伸出的手，颓然地悬在他的身体两侧，软软地垂落……

"吻我……"冷斯辰在她耳边低语。

"……"听到这个突如其来的要求，她的身体僵硬得像石头。看着眼前她一直觊觎的男人，却无论如何也不敢亲近，她做不到。

"夏郁薰，你就这点胆子？刚才强吻我的勇气呢？"冷斯辰轻嗤一声，重新覆上她的唇，力道极大，似是要将她生吞入腹。

她一动不动地任由他啃噬着自己的肌肤，不知过了多久，他的唇突然停留在她的颈脖处不动了。她感觉他的手掌正贴着自己的小腹，手指缓缓在她那次被偷袭后留下的伤疤上摩挲着……

新生的肌肤比较敏感，夏郁薰正绷紧神经，冷斯辰突然起身坐回驾驶座，只留给她一个冷漠疏离的侧脸，语气极其不耐道："夏郁薰，被人鱼肉也是需要技术的。下车，我对死鱼没兴趣。"

夏郁薰脊背一僵，双手的指甲深深陷进了掌心，颤抖着身体，跌跌撞撞地走下车。

夜风森寒入骨，她神色怔忪地站在原地，看着他的车绝尘而去，消失在深沉的夜色里。

就这样被扔在一望无际的夜幕下，她漫无目的地顺着看不到头的公路行走着，身上还残留着他的气息，在提醒着她有多贱……呵，学长说得没错，为了眼前这个男人，她真是卑微到连尊严都不要了。

"我的心里从此住了一个人，曾经模样小小的我们，那年你搬小小的板凳，为戏入迷我也一路跟。我在找那个故事里的人，你是不能缺少的部分，你在树下小小地打盹，小小的我傻傻等……"

手机一直在响，是欧明轩打来的。她没有接，她还有什么脸面对他。

以前她总认为只要努力，就没有什么事情办不到，也相信冷斯辰绝对不会对自己完全没感情，然而，今晚她第一次感觉到了绝望。

阿辰，我等了你二十年，还要多少个春秋，才能等到你一朝回首相顾。

她只是不想再失去生命中最重要的东西，为什么，为什么这么难……

这地方荒无人烟的，夏郁薰走了一个多小时也没看到一辆车，最后还是用软件加了双倍的车费才叫到一辆出租车。

"小姐，这么晚了一个人打车啊？"

"嗯。"

"你也不怕不安全啊？"

"你不是也不怕不安全吗？万一我打劫你呢？"

"呵呵，小姐你可真逗，我说真的啊，你要不要记一下我的车牌号发给你的朋友？"

"不用了。"

……

这大晚上的，司机师傅倒是挺精神，一直在跟她聊天。她不应答，他也能继续一个人说得起劲，从深夜开车遇到鬼一直说到外国总统访华，虽然挺聒噪的，但也缓和了她悲凉的心情。

一个小时后，终于到家了，夏郁薰浑浑噩噩地下了车。

"小姐，你的车钱还没付呢！"司机师傅降下车窗大喊。

夏郁薰顿时反应过来，赶紧小声道："嘘，别吵！等着，我这就回去给你拿。"要是吵醒了老爸可就完蛋了，她还没来得及想好这么晚才回家的理由呢！

"郁薰！"怕什么来什么，夏郁薰弓着腰，刚要偷溜进去，就被夏末林抓了个正着。

"爸……"看到夏末林可怕的脸色，夏郁薰感觉这次难逃一死了。

"跟我回去。"夏末林看到她颈边的暧昧痕迹，脸色更沉。

"爸，等……等等！"

"怎么？疯了一夜还不想回家？"

"不是，司机师傅的钱还没给呢，我身上的钱不够……"夏郁薰的声音越说越小。

夏末林："……"

夏郁薰回到家的第一件事就是自觉去房里拿出藤条递给夏末林，然后伸出双手。

这回夏末林一点都没有手软，很快她的掌心就一片红肿，疼得她脑子里什么儿女情长、什么伤春悲秋都没了，只剩下"疼死小爷了"！

"说！你是不是又去找冷斯辰了？"

夏郁薰闻言心头一慌，难怪老爸这次这么生气，他怎么知道自己见冷斯辰了？

"我……我没有……"她可没有撒谎，她压根就不是去找冷斯辰的，只是碰巧遇到。

夏末林一听更生气了："你还撒谎！刚才冷斯辰打电话来问我你回来了没有！郁薰，你真的让我很失望。"

"……"夏郁薰简直要一口老血吐出来。冷斯辰，我跟你什么仇什么怨！

他明明那么嫌弃地把自己扔下车，为什么会打电话来问？她到底是该高兴他还关心自己的死活，还是该悲哀他关心得太不是时候？

谎言被当场戳穿，夏郁薰的心拔凉："爸……我……我真没见他。不是，我见他了，但这是个意外！您给我的那张请柬搞错了，那不是联谊会，而是之前给我输血的那位先生的生日宴，当时冷斯辰也来了，我们俩是偶然碰到的。"

"就算是这样，你也该离他远远的，为什么还要去招惹他？我夏末林的女儿想要什么样的男人没有，怎么可以这么没出息，非要自己送上门去给人家作践！"

天知道他联系不到女儿的时候心里有多着急，他满脑子都是她出事受伤的画面，害怕她又跟上次一样出了什么事。那几个小时里，他如坐针毡，简直快急疯了，直到接到了冷斯辰的电话。

冷斯辰，又是冷斯辰！

这一刻，夏末林压抑的恐惧全都化作怒火爆发了出来。

夏郁薰双手紧握成拳："爸，对不起，真的对不起……我也没办法……我喜欢他……真的很喜欢他……"

夏末林颓然地扔掉藤条，崩溃地瘫坐在椅子上埋着头号啕大哭："若欣，我是个只会打打杀杀的粗人，我不知道该怎么教育女儿，你告诉我该怎么办……我该怎么办……"

"爸,爸你别这样……爸我以后再不敢了!"看着夏末林流泪,夏郁薰顿时慌了神,心脏针扎似的疼,"爸,我真的不敢了,你相信我……"

夏末林苦笑着摇头:"你让我怎么相信你?你忘了上次在医院对我做的保证了是不是?可是现在呢?"

夏郁薰无力反驳,那次在医院,确实是自己骗了他。她看着眼前哭得像个孩子的父亲,心如刀绞,不知何时,他的头上竟已有了白发。

七岁的时候妈妈就死了,是爸爸一手把她拉扯大。她从小就调皮,长大了因为冷斯辰的事情也没少忤逆他,总是惹他生气,让他为她操碎了心。她知道今晚他之所以这么激动也是因为担心她,他被上次的事情吓到了,只是太害怕失去她了。

可是她呢,一直以来却只顾着自己的事情,她真的太不孝了!

夏郁薰扑通一声双膝跪在父亲的面前:"爸,你别哭了。你这样我难过,真的很难过!我会乖乖去相亲,明天就去,我会给你找个好女婿,一起孝敬你。爸,你不要哭了好不好?我答应你,我真的不会再去见他了。"

夏末林看着伏在身前的女儿:"郁薰,你真的想清楚了?"

夏郁薰紧紧捏着双手:"想清楚了!"

"那好,你不要跟我说,你去跟你妈说。"

夏郁薰快速地抹了把泪,挪到妈妈的遗像跟前:"妈妈,我知道错了,我会去相亲,找个踏踏实实的好人,以后再也不让老爸和您的在天之灵为我操心了……"

夏末林长叹一声将她扶起来:"好,好……我就相信你这一次!郁薰,你不要怪爸爸狠心,爸爸是为你好。"

他知道自己这么做很残忍,但是如果他现在不狠心一点,以后她还不知道要受多少苦。

冷斯辰刚到家没多久就心烦意乱地折返回去,不过当时夏郁薰已经不在那儿了。

他沿着那条路找了很久都没找到人,打她的电话也打不通。无奈之下,他只好打了夏末林的电话问她有没有到家,结果得知夏郁薰居然还没回家,也没打过电话给夏末林。再后来,他连夏末林的电话也打不通了。

折腾了整整一晚上，直到次日清晨都没有她的消息，于是他准备直接开车去夏家看一下。

站在精武馆的门前，冷斯辰并没有直接敲门，犹豫片刻后，绕到后院从院墙翻了进去，然后悄悄隐藏在树后。他朝里面看了看，发现夏郁薰房间的窗户是开着的，窗前有个熟悉的身影……

看到夏郁薰的刹那，冷斯辰的一颗心终于落回了原地，但紧跟着的是满腔的恼火。他这到底是在做什么？跟个傻子一样上蹿下跳了一整夜，最后还跟做贼一样摸到人家家里偷看。

想到这里，他正要离开，却突然顿住了脚步。

只见夏郁薰趴在书桌前，从包里拿出手机，插上线给手机充电，然后从抽屉里拿出一本粉色的本子，不知道在写着什么。

她的动作看上去似乎有些别扭和奇怪，他仔细一看，才发现她的双手全都红肿着，看来被夏末林教训得很惨。

冷斯辰的眸子闪了闪，如果不是因为自己，她肯定能按时赶到家，也不会被夏末林惩罚。当时他也不知道自己怎么了，身体里像是有一把火，烧光了他的理智，让他完全不受控制。

冷斯辰在树下站了半天，直到看到夏郁薰开了机，立即拨通了她的号码。

与此同时，屋内夏郁薰的手机响了起来。

夏郁薰正在看开机后手机里弹出的无数来自夏末林、冷斯辰还有学长的未接来电和短信提醒，突然听到手机响，而且来电人还是冷斯辰，顿时惊得把手机当成烫手山芋一般抛到了离她最远的沙发上。

屋外的冷斯辰将她的所有反应都看在眼里。她那算什么反应？

冷斯辰皱起眉头，拿着手机也不挂断，任由屋内的手机铃声一直响。他看到夏郁薰用看洪水猛兽一般的眼神盯着手机，然后抄起一个枕头捂住了耳朵。

居然故意不接他电话！

冷斯辰心里有些不是滋味，几乎冲动得想要继续打，但最后还是忍住了。

算了，看到她没事就行了。她没有被人拐走再帮人家数钱，只是被自家亲爹揍了一顿，这种结果他已经很满意了。对夏郁薰，要求实在是不能太高。

冷斯辰最后看了她一眼，然后转身离开。

手机铃声终于停止了，夏郁薰松了口气。

开机之后她才知道昨晚冷斯辰给她打了十几个电话，这会儿居然又打了过来，他是怕自己出了什么事牵累他吧！

夏郁薰发了会儿呆，然后捡起手机给冷斯辰发了个短信——"我到家了。"发完短信后便重新趴回了桌子上，怔怔看着桌上她跟冷斯辰的那张合照。

这一次，她真的要放弃了，她不能再继续自私下去。第一次不是想着怎么学会追求他、讨他喜欢，而是考虑怎么慢慢学会放弃他。

要放弃一个喜欢的人是什么感觉？就像一把火烧了你住了很久的房子，你看着那些残骸和土灰的绝望，你知道那是你的家，但是，已经回不去了……

日子一晃过去了一个星期。

精武馆的院子里，几个少年正在一边训练一边聊天。

张宝："谁能告诉我到底发生什么事了？师姐这几天看起来好贤良淑德啊。"

余乐："是啊，吓死人了！突然这么温柔，师姐是不是吃错药了？"

韩风："太恐怖了！我老觉得她会在沉默中爆发，结果都等好几天了还没爆发，害得我焦虑得晚上觉都睡不好，你看看，都有黑眼圈了……"

而这会儿他们口中突然变得贤良淑德的师姐正围着围裙在厨房里忙碌。

"爸，我做了你最爱吃的红烧肉、清蒸鲫鱼还有山药排骨汤……"

"郁薰，别忙了，不用做太多菜，够吃就行了。"

"没事，也没做多，小宝他们也要吃呢，都是长身体的时候。"夏郁薰一边端菜一边朝院子里的几个少年喊道，"你们三个也准备吃饭吧，记得先洗手。"

因为家住得都比较远，又是报的全天训练班，所以他们一般中午都会留在这里吃饭。听到夏郁薰的声音，三人全都咧着嘴动作一致地搓了搓自己的手臂，温柔得他们鸡皮疙瘩都起来了怎么办！

之前夏郁薰都是喊"你们三个兔崽子闹够了没有，快给老娘滚过来洗手，否则信不信老娘给直接扔马桶里去洗"，现在这转变未免也太惊人了，即使这状况已经持续一个星期了，他们还是不能适应。

吃饭间，夏末林问了一句："伤怎么样了？"

夏郁薰灵活地转了一下手里的筷子："早就没事了。对了，今天我去找了张阿姨，看了下那些会员资料，觉得有个医生还不错，虽然目前工资不高，但是只潜力股，我已经请张阿姨给我们安排了晚上见面。"

夏末林略显诧异地看了她一眼，然后宽慰地点点头："嗯，去吧，路上小心。"这几天他并没有急着催她去相亲，就是怕把她逼得太急。没想到他不提，她居然自己主动张罗起相亲的事。

听到师姐说要去相亲，而且还是主动说的，张宝和余乐惊得手里的筷子都掉了，韩风刚夹住的鸡腿差点儿插到鼻孔里。

师姐哪里是吃错药了，这是被附身了吧？他们可没忘之前师姐有多讨厌相亲，还跟他们三个臭皮匠讨论怎么做才能把那些相亲男吓走来着……

夏郁薰第一天的相亲对象是个外科医生，可是，那个医生走路时不小心被一辆车擦伤了胳膊，只能半道去医院了。

第二天相亲的对象是个建筑公司的少东，她正准备出门呢，人家打电话来说跟前女友复合了。

第三天相亲的对象是个"海归"，说是收到了国外某公司的录取通知，直接告诉她不相亲了，他要去国外发展了。

第四天的相亲对象是个拳王，走半道上碰到死对头，两人也不知怎么就吵了起来，然后决斗去了。

第五天，第六天，第七天……

一个星期过去了，夏郁薰一次相亲都没成功，急坏了夏末林和张阿姨，夏末林差点都要怀疑是她从中作梗了。

她简直是比窦娥还冤！爹啊！你也太高估我了，我有这么大本事吗？

冷斯澈最近忙着工作，平时没什么空闲时间，不过还是会经常和夏郁薰打电话、发短信，了解她的近况。问及她最近有没有找工作的时候，夏郁薰的回答完全出乎他的意料。那丫头居然说准备好好学习，天天向上，去考工商管理硕士。不过，没过几天，她又说不考了，估计也是一时兴起。

最让他惊讶的是，昨天聊天的时候，他得知她居然正在相亲。

冷氏集团，总裁办公室。

交代完工作进度后，冷斯澈有意无意地提了一句："哥，听说小薰最近在相亲。"

冷斯辰神情淡淡的，没说话，不怎么感兴趣的样子。

冷斯澈继续说道："可是听说一个都没有成功，她那些相亲对象全都半路出了意外没去成，这未免也太邪门了吧。"

冷斯辰闻言挑了挑眉："人品问题。"

冷斯澈失笑："小薰要是听到你这么说，肯定又要气得发疯了。"

看他哥这表现，这事似乎不是他做的。也是，他哥怎么可能做这种事情。

"对了，明天是周末，我准备回家吃饭，哥你回去吗？"冷斯澈问。上次因为小薰的事情，他跟哥哥冷战了好长一段时间。可是，一看到哥哥拼命工作以及耐心教导自己的模样，他又心软了，没办法真的跟这个从小到大都那么照顾自己的哥哥生气。再说，他后来想想，觉得小薰辞职了也好，这份工作太危险了。

"明天我没时间，你去吧。"冷斯辰神情淡漠。

冷斯澈轻叹一声："那好吧。"

冷斯澈前脚刚走没多久，沈南风后脚就来了。这家伙，总是想来就来，从不预约。

看着大摇大摆走进他办公室的男人，冷斯辰疲惫地捏了捏眉心："有何贵干？"

"我是怕小甜心不在身边，你太无聊了，所以特意来陪你的啊。"沈南风在沙发上坐下，像在自己家里一样，摆了个舒服的姿势。

"抱歉，我很忙。"冷斯辰重新埋头于一堆文件之中。

"确实很忙，忙到小甜心要去相亲了都不管。"沈南风哼了一声。

冷斯辰翻文件的手顿了顿："我为什么要管？"他不知想到了什么，顿时眼皮跳了跳，抬起头看向那个坐在沙发上一脸玩味的家伙，"夏郁薰相亲的那些意外是你安排的？"

"当然，不然你以为是谁？"沈南风一副理所当然的表情。

冷斯辰嘴角微抽："我看无聊的人是你。我上次就说过，不要去招惹她，她不欠你任何东西。"对这个沈南风，他实在是没办法，如果他真的对夏郁薰动了什么心思，那绝对很难办。

对于冷斯辰戒备的态度，沈南风不在意地笑笑："她相亲的那些人实在是太逊了，我这是在帮她。"

"你到底想做什么？"冷斯辰按捺着火气。

"我只是不忍心那丫头深陷泥潭。"沈南风耸肩。

冷斯辰冷声道："她怎样似乎跟你无关。"

"那……我让她与我有关之后是不是就可以插手了？"沈南风幽幽道。

"沈南风！"冷斯辰目光一厉，心中烦躁不已。惹上沈南风，真不知道是救了她，还是害了她。

"看你那小眼神，跟飞刀似的。"沈南风轻笑一声，安抚道，"放心，我对那丫头没有恶意，也不是像你想的那样。我只是挺喜欢那孩子敢爱敢恨的性格，而且她长得很像我一位故人，我忍不住想帮帮她，仅此而已。"

冷斯辰闻言暂且放下心来。

沈南风看着冷斯辰那张面无表情的冰山脸，故意叹了口气说道："啧，那小丫头这次似乎是真的准备放弃了。"

见冷斯辰没反应，沈南风再接再厉道："以后她会成为别人的女朋友、别人的老婆，跟别的男人亲亲搂搂抱抱，跟别的男人上床，给别的男人生孩子……"感受到周遭低得几乎都能直接降雪的气压，沈南风终于满意了，神清气爽地拍拍屁股走人了。

与此同时，窗明几净的办公室里，欧明轩正转动着座椅沉吟思考。

刚才派去打听消息的人回来说，夏郁薰这几天的相亲没有一次成功。看似都是巧合，其实诡异得很。到底是谁这么缺德？居然抢在他前面做了缺德事……

难道是冷斯辰？印象里他似乎不像是会做这么无聊的事情的人。

咳，欧明轩刚这么想完就暗骂了自己一句，这不是自己说自己无聊嘛。虽然事实确实如此。

如果不是冷斯辰，那会是谁？

第八天晚上，夏郁薰穿得很淑女，准备出去赴约了。

失败那么多次，夏末林本来还怀疑是她使坏，但看着自家假小子似的女儿穿着裙子，头发也细心打理过，脚上甚至穿了一双高跟鞋，这么有诚意的样子，又立刻打消了怀疑。

"爸，你看我这样行吗？"夏郁薰转了个圈。

夏末林连连点头："好看。"

她身上这件粉色的连衣裙，还是她十八岁生日的时候他给她买的，只是这丫头讨厌穿裙子，这还是她头一次穿。现在看着女儿亭亭玉立地站在自己跟前，他这才真真有了种吾家有女初长成的喜悦。

看着父亲眼中的欣慰，夏郁薰突然觉得，自己今天做了那么大心理建设穿上裙子，实在是太值得了。

"爸，我走啦，等我的好消息吧，这次我一定会成功！"

"好，早点回来，别太晚。"

"知道啦。"夏郁薰蹦蹦跳跳地出了院子。

刚离开夏末林的视线，她脸上的轻松立即化作了落寞和迷茫。

这么多年来，她已经习惯了总是跟随那个人的脚步，她真的不知道自己到底能不能做到放弃，能不能开始新的生活。不管怎样，尽力去尝试吧！

不管怎样，她至少已经努力踏出了第一步，有了一个好的开始。

第八章

回头是岸

约定的咖啡厅里，夏郁薰到的时候，对方还没来。

一刻钟后，她看了眼手机上的时间，不禁开始担心，难道又是路上出什么意外了？她的人品应该不会差到这种地步吧？

又过了十分钟，那个建筑师终于姗姗来迟。

夏郁薰简单打量了他一眼，一米八的身高，很阳刚的国字脸，浓眉大眼，穿着一身黑色西装，手里拿着一只棕色的公文包，刚下班的样子。

"夏小姐吗？"男人同时也在打量她，见她一身粉色连衣裙，身材苗条，长发披肩，安静地坐在那里，看起来特别乖巧，不由得眼神亮了亮。

"是的。"夏郁薰点头。

男人在她对面的位置坐下来，面色抱歉道："不好意思来迟了，临时有个会议，实在脱不开身。"

夏郁薰笑了笑："没关系。"

"你好，我自我介绍一下，我叫陆大勇，三十岁，H大土木工程系毕业，目前的单位在华新建筑公司，月薪三千，有房无车，正在还房贷，身体健康，父母尚在。"

"呃……"看着对面飞快地自报家门的男人，夏郁薰有些傻眼，一时不知道怎么应对。

虽然这已经是她第八次相亲了，但前面几次都没见着人，今天才算是她第一次真正意义上的相亲，所以她完全没有经验。相亲的都这么直接吗？

"关于我，夏小姐还有什么其他想了解的吗？"对面的女孩子看起来很纯净，一副涉世未深的样子，陆大勇尽可能用温柔的态度询问着，似是怕惊吓到她一般。

若哪天他看到夏郁薰的真面目，受到惊吓的……一定会是他自己。

"没有了。"夏郁薰摇摇头。

于是陆大勇主动开口道："我听张阿姨说你们家有意招赘？我必须要说明一点，虽然你们家很有钱，但我是家里的独子，入赘绝对不行！"

"呃，这个可以商量，也不一定要入赘的。"夏郁薰打着哈哈。

陆大勇满意地点点头，继续说道："我爸妈只有我这么一个儿子，为了供我念大学吃了很多苦，还有我大姐、二姐，为了供我读书，至今都还没有成家，以后我们结婚的话，我想把他们接过来一起住，你觉得怎么样？"

"啊？行啊，我没有意见……"夏郁薰心不在焉地敷衍，心里有些纠结，才第一次见面而已，现在就谈结婚以后的事了？

陆大勇的神情更加满意了："那太好了，我平时工作比较忙，希望你能帮我多多照顾他们、孝顺他们！"

"啊，那是应该的……"

"另外，关于房子这个事呢，我自己已经买过房了，首付是我爸妈帮我凑的，所以写的是我爸妈的名字。你一个大小姐估计住惯了大房子，以后我们结婚的话，是不是你们家准备婚房？"

"哦，应该是吧……"夏郁薰也不知道到底听清楚没有，强忍着哈欠，继续敷衍。原来跟不感兴趣的人聊天这么无聊，尽管已经很努力，但身体很诚实，她的眼皮快要撑不住了。

陆大勇见她全都答应下来了，不由得喜上眉梢："那……那你觉得我怎么样？"

"啊？挺好的呀。"夏郁薰礼貌地笑了笑。

"好你妹啊，夏郁薰你是不是脑袋被猪啃了？"身后传来一声突兀的怒喝。

夏郁薰："……"

陆大勇："……"

夏郁薰扭过头去，呆呆地看着突然冒出来的男人。

欧明轩今天穿着一套阿玛尼最新款休闲装，手腕上戴着闪瞎眼的百达翡丽限量款手表，修长的身材，出色的外表，闲闲地往那里一站，立即吸引了所有人的眼球。

"学……学长……"夏郁薰依旧保持着瞠目结舌的表情，没想到多日未见的欧明轩居然会出现在这里。

欧明轩瞪了她一眼，不紧不慢地走到她跟前，双手按在她身后的椅背上，然后有些邪气地勾着唇，看向她对面的男人："都三十岁的人了，在A市这样的城市月薪才混到三千，你还觉得自己挺牛的是吧？你一个大男人，让你俩姐姐牺牲终身大事供你读书，你还有脸说啊！你爸妈把你养这么大，又没养过我们郁薰一天，凭什么要她照顾你爸妈，你自己没长手？你是娶老婆还是娶个不用付工资的保姆呢？一个小破房子还跟防贼似的，自己什么都没有，婚房都是对方出的，还好意思义正词严地说不入赘。到底是谁给你的自信？一分钱不花，一点代价不费，娶个白富美，继承偌大的家业，你想得挺美的啊？"他噼里啪啦说了这么一大串，把两个人都说蒙了。

陆大勇面红耳赤地看着眼前一身名牌的男人："你谁啊？"

夏郁薰有些头疼："那个……他……他是我……"

"第十八任前男友！"欧明轩抢在她前面回答。

前男友，还第十八任……夏郁薰整个人都石化了。

"夏小姐，我看你还是把跟前男友们的关系处理好再出来相亲吧。"陆大勇的脸色异常难看，有这么个高富帅前男友在前面，怎么可能看上他？还装模作样地说那些话，说什么他挺好的，这简直是在故意羞辱他！

这会儿他有点后悔说坚决不入赘了，除了入赘，他确实没有任何优势，不过现在说也晚了。

"哎，我不是，他不是……"

夏郁薰还没来得及解释，陆大勇已经怒气冲冲地离开了。于是夏郁薰气冲冲地看向对面的欧明轩："欧明轩，你神经病啊！你怎么就成我前男友了？还第十八任！你到底想干吗？还有你为什么会出现在这里……"

欧明轩大马金刀地在对面空出来的位置坐下，并不回答她的问题，而是问道："又被逼着出来相亲了？"

"没有，我是心甘情愿的。"夏郁薰咕哝。

"心甘情愿？"欧明轩眉头微挑，嘲讽地勾起嘴角，"你不是对冷斯辰非君不嫁的吗？那天晚上玩得可还愉快？这么快就喜新厌旧了？"

那天她没出息地跟着冷斯辰走后，他实在咽不下这口气，憋得快爆炸了，忍不住给她打了个电话，哪知道她居然不接，指不定正在跟冷斯辰做什么呢!

之后的几天里，他一直等着她乖乖上门给自己道歉，谁知道她连短信都没发一条，直接把他无视了。

今天他路过这里，远远地就从窗户外面看到她穿得花枝招展的在跟一个陌生男人交谈甚欢。

他这些天气得肺都疼，她倒是乐得逍遥。

他不止一次告诉自己别再管她，却还是管不住腿走了进来，在她身后的位置坐了下来。本来准备看看热闹就算了，最终还是忍不住出了手。这丫头总有本事把他气得七窍生烟失去理智。

听了欧明轩的话，夏郁薰不由得捏紧了杯子，心里一阵抽痛，但面上却丝毫不显，轻笑道："挺愉快的，谢学长关心。"

"你……"欧明轩的眸子里闪过一丝阴鸷。她这是承认跟冷斯辰鬼混了一夜?

"夏郁薰，我今天算是看清你了，有异性没人性! 今后我要是再管你的事，我就是你孙子! "

夏郁薰无奈地看着欧明轩摔了椅子一脸愤怒地离开，心里有些后悔刚才没好好跟他说话，可谁让他一来就破坏她相亲，还句句往她伤口上戳。

算了，以后再找机会跟他道歉吧。

几日后的午饭时间，夏末林盯着女儿打量了许久，这些天夏郁薰实在是安分得不像话。

这真是他家郁薰吗? 说实话，这孩子突然变贤惠，不仅没让他感觉安心，反而让他一颗心七上八下的。

"怎么样? 最近有遇到合适的吗? "夏末林状似随意地问了一句。

夏郁薰给夏末林夹了一筷子菜："有一个感觉还不错，是个公务员，虽然工资不高，但是工作稳定，而且是本地人，跟我是大学校友，人看着挺老实的。最重要的是人家同意入赘，正在聊，准备先当朋友处处看……"

听她说得挺靠谱的样子，夏末林稍稍放心了些："嗯，虽然爸一直催你，但也不能随便找个人，还是要慢慢相看。毕竟是终身大事，不能马虎。你平时也多出去走走，说不定可以遇到喜欢的。"

夏郁薰耐心听着，连连点头："嗯嗯……"

"郁薰啊……"

"嗯？"

"你是不是很怨我？"

夏郁薰急忙道："爸，怎么会？我知道你是为了我好！"

夏末林叹了口气，岔开话题："郁薰，暑假快结束了，孩子们也要开学了。"

夏末林这话刚说出口，一旁最近被摧残得不成人形的三个少年立即如释重负地呼出一口气，这种惨绝人寰的日子终于要结束了。因为夏末林特别看重他们，所以训练量一直都是最多的。

"是哦，好快啊。"夏郁薰感叹。

三个少年不赞成地撇撇嘴，哪里快了？分明是度日如年！

"最近韩国那边有交流赛，顺便约了一个老朋友谈生意，我也可能要离开一段日子。家里就剩你一个人了，我不太放心。"夏末林皱着眉头说道。

"爸，我又不是小孩子了，会自己照顾好自己的。你去做你喜欢做的事情就好。这些年，我已经够拖累你了。"夏郁薰一脸愧疚。

"傻孩子，怎么会是拖累呢。"

"反正你就放心去吧，我保证你回来之后，我还是乖乖的，绝对没给你惹事！"夏郁薰指天立誓。

鉴于她最近确实表现良好，又不再做那种危险的工作了，夏末林这才勉强点了头。

两天后，夏末林在夏郁薰的百般保证之下一步三回头地去了机场。

他从家里一直叮嘱到机场，临走前还脸色严肃地说了一句："如果出了什么事，绝对不许瞒着我，一定要第一时间让我知道。"

夏郁薰无语凝噎，看来之前她确实太不让人省心了。

把夏末林送走后回到家里，夏郁薰突然有些不适应。之前精武馆到处是孩子们热火朝天训练的身影，现在突然人去楼空，秋日未至，却已经多了几分萧瑟。

傍晚，她约了相亲对象一起吃饭。

因为是大学校友，两人约的地方是 C 大后面的一条小吃街，就当顺便回忆一下校园生活了。

夏郁薰到的时候，那男人已经在等着她了，手里还拎着一杯奶茶。

"热吧？给你，还冰着呢。"男人一见她便迎了上来，把早就买好的奶茶递给她。

"谢谢。"夏郁薰微笑着接了过来。

男人叫秦浩，是个公务员，在民政局工作，加上相亲那次，这是第二次见面。人挺好的，很细心，就是面对她的时候有些紧张过头了。

"那个，我们要不要换个地方？"秦浩犹豫着问。

"啊？为什么要换？"

"总觉得第一次正式约会带你吃路边摊不太好。"秦浩挠了挠头。

"没关系啦，去咖啡厅之类的地方我反而觉得不舒服，路边摊挺好的，我都好久没来大学城这边了，挺想念这边的小吃的。"

"那就好。"秦浩这才松了口气。

两人挑选了一家口碑很好、上学时经常吃的烧烤摊，秦浩又是忙着替她擦椅子又是给她倒水，弄得她有些不好意思。

原来被当成女人对待是这种感觉啊，还真是好不习惯……以前总是追在冷斯辰屁股后面，从没想过自己会喜欢上别的男人。跟别的男人在一起的时候，都是把自己当成男人，跟他们一起吹牛喝酒，她还真不知道怎么跟男人正常打交道。

还记得她带冷斯辰来过一次，那家伙嘴挑，又有洁癖，看到这儿的环境差点儿当场就甩袖子走人，最后还是她伺候太上皇似的哄着才顺利吃了那顿饭。

那会儿虽然冷斯辰性格别扭得很，可是，跟他一起吃着自己觉得好吃的东西，那种感觉特别幸福。

与此同时，一辆黑色的保时捷悄无声息地在烧烤摊旁边停下，然后车主在烧烤摊老板诧异的目光下，降下车窗买了几串烤串。

因为是校友，所以两人有共同话题，这顿饭聊得还算开心。

秦浩是骑着电瓶车过来的，走的时候执意要送她去车站。盛情难却，夏郁薰只好同意让他送。

坐在车座后面，她的心里异常宁静，静得好像整个世界空荡荡的，什么都没有。

父亲总是对她说，找个平平凡凡、踏实能干的男人安安稳稳地过日子比什么都强……她知道他说得有道理，可是总觉得少了些什么。难道她天生就不是个踏实的人，非要风里来，雨里去，乘风破浪追夫万里地找虐才开心吗？

其实她要的只是简简单单的幸福，只是给她幸福的人对她来说太难太难。

下了公交车之后，距离到家还有一段路。路上没有路灯，有点黑。夏郁薰越走越觉得莫名毛骨悚然，身后好像有阵若隐若现的脚步声一直如影随形。

夏郁薰绷紧了神经，走到一个拐角处时，加快脚步迅速闪进了一个小巷子。

果然，她看到那个人影也跟了上来。

"谁？"锁定人影的位置后，夏郁薰以迅雷不及掩耳之势扑过去将那人压在墙壁上，伸出手锁住他的咽喉，"连姑奶奶也敢劫，活得不耐烦了吧？也不看看这是谁的地盘！"

"是我。"黑暗之中响起一个异常熟悉的声音。夏郁薰惊得弹跳起来，立即松开那人："总……总裁？"

"你现在可以不必叫我总裁。"冷斯辰随意地整了下领带。

有多久没有见到他了？之前她还强忍着感觉，甚至以为自己大概已经能够做到不见他了，可是，此刻他就站在她的眼前，他的声音就在耳畔。内心几乎要把她拍晕的惊涛骇浪告诉她，一切都是自欺欺人，她是那么想念他，她甚至差点儿忍不住放弃之前的一切努力……

为免自己的异常被发现，夏郁薰迅速后退几步："怎么会是你啊？我是说，你怎么会在这里？"

"我回家。"冷斯辰面无表情地回答。

"哦……"夏郁薰顿时觉得自己这个问题问得很白痴。他自从搬去外面住之后就很少回老宅了，她一时没反应过来。

"那……那你回家吧。我走了，拜拜！"夏郁薰说完掉头就走。

多看他一秒都是煎熬，她害怕又会摧毁自己好不容易下定的决心。

夏郁薰迫不及待地想要逃离这里，可是事与愿违，下一秒，她不得不停住脚步，因为一只手臂被冷斯辰紧紧抓在了掌心里。

看着她那么明显地落荒而逃的样子，冷斯辰眉头紧蹙："你在躲我？"

自从那天偷偷去她家，从窗户里看到她的那次开始，她对自己就是这么一副避如蛇蝎的样子，这段时间也一次都没有联系过他。这是她有史以来主动断绝联系时间最长的一次，让他莫名心情烦躁。

夏郁薰立即条件反射地反驳："没有！呵呵，怎么会呢……"

冷斯辰忽略她言不由衷的回答，问道："最近很忙？"

夏郁薰有些吃惊，咳咳，他这是在跟她搭话吗？

既然多看一眼都是煎熬，那就索性不要看好了。于是夏郁薰的眼睛死死盯着脚下的地面不看他，支支吾吾地敷衍了一句："嗯，很忙。"

"在相亲？"冷斯辰问。

夏郁薰有些惊讶地抬起头："呃……是啊……你怎么知道？"

"你今天穿了裙子。"冷斯辰面不改色道。

"……"夏郁薰有些无语。这都能联想到她相亲了？

本来她就不怎么习惯穿裙子，这会儿被冷斯辰一提，觉得更别扭了，咕哝道："我知道我穿裙子不好看，反正我现在辞职了，又不在你眼皮子底下晃了，丑也丑不到你……"

她从小就是个假小子，十六岁的时候少女心突然觉醒，可第一次尝试着穿裙子，就被冷斯辰这个毒舌男打击得体无完肤，从此以后就再也不穿裙子了。这家伙肯定已经不记得自己作过的孽了！

胳膊还被冷斯辰抓在手里，夏郁薰走也不是，不走也不是，努力想办法脱身："对了，你回家的那条路在修路，所以要从后山那条小道绕一下，那条路你知道的吧？不耽误你时间，我先……"

冷斯辰总算是松开她的手，却说道："不记得了，你带我去。"

夏郁薰："……"

避着他反而显得更刻意，夏郁薰努力告诉自己，淡定淡定，就当他是个普通人！

"那……好吧。"

两人一路沉默，耳边只有一阵阵蛙声和不知名的虫子的鸣叫声。

"夏郁薰……"不知走了多久，冷斯辰突然开口。

"怎么了？"

"那天，你怎么回去的？"

"哪天？"夏郁薰心不在焉，有点没反应过来。

"你勾引未遂的那天。"冷斯辰说。

夏郁薰的脸瞬间黑了，然后一片火烧火燎："打车回去的。"

"那里能打到车？"

他明知道那里打不到车，还直接把自己扔那儿！夏郁薰语气有些憋闷道："花了双倍车费才叫到的。"

冷斯辰没再说话，两人又开始沉默，夏郁薰始终看着脚下。

"夏郁薰，你是不是觉得我面目可憎？"冷斯辰突然说出一句似乎有些莫名其妙的话。

"啊？"夏郁薰眨眨眼睛，一脸不解。

"从刚才起你就一眼都没有看过我。"

"……"夏郁薰想，这月黑风高的，你怎么知道我有没有看你？如果你不看我，又怎么知道我没看你呢？呃，难道他一看在看我？

"啊——"

夏郁薰正苦思冥想之际，不知道从哪里窜出来一个黑影，她凄惨地尖叫一声，下意识地整个人跳进了冷斯辰的怀里。

突如其来的属于女孩子的柔软和清新的香味撞了个满怀，冷斯辰有些怔忪，随即蹙眉："夏郁薰，你好重……"

夏郁薰也懒得理会他的毒舌了，死死扒拉着他不放："那那那那……那是什么东西？"

"某种夜游生物。"

"夜游生物？阿飘？"夏郁薰的声音都在抖，她虽然胆子大，但也有害怕的东西，最怕的就是鬼了。

"不用怕，阿飘也会怕你。"冷斯辰挑眉。

"怕你还差不多，你多厉害，妖魔鬼怪通通不能近身。"夏郁薰嘴上不饶人，拐弯抹角地骂他是"鬼见愁"。

"最近口才见长。"听到她骂自己，冷斯辰莫名觉得心情好了几分。

"那是当然，不对，应该说我口才一直都很好。"跟他这个毒舌男还有欧明轩那只老狐狸待久了，口才不好能行吗？

突然发现自己还跟考拉一样把对方当树攀着呢，夏郁薰急忙跳下来，有些窘迫地看着不远处的灯光，低头道："你家到了，我走了。"

"嗯。"她温暖的身体离开，夜风微凉。

冷斯辰性感的薄唇吐出一个字，夏郁薰如蒙大赦一般转身就走，速度越来越快，然后一路小跑，跟后面有狼在追似的……

冷斯辰一直看着她的背影，直到她彻底消失在黑暗里。随后，他神情淡漠地看了眼冷家老宅的方向。

看着窗户里温暖的灯光，听着一家三口的欢声笑语，过了良久，终究还是转身离开，他回去只会破坏气氛而已。

那天见了冷斯辰一面之后，夏郁薰差点儿前功尽弃，花了三天时间，内心才重新平静下来。

虽然花的时间有点长，但好歹她做到了。

正窃喜自己自控力有进步，结果一通电话就粉碎了她的美梦。

"喂，安妮，什么事啊？"

刚一接通，便听到手机那头的安妮跟复读机似的不停地重复道："郁薰，我要疯了，我要疯了，我要疯了，我要疯了……"

"哦，这样啊。那你打错电话了，你应该打四院的电话。"夏郁薰一本正经地说道。

那头的安妮依旧在亢奋："郁薰，你知道我今天看到谁了吗？"

"超级赛亚人？"

"夏郁薰！你给老娘认真一点，这可事关老娘的终身大事！"安妮发飙了。

"好嘛好嘛，娘娘您说您说，奴婢听着呢。"

"今天我在竞标会上看到传说中的欧氏集团总裁了！"

"欧氏的总裁……"那不是欧明轩吗？夏郁薰有些惊讶，然后问道，"怎么着？又被迷住了？"

一个"又"字让安妮翻了个白眼："人家这次是认真的！"

"你哪次不是认真的，之前不是还被冷斯辰迷得神魂颠倒的？"

安妮咂了咂舌："冷斯辰太冷了，给他一座火山也焐不热，我还是不去挑战这么高难度的了！"

对于安妮的花痴以及移情速度之快，夏郁薰早已经麻木了："鄙视你！也不知道是谁成天在我耳边说冷斯辰冻结万年的寂寞灵魂在召唤着你去给他温暖！"

夏郁薰虽然一直在追冷斯辰，但在公司完全只把他当成上司，除了冷斯澈和白千凝，公司没有其他人知道她喜欢冷斯辰的事情，包括跟她比较熟的安妮。

安妮闻言轻咳一声道："拜托，我那时候哪里知道他是座万年冰山啊！我看到的仅仅是冰山一角，那水底下藏着的说不定还是整座喜马拉雅山呢，你还是饶了我吧！"

夏郁薰无奈道："安妮，你特意打电话过来，就是要通知我你再一次移情别恋了？"

安妮嘿嘿一笑，语气谄媚道："是这样的，郁薰啊，我知道你是 C 大毕业的对不对？欧明轩也是 C 大毕业的，所以……我想问问你，认不认识他？"

其实她就是这么一问，完全没指望过夏郁薰真的认识，但一线可能也是可能啊！就算能给她提供一些独家信息也好啊！

夏郁薰有些头疼，最后还是没打算骗她，模棱两可地答道："其实不熟……"

一听这话，安妮顿时就炸了："啊——那就是认识了？夏郁薰我要杀了你！你居然藏私！"

夏郁薰被她叫得差点儿耳膜穿孔，无奈之下只好使出撒手锏："你再叫我就挂电话了。"

只一句，安妮立即闭嘴了："拜托拜托，给我他的手机号码吧。不要告诉我你没有！既然认识他，怎么可能不跟他要号码，除非你瞎！"

"安妮，你最近胆子变大了嘛，居然敢上班时间给我打电话。"夏郁薰有些讶异。这家伙办公的地方离冷斯辰这么近，要是以前她绝对不敢开小差的，这回是为了男色豁出去了吗？

"你以为我想死啊？当然是因为今天那座冰山不在公司。"安妮没好气道。

"不在？"夏郁薰下意识地问了一句，不受控制地关心有关他的消息。

"是啊，总裁已经好些日子没来公司了，好像是身体不太舒服的样子，现在所有的事情都暂时交给了副总。不过也幸亏总裁这段时间没来，不然我们真撑不下去了。你真是应该庆幸及时跳出火坑了，你是不知道啊，总裁这段时间也不知怎么了，跟吃了炸药一样，冰山变火山，还是座活火山，吓死人了……"

"生病了……"夏郁薰满脑子只剩下了这三个字。

"喂喂，你别转移话题啊，快给我男神的手机号码！大恩大德永世难忘啊！"安妮在手机那头嚷嚷。

"我回头发给你。"夏郁薰说完，心不在焉地挂断了电话。

冷斯辰生病了？生的什么病？严不严重？肯定很严重吧。若不是很严重，以他那个工作狂的个性，根本不会这么久不去公司。

夏郁薰心慌意乱地绞着手指。

为了转移注意力，她打开了电视，结果电视里正好在放"独居者在家猝死，尸体遭家中两条狗啃食"的新闻，看得她更烦躁了。

把电视关了，可脑海里还是不停浮现各种类似独居者猝死家中好几天才被发现的新闻……

她犹豫着给冷斯辰打了个电话，结果没人接。过了半小时再打，还是没人接。夏郁薰有些坐不住了，第三次还没人接之后，她立即起身出了门。

看一眼，只看一眼，确定他没事立刻就走。夏郁薰去的路上一直反复在心里默念着。

她弯着腰喘着粗气在门前站定，平静下来之后开始按门铃，结果半天都没人出来开门。

怎么没人开门？不会真出事了吧？夏郁薰越想越心慌，门铃按得更急了。

开门啊开门啊！就算出来开门的是个女人，也好过让我在这担惊受怕地猜测你在里面出了什么意外……

此刻，冷斯辰正昏昏沉沉地躺在床上，根本就不想起来，可是门铃声锲而不舍地一直响个不停，按门铃的人一副不把门铃按坏誓不罢休的架势，于是只好不耐烦地起床去开门。

打开门，看到夏郁薰的刹那，他神色微变，下一秒，砰的一声又重新将门关上。

关门的声音震耳欲聋，夏郁薰捅了捅耳朵，嗯，这么有力气，看来还死不了。

"喂喂喂，冷斯辰，姑奶奶特意来看你，你这是什么态度啊？"夏郁薰贴在门上一阵猛敲。

虽然刚才只是匆匆一眼，但已经足够她看清楚，冷斯辰的脸色真的很差，重重的黑眼圈、青色的胡碴，脸色异常苍白。

冷斯辰站在门后，叹了口气，妥协似的重新打开门。

夏郁薰没料到他会突然开门，趴在门上的身体猝不及防之下直接一头撞进他的怀里。

冷斯辰眉头紧蹙地按着被某人撞得生疼的胸口，咳了几声，咬牙切齿道："夏郁薰，我现在是个病人，你可以有点人性吗？"

夏郁薰怒了："你才没人性呢！这么久才开门，害得我以为你死在里面了！"说完哧溜一声从他臂弯下钻进屋里。

"你……"冷斯辰无奈地关上门，一脸疲惫地在沙发上坐下，"夏郁薰，我不管你又学会了什么新招数，很抱歉，我现在没心情。"

夏郁薰一边满屋子里乱跑，检查他的冰箱厨房找医药箱，一边漫不经心地回答道："哦，你放心啦，我知道你现在不行，所以我没准备这个时候勾引你。"

冷斯辰："……"

"啊——冷斯辰你干吗？"夏郁薰本来正踮着脚尖够放在柜顶上的医药箱，却突然被冷斯辰从身后一把抱住。

他的身体热得不像话，滚烫的唇贴着她的颈窝，恶狠狠地在她脖子上咬了一口，声音异常沙哑："让你看看我是不是不行啊。"

"你你你……你刚才不是还说你没心情的吗？"夏郁薰一边说话一边不动声色地想要挣开他。

"可我现在又有心情了。"冷斯辰将她的身体翻转过来抵在柜子上。

夏郁薰看着他越来越近的脸，紧张得心都快跳出来了："哪哪哪，总裁大人，生病的时候应该好好休息，不能做剧烈运动，会伤身体的……"

"伤身体？那试试看到底是谁比较伤。"

夏郁薰泪奔了，这兽性的男人！她可真是有心栽花花不开，无心插柳柳成亚马孙森林！

"你你……你别再靠过来了！脸色差得跟鬼一样，我会有心理阴影的……"夏郁薰嫌弃地别开脸。

"夏！郁！薰！"冷斯辰显然气得不轻，一把捏住她的下巴，那力度大得几乎要把她的下巴捏碎了。

"疼疼疼！松手！"夏郁薰疼得眼泪都快出来了。

"你吵醒了我。"某人浑身上下仿佛冒着来自地狱的阴森鬼气，这家伙的起床气实在很重，尤其是在生病的时候。

　　夏郁薰紧张得心脏快停止跳动的时候，冷斯辰突然转过头去，剧烈地咳嗽起来。

　　夏郁薰松了口气，一边拍他的后背一边抱怨道："不行就不要逞能嘛。"说完在冷斯辰发飙之前飞快地蹿进厨房，"你要吃什么？"

　　冷斯辰不说话，只是那小眼神像带着火的刀子似的直勾勾地飞向她。

　　夏郁薰干咳一声："你生病了，我不该气你，可我真不是故意的。"

　　冷斯辰勉强收回视线："和上次一样。"

　　夏郁薰抹了把汗，如释重负地去煮粥了。

　　粥在锅里煮着，夏郁薰趁这个工夫去卧室给冷斯辰量体温。

　　冷斯辰躺在床上，也不动，只是看着她。

　　"看什么看，量体温！张嘴，啊——"见他不配合，夏郁薰只好用手掰开他的嘴巴，硬是把温度计放了进去。过了一会儿，她看着上面的度数忍不住尖叫一声："天！39.8！你居然还没被烧成傻子！你到底烧了几天了？脑袋烧坏了怎么办？就算不喜欢去医院，让私人医生上门给你看也好啊。就算……就算你不想外人看到你生病时的样子，那至少叫白小姐过来照顾你吧！"

　　她已经彻底对这个糟蹋自己身体的男人无语了。

　　冷斯辰揉了揉眉心看着她："夏郁薰，你坐远一点。"

　　夏郁薰强忍下满腹委屈，坐到离他最远的角落："我知道自己很烦人，我去给你买回退烧药就走，不会打扰你的。"

　　冷斯辰欲言又止，最终闭上了眼睛养神。

　　夏郁薰买好药回来的时候，厨房正好传来粥煮好的嘀嘀提示声。夏郁薰忙跑去盛了一碗粥，用湿毛巾包着碗底送进卧室。

　　她先是把粥放在床头柜上，然后在他的被子上垫了一条干毛巾。

　　"粥煮好了，你趁热吃吧，小心有点烫。"夏郁薰把粥端给他，"锅里的粥还剩了不少，晚上热一下就可以吃。退烧药我刚买来了，等吃完饭半个小时以后吃，每日的剂量和次数我都写在药盒上了，要是明天还没退烧记得一定要去医院……那个，我走了……"

　　冷斯辰一直没说话，夏郁薰一个人说了半天有些尴尬，觉得自己挺啰唆的，挠挠头拿起包，转身离开了。

　　刚走到客厅，卧室里突然传来瓷碗碎裂的声音。

夏郁薰急忙跑回去，只见大半碗粥都泼洒在了冷斯辰的手腕上，剩下的全都洒到了地上。

夏郁薰什么也没说，一言不发地帮他全都清理好，然后从医药箱里拿出治烫伤的药膏给他涂上。

"我再去给你盛一碗。"

估计他发着烧全身没力气，这一次夏郁薰不敢再让他自己吃了，拿了个勺子过来喂他。

"为什么？"冷斯辰看着小心翼翼将粥吹凉递到他嘴边的女孩，眸子里翻涌着她看不懂的情绪。

"啊？因为……因为你要是不吃饭的话，万一我乘虚而入，你会连反抗的力气都没有！"夏郁薰一本正经地回答。

冷斯辰无奈地揉揉眉心，却是难得配合地张了嘴，让她一口一口喂着自己吃完了一整碗粥。

吃完之后，冷斯辰没有立即赶人："帮我把桌上的文件拿来。"

夏郁薰磨蹭着不愿意去："我不拿，你都病成这样了，还看什么文件啊！"

"我自己去。"冷斯辰作势要起身。

"工作狂……"夏郁薰只好跑去帮他把文件拿过来，看他一边揉着鼻梁一边看文件的样子又实在心疼，"要么我读给你听吧？你躺着就好。"

"你行吗？"冷斯辰闻言一脸怀疑。

"怎么不行？"夏郁薰不服气地夺过文件，一看傻眼了，密密麻麻全是英文。她成绩本来就不好，当初英语四级还是在冷斯辰的魔鬼训练下才踩着线过的，现在早就忘光了好吗？

冷斯辰好整以暇地看着她。

夏郁薰怒气冲冲地还给他："好好好，我不行，行了吧，有必要这么快就报复回来……"

夏郁薰突然有些痴了，这家伙，他刚才是笑了吗？是笑了吧！

这时，不知哪里传来了手机振动的声音。夏郁薰顺着声音传来的方向看去，是被冷斯辰远远扔在沙发上的手机。

"帮我拿过来。"

夏郁薰鼓了鼓腮帮子："不拿！刚才我给你打电话你怎么不接？"

"乖，去拿。"

"……"夏郁薰麻溜地跑去把手机拿过来了。

"哪个医院？嗯，知道了，我马上过去。"冷斯辰接通手机，简单说了几句话，面色变得异常凝重。

"阿辰，怎么了？"夏郁薰不安地问。

"斯澈突然晕倒了。"冷斯辰说。

夏郁薰闻言，脸色也变得凝重起来："好好的怎么会晕倒呢？阿澈现在身体不是好多了吗？"

冷斯辰刚站起来就晕眩地摇晃了一下，夏郁薰急忙过去扶住他："你现在要去医院吗？"

"嗯。"

"可是你这个样子……算了，你这个样子也确实需要去医院。"夏郁薰无奈地去给他拿衣服，见他虚弱的样子，犹豫道，"呃，那个，需不需要我帮你穿？"

"嗯。"冷斯辰倒是也不跟她客气。

"哦。"说实话，夏郁薰没料到他会答应，所以一时之间有些呆愣。

"你手抖什么？"冷斯辰挑着眉看她。

夏郁薰恼羞成怒地一把将他的睡衣脱下来："你以为人人都跟你似的善解人衣！"又想起某次在办公室里被某人扒了衣服的黑历史了……

冷斯辰："……"这丫头每次说话一定要这么惊悚吗？

负一楼车库。

"等等！"见冷斯辰要打开车门，夏郁薰立即冲过去抢了他的位置，"你去副驾驶座，我来开车。"

冷斯辰犹豫片刻后，认命地坐到副驾驶座，一丝不苟地系上安全带，叹了口气："希望我还有命到医院。"

夏郁薰平时脾气就挺急的，开车的时候更加暴躁。之前让她代驾过一次，路上的一个小时里，她嘴里的吐槽就没停过，一被激怒，那火暴性子一上来，就会横冲直撞各种超车，他从来不晕车的人都能被她折腾晕了。

还好这次夏郁薰没有像以前一样，难得被人别车的时候都没有爆粗口，只是脸色比较难看。

第九章

瞎了眼喜欢上你

两人有惊无险地到了医院，急诊室门前，穿着贵气的冷夫人郭淳雅正焦急地来回踱步。

"妈，斯澈怎么样了？"冷斯辰神色焦急地问。

啪——清脆的巴掌声在空旷的走廊响起。

夏郁薰完全没想到郭淳雅会突然打了冷斯辰一个耳光，整个人都惊得愣在了原地。这是怎么一回事……

"斯辰，你答应过我什么？我千叮万嘱要你照顾好小澈，不要让他太累，可是你呢？竟然把公司所有的事情都交给他，让他累得晕倒在公司！现在小澈在里面生死未卜，这下你满意了？"郭淳雅的情绪异常激动，一边哭闹，一边推搡着冷斯辰。

夏郁薰无法想象冷斯辰的母亲居然会说出这种话来。冷斯澈是她小儿子，从小体弱多病，她对他比较偏爱，关心也比较多，这可以理解，但就算是关心则乱，也不能对冷斯辰说出这么伤人的话吧！

郭淳雅继续发泄着情绪："你怎么可以这么狠心！明知道小澈身体不好，根本不能和你争什么，你父亲不过是给他一个副总的位置，总裁还不是你？为什么你要这样针对他？小澈是你亲弟弟啊，你怎么可以对他也如此冷血？我怎么会生出你这样的儿子？小澈……我的小澈……是妈妈害了你……妈就不该让你回国……"

冷斯辰面无表情地任由郭淳雅发泄着，不管她说什么都是一脸平静，只是紧紧攥在身侧的拳头却泄露了压抑的情绪。

看着口口声声责怪冷斯辰的郭淳雅，夏郁薰整个人气得都快要爆炸了，只好深吸一口气，强忍住对长辈不敬的冲动，尽量用冷静的语气开口说道：

"冷夫人，可以听我说几句吗？我知道，我是个外人，你们的家务事，我没立场多说什么。我只想问您一个问题，如果总裁是为了独揽大权，为什么不干脆什么都不让副总接手，如您所愿让他轻轻松松的，偏要把公司那么多重要的事情都交给他办？您不觉得自己作为母亲太不公平了吗？您只知道副总回国才工作几天就累病了，但是您知不知道总裁他一年三百六十五天都在处理比这更大的工作量，直到前几天高烧不退才不得不休息！"

冷斯辰眉头紧锁地将夏郁薰拉到身后："夏郁薰，你可以回去了。"

"我不走！别人怎么说都可以，可她是你的母亲，怎么可以这么冤枉你？"夏郁薰一脸护犊子的表情，气得双眼通红，"哪次出去聚会应酬，总裁不给副总挡酒？您只知道副总有哮喘，那您知不知道总裁有严重的胃病，他根本不能喝酒？公司事情那么多那么忙，总裁还是腾出时间手把手地教副总，自己病得那么严重，身体那么虚弱，一听到副总晕倒的消息就立刻赶了过来……他做的这一切，结果居然就得到您这样的评价吗？"

"你……"郭淳雅一句都无法反驳，被夏郁薰说得眸子里闪过一丝愧疚之色，但她的身份不允许她对一个小丫头低头认错。她寒着脸道："你也知道你是个外人，我们家的事情还轮不到你多嘴。我知道你一直喜欢我们家阿辰，可阿辰的婚事已经定了，你最好离他远一点。"

郭淳雅话音刚落，不远处传来一阵急促的脚步声。

"伯母，斯澈情况怎么样了？我一接到您的电话就立刻推了会议赶过来了。"说话的是匆匆赶来的白千凝。

"千凝，你来了！"郭淳雅一看到白千凝，立即缓和了脸色，"斯澈还在抢救室里没出来。"

"伯母，您别太担心了，斯澈一定不会有事的。"白千凝安慰，目光往夏郁薰身上扫了一眼，随后担忧地看着对面的冷斯辰，"斯辰，你脸色看起来不太好，是不是生病了？"

"没事。"冷斯辰随口答了一句，然后问道，"斯澈为什么会晕倒？"

他离开公司的时候，该安排的工作差不多都安排好了，只剩下一些收尾的事情，更何况斯澈这段时间身体状况很好，没道理会累得晕倒。

"我也不清楚，只听他的助理说他接了个电话之后突然晕倒的。"白千凝回答。

冷斯辰面色凝重。看来只有斯澈醒来才能知道了。

十分钟后，抢救室的门终于打开了。

郭淳雅急忙迎了上去："医生啊，我儿子怎么样？"

"病人哮喘发作，现在已经脱离危险，没有大碍了。"

"医生，谢谢，谢谢您。"郭淳雅连连道谢，然后一脸心疼地去看病床上的冷斯澈，"小澈，你现在感觉怎么样？有没有哪里不舒服？"

"哥……哥……"冷斯澈没有理郭淳雅，一直在叫冷斯辰。

一旁的冷斯辰上前："我在这里。"

冷斯澈一看到他就像看到主心骨一样，一把拉住他的手，语速极快地说道："哥，出事了。我之前接到电话，东区那个开发案，工程做到一半，二叔突然携款潜逃了，临走前还跟媒体爆料说我们工程质量有问题，我勉强把消息压了下来，但很多小媒体不受控制，消息可能封不住。哥，对不起，你才走几天，就出了这么大的事情，都是我没用……"

在场的几个人全都惊得目瞪口呆。

"你说什么？你二叔携款潜逃？这怎么可能？"郭淳雅连形象也顾不上了，高声尖叫起来，脚步不稳几乎晕倒。

白千凝也是一脸震惊："怎么会这样，我们公司几乎所有的流动资金都投到那个案子上了，而且这个案子是跟政府合作的，要是出了问题，影响非常大！"

一旁的夏郁薰震惊过后，面上露出几分了然。

她早就看出冷斯辰的二叔冷博云不是什么好人，之前就有贪污公款的前科，可惜董事长思想实在是太古板，又好面子，总是把当年两兄弟一起打天下什么的挂在嘴边，不愿意撕破脸，冷斯辰几次三番想动他都失败了，这回终于出大事了。

所有人中只有冷斯辰还算冷静，大概是担心冷斯澈再受刺激，一脸镇定地看着他："阿澈，这件事跟你无关，别胡思乱想，好好休息。妈，你照顾阿澈。"

冷斯辰匆匆说完，立即大步流星地转身离开。

郭淳雅欲言又止地看着儿子离开的背影，眸子里闪过一丝担忧。

"怎么会这样，怎么会这样啊，这可怎么办……华裔还在国外度假，我得赶紧打电话告诉他……"郭淳雅急得不知如何是好。

"伯母，没事的，您别急坏了身体，还有斯辰呢。"白千凝安慰。

"是啊，没事的，一定没事的，阿辰一定能解决的。"

听着两人的对话，夏郁薰有些无语地撇了撇嘴，现在倒是想起大儿子来了。

关心了几句冷斯澈后，夏郁薰立即追上了前面的冷斯辰。

上车后，她将一瓶矿泉水、几粒退烧药递给他，然后撕开一张退热贴拍在他的额头上："先吃药，吃完躺着休息下。"

冷斯辰摸了摸额头上的退热贴，接过药和水："你什么时候拿的这些？"

夏郁薰发动引擎："在你不注意的时候。"

一路上两个人都没有说话，夏郁薰难得把车子开得很稳。冷斯辰靠在副驾驶座上，合着眼睛，脸色异常苍白，眉宇间满是疲惫，完全没了平日里的吓人和强势，看起来特别脆弱。

半晌后，身旁的冷斯辰似乎叹息了一声："傻瓜……我都没哭，你哭什么？"

既然被发现了，夏郁薰也不忍了，大力地抽了一下鼻子："我乐意，你管得着吗？"

冷斯辰缓缓睁开眼睛看着她，笑了一声。

夏郁薰听着耳边低哑的笑声，心里有些发毛。她都这个态度跟他呛声了，他还笑得挺开心，不会是脑子烧坏了吧？

"你笑什么？"

"你哭起来好丑。"

"你管我丑不丑，你又不娶我！"

"别哭了，待会儿看不清路了。"冷斯辰叹了口气，趁着等红灯，抽了几张纸巾，伸手过去摘下她的眼镜迅速给她擦了擦，再帮她把眼镜戴好。

到了公司，夏郁薰把车停好。

正想问冷斯辰身体有没有问题，下一秒便看到他踏出车门的瞬间就跟变身一样，脸上的倦色全无，周身"生人勿近"的气场全开，一副冷漠疏离的表情。

这家伙，就死撑吧！

夏郁薰所有的话都吞了回去，忧心忡忡地目送冷斯辰的背影消失在公司大楼里。

这种明知道他遇到了困难，却一点忙都帮不上的感觉实在是太糟糕了。

即使无法做恋人，他也永远是她生命中重要的亲人，就算可以压制自己对他的感情，但她没办法不担心……

到底该怎么办呢？求她爸帮忙？这简直是异想天开嘛！她爸不买个烤猪头回来庆祝就不错……

这样阴郁的情绪持续了好几天，夏郁薰连饭都没心思吃，秦浩约她出去，也都找理由推了。

其间她跟安妮打了一通电话打听情况，结果安妮那边跟打仗一样，忙得根本没空跟她细说。

这天，安妮趁着吃饭的工夫给她回了个电话。

"安妮，现在情况怎么样了？"夏郁薰压抑着焦急询问。

"哎，别提了，我看这次悬，公司搞不好真要倒闭了！"

"这么严重？"夏郁薰蹙眉。

"你是知道的，像冷氏这样的家族企业，长年累月积攒下来的弊病太多。以冷博云为首的所谓公司元老，光吃饭不干活，还总是从公司捞油水；再加上裙带关系空降过来的猪队友，几乎占了冷氏高层的大半数。"安妮说着叹了口气，"咱总裁也不是没能力整治，只是他每次一提革新计划，都被董事长骂得狗血淋头。董事长也是太顽固了，也不看看那些都是什么人，一个个的简直是吸血鬼啊！打江山容易，守江山难，这公司再大，也不够他们挥霍的。我在一旁看着都替咱总裁憋屈！"

夏郁薰听得一阵沉默。这些事情她也知道，冷斯辰跟他父亲在经营公司方面有很多理念不合，经常起争执，不过每次冷斯辰都会妥协，怕气到父亲，前段时间还特意安排父亲跟几个老友一起去国外度假休养。

冷斯辰这家伙是典型的天蝎座，外冷内热，虽然看起来冷漠得很，但极其注重亲情，然而他却曾不止一次被自己的亲生父亲当着全公司人的面骂狼心狗肺、不顾亲情。

唉，谁让这家伙天生长着一张嘲讽脸，还总是一副面瘫的表情，看着就不近人情，平时又闷骚得要死，就算关心人也不会表出来。

安妮接着说道："很多问题一下子全都暴露出来了，形成了连环效应。最近本来就有好几个大单子被欧氏给截和了，公司下半年业绩堪忧，现在冷博云携款潜逃不说，还倒打一把给我们泼脏水，一夜之间网上、报纸上铺天盖地都是负面消息。好多合作的公司要求撤资，股价大跌，连银行都不愿意贷款……总之现在是一团乱！哎，还有欧明轩，我的男神啊！我本来还想追他来着，现在两个公司这种情况，我还是有多远躲多远吧！之前你给了我号码之后，我还跟他发过好几条短信搭讪，要是被冷总发现就惨了，该不会以为我'叛国通敌'吧……"

夏郁薰听得眉头紧蹙，事情比她想象中的还严重。

现在关键就是两个字：缺钱。那么大一笔亏空，可不是一下子就能填上的。跟安妮的通话结束后，夏郁薰的心情更糟糕了。

正坐那儿发呆，茶几上的手机突然响了起来。她心不在焉地接通："你好，哪位？"

"我。"

"学长？"听到许久没有听到的熟悉声音，夏郁薰有些惊讶。

"想帮冷斯辰，就来欧氏找我。"

"……"夏郁薰面色凝重地看着被挂断的电话。

学长说如果想帮冷斯辰，就去找他，是什么意思？她可不觉得自己有什么资格插手他们两个大公司之间的事。

不管怎样，先去看看再说吧，总比在家里待着干着急好。

半个小时后，欧氏集团公司大楼。

"你好，我找你们总裁，可以帮我联系一下吗？"

"有预约吗？"前台的小姑娘正专心致志地欣赏着自己那一手镶满了水钻的指甲，看都没看她一眼。

"没有。"夏郁薰神色有些纠结地看了眼那个前台。欧明轩的员工都这么随性吗？不穿员工服、打扮得这么花枝招展也就算了，工作态度还这么散漫。

她习惯了冷氏堪比军事化的严格管理，看着身边来来往往穿着随意、说说笑笑的员工很不习惯。她刚才居然还看到有个男人穿着睡衣，还是那种后面有恐龙尾巴的卡通睡衣……

"没预约见不了。"前台直接回她。

"可是……是你们总裁打电话让我来的。"夏郁薰解释。

"这理由我一个月能听到八百回，能想点新鲜的招吗？而且你来晚了，上面已经有一位了。"前台说着一脸不耐地上下打量她一眼，见她穿一身洗得发白的运动服，还戴着副老气的黑框眼镜，忍不住笑出了声，"现在真是什么人都敢出来勾搭男人了。"

夏郁薰："……"

一个月能听到八百回……想勾搭欧明轩的女人到底有多少？在招桃花这方面，欧明轩还真是一点都没变，甚至比在学校时有过之而无不及。

而且，上面已经有一位了？她是不是来得不是时候？

夏郁薰无奈之下，正准备给欧明轩打个电话问下，前台的内线电话响了起来。

"喂，亲爱的，什么事啊？"前台姑娘用娇嗲得让夏郁薰起了一身鸡皮疙瘩的声音接起了电话，随即突然惊讶地看了夏郁薰一眼，随后脸色沉了沉，"好，好的……她刚来……"

说完啪的一声挂断电话："总裁让你上去。"

"他的办公室在？"

"顶层。"

"哦……"见对方丝毫没有要带路的意思，夏郁薰摸摸鼻子转身走了。她自己去也好，可以爬楼梯去。

没走几步，她听到身后那前台咕哝了一句："老板最近的口味也太重了！"

夏郁薰："……"

夏郁薰身体好，爬了十几层楼，脸不红气不喘，在挂着总裁办公室牌子的门外站了半天，犹豫着要不要进去。

半晌后，她抬起手来，手刚落在门上，门就被推开了。

原来门只是虚掩着的。

屋内一男一女的衣服已经扯得差不多了，女人背对着她，双腿大开地坐在欧明轩的腿上，而欧明轩的脑袋埋在女人的颈窝，脸正对着夏郁薰进门的方向。

听到声响后，他似是有些不满地抬起头，直勾勾地盯着愣在门口的夏郁薰，阴鸷的眸子里瞬间蹿起了一团火。

夏郁薰呆滞片刻后终于反应过来："对不起，打扰了。"说完就要为他们带上门。

"夏郁薰，你敢走！"欧明轩看着夏郁薰丝毫没有妒色的表情，脸色差到了极点。

"呃，学长，那个……抱歉啊，我真不是有意的。"夏郁薰脚步刚动便被欧明轩喝止住，讪讪地摸摸鼻子道歉。她理解，欲求不满的人脾气是不太好的。

欧明轩瞪了她一眼，随即不耐烦地看了身前的女人一眼："你出去。"

"什么？"女人一脸震惊。

"听不懂中文？"

欧明轩发脾气的时候还挺吓人的，那女人满腹委屈却什么也不敢说，一脸"我裤子都脱了，你居然让我出去"的表情，愤愤地穿好衣服，临走前狠狠剜了夏郁薰一眼。

欧明轩赶走那女人之后，立即死死盯着她："夏郁薰，你还是来了。谁准你来的！"

夏郁薰听得满头黑线："不是你让我来的吗？"

"少跟我装大瓣儿蒜！你就是为了冷斯辰那浑蛋！我告诉你，这次冷氏那么大的亏空，有能力帮他起死回生的没几个人。"

夏郁薰听得脸色发沉，以欧明轩的个性，这两人积怨已深，他不踩上几脚就不错了，根本不可能帮冷氏。那他现在把自己叫过来，说这些话又是什么意思？

"想帮他是不是？"欧明轩神色悠闲地单手支着下巴，笑盈盈地看着她，笑意却不达眼底，"求我啊。"

欧明轩今天穿着黑色衬衫，扣子不羁地解开了三颗，那相貌平日里就已经够妖孽，这会儿更是魅惑。

夏郁薰眼睛一眨不眨地看着他："求你。"不就是两个字吗，如果说了他就愿意帮忙，她觉得没什么不能说的。

"你……呵，还以为你去相亲是想通了，看来是低估了你对冷斯辰的感情。好一个无私奉献、感天动地！"欧明轩一口气憋在喉头不上不下，深吸了好几下才恢复冷静，眸子里的阴郁更重，"我可以帮忙，只要……你答应我一个条件。"

眼前的欧明轩还是那个欧明轩，却给人一种极其陌生的感觉。夏郁薰压下心里的不安，开口问："什么条件？"

夏郁薰的话音刚落，欧明轩眸子里的最后一丝光亮也慢慢熄灭，自嘲地冷笑一声，手指有节奏地敲击着桌面，慢条斯理道："不急，先陪我吃个饭，我们慢慢说。"

也不知道欧明轩到底想做什么，夏郁薰挠挠头，无奈地跟着他来到一家高档酒店。

"这家的海鲜不错。"欧明轩介绍道。

"哦……"夏郁薰小心翼翼地打量着他的神色，见他似乎不像刚才那么生气了，趁机道歉道，"学长，之前在咖啡厅的事情对不起，你别生气了好不好？当时是我态度不好，我不该那么气你的，我知道你是为我好。"

欧明轩哼了一声，夏郁薰都做好被他骂个狗血淋头的准备了，欧明轩脸上的不悦却陡然一变，突然将她抱在了怀里，极近地贴在她耳侧低喃道："小傻瓜，我怎么会生你的气。"

"你真的不生气了？"夏郁薰被他出乎意料的态度弄得有点蒙。

"当然了。"欧明轩语气笃定，温柔而宠溺地揉了揉她的头发，"那你呢？还讨厌我吗？"

"我没有讨厌过你。"夏郁薰急忙解释，她一直都知道他只是关心她。

"那就是喜欢我咯？"欧明轩揶揄。

"当然喜欢啊。"夏郁薰毫不犹豫地回答。

她从小到大只知道黏着冷斯辰，身边的朋友实在很少，直到上大学认识了欧明轩。欧明轩算是跟她玩得时间最久的，也是最合拍的。如果可以，她真的不想失去这个朋友。

欧明轩轻笑一声摸摸她的头："真乖。"

"喂，别摸我的头啦。还有，很热，你能不能先松开我？"夏郁薰挣了一下。

欧明轩依言放开她。

于是，夏郁薰转过身，然后……猝不及防地对上了一双冷冽的眸子。

冷斯辰……他怎么会在这里？他什么时候来的？

该死！刚才她跟学长，他该不会全都看到了吧？

她下意识地就想冲上去解释，却突然看到冷斯辰的身后走出几个人，先是亲热地挽着郭淳雅的白千凝，一旁还有两个男人，好像是冷斯辰和白千凝的父亲……

这是两家人一起聚餐？

"回头我就去翻翻皇历，定个好日子，你们小两口有什么意见吗？"

郭淳雅满脸喜气地问。

"伯母,我没意见,您决定就好。"白千凝面色娇羞地看了冷斯辰一眼。

冷斯辰早已从夏郁薰的方向收回目光,面无表情道:"没意见。"

随即一行人就这么离开了她的视线。

"人都走了,还看!"

直到欧明轩的声音响起,夏郁薰才陡然回过神来,呼吸急促,双眸喷火,一把揪住他的衣领:"欧明轩,你刚才故意的!"

刚才那个角度,她看不到冷斯辰,但欧明轩的脸正对着冷斯辰那个方向,肯定早就看到他了。

欧明轩双眸微眯:"是不是故意的有什么区别?人家都要结婚了,你到现在还执迷不悟吗?"

"我说过了,我的事不用你管!"不知道被哪个字刺痛了神经,夏郁薰似发狂的狮子一般嘶吼着,一把将他推开。

欧明轩被推得跟跄着后退一步,眸色蓦然转深。又是这样,每次都是这样,只要冷斯辰一出现,她就会完全失去理智。

见她转身就往外跑,欧明轩不紧不慢地整了整衣领:"走啊,走了就别回来。夏郁薰,我不会给你第二次机会。"

"你……"夏郁薰咬牙切齿地转过身,"你到底想怎样?"

"陪我去吃饭。"欧明轩说完转身就走。

夏郁薰瞪着他的背影,半晌后跺了跺脚追上去。

到了包厢里,夏郁薰一怒之下点了满满一桌子菜。欧明轩也不拦着,任由她点,等菜都上齐了之后,悠悠说了一句:"这顿你请。"

"你说什么?"夏郁薰手里巨大的蟹腿掉在了地上。

欧明轩挑眉:"是你有求于我,难道还让我请你?"

夏郁薰心疼不已地把掉在地上的蟹腿捡起来:"该死的老狐狸……"

本着"钱都花了一定要吃够本"的心态,夏郁薰连话都没空说,一直在努力狂吃。

欧明轩嘴角抽了抽:"见过人家失恋买醉的,没见过想撑死自己的。"

"失恋……"夏郁薰用力戳了一下盘子里的三文鱼,"我都没恋过,失什么恋!"

"倒还算有自知之明。"欧明轩轻嗤。

"你一天不打击我会死吗？"夏郁薰把筷子一摔，"别绕弯子，到底要怎样你才肯帮冷氏，直接说吧！"

欧明轩抿了口红酒，手指不易察觉地将酒杯捏紧，一字一顿道："条件就是……for one night。"

"……"夏郁薰一脸呆滞，无法置信地看着眼前的男人，之前在欧氏刚见到欧明轩起就有些不安的情绪，此刻又悄然探出头来。

她英语不好，会不会是她理解错了，不是她心里想的那个意思？

欧明轩显然很满意她现在的表情，缓缓站起身子，似狩猎的野兽一般，慵懒而邪魅地一步步走近她，双手搭在她的肩膀上："怎么？你不觉得这个交易很划算吗？只是跟我睡一晚上而已，就能帮你的阿辰解决这么大的麻烦，你不亏的……"

"学长，你胡说什么？"那种陌生而危险的感觉越来越强烈，夏郁薰的心越来越慌，伴随着他的靠近，她唰地站起来。她原以为学长只是一时生气，说不定哄得他气消了，等心情好了就会帮忙，哪知道事情的发展居然会变成这样。

她见过各种各样的欧明轩，装酷耍帅的、绅士的、温柔的、幽默的……却从没见过他这个样子，可怕而危险。

欧明轩猛地上前一步掐住她的腰，阻隔了她的逃路，接着，他微微俯身，在她耳边呵出带着红酒味道的微醺气息："宝贝，你不是为了他可以放弃尊严、放弃原则，甚至舍弃生命吗？你不是即使知道他要跟别的女人结婚了，也愿意为了他赴汤蹈火不顾一切吗？现在只是让你陪我一晚上而已，都要犹豫这么久？呵，看来你对他所谓的爱也不过如此嘛。"

"学长，你……你到底怎么了？"夏郁薰声音微颤，满脸震惊，无法相信这样的话是从欧明轩的口中说出来的。她已经分不清楚眼前的人到底是不是她认识的那个人了。

她惊慌失措的样子反而激起了他内心的暴虐，放置在她腰间的手掌缓缓下滑："要是你现在就陪我，做完我立即就帮他渡过难关……"

不，他不是学长！他不是！她的学长才不是眼前这个陌生可怕的人！

夏郁薰全身都开始颤抖起来，拼命挣扎着想要离开："放开我！欧明轩！我不管你到底是认真的还是在开玩笑，我不会答应你这么可笑的条件！"

"可笑？"

"如果我答应你，不是帮他，而是侮辱他！"

"呵，你还真是时刻为他着想。那我呢？你有没有为我想过？"

夏郁薰瞳孔微缩："我不懂你的意思。"

"夏郁薰，你别装了。"欧明轩的声音前所未有地冰冷，"我喜欢你，你早就知道了是不是？"

夏郁薰脊背一僵，放在身侧的双手紧握成拳。就算再迟钝，毕竟她也是个女孩子，有些事，她多少察觉到了一些，只是潜意识里总是去回避这个问题，害怕去弄清楚。

她的沉默彻底点燃了他的怒火，欧明轩一把将她拦腰抱起压在沙发上："夏郁薰，我他妈就是瞎了眼喜欢上你了又怎样？"

不再是玩闹，也不是开玩笑，炽热的唇舌疯狂地落下，密密麻麻地覆盖了她每一寸裸露的肌肤，欧明轩如失去理智的野兽般撕咬啃噬，似是要将她撕碎吞入腹中……

"夏郁薰，我受够了……我清清楚楚地告诉你，我不想做你的学长，不想做你的兄弟，不想做你的情感咨询专家，我想做你的男人！你别想再把我推给别的女人！"

他痛恨这样犹豫不决的自己，今天晚上，他们之间必须要有个了断。

夏郁薰瞪大眼睛看着他，却没有焦距，似乎陷入了什么可怕的回忆之中。

"为什么不反抗？"他的手掌用力掐着她的腰身，几乎要将她揉入骨血。

不是感觉不到她的害怕，因为她全身都在颤抖，颤抖得令人心疼，却也更让人想要摧毁。

夏郁薰疼得眼眶泛红，却狠了心不哼一声。

学长，学长求求你醒来，求你……我不要我们变成那个样子……

只可惜，房间里昏暗的光线隐藏了她眼中巨大的惊恐和无助，如果欧明轩注意到她此刻的神情，或许会于心不忍……

她还在天真地等待他能醒来，然后告诉她，他只是一时冲动……

然而他没有。

欧明轩已经彻底失去理智，毫不客气地一把摘掉她的眼镜，缓缓低下头。

"不要……学长，你清醒一点！"危急之下，她下意识地想要动手，却想到一旦动手的后果——他们可能永远都回不到过去了，不由得顿住了动作。

"呵……夏郁薰，我告诉你，我很清醒，清醒地想要你。就算我疯了，那也是你逼的！"

伴随着欧明轩困兽一般的怒吼，衣物碎裂声响在耳畔……理智湮灭……

她等啊等，等啊等……却一直没有等到希望，没有等回她熟悉的那个人……只等来了那被埋葬在记忆和时光深处的，无比熟悉的绝望……除了黑暗只有寒冷，整个世界只有她一个人，没有人听到她的声音，没有人会来救她……

夏郁薰眸子的光芒一点点黯淡下来，直到彻底湮灭，无比空洞……

欧明轩终于意识到了她的不对劲，全身一颤，随即无法置信地看着身下的女孩。

夏郁薰眼神涣散、面容呆滞，仿佛受到了巨大的惊吓，沉浸在什么特别可怕和恐惧的事情当中。

该死，他到底做了些什么！

"郁薰，醒醒！是我不好，都是我的错！你醒醒，看着我！对不起，真的对不起，吓到你了……"欧明轩心乱如麻地轻轻拍着她的脸颊，她却还是一副呆呆的样子，完全听不到他在说话。

欧明轩如同被一盆冷水浇下来，手忙脚乱地穿好衣服："郁薰，你等等，我这就送你去医院。"

砰的一声，门开启又关上，一个小小的身影迅速蹿了出去。

"郁薰，你别乱跑。"欧明轩着急想要追上去，却不小心绊到椅子，一下子摔到了地上。

第十章

自私的我

深夜，清冷的客厅里，落地窗大开着，窗帘被夜风吹得剧烈翻动。

冷斯辰斜倚在沙发上，一只手臂横在眼前，另一只手中端着酒杯。

他将杯中的酒一饮而尽，随即把酒杯狠狠砸在了墙上。寂静的客厅中发出刺耳的声响，他却嫌不够一般，又将手边能碰到的东西全都砸了，好半晌后才气喘吁吁地躺了回去。

公司里乱成一团，为了得到白氏的注资，不得不仓促跟白千凝结婚。最近发生了太多事，每一件都事关他以后的人生，可是，此刻他却丝毫没有想这些，满脑子都是几个小时前在酒店看到的那一幕……

她跟那个男人甜蜜相拥的画面，她说"当然喜欢"时笃定的语气……

叮咚叮咚叮咚——

门铃声突然响起，那样的急促突兀，就和他发烧那天一样，让他有刹那间的恍惚，不知道是真实还是幻觉。

"冷斯辰！冷斯辰！在不在？没死就吱个声！"夏郁薰按了一会儿，干脆连门铃都不按了，门板被她拍得砰砰直响。

是他喝醉了吗？为什么他听到了夏郁薰的声音？

"冷斯辰，我给你三分钟时间，你要是再不开门，我就走了！"

真的是她……冷斯辰的双手紧握成拳。

三分钟后，就在冷斯辰以为她已经离开的时候，夏郁薰的声音又响了起来："看在你年纪大了，行动迟缓的份上，再给你三分钟时间！"

屋内，冷斯辰如同雕塑一般坐在沙发上，一动不动。

"阿辰，开开门好不好？"她的声音渐渐失去了力气。

"阿辰，求你开门，求你不要不理我好不好……"她的虚张声势尽数瓦解，已是近乎哀求的语气，"阿辰，我好怕，求你出来见见我。阿辰，不要不理我……不要不理我……"

下一秒，紧关着的门突然打开。

她眼底的喜悦还没来得及浮现，便对上了一双森寒彻骨的眸子。

"夏郁薰，如果你还有半点羞耻之心，以后不要再出现在我面前，不要再来打扰我的生活，我不想再见到你。"

砰的一声，门又被关上。

炙热的沙漠里，她用残存的力气爬向希望的绿洲，到头来却发现一切都是海市蜃楼。

少年朦胧的背影早就消失在遥远的时光里……

总是习惯了在无助的时候去依靠他，她知道，即使他做出再讨厌、再不耐烦的样子，也会把她拉上来。

即使他每次都说没有下次了……而这一次，大概是真的没有下次了……他不会再理会自己了……

当那双手不在的时候，她才真正感觉到了世界倾塌的声音。

她一直以为自己是坚强的，直到此刻才知道，原来少了那根支撑，她根本就什么都无法应付。

夏郁薰，其实你才是最软弱、最没用的那个人。

她呆呆地坐在地上，神情空洞地喃喃自语着："阿辰，我喜欢你，从第一次见到你开始就喜欢你，只喜欢你。过去只喜欢你，现在只喜欢你，未来也只会喜欢你。学长只是我的兄弟，是兄弟的喜欢，不是那种喜欢，为什么你总是不相信我？

"阿辰，我只是想帮你……可是我又把事情办砸了……

"阿辰，对不起，直到现在我才发现，一直以来，都是我太自以为是，自以为是我在守护你。其实我才是最自私的那个人，因为我离不开你，所以才自私地用尽一切卑鄙的方法想要把你留下……

"我从出生起就是一个错误……只会给别人带来灾难的错误……没有我，妈妈就不会死；没有我，学长就不会那么痛苦；没有我，阿辰也不会那么困扰……

"没有我……没有我……没有我……"

过了一会儿，所有的声音都消失了，夜又恢复了寂静。

进屋之后，冷斯辰掏出打火机点烟，半天都没点着，心烦意乱地把打火机扔了。

浓墨般的夜幕中突然划过一道闪电，伴随着轰隆一声巨响，窗外哗啦啦下起了暴雨。雨点坠落的声音那样的清晰，一滴滴冰冷地践踏在他的心头。

不知过了多久，他突然起身，唰地打开门。门口空落落的没有人，仿佛她从没来过。

她走了，就像上次在公路丢下她一样，他转身之后，她已不在原地。

冷斯辰眉头微蹙，不知为何突然有股不好的预感，一头冲进了雨幕里。

不是已经跟她说得很清楚了吗？为什么还要追出去？

他的大脑一片混乱，如同被病毒入侵的机器人。他不知道自己到底想怎样，只是发泄一般在雨中奔跑着，寻找着，心里只有一个念头……找到她……

半个小时后，冷斯辰一无所获地回来了。

他全身湿淋淋地坐在沙发上，满脸自嘲地捂面："呵，我一定是疯了……"

叮咚叮咚——突兀的门铃声再次响起。

冷斯辰整个人就像被按了开关一样，噌的一声站起来跑去拉开门。

"郁薰在不在你这里？"

看到欧明轩的刹那，冷斯辰尝到了那种希望落空、从悬崖坠落到深渊的感觉。

欧明轩惊讶地看着全身湿淋淋的冷斯辰，见他不说话，也顾不了别的，强硬地挤开他闯了进去。

"夏郁薰！夏郁薰你出来！"他一间间屋子找过去，迫切希望她就藏在哪个角落里不肯见他。

"郁薰，你别害怕。是我的错，全都是我的错。我再也不做那些混账事了……"欧明轩的声音里满是愧疚和慌乱。

"她不在我这儿。"冷斯辰站在他的身后，冷冷地说道。

"怎么可能？她不在家里，唯一可能来的地方就只有这里。"欧明轩剧烈喘息着，烦躁地揉乱头发。

冷斯辰闻言，好看的眉头一点一点紧蹙起来："她不是应该和你在一起？"

欧明轩眼神闪躲："出了点意外……她……她有没有来找过你？"

“有。”

“有？那她人呢？”欧明轩急切地问。

“走了。”

“走了……走了？你让她走了？你怎么可以让她走掉！”

欧明轩的情绪太过激动，冷斯辰终于察觉到不对劲，面如寒霜地问：“发生什么事了？”

“我……总之都是我的错……全都是我的错……我差点儿……”欧明轩支吾了半天，也没能解释清楚到底发生了什么事，实在是自己做的事情太混账了。

冷斯辰回忆着刚才夏郁薰的神态，再结合欧明轩的话，突然反应过来了什么，脑袋里轰的一声炸响。

“你知不知道她可能去什么地方？好好想想，她走的时候精神状态不对，我怕她会出事……”欧明轩话未说完，就结结实实地挨了冷斯辰一拳，等反应过来的时候，冷斯辰已经冲了出去。

欧明轩被打得摔在了沙发上，断断续续地低笑着：“呵，我就是个浑蛋……冷斯辰不是，我才是……”

一想到她在那种情况下依旧没有反抗，想到她最后一刻还是如此信任自己，而他却毫不留情地践踏了她的信任，他就恨不得杀了自己。

冷斯澈打来电话兴奋地说欧氏那边有意向注资时，冷斯辰还在西郊泥泞的小树林里疯了一样地找人。

“拒绝。”冷斯辰只回复了两个字。

“这……哥，你开玩笑的吧？为什么？到底出什么事了？”冷斯澈瞠目结舌，他今晚听到的消息怎么一个比一个惊人？

欧明轩这种时候没有踩他们一脚，而是出手帮忙，已经够他吃惊了，而他哥明知道现在有能力帮冷氏的公司没几家，居然拒绝了主动送上门的钱。

冷斯澈正准备追问，冷斯辰已经挂掉电话，望着头顶的雨幕，眸子里划过一丝宿命般的苦涩。

想不到他也会有如此冲动的一天……

夏郁薰，恭喜你，你赢了，我终究还是败给了你。

那丫头从小就很会藏，每次捉迷藏都没人能找到她。记得有一次，她居然躲到一棵大树上，躲着躲着就睡着了，所有人找了她整整一天都没找到。

直到日暮降临，孩子们都回家了，她依旧没有被找到。

其实他很讨厌这个游戏，非常讨厌，讨厌她不在眼前，讨厌找不到她的感觉。

那天晚上，就在他快要绝望的时候，路过那棵大树时，她从天而降，砸进他的怀里。

当时，他躺在地上目瞪口呆地看着趴在他怀里流着口水往他身上蹭的家伙，胸口翻涌着一股热气，不知怎的突然忍不住抱住了她："小薰，以后别再让我找不到你了……"

他并不知道，后来夏郁薰因为这一句话，在他眼前晃悠了那么多年。

站在当年那棵大树下，冷斯辰怔怔地停住脚步，期待着她还能奇迹般从天而降。

可是，这一次，奇迹没有出现。

冷斯辰紧紧捏着双拳，被前所未有的恐惧侵袭。

不是每一次都有奇迹出现的。

那个雨夜之后，夏郁薰就像人间蒸发一样消失了。

冷斯辰和欧明轩找了整整三天，丝毫没有她的消息。

冷斯辰想办法调取了附近的监控录像，可晚上雨太大，录像大多看不清，唯一清晰的是门口的那段录像。

那段录像基本没用，没办法从中知道她去了哪儿，不过冷斯辰想了想，还是点开了。

刚点开，门铃声响了起来。打开门，是满脸憔悴的欧明轩。

"找到了吗？"欧明轩立即问。

冷斯辰摇头："进来再说。"

回到屋里，冷斯辰点开监控录像继续看。

"这是什么？"欧明轩狐疑地看过去，正好看到冷斯辰对夏郁薰说的那些绝情的话，当场气得发疯，"冷斯辰！你这是要逼死她吗？虽然那天的事情我是导火索！但根本原因是她在酒店看到你和白千凝，知道你要结婚的消息！当时她去找你的时候都已经快崩溃了，你居然还对她说那么过分的话！"

欧明轩知道自己没有立场指责他，但一看到夏郁薰当时脸上绝望的表情，就心疼得无法呼吸。

冷斯辰一言不发，屏气凝神继续往下看。

画面里，他说了那些绝情的话摔上门之后，夏郁薰瘫坐在门口喃喃自语。

"阿辰，我喜欢你，从第一次见到你开始就喜欢你，只喜欢你。过去只喜欢你，现在只喜欢你，未来也只会喜欢你。学长只是我的兄弟，是兄弟的喜欢，不是那种喜欢，为什么你总是不相信我？"

声音录得很清晰，一字一句清清楚楚落在两人耳中，听得两个男人皆是满心纠结。

当听到她说只是兄弟的喜欢，不是那种喜欢，即使欧明轩早就知道了，还是觉得心如刀绞，满脸不甘地看了身旁的冷斯辰一眼。

该死的冷斯辰，他现在一定很得意吧！

可是，令他意外的是，当他看过去，看到的竟是冷斯辰眼中深刻的痛楚……

"阿辰，我只是想帮你……可是我又把事情办砸了……"

看到这里，冷斯辰的身体微微有些颤抖，几乎无法再继续看下去。她是为了自己，她果然是为了自己才去找欧明轩的，他当时被愤怒冲昏了头脑，居然完全没有想到。

"阿辰，对不起，直到现在我才发现，一直以来，都是我太自以为是，自以为是我在守护你。其实我才是最自私的那个人，因为我离不开你，所以才自私地用尽一切卑鄙的方法想要把你留下……"

没有，真正自私的是他！他明明知道不可能，明明不会跟她在一起，却贪恋她的温暖，喜欢她的依赖，舍不得她看着自己时专注的眼神，卑鄙地一次次给她希望……

"我从出生起就是一个错误……只会给别人带来灾难的错误……没有我，妈妈就不会死；没有我，学长就不会那么痛苦；没有我，阿辰也不会那么困扰……"

两人都是听得心头一紧。

"没有我……没有我……没有我……"

最后这句重复的呢喃更是让他们心头狂跳。

欧明轩心急如焚："你该找的地方都找过了吗？连你都找不到她？她会不会离开 A 市了？我们往周边城市找找吧。"

　　冷斯辰面无表情地看了他一眼："没必要，她就算要自杀，也不会死那么远。"

　　冷斯辰的话彻底击中了欧明轩内心的恐惧，他二话不说就重重一拳挥了过去："冷斯辰你胡说什么！你别咒她！"

　　于是两人开始了这几天来第 N 次毫无形象的对打。

　　打得精疲力竭之后，两人全都瘫在了客厅的地板上。

　　这些日子，他们连电视、报纸都不敢看，就怕看到他们最害怕看到的消息。

　　他们甚至去认过几次无名女尸，每次都是提心吊胆地过去，然后冷汗涔涔、失魂落魄地回来。

　　"那天晚上，她去找你……是因为我吗？"一滴汗珠顺着冷斯辰的额头滑下，划过眼角，似泪珠一般。

　　欧明轩冷哼一声："你少自作多情了，我虽然提出让她用陪我一晚上作为代价，但是她根本没同意，你别以为自己在她心里有多重要！"

　　听到这个回答，冷斯辰丝毫没有生气，反而感到欣慰。其实他已经猜到了她不会同意，否则欧明轩不会对她用强。她虽然冲动，但不莽撞，知道什么该做，什么不该做。最重要的是，她了解他，比他想象中的还要了解他。

　　欧明轩以为自己赢回一局了，没想到却听到冷斯辰幽幽开口道："你确定她不同意不是因为不待见你？"

　　"你……冷斯辰！我跟你拼了！"欧明轩大叫着扑上去。

　　两人滚作一团，又打了一架。

　　半晌后，欧明轩气喘吁吁地仰面躺在地上："冷斯辰，虽然我不想承认，但是……你比我了解她，你告诉我，她会不会做傻事？"这几天他都被愧疚折磨得快疯了。

　　冷斯辰斜睨他一眼，冷哼一声："别往自己脸上贴金了，你还没那么大的影响力。就算她做傻事，也不是因为你。"

　　欧明轩额头青筋跳了跳："你确定连这种事情都要和我争吗？"

　　冷斯辰："事实而已。"

　　欧明轩："……"

　　两人沉默了一会儿，欧明轩终于忍不住问出这些天来心里最大的困惑：

"郁薰她……你确定她是正常的吗？那天晚上，她的反应看起来很奇怪，除了那个什么幽闭空间恐惧症，她还有没有什么别的……"欧明轩没有继续说下去。

冷斯辰的脊背一僵，猛地爬起来，摔门出去继续找人了。

欧明轩赶紧追出去："喂！你还没回答我的问题！"

时间一天天过去，到了第七天，他们依旧没有夏郁薰的下落。两人已经快崩溃了。

冷斯辰的病本来就没有好，加上这些日子的奔波劳累和心理压力，很快就烧成了肺炎，最后还是欧明轩看不下去，把他打晕了硬送去医院。

欧明轩一脸恼怒地站在病床前："你最好不要再逞强，不止你一个人担心她，这件事是我的错，我会负责找到她，我不希望她回来的时候看到你这副鬼样子。"

"你没有资格命令我。"冷斯辰一把推开要给他吊水的小护士，跌跌撞撞地走了出去。

欧明轩怔怔地看着冷斯辰离开的背影，突然间竟觉得，那傻丫头没有白爱这个人。他一直以为只是那丫头一厢情愿，现在看来，似乎并不是他想的那个样子。

是什么让曾经那么亲密的两个人渐行渐远？

冷斯辰，又是什么让你始终看不清楚自己的心……

如果这不是爱，那怎样才算是？

一直觉得夏郁薰情商低，原来强中自有强中手，还有情商为负的。

他原本企图强势介入，将她对冷斯辰的爱扼杀在萌芽阶段，然而，随着这些天陪冷斯辰一处处去那些有过他们回忆的地方找寻，他才发现自己错了，大错特错……

他介入的时候根本就不是萌芽阶段，他来得太迟太迟了。

夏郁薰心里的那颗种子，早已经长成了参天大树。

A市南郊，一处私人度假山庄。

书桌前男人的脸隐藏在阴影之中，即使看不清神色，也能从他手指敲击书桌的节奏中感觉到此刻他情绪的焦灼。

一位年逾古稀、管家模样的老者推门进来，双手交叠在腹部，恭敬地弯着腰站在书房中央等候问话。

"她怎么样了？"男人问。

老管家轻叹一声："小姐还是老样子，谁也不能接近。那些医生还没靠近就被她打跑了。"

男人有些哭笑不得地摇摇头："算了，别让那些窝囊废去烦她了。千万别再刺激她，除了送饭送水，所有人不许靠近那扇门。"

"是，先生。"

"对了，那两个小子怎么样了？"

"都还在继续找小姐的下落。"老管家想了想又说了一句，"另外，冷家那位好像病得不轻……"言外之意是问他要不要继续隐瞒。

男人冷哼一声，丝毫没有心软的意思："现在知道急了，早干什么去了？活该他受罪。我早就提醒过他，总有一天会后悔。"

"先生，那现在我们要怎么做？"老管家不确定地询问道。

"哼，若不是为了薰丫头，我一定急死那两个浑小子！"

解铃还须系铃人，心病还须心药医，试了那么多医生都没用，看来她的病还是需要当事人才能治愈。

"你去把方策叫来，我有事交代他。"男人吩咐了一句。

"是，先生。"老管家应了一声退出去。

阴影中的男人面色疲惫地揉了揉眉心。

两个小时后，冷斯辰和欧明轩在南郊的暮烟山庄意外碰面了。

"你怎么会在这里？"欧明轩一走下车，就看到冷斯辰正斜倚在一棵树下闭目养神。

冷斯辰没说话，扬了一下手。

欧明轩身体微微后仰，利落地伸手接过飞过来的卡片。

看着卡片上的内容，欧明轩神色一惊："你也收到了？该死！不会又是那些无聊的假消息吧？所有人都知道我们在找郁薰，已经不止一次有人谎称找到她趁机敲诈了……不过，这次倒是有点意思，不是垃圾桶边上，不是小巷子口，也不是夜店，居然约在这么高级的地方见面，也不知道是真是假……喂，你怎么看？"

冷斯辰依旧双手环胸斜倚着树干，闭眼不说话。

"喂，冷斯辰！"欧明轩走过去抓狂地在他耳边大吼，"你说句话会死还是怎样？"

依旧被无视。

"我真不懂那丫头是怎么受得了你的！"欧明轩气得团团转，"终于知道她和你在一起的那二十年过的是怎样水深火热的日子了……"

欧明轩喋喋不休了起码二十分钟之后，冷斯辰悠悠说了一句："她喜欢我。"

四字秒杀。

欧明轩立刻就跟被点燃了小宇宙一般出离愤怒了："无耻，太无耻！见过无耻的，没见过这么无耻的！你就嘚瑟吧！看你能嚣张几天！我告诉你，我一定打得你们天各一方，今生无望！呵，怕是也不需要我动手了，我什么都不做，你们也不可能在一起。冷斯辰，别以为我不知道你对我家小学妹的那点小心思。我祝你一辈子憋死！"

冷斯辰居然为了夏郁薰拒绝了注资，还终止了跟欧氏的所有合作，这一点是欧明轩完全没想到的。如果说之前他还不太确定冷斯辰的意思，那么这件事就足以确定那丫头在他心目中的分量了。

冷斯辰继续板着一张扑克脸："我们没可能，也轮不到你。你觉得你那样对她之后，她还会选择你吗？就算我和她之间的是马里亚纳海沟，你们中间也隔着道东非大裂谷。"

"你……真是奇迹，那丫头居然还好好地活到现在，没有被你气死。"欧明轩忍不住吐槽。

这家伙太毒了，简直字字见血。他只是和冷斯辰相处七天，就已经严重内伤了，夏郁薰居然能忍他二十年，现在他对夏郁薰的敬仰简直滔滔不绝。

过了一小时，都没等到有人来，冷斯辰脚下已经堆了一地烟蒂，欧明轩则是焦躁地不停看着手表："怎么还没人来？"真是越看冷斯辰那副冷静的样子越来气。

一阵手机铃声响起，冷斯辰立即接通："查出来了吗？"

"总裁，已经查到了，这个暮烟山庄的主人是……"

欧明轩离得近，也听到手机里的声音了。原来这家伙看起来不动声色，其实也在打探情况。之前他也查过了，但完全查不到这山庄的主人是谁，只知道已经很多年没人住了。

手机那头，冷斯辰的助理刚要讲到重点，暮烟山庄的院门突然打开，一个管家打扮的老人走了出来："两位久等了，我们先生有请。"

与此同时，冷斯辰手机那头的助理说出一个关键性的名字——沈南风。

听到那个名字的刹那，冷斯辰几乎快要因为突然放松的神经而站立不稳。

这次不是骗子，沈南风，如果是他，以他的能力，应该是真的找到夏郁薰的下落了。

管家带着两人七拐八绕地走进一间复古而奢华的书房。

书房里，坐在书桌前的那人正是沈南风。

"你有夏郁薰的消息？"冷斯辰没心思跟他寒暄，直接开门见山。

千算万算居然忘了沈南风，早就感觉他对夏郁薰有些不同寻常的关心，这次得知她失踪的消息后，怎么会不出手？

"郁薰人呢？"欧明轩也急切地问。这会儿他的脑子里简直一团乱，好好的怎么把沈南风给牵扯进来了，不过最重要的还是郁薰的下落。

沈南风大爷一样毫无形象地将腿交叠着架在桌面上，也不说话，只是好整以暇地看着眼前焦急不已的两个男人，成心让他们着急。

欧明轩抓狂："您倒是说话啊！"

沈南风本来是打算好好让他们着急一番再让他们见人，可是，他突然迫不及待地想知道他们看到那丫头现在的样子后会是什么表情。

"跟我来。"

沈南风不紧不慢地在前面带路，拐过几道弯，又绕了无数走廊，那速度……欧明轩真想一脚从后面踹过去。欧明轩扫了眼身边的冷斯辰，难得在他眼中明显看到了跟自己相同的想法。

"到了。"沈南风在最南边的一间屋子跟前停了下来。

冷斯辰跟欧明轩对视一眼，同时推开了门。

然后，两人傻眼了。屋子里根本就没有人。

"这……这哪有人啊？"欧明轩一头雾水。

"沈先生，你这是什么意思？"冷斯辰蹙眉。

"她就在这里。"沈南风回答。

"我们眼睛没瞎好吗？"欧明轩有种被人欺骗的愤怒。

冷斯辰沉着脸走进去四处找了一圈，可是，屋子不大，一眼就能看全，里面确实没人。

见两个年轻人如狼似虎地盯着自己，沈南风姿态悠闲地斜倚在门口："我说过了，她就在这里。"

分明没人，他偏说有人，这不是张口说瞎话吗？欧明轩被他气得不行，怀疑他们压根就是被耍了。要是别人费这么多心思就为了耍人，他还不信，但这人是行事从来不按照常理出牌的沈南风，他觉得他还真有可能做出这么无聊的事情。

欧明轩全身无力地蹲下身子，再一次失望之后，几乎要崩溃："郁薰，你在哪里，到底在哪里……只要你没事……你杀了我都行……"

沈南风不动声色地看着两个人的表现，欧明轩显然是觉得自己被耍了，冷斯辰则是有些焦躁地在屋子里不停走动着。

这样的状态持续了好几分钟，沈南风始终在卖关子，冷斯辰的冷静也快要消失殆尽，额上渐渐渗出细密的汗珠。

他翻开床单，掀开桌子，连床底下也不放过……

最后，他闭上眼睛，深吸一口气，让自己冷静下来，片刻后，慢慢睁开眼睛，目光笔直地落在墙角的红木雕花衣柜上。

沈南风顺着他的视线看过去，双眸微眯。

欧明轩刚才只当他翻箱倒柜是发泄，这会儿见他直勾勾地盯着人家的柜子，心里有些无语，冷斯辰是不是疯了？他该不会以为郁薰在柜子里吧？那岂不是杀人藏尸了……

下一秒，冷斯辰突然大步流星地朝着那柜子走过去，接着一把拉开柜门。

女孩娇小的身体蜷缩在衣柜的角落里，脸颊尚有未干的泪痕，长长的睫毛乖顺地垂着。她正在安睡，怀里紧紧抱着一个绣花枕头……

冷斯辰的心头先是一松，随即又是一紧，长臂一伸，猛地将衣柜中娇小的女孩抱出来紧紧搂在怀里。他恨不得将她融入自己的骨血，但是又不敢用力，生怕惊到她。将她拥入怀中的那一刹那，隐忍多时的情绪全部爆发："小薰……小薰……"

欧明轩无法置信地看着眼前的一幕："郁薰……"她居然真的在柜子里！为什么她会在柜子里？看到她的那一刻，他吓得心跳都快停止了，直到察觉她胸口的起伏，才知道她应该只是睡着了。

"嘘，别那么大声，小心吵醒她。"沈南风神情紧张地提醒。

"她不醒我怎么跟她解释，怎么跟她道歉？"欧明轩急得像热锅上的蚂蚁。此刻他急着忏悔，还没反应过来夏郁薰的情况不对劲。

冷斯辰满脸心痛地看着怀里才几天就瘦了好多的女孩。她怀里抱着个枕头，那枕头阻隔了他的拥抱，冷斯辰本想将那个枕头抽走，睡梦中的夏郁薰却下意识地将枕头紧紧抱住不放。

沈南风见冷斯辰竟企图拿走那个枕头，火烧眉毛一样蹿过去："别别别！千万别！别动这个枕头！"

"为什么？"冷斯辰蹙眉。

"因为要命啊！会要命的！"

话音刚落，冷斯辰怀中的女孩缓缓睁开眼睛，沈南风见状面色一变，立即退避三舍。

啪——意料之中的巴掌声响起。

重重扇出一巴掌后，夏郁薰在冷斯辰反应过来之前，一下从他身上爬下来，然后迅速跑回衣柜里，咚的一声关上柜门。

空气中一片死寂……

沈南风干笑："呵呵，还好还好，比我想象中的要好太多了，我还以为她会杀了你……"

冷斯辰的脸上印着清晰的巴掌印，低咒一声去拉柜门。

咚——他刚拉开就被人从里面关上了。他再拉，咚的一声又被关上了。

如此循环反复好几次，冷斯辰终于火了，拉开柜门的同时，一把将躲在里面的夏郁薰拖了出来。

"啊——"夏郁薰凄厉地尖叫一声，一口咬在冷斯辰的手背上。

"呃……"冷斯辰疼得闷哼一声，但手上的力道丝毫没有放松，一只手紧紧搂着她的腰身，另一只手就这么被她狠狠咬在嘴里。

鲜血很快就弥漫了口腔，夏郁薰似乎是很讨厌这样的味道，猛咳着松开他，开始四肢并用地踢打面前碰触她的人。她本来就是练家子，虽然现在神志不清没有用技巧，但招招用了狠劲，打得冷斯辰差点儿内伤。

她衣衫不整，头发凌乱，神情恍惚，完全失去理智地撕咬着，捶打着，嘶吼着，连嗓子都喊哑了……

冷斯辰一动不动地站着任由她打，由她咬，不出一会儿，已经满身咬痕和青紫。

虽然他才是被伤害的那一个，但是，此刻被他圈禁在怀中的夏郁薰脸上那绝望疯狂的神情更令人心疼千百倍。

欧明轩已经完全呆住了，他不敢相信眼前疯疯癫癫的女孩子会是夏郁薰。

"冷斯辰，够了！"欧明轩终于看不下去了，冲过去一把拉开冷斯辰的手，"你松开她！你没看到她很害怕，没看到她难受吗？"

夏郁薰立刻趁机缩回了柜子里。

"放手！"冷斯辰低吼一声，然后毫不犹豫地走过去，再次将受惊的夏郁薰给拖了出来。

"啊——"她除了歇斯底里地尖叫，什么话都说不出来。她早已经认不出眼前的男人是谁，她排斥所有人的碰触和接近，那让她惊慌，让她恐惧。

"冷斯辰，你吓到她了！"欧明轩怒斥一声，刚想走近安抚夏郁薰，夏郁薰却发出更惊慌的尖叫。

欧明轩的眸子里闪过一丝痛色，慌张地退了回去："郁薰，你别激动，我不过来，不过来……别怕……"

冷斯辰一只手紧紧扼住夏郁薰的双手抵在自己胸前，另一只手强制地搂住她不许她再挣扎厮打："小薰，冷静点，冷静点……"

挣扎间，她怀里的绣花枕头掉到了地上。于是，绝望、仇恨、惊慌……所有的情绪瞬间到达了顶点。她低下头，一口咬在冷斯辰的肩膀上。

她咬得那么用力，用力到整个人都在颤抖……

冷斯辰只觉得一阵晕眩袭来，脚步不稳，整个人都失去了力气。

欧明轩早就察觉到冷斯辰脸色不对，在夏郁薰将冷斯辰猛地一推之后，及时上前扶住了他倒下的身体。

"冷斯辰，冷斯辰！喂！没事吧？死了没有？"这家伙是白痴吗？被这么狠咬也不躲一下。

夏郁薰哭得嗓子完全沙哑了，她跪在地上，爬过去，一把抱住那个掉下去的枕头。

得到枕头后，她癫狂的神情顿时缓和了不少，用看洪水猛兽的眼神小心觑了冷斯辰一眼，怯怯地往后挪，一直挪到墙角里。

"阿辰，阿辰……"

听到夏郁薰的呼唤后，冷斯辰灰败的眸子刹那间明亮了起来："小薰……"

然而，夏郁薰虽然叫着他的名字，却看都没有看他一眼，而是不安地看着怀里的那个枕头。她紧紧抱着它，脑袋挨着它靠着，一遍遍唤着："阿辰……阿辰……有没有摔疼？对不起啊……吹吹，吹吹就不疼了……"说完就将柔软的唇凑过去，神情温柔地吹了吹那只枕头。

那一刻，冷斯辰的心脏如同被狠狠砸了一记重锤。

第十一章

我懂她就够了

几个小时后，书房里。

三个男人全都精疲力竭，面色凝重。

沈南风神情莫测地坐在书桌前，欧明轩怔怔地坐在沙发上，脑海里一遍一遍都是刚才夏郁薰疯狂的样子。沙发另一头，冷斯辰的脑袋昏昏沉沉的，只能靠强大的意志力支撑着才能不倒下。

夏郁薰抱着枕头唤他名字的那一幕，震撼得他直到现在还无法平静。

"看来我的决定是错误的，你们只能把事情弄得更糟糕而已。现在，她连东西也不肯吃了。"良久之后，沈南风颓然地开口，语气里满是后悔和懊恼，说完看了眼面色苍白的冷斯辰，"斯辰，你回去先把病养好再说，就算你自己不在乎，也别传染给郁薰了。"

冷斯辰摇摇晃晃地站起来："小薰暂时拜托您照顾了。"

他最想做的就是带她走，可是，他知道，现在无论是家里还是公司的情况，都不允许他这么做。

冷斯辰走了，欧明轩一个人呆呆地坐在那里，不知道自己该做些什么。她这么怕他，他的存在只会刺激她病情更严重而已。

半晌后，他不知想到了什么，迅速站了起来："我要离开一下，但我还会再回来的。"他什么都做不了，但他可以去给她找最好的医生……

就这样，两个人气势汹汹地来，最后全都铩羽而归。

第二天，欧明轩带着一车精神科和心理科的专家浩浩荡荡地赶到了。

夏郁薰虽然这会儿神志不清，但武力值丝毫没有降低，那些医生还没近她的身就被踹飞了。

这番除了弄得暮烟山庄鸡飞狗跳，她的情况没有丝毫转变。

沈南风斜了眼一脸挫败的欧明轩："小子，你认为你请的人会比我请的更专业更权威吗？你们来之前，我已经请医生来看过了，那些医生根本没办法近她的身。病人不配合，再权威的专家来了都没用。"

欧明轩蹲坐在门前的青石台阶上，脸上好几道抓痕，衣服也破破烂烂的，活像个乞丐："难道就这样什么都不做吗？"

"与其把情况弄得更糟糕，还不如什么都不做。现在也只能等等看冷斯辰有没有什么办法。"沈南风叹气道。

"那么多医生都没办法，他能有什么办法！再说现在连他的人影都见不到！"欧明轩一脸"冷斯辰那家伙绝对靠不住"的表情拍拍屁股站起来，"我继续去想办法！"

两天后，夏郁薰依旧水米未进。所有人急得团团转的时候，冷斯辰终于出现了。

欧明轩正蹲在台阶上数蚂蚁，见了冷斯辰，一脸不屑地白了他一眼，他来了又怎样。沈南风虽然没抱多大希望，但还是跟了进去。

冷斯辰径直走进屋子里，一把将柜子里的夏郁薰抱出来。

"喂，你干吗？都说了她不能受刺激！"欧明轩愤怒道。沈南风见状也是眉头紧蹙。

夏郁薰一如既往地挣扎撕咬，只是，这么久没吃饭，她的身体有些虚弱，咬在他手上不像是咬，倒像是舔。

冷斯辰坐在圆桌前的椅子上，一手搂住她的腰，把她稳在自己的腿上，另一只手迅速打开自己带过来的热腾腾的米粥。

冷斯辰一个不察觉，差点儿被她掀翻，还好及时稳住。

每次对待夏郁薰，他只有一个想法，为什么不能多生出几只手？两只手根本就不够用！

夏郁薰继续不停乱动，张牙舞爪的，冷斯辰也不在意，任由她孩子般咿咿呀呀地大闹，始终不发一言。

看着在冷斯辰怀里痛苦挣扎的女孩，一旁的欧明轩被彻底激怒了："冷斯辰，你能不能不要每次都这么目中无人、自以为是……"话音未落，欧明轩突然瞪大了双眼。那那……那个浑蛋在做什么？

冷斯辰先是自己喝了一口粥，然后立刻覆上夏郁薰的唇……

"咳……咳……"夏郁薰呛咳。虽然有一部分溢出来了，但是也喂进去不少。

冷斯辰喂第二口的时候有点经验了，手臂从她的背后圈过来轻轻捏住她的下颌，然后覆过去之后立即堵住不许她反抗，并且以舌相抵逼得她吞咽。

喂到第三口的时候，她虽然是吃进去了一些粥，但冷斯辰的唇已经被咬得出血了。

这这这……不过貌似有点效果，总比让她饿死的好……

沈南风眉头微挑："嘴上功夫倒是不错……"

欧明轩闻言，立即对沈南风怒目而视，一把年纪了还老不正经。

喂到第四口时，夏郁薰突然把怀里的枕头拿出来，挡住冷斯辰想要继续喂的动作。现在冷斯辰有经验了，自然是不敢轻易动她的枕头了，只是静静地等着，看她想做什么。

欧明轩在一旁很阴险地暗暗想：郁薰咬他，咬死他！这个趁火劫色的浑蛋，气死了！气死我了！

沈南风斜睨一眼在那儿急得团团转的欧明轩："小斯辰比你有魄力哦，该出口时就出口。"

"……"欧明轩现在已经什么话都不想说了，他快被气得升天了。

另一边，夏郁薰从枕头后面探出脑袋，长长的睫毛扇动了几下，小心翼翼地看着冷斯辰。

"还要吗？"冷斯辰已经尽量让自己的语气听上去温柔一点。尽管如此，还是刚一出声就把夏郁薰吓得躲回了枕头后面。

好半晌夏郁薰才重新探出脑袋，这次胆子稍微大了些，她舔了舔唇，又拍拍怀里的枕头，说："阿辰……吃……"

冷斯辰很快便反应过来她不是说自己，而是说她怀里的那个枕头。

"阿辰……吃……"夏郁薰又说了一遍，还把枕头递过去。

冷斯辰顿时有些不知道该怎么应付。

欧明轩不甘寂寞地觍着脸凑过去说："郁薰，他不饿，你吃就好！"

欧明轩刚一凑近，夏郁薰立即尖叫一声躲回枕头后面，只露出一双眼睛，那双眼睛很快就变得雾蒙蒙的，盈满泪花。

欧明轩的心碎成了饺子馅，挫败地退到了夏郁薰看不到的角落里哀怨地种蘑菇。

冷斯辰想了想，舀了一勺粥，做了个假动作虚送到枕头边上，算是喂过了，然后说："好了，他吃过了，现在该你吃了。"

好几天没吃东西，夏郁薰这会儿已经非常饿，一直不吃或许还感觉不到，当几口粥下肚，她发现胃里的绞痛顿时缓解了不少，于是竟然不再反抗，乖乖吃掉了冷斯辰喂过来的粥。

不过，显然她对于这个冷硬的勺子有些排斥，时不时去看看冷斯辰相对而言要柔软很多的唇。

吃完之后，夏郁薰立即"忘恩负义"地拍屁股走人，飞快钻回了她的衣柜里。

方才冷斯辰抱着她一动不敢动，就怕吓到她，站起来后发现自己的双腿都已经麻了，稍微动一下都是钻心的疼痛。

正活动双腿，手机铃声突然响了起来，是公司打过来的。

"什么事？"

"总裁，董事长和董事长夫人来了，正在办公室等您，看着脸色都不太好……"电话那头助理的声音显得有些慌张。

冷斯辰似是早就料到这一点，面无表情地说道："我知道了，半个小时后到。"

刚才冷斯辰接电话的时候，欧明轩就悄悄凑近偷听了，不错过任何一个打击挖苦他的机会："啧啧，看来你又有麻烦了。唉，真是悲哀，堂堂一个集团总裁，却要事事受制于人。你这总裁当得也太窝囊了！"

这话沈南风倒是挺同意的。

先破后立，置之死地而后生。冷斯辰那小子完全是龙入浅滩，再在冷氏待下去，只会让他的天赋和野心渐渐被消磨殆尽。以他的能力，完全不应该被冷华裔那老家伙所牵制，只拘泥于家族企业。他回国之后，那么多人找上门来送钱给他，他都不要，偏偏就选中了冷斯辰，就是看中这小子的能力。福祸相依，说不定小薰薰不是他的阻碍，而是成就他的契机。

冷斯辰没搭理欧明轩，看向沈南风道："我晚上再来。"

沈南风点点头，又为难道："呃，晚上总不能还吃粥吧？"

"我会安排的。"冷斯辰回答。

"你又要用什么该死的办法？你知不知道每次都那样莽撞行事会刺激到

她？"欧明轩气闷不已，"不行，我要带她去美国，医生我已经联系好了。"

冷斯辰冷冷看他一眼："她需要的不是医生。"

"冷斯辰，你凭什么断定她不需要？凭什么所有人都要按照你说的做？你以为只有你一个人担心她？医生说过多少遍这个时候千万不能刺激她，科学！你懂不懂科学？"欧明轩失控地吼。

冷斯辰淡淡地瞥他一眼："我懂她就够了。"

欧明轩："……"

又被秒杀了。认识二十年了不起啊！

冷斯辰走后，沈南风拍了拍欧明轩的肩膀："小欧啊，天天这么吼累不累啊？怎么一见着冷斯辰，你就跟多毛的野猫一样？"

欧明轩的脸色黑如锅底，这是什么该死的比喻？

冷氏集团总裁办公室。

冷家二老面色不善地坐在沙发上，俨然一副兴师问罪的姿态。冷斯辰强撑着打起精神应对："董事长，您不是后天回来吗？"

冷华裔哼了一声："你眼里还有我这个董事长？我再不回来公司就要被你折腾没了！你说说你这些天做的到底都是些什么事儿？让公司承受这么大的损失不说，还莽撞地拒绝欧氏的帮助，公司乱成一团的情况下，那么多天不见人影，听你妈说居然是为了找一个女人？"

冷斯辰一言不发，只是神色说不出的疲惫。

每次都是连事情的原委都不搞清楚就偏听偏信直接问罪，他早就已经麻木和习惯，但这一次，他真的有些累了。

冷华裔见他不说话更加生气："斯辰，你知不知道自己在做什么？我们冷家几辈子打下的基业交给你，你就是用这种不负责任的态度对待的吗？"

郭淳雅也不满地附和："斯辰，这次确实是你太过分了。你跟千凝都快结婚了，这个时候闹出这种事，你让我们怎么和白家交代？"

冷华裔寒着脸道："我们冷家和白家是世交，合作这么多年，差点儿被你毁了，要不是我及时上门解释，你准备怎么收场？欧氏集团一直跟我们不对付，这次帮忙不知道是出于什么目的，你拒绝也就算了，但要是跟白家的关系闹僵了，我们就连唯一的希望都没了！"

冷斯辰始终不发一言，任由父母不停发难，只是一颗心越来越冷。

呵，白家？白家是答应他们结婚后就注入资金，帮他们度过这次的危机，但他们提出的条件实在是贪得无厌。如果这次答应了他们，短期来看冷氏是能度过危机，但绝对会根基受损，以后更加受制于人。

这些他都跟冷华裔说过，但冷华裔坚持认为是他想太多了，以后都是一家人，不用计较太多。

是啊，是一家人……任由这么下去，总有一天冷氏要改名白氏……

不管他说什么、做什么，竟都抵不上一个外人说的话，现在他已经干脆什么都不想说了。

冷斯辰一句话都不说，让冷华裔更加恼火："你这样不说话算什么？"

"我只是无话可说。"

"你没话说，我有话说，你跟千凝的婚期不能再拖了，下个月你们必须结婚。还有，听说你这次居然把老王都给撤职了？人家可是公司的元老！我已经派人去把他请回来了！就算……就算你二叔出了那样的事，你也不能风声鹤唳草木皆兵，弄得公司人心惶惶啊！"

冷华裔一件件一桩桩地数落着，冷斯辰一句都没有反驳，等他说完后才开口道："没问题，一切按照您说的做。"

冷华裔哼了声，稍稍熄火，刚想再说他几句，便听得冷斯辰继续说道："这些我都没意见，除了跟白千凝的婚事。以后公司的事情，我都不会再管。"冷斯辰说完这一句便推开椅子起身离开。

冷华裔先是愣住，接着气得浑身颤抖，抄起手边的茶杯就扔过去："浑小子，你这是什么意思？你以为冷氏没有你就不行了是不是？我告诉你，你只要走出了这扇门，就别想再回来！"

冷斯辰随意地抹去额角的血迹，什么话也没说，毫不留恋地在所有员工惊愕万分的目光中离开了公司。

这样的争吵已经不是第一次了，门外的员工们听到里面的动静，只是当热闹看，但万万没想到，这一次，他们老板居然真的甩手走了！

呃，这……他们头儿都跑了，他们要怎么办？

虽然冷华裔是名义上的董事长，职位在冷斯辰之上，但这些年来公司的事都是冷斯辰在管。他这一走，群龙无首，大家全都慌了神。

屋里，郭淳雅也被吓到了，六神无主地看着丈夫："华裔，你这是干什么啊？斯辰走了，这可怎么办？快叫人去叫他回来……"

"住口！谁也不许去找他！我冷华裔又不是只有他一个儿子！"冷华裔气得呼吸急促，胸口剧烈起伏着。

"华裔，别气了，别气了，小心又犯病。"

"我总有一天要被这个混账东西给气死！"

办公室里传来冷华裔的怒骂，门外，员工们纷纷窃窃私语。

"天啊！怎么回事？董事长好狠啊！怎么说也是他亲儿子吧，头都砸破了！"

"董事长也太过分了吧，公司会这样也不是总裁的错啊。分明就是董事长自己识人不清，总裁老早就想分冷博云的权把他搞下台了，董事长总拦着，现在出事了，怎么能全怪在总裁头上！"有人打抱不平道。

"可是总裁后来拒绝欧氏的帮忙，实在有些难以理解啊……"有人嘀咕了一句。

"你懂什么？我们总裁做哪一件事不是难以理解了，难道还要一件一件和你解释？就你那智商，光是解释的时间，他都能谈几个亿的案子了！"

"就是啊，好过分啊！总裁被气走了，这下可怎么办啊？"

也有曾经和冷斯辰有过节的员工不屑道："走了就走了呗。冷氏这么大一个公司，难道少了他还就能倒了不成？受够了他那张冰山脸，最好一辈子别回来！"

"小陈，你也太毒了，总裁不就是驳回了你一个提案吗？用得着记恨到现在？再说了，呵，你那案子弄得也真够烂的，我要是总裁，早就炒了你了，还留着你这种'人才'……"

"你！你说什么呢？有本事给我再说一遍！"

"别吵了别吵了，董事长出来了！"

冷华裔看着自己一手建立的公司，看着那些埋头工作的陌生面孔，想叫个人出来问话，突然间竟发现连他们的名字都叫不上来。一种前所未有的挫败感涌上心头。当年他也曾在商场叱咤风云，四年前，他因为心脏病而把公司交给了大儿子。看着它一步步从衰落走到今天这样鼎盛辉煌，他心安理得地顶着冷氏董事长的头衔出入高档场所，参加各种名流聚会，接受众人尊敬的目光。

直到现在，他还是没有从虚荣中走出来，一直以为自己还是当年的冷华裔，不愿对这个公司完全放手。他没有意识到自己已经不复当年，没有意识到现在的一切又是谁打拼下来的。

他认为没了冷氏，冷斯辰什么也不是，总有一天他会乖乖地回来。却不知道，其实没有了冷斯辰的冷氏，才真正什么都不是。

一个企业失去了核心和灵魂，还能靠什么生存？

傍晚，暮烟山庄。

冷斯辰刚赶过来，沈南风就喜气洋洋地迎了上去："是不是和家里闹翻了？哈哈哈……可喜可贺，可喜可贺啊！晚上去喝酒庆祝一下怎么样？"

冷斯辰有些无语："这算是幸灾乐祸吗？"这家伙的消息未免也太快了吧！

沈南风一脸不赞同的表情："怎么能说是幸灾乐祸呢？我可是诚心道贺的！呵呵，怎么样？接下来有什么打算？来我这里吧？"

"这么快就趁火打劫？"冷斯辰眉头微挑。

"这种时候当然是要先下手为强了！"沈南风笑得一副老奸巨猾的模样。

"那恐怕要让您失望了，只是普通的家庭矛盾而已。"冷斯辰边说边摆弄着带过来的一大袋火锅食材。

"普通的家庭矛盾？就怕只有你一个人这样想啊。"沈南风闻言有些可惜，随后意味深长道，"不过，你离开一段时间也好。人啊，都是这样，不等到失去，永远都不会懂得珍惜。"

"我不在的时候，小薰情况怎么样？"冷斯辰问。

"也没怎样，就是你走了之后，欧明轩执意要把她带走……"

沈南风话未说完，冷斯辰立刻似离弦的箭一样飞奔到衣柜面前，双手有些颤抖地打开柜门。

柜门刚被拉开，立即又被人从里面拉上，那速度快得他甚至来不及看清她。

但是，已经足够了，她还在那里。

沈南风好整以暇地走过去拍拍他的肩膀："你会不会太紧张了一点？我话还没说完呢！所有企图把她带走的人全都'阵亡'了，包括欧明轩自己。那丫头一个漂亮的过肩摔，直接把人给扔出去了。本来那小子还不死心，可那丫头居然宁死不屈地要去撞墙，那小子吓得魂飞魄散，再不敢去惹她了。这不，估计那一下被摔得不轻，去医院了，刚走没多久。"

冷斯辰闻言松了口气，然后若有所思地看了眼沈南风。

沈南风这人看似对谁都很热情，实际上性格极其自私冷漠，绝对不会做亏本买卖，更不会多管闲事。他就像是个游戏人间的局外人，看戏一样看着他们这群小辈。唯独在有关小薰的事情上，他会不经意地流露出一丝认真。

他到底为什么会这么在意小薰的事？

现在他没有余力去探究沈南风的心思，只想赶紧让小薰在夏末林回国之前恢复正常。

"不管你到底为什么对小薰的事情这么上心，这次还是要感谢你找到了她。"冷斯辰说。如果不是沈南风，即使找到她，那样的状态下，小薰还说不定会出什么事。

沈南风自然看出了冷斯辰的狐疑和试探，也不揭破，看着他摆弄食材，好奇地问道："你准备晚上让她吃这个？"

冷斯辰点头，继续忙碌："她喜欢吃辣，心情不好的时候尤其喜欢。"

冷斯辰弄好锅底，不出一会儿，香辣诱人的气息就萦绕了整间屋子，令人食欲大开。

"晚上有个宴会，我就不陪你们用餐了。祝你好运！"沈南风刚转身，又想起什么似的回过头道，"啊，对了，急救车就在屋外候着呢。我特意准备的，二十四小时待命，你要是撑不住就打电话给我！"

冷斯辰哭笑不得道："我没欧明轩那么白痴，自己往枪口上撞。第一次的时候，我强迫她出来，是因为想弄清楚她对人的排斥程度；第二次喂她吃饭，是因为她饿了那么久已经没什么杀伤力，那个时候自然也不会有危险。要是在她刚吃饱喝足的时候去惹她，当然是自寻死路。"

沈南风佩服地鼓起掌来："那小子听到这番话，肯定会吐血不止。"

"现在她的情况其实并不算太严重，至少她还会反抗，还有自我保护意识。她最严重的时候，完全把自己和外界隔绝了，看不见、听不到，连痛觉都没有，每天只会呆呆地坐在那里，像没有生命的布偶一样。"冷斯辰神色微凝地回忆道。

沈南风脊背微僵，情不自禁停住离去的脚步："为什么她会变成那样？"

冷斯辰眸光微动，如他所料，沈南风果然问了。

"因为她的母亲。"冷斯辰回答。

"斯辰，有空的话，我们聊聊吧，我想知道一些有关这丫头的事情。"沈南风说这话的时候有些犹豫和局促，似是怕被人看穿什么一般。

冷斯辰面色如常地点头表示答应。

沈南风走后，不出一会儿，夏郁薰所藏身的柜门就打开了一道细细的缝。

冷斯辰看都不看夏郁薰的方向一眼，只是自顾自地吃着，一副吃得津津有味的模样。即使他不能吃辣，即使他根本就没有食欲。

终于，她小心翼翼地抱着宝贝枕头走出来，就像一只受到食物引诱从洞穴爬出来的小兽……

冷斯辰准备了日式的小矮几，食材放在矮几一旁的蔬菜架上，人可以随意地盘腿坐着，很舒适。

"坐吧。"冷斯辰用很平常的语气说了一句，然后做自己的事，不去管她，完全把她当作一个正常人对待。

夏郁薰磨磨蹭蹭地在他对面的位置上跪坐下来，但并没有动筷子，只是傻乎乎地看着他。

冷斯辰被她小鹿般湿漉漉的眸子看得心头一颤，不动声色地开口道："要一起吃吗？想吃什么，你可以自己弄。"说着夹了一筷子她最喜欢的蘑菇到她面前的小碗里。

夏郁薰虽然眼里透露出渴望，但是固执地一动不动，将怀里的枕头抱得越发紧了。

"不喜欢吗？"冷斯辰一边说一边灌了大半瓶水。太辣了！真不懂这丫头口味怎么这么重。

夏郁薰低头看了一眼怀里的枕头，嗫嚅道："阿辰……阿辰不喜欢……"

冷斯辰握着杯子的手猛地一颤。

"阿辰不喜欢……"夏郁薰抱着枕头站起来，想要离开。

冷斯辰的胸腔中有无数复杂的感情涌动，他猛地扣住她的手腕，一把将她拉进怀里，看着那张迷茫无措的小脸，低头贴住她的唇，狠狠吻住……

从未像现在这样想念她，从未像现在这样希望她在自己身边。即使她恨自己、怨自己，也不愿她忘了自己，把他当成一个陌生人。

突然被吻住的夏郁薰等了半天，发现对方并没有给她食物，觉得自己被欺骗了，于是愤怒地咬了他一口。

她咬完之后气呼呼地从他怀里爬起来，小爪子刚要招呼上去，就被冷斯辰紧紧握住，抵在心口："小薰……看看我，仔细看着我！你真的不认识我了？"

夏郁薰看着他，神情有刹那间的恍惚和迷惑，但很快又变得陌生而防备。

即使是当年她情况最严重的时候，也不曾忘记过他。她不吃任何人给的食物，但对于他送到嘴里的东西却从来不防备和挑剔，即使是她最讨厌的芹菜；不听任何人的话，一激动就完全失控，却会因为他短短几个字变得乖顺异常；前一刻还疯狂砸东西，一看到他不赞同的眼神，便跟做错事的孩子一样乖乖把东西放下，讨好地拉着他的手摇晃；前一刻还坐在危险的栏杆上谁也劝不下来，一见他来了，立刻欢快地跳下来扑进他的怀里……

曾经她是那样依赖和信任自己，而现在，她谁也不信，谁也不信了。包括他。

怎么劝夏郁薰都不肯吃，冷斯辰只好打电话派人送来了一些他自己喜欢的食物过来。

夏郁薰见了那些食材果然满意了，开心地用手抓了一块虾仁寿司喂给那块枕头："阿辰喜欢……"

夏郁薰忙着喂枕头，冷斯辰则是忙着给她布菜。锅里烫的都是她喜欢吃的东西，他一筷子一筷子吹凉了喂给她。

那丫头一张小脸辣得通红，吃得津津有味，人看起来精神多了。

够东西的时候，矮几上的小馒头不小心滚落，砸到了枕头上，她立即紧张不已地对着那只枕头一阵嘘寒问暖，并且恶狠狠地一巴掌把小馒头拍扁了给枕头报仇。

冷斯辰看着她对那只枕头呵护备至的样子摇了摇头，哭笑不得，心底却满溢着暖流。

几个小时后，沈南风回来了。

本以为看到的会是一片狼藉，没想到两个人吃得其乐融融。

"看来吃饭问题是解决了。"沈南风欣慰道。

"这几天我会住在这边，方便照顾她。"冷斯辰对沈南风打了声招呼。话音刚落，夏郁薰吃饱喝足，甜甜地、极具诱惑力地说："阿辰，我们去睡觉吧。"

当然，她不是对着冷斯辰本人说的，而是对怀里的绣花枕头说的。

冷斯辰咬了咬牙瞪着那只该死的枕头，想不到他会混到要嫉妒一个枕头的地步。

沈南风有些头疼地沉吟道："斯辰啊，你确定要睡这里？"

"有问题？"冷斯辰一边铺床一边问。

"当然有问题，你要是晚上把持不住，兽性大发吃了这丫头怎么办？"沈南风一脸担忧。

冷斯辰嘴角微抽："你好像担心错人了。"

"呃，咳咳……"沈南风干咳一声，"就算是小薰扑了你，你也一定要把持住知道吗？"

沈南风千叮万嘱了一番才不放心地离开了。

冷斯辰铺好床的时候，夏郁薰已经抱着枕头钻回了柜子里睡觉。

这丫头绝对是矛盾综合体，正常的时候有幽闭空间恐惧症，发病的时候却又会躲避在狭小的空间里寻求安全感。接下来必须要想办法让她走出衣柜，总不能一辈子都在衣柜里过。

半夜里，冷斯辰本来想悄悄把她抱回床上睡，刚一拉开柜门就被踹了一脚，然后门从里面被重新关上。试了几次都是失败，冷斯辰只得放弃，无奈地躺回床上。

他神色凝重地看着衣柜，怎么也睡不着，心思全在衣柜里的小家伙身上。正挖空心思想怎么能让她离开柜子，黑暗的房间里突然变得亮如白昼，紧接着又重新变暗，如此反复几次后，天际炸响一声惊雷。

冷斯辰一惊，猛然坐起身。

"呜呜呜……阿辰不怕，阿辰不怕……"柜子里传来夏郁薰呜咽的声音。

冷斯辰打开柜门，见她蜷缩在角落里全身颤抖，吓成这样却还在傻傻地安慰着怀里的枕头。发现门被拉开，她刚想伸手把门关上，又被一记惊雷吓得缩回去。

"小薰，不要怕，过来……"冷斯辰小心翼翼地诱哄着。

天知道看着她这个样子，他恨不得立刻把她拉到怀里疼着哄着，却怕自己的莽撞惊到她。

"阿辰……阿辰……"

"小薰，我在，我在这里。"他急切地想要告诉她自己的存在，可是，她却沉浸在自己的世界中，丝毫没有反应。

他就在她的面前，她却看不到他。她宁愿抱着一只没有生命的枕头，也不再愿意相信他了。那样投注了所有信任后却全部落空的感觉，她经受不起第二次，所以选择了不再相信，那只伸过来的手，她不敢握住。

屋外电闪雷鸣，光与影交织，轰隆隆的雷声不停炸响，撕破了夜的宁静。她就在距离他三步远的地方，无助地捂住耳朵恐惧地尖叫。

三步的距离，如悬崖断壁般深深横亘在两人之间。她不敢跨越，他不忍逼迫。

冷斯辰一只手按着腹部，无力地瘫坐在地板上。胃部的绞痛越发严重了，额头的伤口不小心被扯到，渐渐渗出血来。

"啊——"夏郁薰无意间看到男人额头滑下的鲜血，惊得小脸苍白。

"小薰，不要怕，不要怕我……"冷斯辰试图靠近安抚她，而她疯狂地挣扎着。他害怕她会像沈南风说的那样，一旦抗拒不了就会选择伤害自己，只得渐渐松开她，任由她缩到距离自己更遥远的角落里。

两个人就这么僵持着……

她正在遭受绝望和惊恐，他却只能眼睁睁看着，什么都做不了，甚至做什么都是伤害。

冷斯辰痛苦地将双手插入发间，被前所未有的无力感席卷："小薰……别这样……求你……求你……"

回应他的只有她惊慌的抽噎和哭泣。

半晌后，冷斯辰强撑着站起来去找胃药。无论如何他也不能倒下，小薰还需要他照顾。

察觉到冷斯辰的动静，夏郁薰埋在枕头里的小脸颤巍巍地探了出来。

他……他要走了吗？他要去哪里？

轰隆隆——窗外骤然响起一阵惊天动地的雷鸣。

下一秒，正在找药的冷斯辰整个身体僵硬得如同一尊雕塑，手里的药瓶哗啦啦掉在了地上……

身后，夏郁薰一头撞了过来，一只手抱着枕头，另一只手搂着他的腰，将他的衣服紧紧攥在手心里……

冷斯辰被她撞得脚步不稳，跟跄之下两个人一起摔在了身后的床上。

趴在他胸口的小丫头颤抖着小手揪着他的白色衬衫，黑暗中的大眼睛湿漉漉的，小嘴扁着，委屈而控诉地瞅着他，一副被抛弃的模样，仿佛在问他要去哪里，为什么要丢下她……

"小薰……"冷斯辰激动不已地看着她。

轰隆隆——又是一声震耳欲聋的惊雷。

"啊——"夏郁薰捂住耳朵尖叫。

"小薰，别怕，没事，没事的……"冷斯辰立即用手掌捂住她的耳朵。他稍稍坐起了一些，夏郁薰立即惊慌失措地搂住他不放。

"别怕，我不走。"冷斯辰弯腰脱掉她的鞋袜，然后拉着她躺下，替她盖上旁边的被子。

夏郁薰乖觉地缩进被子里，下意识往温暖的地方靠去，树袋熊一样黏在他身上。每一次惊雷她都颤抖不已，耳边强有力的心跳声如同一针镇静剂，让她稍稍安心。

冷斯辰轻拍着她的后背安抚，如对待易碎的珍宝，满心都是失而复得的喜悦。

不知过了多久，雷声终于小了些，屋外哗啦啦下起暴雨。他自私地期盼这样的天气不要太快结束。

怀里的身体渐渐变得放松下来，他小心翼翼地看了一眼，发现她已经睡熟了。那睫毛上颤动的泪光惹得他低头吻去，又情不自禁地继续往下，吻过鼻子，滑到柔软的唇，极小心地轻轻碰触了一下。

他突然觉得身上所有的疼痛全都消失了，只剩下安心和满足。

第十二章

意外中弹

第二天早上，雨过天晴。

因为担心夏郁薰半夜醒来害怕，冷斯辰一整晚都没睡。

那丫头昨晚睡得还算安稳，婴儿般蜷缩在他的怀里，与白日里判若两人，看起来别提有多乖。

清晨的阳光下，他的视线贪婪地纠缠着她熟睡的容颜，手指绕着她的头发把玩，努力克制着自己不用某种方式去吵醒她。

冷斯辰的注意力全在夏郁薰身上，完全没有听到屋外的脚步声，直到门被人从外面推开。

欧明轩正满脸惊愕地站在门口，一只手打着石膏，没受伤的那只手里拎着早餐。

为什么冷斯辰会在这里过夜？为什么他们会睡在一张床上？为什么冷斯辰可以亲近她了？

欧明轩看得双目通红，胸口血气翻涌，几乎立即就要冲进去，却在抬脚的瞬间强忍住了。他死死瞪了冷斯辰一眼，在失控之前咬着牙转身离开。

冷斯辰危险地眯起双眼，朝着欧明轩离开的方向看了一眼，下意识地圈紧了怀里的人，直到听到怀里传出一声不舒服的呻吟，这才蓦然惊醒，急忙松开力道。

不过夏郁薰还是醒了，她睁开眼睛，眨了眨，先是迷茫，再是清明，接着蓦然坐起身子，满脸惊慌地迭声喊道："阿辰！阿辰呢阿辰呢阿辰呢……阿辰去哪里了……"

夏郁薰埋头钻进被子里一阵乱翻，甚至连冷斯辰的身上也细细翻找了一番。

"阿辰呢？阿辰不见了，阿辰不见了……"她急得额头迅速冒出细密的汗珠，神情像丢了魂儿一般。

冷斯辰沉着脸理好被她扯得凌乱的衣服，握住她的双肩，一字一句告诉她："小薰，看着我。我在这里，你到底在找什么？"

"阿辰不见了，不见了，不要我了……"夏郁薰已经急得快哭出来了，她压根不理会他，直接推开他跳下床去，鞋都没穿便开始满屋子乱翻。

不出一会儿，整间屋子都遭了殃，跟刚被人打劫过一般。

最后，她一屁股坐在地板上，哇的一声大哭起来。正垂着头伤心欲绝地啜泣，她先是看到男人的脚，然后看到一只缓缓伸到她面前的——枕头。

"给你。"冷斯辰的声音有些绝望。

夏郁薰毫不客气地一把将枕头夺过来搂在怀里，怯怯地抬起泪眼瞅着冷斯辰，认真地说："你是好人。"

屋檐上的雨水滴滴答答地坠落，欧明轩落寞地站在一级青石台阶上。说不嫉妒是不可能的，所有人都做不到的事情，冷斯辰却做到了。

那么着急赶回来做什么呢，什么都做不了，还要眼睁睁受刺激，受了刺激还要憋着忍着。谁让你浑蛋，谁让你活该呢！

昨晚打雷打得那么吓人，可真是天公作美。晚认识她二十年已经够惨了，现在连老天都站在那家伙那边。

"唉，昨晚那种天气你懂的，最容易干柴烈火。"沈南风也不知道什么时候来的，一脸同情地拍了拍他的肩膀，"毕竟他俩认识这么多年了，小薰会比较容易接受他也是难免的事。据说小薰小时候也有过类似的情况，那时候小薰谁都不认识，只认识他……"

"沈先生……"欧明轩头疼不已地捏了捏眉心，"您这到底是在安慰我还是刺激我？"

沈南风立即道："当然是在刺激你啦。"

欧明轩看着对方那张恶趣味的脸，真的好想打人。

他刚想说话，手机突然响了起来，是公司打过来的。

"什么事？"

"总裁，冷氏那边早上有人打电话来说要约您见面。"手机那头的下属汇报。

欧明轩闻言露出狐疑的神色："冷氏那边约我见面？冷氏谁约我见面？冷斯辰？"

"不是冷斯辰，是冷氏的董事长要亲自跟您谈。"

欧明轩一听这话就知道是什么情况了，直接开口道："推掉，就说我没空。"接着又交代了一句，"对了，给我订一张明天飞意大利的机票。"

一旁的沈南风有些讶异地扬了扬眉："你要走？"

欧明轩自嘲地笑了笑："反正我只会越帮越忙，留在这里做什么？"

"啧，这可不像是你会说的话，这么快就承认输给冷斯辰了？"

"我就算输，也不是输给冷斯辰，而是输给了她夏郁薰。不过，现在输不输都无所谓了，最重要的是快点让郁薰好起来。意大利那边我认识一个很有名的心理学专家，我会尽快把她请过来给郁薰看病。"欧明轩说。

沈南风闻言意外地看了他一眼："真是难得，没想到你会这么想。我还以为你得不到就宁愿毁掉。"

"我有那么禽兽吗？"欧明轩白了他一眼，然后问道，"对了，你知不知道冷氏是怎么回事？现在怎么成冷华裔做主了？刚才助理说冷华裔要约我见面，肯定是为了钱的事情。"这些天他都在忙郁薰的事，有些事情都还不清楚。

"你没看到冷斯辰头上都挂彩了吗？很显然是跟家里闹翻了，不愿意拿自己去卖身换钱了，所以冷华裔急了，这才主动找上了你。"说到这里，沈南风故意放缓了语速继续说道，"啧啧，小轩啊，很可能冷斯辰已经确定了自己对小薰的心意，你目前的处境更危险了哦。"沈南风无疑是个自来熟，没几天对他的称呼就从欧明轩变成小欧，最后成了小轩。

"看不出来您这么八卦……"欧明轩自然知道这意味着什么，心里有些烦躁，"冷斯辰恨都恨死我了，我就知道不可能是冷斯辰授意的，只是没想到他居然离开了公司。不过，事情都有两面性，自立就这么容易？这点您比我更清楚。少了冷氏这个靠山，您以为他还能凭什么赢我？"

"年轻人，有自信是好事，不过也不能太轻敌。"沈南风语重心长地拍了拍他的肩膀。

欧明轩看着沈南风，眼珠子转了转，突然殷勤地凑过去："前辈，您能不能帮我个忙？"

沈南风一眼看穿了他的小心思："呵呵，想让我助攻？"

欧明轩忙不迭点头。他目前还搞不清楚这个沈南风到底为什么对小薰的事情这么关心，只知道沈南风救过她一次，说什么跟她很投缘，身体里又流着一样的血，所以乐意帮她。不管是不是这样，目前看来，如果能争取到沈南风的帮助，他会增加不少胜算。

沈南风摊了摊手："这恐怕不行哦，我很公正的，不接受一切拉拢和贿赂。因为我是真心喜欢小薰这孩子，你们谁对她好，可以让她幸福，我就支持谁。"

欧明轩闻言立即失望不已地蹲到角落里画圈圈去了："我比他晚认识郁薰十几年呢，这到底哪里公平了？冷斯辰那家伙这么闷，你就不怕郁薰日后跟了他天天发病吗？"

"唔，你说得也有道理……"沈南风想了想，勉为其难道，"我最多只能每天跟你汇报汇报他俩的最新进展。"

"就这样？"欧明轩显然不满意。

"那你还想怎样？"

"当然是必要的时候帮我棒打鸳鸯！"

"必要的时候……是哪些时候？"沈南风轻笑。

"比如……比如抱抱啊！亲亲啊！摸摸啊！还有……"欧明轩说不下去了，说得他都不想走了。

他实在不想留下看她和他相拥相依的画面，但还未离开，就已经开始想念。唉……想不到他堂堂情圣也有栽进阴沟里的一天……

屋子里，冷斯辰正锲而不舍地哄着衣柜里的夏郁薰。

"小薰，真的不要出来吗？"

夏郁薰埋着头，专心致志地数着枕头上的流苏，完全不为所动。

"小薰，我带你出去玩好不好？你都说了，我是好人，我不会伤害你的，相信我……"冷斯辰继续诱哄。

夏郁薰看都不看他一眼，噘起嘴唇亲了亲枕头："阿辰，早安。"

冷斯辰在一旁看得都快吐血了，她宁愿亲吻一个枕头也不愿意看他一眼吗？他的魅力什么时候降到了这种地步？

沈南风走进来时正好看到这一幕，忍俊不禁道："斯辰啊，你这样是不行的，没看她对你一点都不感兴趣吗？或许你可以试试美男计，脱光了躺床上去，她一准出来！"

"美男计……"冷斯辰竟然真的一脸认真地思考起沈南风的建议来，并且有些忐忑地询问道，"这样……能行吗？"

当一向精明理智的冷斯辰问出这句话，沈南风脑子里只有一个想法：呵呵，这下好了，又疯掉一个。

等沈南风摇着头离开，冷斯辰依旧在思考这个问题的可行性。

不管怎样，现在已经有点进步了，虽然她还是躲在柜子里面，但至少已经肯不关柜门了。这样他至少还能看到她，能随时知道她好不好，所以安心了很多。

说起美男计……若是平时，绝对可以完胜。可是看她现在的样子，真的那么做，怕是只会吓到她。

要因时因地因人制宜才行，那么，现在到底用什么计好呢？

第二天。

院子里，沈南风正在喝下午茶，远远地看见冷斯辰手里提着一只粉色的小竹篮，上面用块布盖着，也不知道里面装的什么。

"斯辰，你又带什么好东西来了？过来过来，快给我看看。"沈南风好奇不已地招呼他。

冷斯辰在他旁边坐下，把怀里的篮子小心翼翼地放在了桌上。

"什么东西这么神秘？"沈南风更加好奇了。

冷斯辰抿了口茶，幽幽道："会让她忍不住尖叫，让她想要蹂躏，让她无法抵抗的东西。"

沈南风眉头一挑，立即说："那不是你吗？"

"……"冷斯辰的脸黑了黑。

沈南风哈哈大笑，正要掀开布看看里面到底是什么，冷斯辰立即紧张地叮嘱："小心点，别吓着它。"

沈南风吓得松开手："还是活的？"

冷斯辰没回答，放下茶杯，拎起篮子："我去找她。"

"我也去我也去！"沈南风屁颠屁颠地跟了过去。

屋内，夏郁薰正抱着那只枕头缩在柜子里打盹。冷斯辰小心翼翼地走过去，轻声唤道："小薰……小薰……醒醒……"

"啊呜！啊呜！"篮子里突然传来两声清脆可爱的叫声，夏郁薰猛地惊醒过来。不待冷斯辰掀开布巾，篮子里拱出一颗毛茸茸的小脑袋。

"啊呜！啊呜！啊呜呜——"那毛茸茸的小雪球圆滚滚的身子一阵乱抖，将身上的布巾全都抖掉，踩在爪子下面，屁股后面的小尾巴欢快地摇着。

夏郁薰瞪大眼睛，一眨不眨地盯着眼前这只无比可爱的小肥狗，那只小肥狗也歪着脑袋好奇地看着她，一人一狗就这么对视着。

躺床上的花裸男变成睡篮子里的小肥狗？沈南风哭笑不得道："咳，你这是美男计成美狗计了？"

不得不说，夏郁薰还挺有狗缘的，小狗打量了她一会儿，摇着尾巴就要扑上去。冷斯辰及时将小狗抱住，然后问夏郁薰："小薰，喜欢吗？"

夏郁薰用力地点点头，双眼泛红，一声声唤着："布丁……布丁……"

沈南风露出困惑而担忧的神情，小丫头的表情不对啊……

冷斯辰的神色蓦然变得柔和，摸摸小狗的脑袋说："小薰，它是布丁，布丁想和你玩，你愿意陪它吗？"

夏郁薰再次点头，并且伸出双手："布丁抱抱……"

然而，冷斯辰不但没有上前，反而抱着布丁后退一步："小薰，过来。"

夏郁薰藏在柜子里的身子微微挪出来一点，但立即又缩了回去，渴望而焦急地看着冷斯辰怀里的小狗。那可怜兮兮的神情让一旁的沈南风几乎招架不住要把小狗抢来送给她。

冷斯辰却完全不为所动，继续后退："小薰，想要吗？过来我这里……来……快点……"

夏郁薰似是被他急切的语气吓到了，猛地摇头："不要不要！"

冷斯辰的心一下子从高空坠落下来，沉声道："真的不要？"

夏郁薰犹犹豫豫地看他一眼，继续往后缩。

冷斯辰见状，失望得面如寒霜，冷冷道："不要那就扔了吧。"说完转身就走。

"不要——"

突然撞入怀中的柔软让冷斯辰的一颗心又重新恢复了温度，他如释重负地叹息一声。

夏郁薰紧紧抱着他的腰，一边摇头一边落泪："不要……布丁……布丁……不要扔掉布丁，不要扔！"

可怜的小肥狗被两人挤在中间有些受不了，身子一扭，扑通一声跳了下来。还好小狗身子够肥，那么高跳下来什么事都没有，飞快地蹦蹦跳跳着跑出了房间。

"布丁——"夏郁薰赤着脚就追了出去。

冷斯辰眼见着她跑了出去，露出惊喜交加的神情。

沈南风一脸呆滞："她出去了？她居然出去了！十几天来她第一次走出这间屋子，还是主动的！"

冷斯辰来不及多说，匆匆忙忙地提起她的鞋子追了上去："小薰，慢点跑！"

"布丁——布丁不要跑——"夏郁薰赤脚跑在潮湿的走廊上，随时都有可能摔倒。冷斯辰看得心惊胆战，正担心着，果然，那丫头脚下一滑，整个身子往前趴去。

"小薰——"冷斯辰惊呼一声飞奔过去。

"唔，阿辰，好疼……"

及时成为肉垫的冷斯辰急忙问："小薰，哪里疼？摔到哪儿了？"

夏郁薰眼含一包泪，伸手摸了摸额头。刚才她摔倒的时候，额头不小心磕在他的下巴上了。冷斯辰也顾不得自己手臂上的擦伤，心疼不已地替她揉着被磕红的额头。

夏郁薰七手八脚地从他身上爬起来，左看看右看看，发现布丁已经不见了踪迹，神情刹那间变得茫然无措，鼻子一抽，好像立刻就要大哭出来。

"小薰，手……"冷斯辰极其痛苦地闷哼一声，那丫头手按到不该按的地方了。

"想要布丁回来吗？"冷斯辰语气压抑地问。

夏郁薰一脸期待地点头。

"好，右手抬一下。"

夏郁薰乖乖抬手。

"不对，那是左手。"冷斯辰嘴角抽了抽。

夏郁薰又换了一只手抬。

"对了。"冷斯辰松了口气。

只是，被这丫头如此折磨实在是不甘心。冷斯辰轻咳一声，要求道："亲我一下，我就叫布丁过来。"

夏郁薰丝毫没有犹豫，他话音刚落，她立刻凑到他的脸颊上亲了下，或者说是碰了一下。

冷斯辰心情好了很多，但远远不够，挑眉道："就这样？"

夏郁薰想了想，换到他的另一边脸颊亲了一下。

"不行，重来。"她总是没找对地方。

夏郁薰感觉被欺骗了，委屈得不得了，雾蒙蒙的眸子控诉地盯着他，然后生气地从他身上爬起来，要自己去找小狗。

冷斯辰的手臂及时一伸，猛地将她捞回来，单手扣住她的脑袋，将她的唇送到自己口中……绵长而深入的吻之后，他目光沉沉地盯着她："这样才对，以后要记住知道吗？"

为了小肥狗，夏郁薰急切地点点头表示知道。

冷斯辰这才终于满意，将口袋中的口哨拿出，送到夏郁薰被他吻得有些红肿的唇边。"吹一下。"

咻——夏郁薰很听话，用力一吹。

冷斯辰眉头紧皱，太用力了吧！他耳膜都快被震破了……这丫头真是中气十足，刚才吻她这么久，居然还有力气吹这么大声。

哨音刚落，一个小白点从不远处飞奔而来，越来越近，最后软乎乎肥嘟嘟的一团一头砸进两人怀里。

"布丁！"终于抱到小肥狗了，夏郁薰露出久违的璀璨笑容。那笑容看得冷斯辰恍若隔世，觉得这些天所做的一切都值了。沈南风则是由衷佩服起冷斯辰的手段，这比医生还好用嘛！

花园里，冷斯辰和沈南风坐在桌旁聊天，不远处，夏郁薰正在草地上开心地跟小奶狗一起玩耍。

"她这样算不算已经好了？"沈南风看她开心的样子，犹豫着问。

冷斯辰神情凝重地摇摇头："没那么容易，她只是跟小狗亲近，大概是把它当成小时候养过的那只小狗了。"

沈南风感叹道："我听说动物对有抑郁症和自闭倾向的患者有帮助作用，看来是真的。相信她会渐渐好起来的。"

冷斯辰刚要开口，瞳孔骤然收缩，唰地站起身，大步流星地朝着夏郁薰的方向跑过去。

沈南风顺着冷斯辰的视线看过去，这才发现夏郁薰的枕头不小心掉到水池里去了，那丫头居然就这么莽莽撞撞地跳进水里去捡。一旁的小肥球正在池边摇着尾巴大叫，好像是在为主人加油。

"小薰，出来！"冷斯辰头疼地看着已经走到水池中央的夏郁薰，一边跑一边大喊。

"阿辰……阿辰不要怕……我马上就来救你……"虽然还未到深秋，但是刚下过暴雨，天气很凉，夏郁薰半个身子浸泡在水里，冻得全身发抖，却依旧固执地一步步往那个枕头小心靠近。

枕头越漂越远，甚至慢慢吸水沉到了水底。夏郁薰急了，大步往前走了几步，然后脚底一滑，扑通一声摔到了水里。

冷斯辰气喘吁吁地赶到了池边，也顾不得那一身昂贵的西装，立即跳进去将呛了好几口水的夏郁薰打横抱起来。

"夏郁薰！你到底在做什么？给我清醒一点！那只是一个枕头而已！"冷斯辰有些失控地怒吼道。

"咳咳……"夏郁薰猛咳一阵，被他吼得双眼泛红。他刚要迈步离开水池，她立即紧紧揪住他的衣襟，"不要走！不要丢下阿辰！救救他！咳咳……救阿辰……"冷斯辰久久地看着怀里一脸乞求的女孩，心脏一阵阵地揪痛。

不行！不能再这么下去！她必须摆脱那个枕头，必须认出自己！

冷斯辰狠心下来没理会她，继续走。

"不！不要——"枕头已经沉入水底看不见了，夏郁薰撕心裂肺地喊了一声，拼命地挣扎着，"放开我！放开我！我要去救阿辰……"

冷斯辰薄唇紧抿，无动于衷，反而脚步更快。

眼见着就要回到岸上了，夏郁薰面上满是绝望的神色，就在冷斯辰差一步就要踏上岸的时候，她突然双手勾住他的脖子，猛地往下一拉，低头狠狠贴上他的唇，并且学着他不久前教的将舌头探了进去……

冷斯辰完全没想到她会这么做，整个人都愣住了，僵在那里一动不动，任由她湿冷柔软的唇贴了上来，小狗一般生涩地舔舐着他。

"救救阿辰……救他……"夏郁薰贴着他的唇，泫然欲泣地乞求着。

冷斯辰投降了，彻底丢盔弃甲……面对这样的夏郁薰，他要怎么狠下心来？

冷斯辰就这么抱着她，一步一步走到枕头沉没的地方，微微俯下身子，伸手从水池中将浸满水的枕头捡起来递给她。

不远处的沈南风看着这一幕剧情反转，忍不住摇头嗟叹，还真是一物降一物。

"阿辰！"夏郁薰激动地将枕头抱在怀里，惊慌失措地仰着小脸问，"阿辰会不会死掉？"

冷斯辰轻叹一声："不会。"

"真的吗？"夏郁薰想了想，低下头，用唇贴住枕头吹气。

"你……在做什么？"冷斯辰不解地看着她。

夏郁薰："人工呼吸。"

冷斯辰："……"

沈南风："……"

回到房间之后，冷斯辰立刻逼着夏郁薰进浴池泡了个热水澡。

夏郁薰洗好出来的时候，冷斯辰还穿着那身狼狈的湿衣服，手里端着碗姜汤走进来，以"不喝就扔掉小奶狗"这个万能威胁借口逼她一滴不剩都喝完，然后看着她躺到床上盖上被子，这才放心地进了浴室。

大概是发现睡床舒服多了，现在夏郁薰只要不受到惊吓，一般是不会再回到衣柜里去了。

冷斯辰从浴室走出来的时候，夏郁薰立即从床头爬到床尾，焦急地问道："阿辰呢？阿辰洗好了吗？"

"嗯。"冷斯辰拿出一只重新准备的一模一样的新枕头。

夏郁薰满意地把枕头抱在怀里，重新躺回被子里，还用手轻轻拍着枕头。

过了一会儿，夏郁薰抬起头，眨巴着眼睛看向窗前落寞哀伤的背影。

冷斯辰此刻的内心无比挫败，发泄般一拳砸在了窗台上。小薰，到底要怎样你才肯看我一眼，到底要怎样你才能对我恢复信心，到底要怎样你才能变回原来的样子……

下一秒，正要继续砸的拳头突然被一只温暖的小手覆盖。冷斯辰缓缓抬起头。

"你为什么要打它？"夏郁薰不知什么时候走到了他的身旁，正紧张而又担忧地看着他。这只手可是救了阿辰呢！为什么要打它？

冷斯辰神情微动，忍不住轻轻拥住她："你这也算是关心吧？"

夏郁薰有些排斥他这么抱着自己，但是想到他救了阿辰，还是决定不伤害他，犹豫着问道："你要睡觉吗？我可以分你一半床的。"

冷斯辰无奈地将她拥紧了些："小薰，你这是成心要折磨死我吗？"

转眼又过了一个星期，虽然夏郁薰还是很怕与人接近，很容易受惊，但现在已经可以时常被引导着出去走走，不再整日躲在屋子里了。

于是，冷斯辰决定开始实行下一步计划，带她回精武馆。回到熟悉的环境对她的病情应该会有帮助，对此沈南风也表示同意。

冷斯辰用萌宠加美食成功引诱着夏郁薰上了车，然后迅速往精武馆开去。

车子里，夏郁薰一手抱着枕头，一手抱着布丁，腿上放着一大袋零食，正好奇地往车窗外张望着。

布丁有个坏毛病，喜欢乱咬东西，尤其喜欢咬夏郁薰的宝贝枕头，才安生没一会儿，又开始犯老毛病了。夏郁薰紧张不已地把枕头的一角从布丁的嘴里抢救出来，怒道："布丁，不许欺负阿辰！"

圆圆滚滚的小布丁呜咽一声，可怜兮兮地趴下来："嗷呜呜……"

听着小家伙伤心的声音，夏郁薰也觉得自己的口气太重了，摸摸它的脑袋表示安慰："对不起布丁，可是你这样做是不对的，以后不要这样了知道吗？"

"嗷呜……"布丁摇摇尾巴，闭上眼睛，装作睡觉，但其实却在时不时偷瞄夏郁薰。

不出一会儿，夏郁薰稍不注意，布丁又精神抖擞地一口咬住枕头，撅着小屁股，小脑袋甩来甩去地撕扯着。

"布丁，你再胡闹我真的要生气了！"夏郁薰一把将枕头高高举起来。

但是，小布丁咬得太紧，以至于夏郁薰一举枕头，连同那毛茸茸的小家伙也一起吊到了半空中。即使是保持着这种高难度的动作，小布丁依旧锲而不舍地不肯松口。

夏郁薰急得都快哭出来了。她心疼她的阿辰，可是又舍不得打布丁。

看着那丫头傻萌傻萌的样子，冷斯辰情不自禁地勾起嘴角，直到见她是真急了，才从后面拿出一袋狗饼干，撕开扔到了布丁跟前。布丁一见到好吃的，立即啊呜一声松开枕头扑向饼干。

夏郁薰立刻将枕头紧紧抱进怀里，然后感激地看了正在开车的冷斯辰一眼，接着犹豫着又看了他一眼，再一眼，最后小心翼翼地把枕头递过去。

"做什么？"冷斯辰扫了一眼那只享尽夏郁薰宠爱的枕头，显然没有好脸色。

"你可以暂时帮我照看一下吗？我怕布丁又欺负他。"夏郁薰可怜兮兮地乞求，布丁太调皮了，可是却很害怕这个人。

冷斯辰无奈地捏捏眉心，伸出手接过那该死的枕头，随意地放到自己身边。她把枕头交给自己，表示她愿意把她最重要的东西托付给自己，这说明这些日子的努力没白费，她至少开始信任他了。

这样布丁就没办法欺负阿辰了。夏郁薰开心地笑了，凑过去在冷斯辰的唇边亲了亲，甜甜道："谢谢你。"亲完若无其事地坐回原位，任由某人独自在那儿心潮翻涌。

之前她需要帮忙的时候，他都会要求一个吻作为奖励，现在她已经养成了这个好习惯，即使他没有说，也会自觉地给奖励，只可惜她压根不知道这个动作代表的意义。

快到西郊的时候，有一段路坑坑洼洼的比较难走。冷斯辰正专心致志地开车，突然迎面冲过来一辆黑色的面包车。

冷斯辰猛地一个刹车，差一点儿就撞了上去。

路面很窄，勉强能让两辆车并行通过，但是那辆车却直接横在路中央停下，死死挡住了他们的去路，明显是故意的。

冷斯辰盯着前方那辆来意不善的面包车，眸光微紧，对身旁的夏郁薰叮嘱道："小薰，我下去看一下，你待在这里别动。"

夏郁薰正在专心致志地拆一根棒棒糖，敷衍地点点头。

冷斯辰伸手过去帮她把棒棒糖的包装袋撕开，然后才打开车门下了车。

与此同时，对面那辆车里的人也下了车。

"大侄子，你可让我好等啊。我都在这等了你三天了！"

说话的是个中年男人，胡子拉碴，头发乱糟糟的，穿着一件皱巴巴的棕色大衣，看起来异常狼狈和落魄。

冷斯辰镇定地站在车前，一只手闲闲地插在口袋里，不动声色地用手机定位了自己的位置，然后发送给助理梁谦，随即不紧不慢地开口道："二叔，您逃都逃了，何必又回来自投罗网。"

"臭小子，你还敢说！居然买通我的亲信！老子现在所有的钱都被冻结了，在国外也是穷死，不如回来拉着你陪我一起死。"冷博云面色狰狞地抬起手，手中拿着的赫然是一把枪，黑洞洞的枪口正对着冷斯辰的脑门。

　　他满心以为自己逃出去了，终于不用再受这个毛头小子的气了，以为自己终于报仇了，哪知道冷斯辰早就在他身边安插了眼线，不动声色地在暗中看着他携款潜逃，等收集够了证据再一举把他扳倒，斩草除根。这回冷华裔绝对不会再听他的辩解了，他走投无路，不甘心亡命天涯穷困潦倒一生，决定冒险放手一搏。

　　看着冷博云手里的枪，冷斯辰双眸微眯："你想怎样？"

　　"我想怎样？我要钱！我要你把钱全都还回我的账户上，然后把我送到安全的地方！"冷博云激动地吼道。

　　"二叔，我自问没有亏待过你，你这么做未免太不讲道义。"冷斯辰寒声道。

　　"哈，你没有亏待过我？"冷博云的表情好像是听到最好笑的笑话。

　　"以二叔的工作能力，难道不觉得我已经对你够好？做人应该知足，这些年你从公司捞走的已经够多了，父亲念在兄弟之情不愿与你计较，而你却得寸进尺。你不仁，就别怪我不义。"

　　"臭小子，我跟你父亲一起打江山的时候，你还穿着开裆裤呢，你父亲都不敢说我一个字，你居然敢在这里教训我！你别在这拖延时间，你到底给不给？"冷博云不耐烦地扬了扬手里的枪。

　　"二叔，不是我不愿意给你，而是我现在没有这个权力。"冷斯辰语气无奈道。

　　"你什么意思？"冷博云蹙眉。

　　"我已经辞职离开冷氏了。"

　　"你说什么？你辞职了？臭小子，你当我是傻子吗？"

　　"不管你信不信，这确实是真的。"

　　冷博云脸色变幻不定。这些天他一直在逃亡，根本不知道外界发生的事情，他实在是没办法相信冷斯辰的话。

　　"啊呜！啊呜！"突然，一阵狗叫声传来，冷斯辰身后的车窗里跳出了一团圆滚滚的小毛球。

　　"布丁！布丁别跑……"车门砰的一声被推开，夏郁薰追了出来。

　　布丁撒腿就跑，夏郁薰眼里只有那只小肥狗，看也不看就要追上去，冷斯辰险险拦住了她。

　　"布丁……布丁跑了！"夏郁薰焦急不已地说。

冷斯辰将她护在身后，头疼不已地看着蹦跶到了冷博云那边的小肥狗："小薰，没事，它玩一会儿自己就回来了，你现在去找它，它会生你的气的。"

冷斯辰柔声哄了好一会儿，夏郁薰才没有跟着布丁跑去对面，送上门去给人家做人质。

冷博云看到突然出现的夏郁薰，吓得手里的枪差点儿没拿稳，眸子里也多了几分紧张和忌惮。

这女人怎么也在？

他早就觉得冷斯辰跟这女人之间有暧昧，现在看冷斯辰对她异常温柔的态度，冷博云开始有些相信冷斯辰刚才说的话了。

他基本能猜到他离开之后发生的事，不就是缺钱吗？冷家没钱了，白家不是有吗？这时候冷家为了得到白家的注资，肯定会加紧促成两家的婚事，事情也就解决了。但是现在，冷斯辰却说他辞职离开公司了。难道他说的是真的，为了这个小丫头？冷斯辰会做这么没脑子的事吗？

冷博云露出豁出去的表情，直接说道："冷斯辰，我不管你现在还在不在冷氏，我只找你，没钱就把命留下！"

冷斯辰沉吟片刻，然后说："这样吧二叔，那么多钱我肯定是拿不出来的，我从我私人账户里拿出一百万给你。"

"一百万？你打发叫花子呢？"

"一百万足够一个普通人衣食无忧过一辈子了。"

"臭小子，我看你是找死！"

"那……两百万？二叔，不能再多了，我是被家里扫地出门的，所有资产都被冻结了，两百万是我目前的全部家当。"

冷斯辰和冷博云在那儿讨价还价，夏郁薰完全没兴趣听他们的谈话内容，一直担心地看着在那儿东闻闻西嗅嗅玩得不亦乐乎的布丁，生怕它跑远了找不回来。

听两人说了半天还没说完，夏郁薰有些不耐烦了，小手扯了扯冷斯辰的衣服袖子。冷斯辰从口袋里摸出一颗巧克力球剥开给她，摸了摸她的脑袋："再等一会儿好吗？"

夏郁薰不情不愿地点点头，嘴里含着巧克力球，腮帮子一鼓一鼓的。

"你先上车，我待会儿带着布丁过来好吗？"冷斯辰试探着劝她。

这回夏郁薰怎么说都不肯了，必须让布丁在自己视线范围内才安心。

对面的冷博云刚才就发现夏郁薰看起来有些不对劲，这会儿感觉更明显了。但这时候他压根没心思去管别人死活，只想赶紧拿到钱走人。时间多过去一秒，他就多一分危险。

冷博云急眼了，冲着天放了一枪："臭小子，没钱就给我去借，去跟冷华裔要。我最后给你一分钟的时间，你要是再拿不出钱……"

冷斯辰及时捂住了夏郁薰的耳朵，以免她受到惊吓，面色渐渐变得阴鸷。

此时，对面的小肥狗正抬起一条腿往面包车的车轮上撒尿，听到枪响吓得四肢腾空，一溜烟朝着冷斯辰的方向狂奔过来。

冷斯辰赶紧把那只小肥狗抱起来塞给夏郁薰："抱好，上车。"话音刚落，由远及近响起了警车鸣笛的声音，警察迅速把前后路都包抄了。

冷博云见状目眦欲裂，面色癫狂地吼道："臭小子，你逼我的，是你逼我的……你不让我好过，我也不会让你好过！我要让你生不如死！"

砰的一声，枪声响起。冷博云的枪所指的方向……是夏郁薰……

"老板——"梁谦惊呼一声。

冷博云继续开枪，被赶过来的特警一枪打在手腕上，子弹射歪打了车身上。警察很快将他制服，梁谦连滚带爬地跑过来，远远地看到冷斯辰密不透风地将夏郁薰护在怀里，肩头的白色衬衣一片刺眼的鲜血……

"唔，你压到布丁了……"夏郁薰挣了挣身体小声抱怨。

冷斯辰这才将她放松了些，盯着她懵懂的小脸，眸子里满是尚未消退的惊恐。还好，还好护住了她……

"老板！你……"

冷斯辰一个眼神阻止了梁谦接下来的话："把我车上的外套拿来给我，黑色的那件。"

"啊？"梁谦一头雾水地去把外套拿了过来。

冷斯辰若无其事地将外套穿上，遮住了背后骇人的伤口："走吧。"

"老板，你需要立刻去医院。"梁谦小声道。

一听到医院两个字，夏郁薰立即瑟缩了下身体，脸上露出惶恐不已的表情。

冷斯辰安抚地摸了摸她的头，对梁谦说道："去精武馆，你来开车，打电话叫向远过来帮我处理就行。"

"这……这样行吗？您看起来伤得很重……"梁谦犹豫。

冷斯辰的脸色越来越白，却依旧强撑着："我有分寸，开车。"

梁谦没办法，只好一边打着电话叫冷斯辰的私人医生赶紧过来，一边迅速往精武馆赶去。

第十三章

这般想念你

精武馆。

向远在电话里听到情况似乎很严重，为以防万一，带了三个助理还有一个外科医生过来。冷斯辰担心人多夏郁薰会害怕，最后只留下了向远。

"冷总，你确定不用麻醉吗？其实一两次没事的，不会影响神经。子弹卡在肩胛骨中间，处理起来可能会有点困难，万一你忍不住动了……"一个白白净净的小伙子手里拿着手术刀，第三次询问道。

"向远，你废话越来越多了。"冷斯辰光着上身端坐在床上，额上冷汗涔涔，满脸的不耐烦。

"是是是，我不说了还不行吗？"向远咕哝着，无奈地准备开始挖子弹。

夏郁薰抱着枕头，摸着布丁毛茸茸的脑袋在院子里坐着。这个地方很熟悉，让她感觉很安心，可是，她明显感觉到了此刻气氛的紧张，知道一直对自己很好的那个人好像是受伤了，所以有些担心。一旁的梁谦见夏郁薰频频往屋子里看，眼珠子滴溜溜一转，立即跑到夏郁薰身边，不过因为怕吓到她，还是保持着适中距离，没敢靠太近。

"担心老板啊？"梁谦试探着问。

夏郁薰见他是那个好人的同伴，没有那么排斥，只是不解地歪了歪脑袋："老板？"

"呃……老板就是里面受伤的那个人，他是为了给你挡子弹才受伤的哦。"

"受伤……"

"你想不想帮他？"

"想。"可是她不知道该怎么做。

"我告诉你啊……"梁谦小心翼翼地凑过去,迅速小声地对她说了几句话。

"疼……麻醉……"夏郁薰一边听着一边喃喃,最后点点头,朝着屋里走去。

冷斯辰见夏郁薰推门进来,苍白的面色立即柔和了几分:"小薰,怎么了?"

夏郁薰看着冷斯辰肩头触目惊心的血窟窿,惊得瞪大双眼,小脸煞白,心脏突然刀割一般疼得无法呼吸。

此刻向远已经动刀动到一半了,不能停,继续挖着子弹,神情高度紧张。

刀尖越来越深,冷斯辰双手紧握成拳,疼得全身痉挛,却强忍着,露出轻松的表情:"小薰,出去等我好吗?我一会儿就好了……"

牙龈咬得太紧,冷斯辰的唇角溢出一丝鲜血,握在手里的毛巾已经被他揪成了破布。

就在这时,呆呆看着他的夏郁薰脚步突然动了,然而却不是转身离开,而是飞快地朝着他扑过来,在他困惑而惊愕的目光中越靠越近。冰冷的刀尖噗地进入深处挖出那颗子弹的同时,她带着巧克力香甜气息的唇软软地贴在了他的唇上……

子弹铛的一声落入容器里,向远骤然松了口气,随即看向正动情拥吻的两个人,脸上红得滴血。

他飞快地帮冷斯辰上好药,飞快地打好绷带,然后飞快地退出房间,体贴地带上了房门。

"谁教你这么做的?"半晌后,冷斯辰才松开她,声音异常沙哑。肩上火辣辣的疼痛竟然完全被内心的激动给湮没了。

夏郁薰想了想说:"两……两千块!他说亲亲可以麻醉,可以不疼!"

梁谦?那小子关键时刻倒是挺机灵的,回去可以考虑给他加薪。

"你还疼不疼呀?"夏郁薰担忧不已地看着男人那张略显虚弱却俊美依旧的脸。

"嗯,疼,真的好疼。"冷斯辰一副委屈到不行的表情。

夏郁薰急了,赶紧凑了上去。

冷斯辰轻笑一声,自然是毫不客气地立刻化被动为主动……

"亲亲真的就可以不疼了吗?"夏郁薰紧张地问他。

"嗯,已经不疼了。但是,以后可能还会疼的,你会帮我吗?"冷斯辰一副柔柔弱弱很需要保护的样子。

夏郁薰很讲义气地点点头："会的，你救了我。"

"只是因为我救了你吗？"冷斯辰的神情顿时变得失落和苦涩。还以为这些天的相处，就算她依旧认不出自己，至少自己对她而言也是不同的。

夏郁薰闻言很迷惑，不是因为这个吗？那是因为什么？

"没关系，我会让你明白的。"冷斯辰叹息一声，轻轻抚摸着她满是不解的小脸，安慰地亲吻她的额头。

她不认得他了，不信任他了，不依赖他了，这些都没有关系。他会一点点让她重拾这一切，让她重新爱上自己。

几天后，梁谦传来消息，证据确凿，冷博云已经全都招了。因为贪污数额巨大，至少要判十年。冷华裔大病了一场，现在公司是冷斯澈做主。他毕竟是冷斯辰手把手教出来的，耳濡目染，管理上也延续了冷斯辰的风格，趁着这次的机会把公司彻底整顿了一番。至于之前很多公司中途撤资造成的资金断裂问题，沈南风及时出现堵上了亏空，公司现在已经基本稳定下来了。

这些天冷家那边好几次派人过来要见冷斯辰，冷斯辰一边养伤一边研究心理疾病方面的书，压根没工夫理他们，每次都是拒之门外。

冷家那边锲而不舍每天都要来打扰，夏郁薰的病又完全没有进展，冷斯辰的心情很不好，真是苦了梁谦和向远这两人了。

"梁谦，你是冷总的助理，你送吧。"

"你送你送，你可是他的私人医生，我还有事呢！"

"你能有什么事啊？"

向远端着饭菜和几粒消炎药，跟梁谦两个人推推搡搡的，谁都不愿意送进去。

冷斯辰早上接了一通家里的电话之后，脸色就特别差，身边所有了解他的人都知道，他心情不好的时候，千万不要出现在他十步范围以内，所以这会儿两人谁也不愿意去送死。

"真没出息，给我！"推搡了大半个小时，梁谦一脸不耐烦地把托盘接了过来。

然后……他屁颠儿屁颠儿地端着东西跑到了夏郁薰跟前。

"夏小姐，忙着呢？嘿嘿。"梁谦一脸殷勤。

夏郁薰正坐在院子里的竹椅上抱着布丁给它挠痒，看到是梁谦，露出一个友好的微笑："两千块，是你啊。"

"呃，咳咳……呵呵，是我是我。"梁谦抹了把额上的汗，硬着头皮没有纠正她这个雷人的称呼，继续说道，"那个，夏小姐，你能不能帮个忙，把这些送到我老板屋里？拜托拜托。"

向远见状，无语地朝着梁谦投去一个万分鄙视的眼神。还以为他多有种呢，居然去求一个女孩子！

"好的呀。"夏郁薰把布丁放到地上，一手抱着宝贝枕头，一手接过梁谦手里的托盘朝屋里走去。

梁谦激动地弹了个响指："搞定！太好了，以后这种事我们俩就不用争来争去了。到底是谁说小夏现在精神异常，比平时更暴力更危险的？这不是挺温柔挺善解人意的吗？"

这几天冷斯辰都是在夏郁薰的房间里睡的，而且每天晚上都要求她和自己睡在一起，理由是，如果又疼了，就可以随时……"麻醉"。

夏郁薰傻乎乎的被人占便宜了都不知道，还觉得他说得很有道理，于是就这么入了狼口。唔，不过，要是清醒时候的夏郁薰，肯定觉得是她自己占了便宜。

夏郁薰推开房门走进去的时候，冷斯辰的手里正拿着一本粉色的笔记本，脸上的表情看上去有些犹豫不决，一听到有人进门，他急忙将本子收起来。

这本笔记本是他在枕头底下发现的，如果没猜错的话，应该是夏郁薰的日记。记得上次沈南风的生日宴后，自己不放心翻墙进去看她的时候，还见她拿出来过，当时也不知道她在写什么……

他极少对什么事情感兴趣，但这本日记本中的内容，说实话，他非常好奇。但毕竟是夏郁薰的隐私，就算再好奇，他也不好打开看，心里猫抓似的。

见到进来的人是夏郁薰，冷斯辰因为心虚先是一慌，随即又松了口气，因为她对这本日记完全没反应。

夏郁薰先是把她的宝贝枕头阿辰安放在一旁的沙发上，接着把懒人桌搬到床上，又将拎过来的饭菜一一摆好，然后倒了一杯水把药递给他。一切做好之后，她坐到沙发上去抱回枕头，歪着脑袋看向床上一动不动的冷斯辰，表情有些疑惑："你不吃吗？"

冷斯辰这才回过神来，把药给吃了。

见冷斯辰乖乖吃完药，夏郁薰立即殷勤地跑过去，把他的筷子、碗全都夺过来："我喂你！"

"这么乖……"这丫头突然对自己这么好，冷斯辰总觉得她有什么阴谋。

果然，喂他吃完饭后，夏郁薰并没有立刻离开，而是挨挨蹭蹭地凑过去，对着手指喃喃道："布丁晚上一个人睡觉好可怜……"

"所以呢？"冷斯辰挑眉。

"我们可以带布丁一起睡吗？"夏郁薰一脸期待地提问。

"不可以。"冷斯辰想都没想就拒绝了。

两个人睡觉中间夹个枕头他已经很不满了，现在再多个小肥狗？绝对不可能！

"为什么啊？"夏郁薰不高兴地鼓起腮帮子。

"因为它不是一个人睡。"冷斯辰回答。

夏郁薰不服气道："它是一个人！"

冷斯辰轻飘飘地斜了她一眼："它是一只狗。"

被冷斯辰这么一堵，夏郁薰居然想不到怎么反驳他，只能气呼呼地瞪着他。

"这个问题我们待会儿再讨论，小薰，过来，我有事情需要你帮忙。"冷斯辰使出拖延战术。

"什么事情？"夏郁薰虽然神志不清，但本性乐于助人而且重情义，现在冷斯辰又是伤残人士，听到他这么说，即使还在生气，还是挪了过去。

冷斯辰用没有受伤的那只手将她抱坐在自己身前，满足地拥着她，有些担忧地问道："小薰，你还是会怕我吗？"

"不怕。"夏郁薰摇摇头，她已经确定他是好人，所以她不怕他了。

是啊，好人，天天光明正大吃她豆腐的"好人"！

说完她扭过头，仰起小脸，努力想要贴上他的唇。

"做什么？"冷斯辰微微躲开。

夏郁薰眨了眨眼睛看着他："你说要我帮忙。"

"呃，我不是这个意思……"冷斯辰汗颜，看来这一招他用得太频繁，她都已经产生条件反射了。

"不是？"夏郁薰不解地歪着脑袋。

"不是，但是，不是也可以。"冷斯辰轻笑一声，来者不拒地低头，吻住她的唇。

等吃饱喝足了，冷斯辰终于想起来做正事，将放在一旁的日记本拿了过来："小薰，你看这个。"

"这是什么？"夏郁薰拿起他递过来的本子，好奇地翻了翻。花花绿绿的纸张上，夏郁薰狂放不羁的狗爬字映入眼帘。

见她毫无心机地将日记本翻开，冷斯辰的心猛地跳了跳。随着她的翻动，目光不由自主地飞快地掠过日记本中的内容。

终于下狠心请了一个星期的假，因为学长教我欲擒故纵、以退为进，也不知道到底管不管用，反正我自己已经被思念和担心折腾得半死了。

想念你的声音你的脸甚至你的头发丝，担心你工作起来又熬夜又没有好好吃饭。

一直一直忍着不去见你，并不是因为把你忘了，而是在给你时间，好让你来想念我。但是，到最后却是我在想念你……

原来她那时候突然请假，居然是抱着这样的心思，而自己却误会她和欧明轩牵扯不清。冷斯辰正感动得一塌糊涂，脸色却在看到接下来的一段之后瞬间变得铁青。

江山如此多娇，引无数英雄竞折腰！那片江山本来就是属于我的，怎可遭奸人践踏！我一定要崛起，我要收复河山！冷斯辰，你等着，总有一天我要让你匍匐在我的脚下，向我忏悔，祈求我的原谅！啊哈哈哈……

冷斯辰嘴角抽了抽，果然是夏郁薰的风格，文艺小清新不过三秒。

下面居然还有配图，一个小人双手叉腰踩着另一个小人仰天大笑的手绘图。

不错啊！挺生动的！

冷斯辰拉起夏郁薰一只手，恨恨地在她手指上咬了一口。

"唔，疼疼疼……坏人！"夏郁薰泪眼蒙眬地瞅着他，完全不知道自己到底犯了什么错要遭受到这样的对待，他居然咬她！

"继续翻。"冷斯辰一副威胁的姿态命令。

夏郁薰一边咕哝一边乖乖翻页。

这本日记几乎是冷斯辰的个人传记，整整一本都是她对他满满的爱意，一页页全都是他，全都是有关他的事……

一直翻到最后一页，日期正是他翻进院子看到她正在写日记的那天。

今天晚上，老爸见我迟迟不回来，以为我又出事了，怒急之下打了我。我知道，虽然他打了我，但他比我难受一百倍。

看着老爸在我面前哭得像个孩子，我第一次觉得自己这么混账。我是个不孝的女儿，妈妈死后，他一个人辛辛苦苦地抚养我长大，可我从小到大没有一天让他省心，还为了一个男人让他成天为我提心吊胆。

阿辰，这一次，我真的要放弃了。

这些年我太自私了，完全都没有顾及过老爸的感受，也没有顾及过你的感受。我以为我是为了目标全力以赴、无所畏惧，却没有察觉我的固执和坚持让那么多人受到了伤害。

对你二十年的感情，从一开始的感激和依赖，到后来刻骨的深爱。让我放弃，跟要我的命一样痛苦，不然我也不会那么多年都没戒掉你。

但是，在亲情和爱情之间，如果必须要选一个，我不知道别人会怎么选，但我只能选前者。

阿辰，我会慢慢学着长大，学会离开你，放弃你。

为了老爸，也为了被我这个烦人精纠缠了这么多年、困扰了这么多年的你。

冷斯辰不由自主地收紧双臂拥着怀里的女孩，心疼得无法呼吸。他能够想象当初她是以怎样的心情坐在书桌前，用红肿疼痛的手一字一句写下这段话，做出放弃的决定。

即使已经决定放弃了，她还是忍不住关心他，一得到他生病的消息就担心地跑去照顾他，因为冷氏的事情去找欧明轩……

她所做的一切都是为了自己，而他却一次又一次地伤害她、误会她。他突然有些庆幸这次的意外，否则他有可能就要跟她错过一辈子。

"你怎么啦？"怀里的夏郁薰敏锐地察觉到冷斯辰有些不对劲。

看着她懵懂无邪黑白分明的眸子，冷斯辰微微颤抖着身体，动情地俯身吻住她。

"唔，伤口又疼了吗？"

"嗯……"

"郁薰，郁薰你在吗？哥回来啦！"屋外远远传来一阵熟悉的声音。

很快那人就走到了门口。因为夏郁薰进来的时候没有关上门，屋里两人相拥着亲吻的画面就这么猝不及防地撞进来人的眼中。

"冷斯辰，你这个卑鄙无耻下流的小人！"欧明轩僵愣了几秒钟之后勃然大怒地吼道。以夏郁薰现在的状况，他才不相信她是心甘情愿的，肯定是这家伙欺骗她、诱拐她的！

夏郁薰被突然响起的大吼声吓了一跳，不由自主地往冷斯辰的怀里缩了缩。冷斯辰轻拍着她的后背，一脸不满地冷睨了突然出现的欧明轩一眼。

欧明轩看得更加窝火，呼吸急促道："郁薰，你快过来，到我这里来。这浑蛋在欺负你占你便宜，你知不知道？"

夏郁薰有些不高兴这人骂她心目中的好人，又有些怕他，躲在冷斯辰怀里瑟瑟发抖地喃喃："他……好人……受伤……亲亲……麻醉……"

欧明轩从她断断续续的话里猜出了原委，气得肺都快炸了："冷斯辰你还要不要脸？郁薰都这样了，你还乘人之危！"

"欧明轩，我们两情相悦，你似乎没有资格在这里大呼小叫。"

"你放屁！她现在根本就没有判断能力！"

"如果她有，你认为她不愿意吗？"

"你……"欧明轩顿时说不出话来，捏了捏眉心，半晌后才开口道，"冷斯辰，你少自我感觉良好，在此之前，她正在抱着认真的态度相亲，这说明她已经决定放弃你了！"

欧明轩的话无疑戳中了冷斯辰的痛处，那双平静如湖面的眸子渐渐结了冰，一字一顿道："被放弃也比被唾弃好，你说是吗？"

"你……"欧明轩刚戳了对方一刀，立刻就被报复了回来，伤害还是成倍的。

"不过是放弃而已，只要我一句话，她就会回到我身边；而你呢，你对她做出这种事，你认为她还会原谅你吗？"

"轮不到你来指责我，就算会被她判死刑，也要她病好了清醒过来亲自跟我说，我受着就是！我从意大利请了很有经验的心理医生回来，我要带郁薰走。"

"你可以把医生叫到这里来看。"冷斯辰丝毫不松口。

欧明轩冷笑："然后继续让你天天乘人之危吗？郁薰在我这里，我至少不会像你这样对她做无耻的事情！"

"你之前做的事情还不够无耻？"

"你……"欧明轩快气晕过去了，真是一失足成千古恨，这个把柄估摸着要被冷斯辰抓一辈子了。

欧明轩困兽似的原地转悠了两圈，然后余光无意间扫过沙发上那只熟悉的绣花枕头。

他眸光微动，随即不动声色地朝着沙发的方向走去，突然一把拿起那只枕头，定定地看着床上的夏郁薰："郁薰，跟我走。"

冷斯辰神色微僵，面上却依然镇定道："你以为一个枕头就能让她跟你走？"

"那就试试啊。看看是你重要，还是这个枕头重要！"欧明轩的手指有意无意地在枕头上划了划。

"阿辰！把阿辰还给我！不要伤害阿辰，求求你……"夏郁薰立即就要扑过去夺回枕头。先前的恐惧全都忘记了，现在的她只想救回她的阿辰。

冷斯辰一把将企图朝欧明轩扑去的夏郁薰扯回怀里，微微颤抖的语气泄露了他的紧张："小薰，别去。"

"不，我要救阿辰！"夏郁薰有些失控地尖叫，完全听不进去他的话。

"小薰！"冷斯辰的声音蓦然抬高，感觉到她的颤抖之后，又无奈地放软语气道，"小薰，别去好不好？你看看，我在这里啊！"

欧明轩看着这一幕，嘲讽地笑了笑："冷斯辰，你别五十步笑百步了。我承认郁薰会变成这样跟我脱不了干系，但我充其量不过是个导火索，这些年你仗着她喜欢你、爱你，是怎么作践她的，你自己心里清楚。我不过是看不下去想要救她出火海！我承认我一开始是因为跟你较劲或者男人的虚荣心才对她产生别的念头，但后来，我是真的喜欢上了她！如果那次我没有控制住跟她发生了关系，我会负责任，我会立刻娶她，一辈子对她好，让她再也不会想起你。而你呢？你除了伤害她，任由自己的女人伤害她，任由自己的家人伤害她，你还会做什么？她这些年跟在你身边吃了多少苦，受了多少罪，遇到过多少危险？你那个草包二叔本来就是要找你麻烦，你这一枪挡得理所当然。你让她差点儿又被你连累受伤，还以为自己英雄救美了？"

欧明轩实在是憋屈得狠了，一口气说了这么多，连冷斯辰都被他说得脸色发白。

"小薰，你醒醒……"冷斯辰死死盯着眼前的女孩，迫切希望她能够恢复清醒，希望可以亲口告诉她自己的心情。

"阿辰……阿辰……"只可惜夏郁薰完全听不到冷斯辰的话，她的全副心思都在对面被欧明轩劫持的枕头上。

那个男人好可怕，阿辰在他的手里，他想做什么？为什么要抢走她的阿辰……他会杀了阿辰吗？不要，不要……

"放开我！放开我！我要去救阿辰！阿辰，不要怕，不要怕……"夏郁薰越想越心慌，内心的恐惧几乎让她崩溃，她开始在冷斯辰怀里疯狂地挣扎着。

冷斯辰肩膀处的伤口因为夏郁薰的扯动一下子裂开了。突然涌上的剧烈疼痛使得他的脸色刹那间苍白得没有一丝血色。但他只是略微蹙了蹙眉，依旧固执地紧紧搂住夏郁薰，语气中已经夹杂着哀求："小薰，你醒醒，求求你醒醒好不好……"

被紧紧搂住的夏郁薰觉得有些不舒服。男人灼热的气息喷洒在她的颈窝，令她心烦意乱，脆弱的语气令她的心脏莫名地抽痛，鼻息间淡淡的血腥味更是刺激了她某处神经。太多太多奇怪的感觉交杂在一起，冲击着她脆弱的神经，几乎逼得她到了崩溃的边缘……

脑子里好乱，心好疼，身体好难受，她受不了，受不了了！

"啊——放开！放开我！"

夏郁薰开始更加疯狂地挣扎、撕咬，用尽所有的力气，下意识地用一切可能的方式，想要摆脱身后让她如此痛苦的源泉。

"呃……"冷斯辰的脸色越来越差，最后，忍耐终于到了极限，他大力地将她的身子转过来，怒吼一声："夏郁薰，你闹够了没有？"

夏郁薰被吼得愣住了，一口气哽在喉头，呆滞地看着他，受到了巨大惊吓的样子。

冷斯辰迅速回过神来，心头一慌："小薰，我，对不……"

冷斯辰还来不及道歉，夏郁薰一口咬在他的手上，然后捶打推搡着他的胸膛："你走开！走开！我讨厌你！讨厌你！讨厌你……"

那一刻，向来总是一副矜傲清冷模样的冷斯辰脸上竟然流露出受伤甚至委屈的神情，连欧明轩看了也不禁有些动容。

即使肩膀已经疼到微微一动都痛不欲生的地步，冷斯辰依旧固执地抬起手，重重地扼在她的双肩上，一字一顿清晰道："夏郁薰，你再说一遍。刚才的话，再说一遍，我就放你走，随便你去哪里！"

夏郁薰突然安静下来，怔怔地看着眼前的男人。

"说啊！"冷斯辰加重了语气。即使知道她不清醒，知道她是无心之言，心还是痛得无法呼吸。原来……原来被喜欢的人讨厌竟然是这般痛苦的事情……而夏郁薰竟在这样的痛苦里坚持了这么多年……

被他这么一吼，夏郁薰的眼眶立即红了，脱口而出道："我讨厌你！你是坏人！"

冷斯辰的目光瞬间一片荒芜。"你……走吧……"他颓然地松开她的肩膀，甚至害怕自己后悔一般决然地将她推离自己一步。

他的心已经痛到麻木了。呵，为什么要心痛呢？他应该感到欣慰才对吧。毕竟她口口声声要救的，口口声声在意的、宠爱的、保护的，是他……的替身……又或者说，是她虚构的"冷斯辰"，是她想象中的"冷斯辰"。

因为在虚幻的世界中她不会受到伤害；而现实世界中，他只会一次次地让她失望，让她痛不欲生。所以，她怕了、倦了、累了，宁愿选择美好的虚幻，也不愿选择现实中的他。

毕竟，伤害她最深的人不是欧明轩，而是他啊！

冷斯辰自嘲地轻笑一声，眼睁睁看着夏郁薰毫不犹豫地转身，与他背道而行，一步步走向那个虚幻之中的"冷斯辰"。

她终究还是抛弃了那个讨人厌的他。

冷斯辰缓缓地转过身去，似乎不眼睁睁看着她走，疼痛就会少一些。

在他转身的刹那，欧明轩本来正满脸希望地看着朝着自己走来的夏郁薰，却一眼看到了冷斯辰背后触目惊心的伤口。鲜血已经将他整个后背都染透了，白色的衬衫已然成了血衣，应该是刚才拦着夏郁薰的时候伤口被扯裂了。

这家伙，居然吭都没吭一声，这时候怎么不用苦肉计了？

卧室门口，听到里面的争执赶过来的向远和梁谦也看到了这一幕，两人同时惊呼出声。

"老板！"

"冷总！"

夏郁薰本来一心想着那只枕头，想着她的阿辰，突然发现所有人都惊骇地看着她身后的方向，于是竟转移了几分注意力，鬼使神差地转过身……

刺目的血色染红了她的双眼……孤单的背影重重撞击着她心头某处隐秘角落……

砰——当夏郁薰因为巨大的视觉和心理冲击而慌乱无措的时候，冷斯辰再也支撑不住，身影一晃倒了下去。

"阿辰——"夏郁薰的瞳孔骤然紧缩，随即飞快地朝冷斯辰跑去。

听到那一声"阿辰"之后，欧明轩的目光顿时黯了下去，苦笑着摇了摇头。谁胜谁负已经很明显。

呵，欧明轩啊欧明轩，你这到底是在做什么？大老远赶回来就是为了扮演一回恶毒男配，成全他们的真爱吗？

"阿辰，阿辰！"夏郁薰激动地抱着冷斯辰的身体不停摇晃，"阿辰，你醒醒啊，醒醒！不要丢下我！"

向远见状急忙冲上去："夏小姐，你别摇了，冷总身体会受不了的。"

夏郁薰慌忙松开力道，看着满手的鲜血，全身颤抖个不停。

"先把老板扶到床上去！"梁谦和向远合力将冷斯辰扶上了床，夏郁薰魂不守舍地在后面跟着。

这么一番折腾下来，冷斯辰刚开始愈合的伤口全都被扯裂开了。那些被生生拉扯开的皮肉和肌理血肉模糊，看得人犯怵。向远忙了大半天才将伤口重新处理好。

"小薰……"即使是在昏睡中，冷斯辰依旧眉头紧蹙，口中断断续续唤着她的名字。

"我在，阿辰，我在……"夏郁薰伏在床沿，眼睛一眨不眨地看着冷斯辰，握住他的手，生怕他消失一般。

欧明轩手里拿着只枕头站在门口，看着里面温情脉脉的一幕，感觉自己跟个傻子一样。半晌后，他低着头笑了笑，随手扔了那只枕头，然后默默地转身离开。

时间一点一滴地过去，冷斯辰一直到晚上都没有醒来。向远进去送饭，夏郁薰看都没看一眼，中午送进去的饭也没动。

"阿辰会不会死掉？"夏郁薰红着一双兔子一样的眼睛问。

"呃……怎么会呢，老板只是皮外伤，这会儿失血过多有点虚弱，休息一下就好了。不过，你可千万不能再乱动他了，不然伤口又要裂开……"

向远一边安抚一边探究式地看着眼前的女人。她那会儿突然认出老板来了，也不知道现在到底恢复正常了没。

"我不动。"夏郁薰神情肃穆地点头保证。

"夏小姐，多少吃一点东西吧，不然你病倒了，谁来照顾他？"向远劝道。

夏郁薰的目光始终紧紧盯着床上的人，片刻都不敢挪："我吃不下。"

向远劝不动，只好叹了口气走出去。门外正靠在墙壁上抽烟的梁谦见向远出来了，追问道："怎么样啊？"

"你问冷总还是夏小姐？冷总情况稳定，没什么大碍了，夏小姐我也看不出来到底好没好，说话倒是都挺正常的。"向远挠挠头回答。

"看来只能等老板醒过来才知道了……"

窗外的夜空中挂着一轮明月，屋子里静悄悄的，女孩伏在床沿，因为困倦，脑袋似小鸡啄米一样一点一点的，最后终于扛不住睡着了。

不知过了多久，躺在床上的人身体幅度极小地动了动，随后缓缓睁开了眼睛。因为伤在后背，冷斯辰是趴在床上睡的，长时间的压迫让他的手臂有些麻痹。

床头亮着一盏光线柔和的灯，灯光下冷斯辰的面容苍白而清冷。他没有急着活动手臂缓解麻痹，只是有些呆滞地趴在那里。这几天早就习惯了每次醒来她都在身边，如今身旁空荡荡的，让他一时之间有些恍惚，片刻后才反应过来，差点儿忘记她已经离开了。

这个认知让他的心口如同破了一个大洞一般空落落的，寒风从中呼啸而过。过了良久，他才稍稍动了动身子，准备换个姿势。他小心撑起手臂，艰难地翻了个身，正要坐起来，却在下一秒愣住了。

是在做梦吗？

明明已经被抛弃了，他都已经死心接受这个事实了，但是一个转身之后，她的睡容竟近在眼前。女孩就这么趴在床沿静静地安睡着，长长的睫毛乖顺地垂着，微皱的眉宇间残留着不安和惊惶……

冷斯辰下意识地微微往后退了退好看清她，然后神情恍惚地伸出手，小心翼翼地试图去触摸她的脸颊。

"嗯……"她轻吟一声，猫咪一般蹭了蹭他的手指。冷斯辰惊得立刻缩回手，随后心头涌上狂喜，更加贪婪地碰触抚摸着她的脸颊、她的眉眼。

夏郁薰被他弄醒，孩子气地哼哼几声，揉揉眼睛抬起头来。睁开眼睛看清冷斯辰的刹那，她大大的眼睛里顿时如同落满璀璨的星辰，一把抱住他的手臂："阿辰！阿辰你醒了！"

"你……"冷斯辰惊疑不定地看着眼前盈满惊喜的双眸，不可思议地喃喃道，"你叫我什么？"

"阿辰你的手麻不麻？"夏郁薰体贴得不得了，说着便力道适中地按摩起他的手臂，一边捶捏一边小心地问，"这样可以吗？"

冷斯辰完全条件反射地点点头。

"你要起来吗？你别动，我扶你。"夏郁薰又很小心地把他扶起来，不忘紧张地叮嘱，"可以坐，不要靠，会压到伤口的。"

"……"还无法进入状态的冷斯辰只能呆呆地看着她。

"阿辰你饿不饿？我去给你做饭。"

夏郁薰刚迈出一步，立即被冷斯辰大力地拉回来："别走！"

"你不可以乱动的，疼不疼呀？"夏郁薰丝毫不敢挣扎，就这么伏在他的怀里，慌乱地询问着。

"别走。"冷斯辰重复着这句，生怕这一切只是个梦。

"乖，我去做饭，很快的，我很快就回来。"夏郁薰耐心地安慰。

"那些不重要，重要的是，你刚刚叫我什么？小薰，你叫我什么？"冷斯辰紧张不已地问她，声音都在发抖。

"叫你阿辰啊……"夏郁薰一脸不解地看着他。

"再叫一遍，我是谁？"冷斯辰收紧她的腰身，颤抖着贴在她的耳畔低语。

"阿辰，你怎么了？一定是太饿了，连自己都不认识了。"夏郁薰嘟囔。

她认出我了！她终于认出我了！冷斯辰的心沉浸在狂喜之中无法自拔。但是，他很快便冷静下来，总觉得她还是有些不对劲，似乎是哪里不对。

她真的恢复正常了吗？

冷斯辰沉吟片刻后故意捂住肩膀处，试探性地呻吟了一声："小薰，好疼……"

夏郁薰一听这话，立即勾住他的脖子吻住他的唇。这套紧急生理麻醉法，她早就已经熟能生巧。

"阿辰乖啊，亲亲，不疼……"她一边贴着他的唇一边似安抚最心爱的宝贝一般哄着他。

嗯，这安抚的姿势，简直跟她之前拍那枕头的姿势一模一样。最重要的一点是，正常时的夏郁薰绝、对、不、可、能、这、么、乖！

果然还没有完全恢复吧……

冷斯辰一动不动地任由她温柔不已地安抚着自己，心中既柔软又惆怅。他不讨厌这样的相处方式，不讨厌这个样子的夏郁薰，乖巧又可爱，但是，他更希望看到她健健康康、活泼开朗的样子。

冷斯辰叹息一声，紧紧将她搂进怀里。

小薰，快点好起来吧。好久好久没有看到你张牙舞爪、横行霸道的样子，很怀念……好久好久没有听你骂我、气我、吐槽我，很不习惯……你一直在我身边，我却这般……这般想念你……

第十四章

清醒与沉沦

两人相拥而眠。

第二天早上，夏郁薰很早就起床了，在厨房准备亲自给冷斯辰做早餐。冷斯辰让她多睡一会儿，不过没劝动，只好由她去。

刚换了身衣服起床走到门口，夏郁薰一听到动静，立刻围着围裙从厨房里噌噌噌蹿了过来，紧张不已地揪住他的衣角："阿辰，你要去哪里？"

"我去刷牙洗脸。"

"哦，那我陪你去呀。"夏郁薰殷勤地扶着他，把他送进洗手间，然后又帮他把牙膏、牙刷、毛巾全都准备好。

冷斯辰洗漱好后走出来，夏郁薰立即放下手里的菜刀小跑过去："阿辰，你要去哪里？"

"我去院子里坐坐。"

"哦，那我陪你去呀。"

"不用了，我自己可以，没那么虚弱。"

夏郁薰没理他，噔噔噔搬了张竹椅到院子里的一棵大树下面，然后拉着他坐下："你好好休息哦！"

夏郁薰虽然一直在厨房做饭，但一心二用的本事很厉害，时不时就要看看院子里的冷斯辰，见他还好好地在那里才放心。

笃笃笃切完一根黄瓜，一抬头，冷斯辰突然不见了。夏郁薰的脸上顿时满是惶恐，放下手里的东西就冲了出去。

"阿辰——阿辰——"

"小薰，怎么了？"院子外面，冷斯辰听到夏郁薰的声音赶紧赶了回来。

　　夏郁薰一头扎进他的怀里，紧紧搂着他的腰："阿辰……阿辰……你去哪里了？"

　　冷斯辰用指腹擦去她双颊的泪，眸子里闪过一丝忧色："院子里晒的衣服被风吹跑了，我去捡回来。"

　　"真的吗？"她怯怯地看着他，泪汪汪的眸子里噙满了惶恐。

　　"当然。"冷斯辰看着她，面色慢慢变得凝重。夏郁薰现在的情况变得跟她小时候那会儿差不多了，她又开始过度依赖他，而且极度没有安全感，总觉得他会突然离开。

　　冷斯辰轻轻拍着她的后背安慰："小薰，别怕，我不会离开的，永远不会离开你，相信我。"

　　"嗯！"夏郁薰重重地点头。

　　接下来的几天里，夏郁薰同之前的变化仅限于认出了冷斯辰，其他人还是一概认不出。而且，她变得风声鹤唳草木皆兵，彻底开启"你去哪，去做什么，什么时候回来，回来的时候还爱我吗"的超级黏人模式，实在是让他无奈又好笑。

　　冷斯辰趁着她现在很听自己的话，试着请了一些心理医生来给她看看。但她还是很排斥除了冷斯辰之外的人，那些医生的治疗方法也是千篇一律，基本没有效果。能用的方法都用过了，药也吃了，他真的不知道该怎么做了，怎样她才能好起来。

　　就在他走进死胡同、无计可施的时候，突然想起之前欧明轩来的时候说他去意大利请回了一个很有经验的心理医生。

　　冷斯辰考虑了半天，最后还是拨通了欧明轩的电话。

　　"喂，是我。"

　　"哈，冷斯辰……做什么？要跟我这个炮灰炫耀抱得美人归？"欧明轩的声音一听就是喝醉了。

　　"你请的那个心理医生还在吗？"冷斯辰不想跟他吵，直接开门见山问。

　　欧明轩立即恢复了几分清醒："郁薰怎么了？她不是恢复正常了吗？"

　　"没有，只是能认出我了。"

　　"她还没走……"

　　"你带那个医生过来，或者我带郁薰去找你。"

　　"算了，我过去吧。"涉及夏郁薰的病，他不想再跟冷斯辰怄气。

"你找的医生什么资质？靠谱吗？"

"我好心帮忙，你还怀疑起我的办事能力来了！这医生连我都能治好，你说靠谱吗？"

"连你都能治好？"

"咳……总之我找的人你放心。挂了，我两个小时之内到。"欧明轩的语气有些不太对劲，匆匆挂断了电话。

两个小时后，精武馆。

客厅里，欧明轩请来的心理医生和冷斯辰面对面坐着。欧明轩简单介绍他们两人认识之后就跑去找夏郁薰套近乎了，她认出了冷斯辰却没有认出自己，让他心理相当不平衡。

"你好，秦医生，感谢你不远万里赶来。"冷斯辰客气地寒暄了一句，同时不动声色地打量了一眼对面的年轻女人。

女人穿着一件浅蓝色套裙，外罩一件卡其色风衣，顺直的中分长发，虽然看起来年纪不大，但身上有种令人安心舒适的气场。

"您好，冷总不必客气，这是我的个人资料，您可以看一下。"秦梦萦与冷斯辰略握了下手，然后拿出一个棕色的档案袋递给他。她似是猜到冷斯辰可能会不放心自己，不过倒不介意，反而主动将自己的简历和资质证明递给了对方。无论在哪里，相互信任都是合作的基础。

冷斯辰没有接："不必，秦梦萦三个字就够了。"

之前遍寻名医的时候，他就听过这位目前定居意大利的华裔心理学专家的很多传奇事迹，也试图托人联系过她。只是她最近似乎在休假，一直找不到人。没想到欧明轩请回来的心理学专家就是她，而且两人似乎还是旧识。

冷斯辰这句话无疑是最高的赞誉，秦梦萦笑了笑："谢谢。"

"你有什么需要的，我会全力配合。"冷斯辰说。

"好，那我们开始吧。"秦梦萦点头，随即拿出一支笔和本子，"她的情况我从欧明轩那里了解了一点，不过他知道得也不多，可以说一下她的家庭情况吗？尤其是她母亲的情况。"

"她的母亲……"冷斯辰斟酌了一下措辞，"精神有些问题，好的时候跟普通人一样，犯病的时候经常打骂小薰，把她关起来，甚至曾经试图带着她一起自杀。因为她妈妈过激的行为，小薰有段时间精神也很不稳定，有类似现在的情况出现过，极度缺乏安全感、过度依赖我，但只要我陪她一会儿，她就能缓过来。直到她七岁的时候，她妈妈去世，她也渐渐恢复了正常，而且性格很活泼开朗。这次是她这些年来唯一一次犯病，而且还持续这么长时间。"

"难怪……加上从欧明轩那里知道的，那么病因就基本能确定了。因为她小时候被最亲近最信任的人伤害过，留下了心理阴影，这次的事情同样是被亲近和信任的人……"

秦梦萦说到这里，略微停顿了下，然后继续说道："唤醒了她隐藏在内心深处的恐惧，加上那段时间她被迫辞职离开公司，被父亲逼着相亲，眼睁睁看着喜欢多年的男人要娶别的女人，积累的所有负面情绪一下子全都爆发出来，所以情况比以往都要严重。"

冷斯辰听得面沉如水，沉吟道："是这样。"

秦梦萦一边在本子上写写画画一边继续问："她生病前就跟正常人一样，完全没有异常吗？或者说特殊的癖好之类的？"

冷斯辰努力思索了一下："她除了有幽闭空间恐惧症……特殊的癖好的话，她喜欢戴那种很大很夸张的黑框眼镜算不算？"

"黑框眼镜？"

"是，她的眼睛很漂亮，非常漂亮，但她似乎……不怎么喜欢自己的眼睛，总是用眼镜遮挡。甚至只要有人摘她的眼镜，她的情绪就会变得非常激动。"冷斯辰一边回忆一边说道。

"不喜欢自己的眼睛吗？"秦梦萦沉吟片刻，然后缓缓说，"会不会有这样一种可能，夏小姐母亲的病因是某个人，而夏小姐的眼睛，恰巧长得很像那个人。所以每次夏小姐的母亲一看到她就会想到那个人，被刺激得病情发作，从而不受控制地做出伤害夏小姐的事情。夏小姐发现这点之后，才想出这个办法遮挡住自己的眼睛，以至于成年之后也无法改变这个习惯，因为眼镜给她安全感。"

冷斯辰听得连连点头："你说得很有道理。"

说到这里，冷斯辰的脑海中突然闪过一个念头，他似乎在哪里看过跟小薰非常相似的一双眼睛……

"那是当然，也不看是谁的人。"这时，欧明轩一脸得意地从院子里走进来。

秦梦萦目光微凉地斜了他一眼。欧明轩立即轻咳一声改口："谁找来的人……"得罪谁也不能得罪医生啊！

"我第一次见到那丫头，就建议过她把那副老土的眼镜摘掉，结果逼急了，她居然差点儿把我手都扭断。当时我只当她的审美异于常人，原来还有这茬。"欧明轩一脸恍然大悟。

秦梦萦轻轻扫了他一眼，没说话，不过眼神表达的意思很明显——以你那简单的大脑思维，也只会想到那种可能了。

欧明轩深吸一口气："我说……你能不能别总用那种看白痴的眼神看我？"

秦梦萦没搭理他，若有所思地问了一句："她的母亲是怎么死的？"

冷斯辰闻言立即皱了眉头，沉吟片刻后才语气沉重地答道："自杀。"

秦梦萦想了想，问："是因为精神失常？"

"不是，是清醒的时候自杀的。她是担心自己发病后失控再做出伤害小薰的事，所以才自杀的，为此小薰一直把她母亲的死归结在自己身上，很内疚。"

秦梦萦露出了然的神情："难怪欧明轩强迫她的时候，她居然不反抗……是担心再一次失去重要的人吧……"

欧明轩听到这一句，整颗心都揪痛起来。

看着欧明轩，想起他对夏郁薰做的事，冷斯辰差点儿又忍不住心里的火气，好不容易才冷静下来，问出他最关心的问题："现在她虽然能认出我了，但过度依赖我，排斥陌生人的亲近，也认不出以前认识的人。情况基本就是这样，你有解决的方案吗？"

"让她太依赖你并不是好事，这样她会更加不愿意面对现实。之前欧明轩说她是因为看到你背后的伤口被刺激了，所以认出了你，那时候其实她是有可能清醒过来的，只是还差了那么一点火候。她的潜意识里太害怕醒来以后你就会离开她，所以虽然认出了你，但没有清醒……"

两人继续专注地讨论着病情，欧明轩完全被晾在了一边。他死死瞅着秦梦萦，见她完全不搭理自己之后，哀怨地躲角落里种蘑菇去了。

冷斯辰认真地听完秦梦萦的分析后问道："那现在应该怎么做？"

秦梦萦略一思索，然后开口道："我建议你……有计划地，离开她一段时间。"

"不行，这太冒险。"冷斯辰直接拒绝，这种时候他怎么可能离开她。

"我知道，我不是让你真的离开。你可以在暗中观察，情况不对随时出现。但如果开始实行这个计划的话，希望你能听我指挥，不然你一看她皱眉头就忍不住出来，那就没有用了。"秦梦萦解释说。

冷斯辰的眉宇间满是凝重："让我考虑一下。"

秦梦萦点头："好。"

一直竖着耳朵听的欧明轩立即从角落里蹦出来："还有什么可考虑的？我觉得这方法挺靠谱的！"

冷斯辰没搭理他，面色冷峻地直接转身离开了。

欧明轩气急："喂，冷斯辰……"

秦梦萦不赞同地瞥了眼一遇到冷斯辰就跳脚的欧明轩："这方法确实有一定危险性，故意刺激她的结果可能是好，也可能是坏，是需要好好考虑。"

欧明轩不满地咕哝着，在她旁边的椅子上坐了下来，阴阳怪气地问道："你们俩倒是挺聊得来啊？"

"只是聊病情而已，谈不上聊不聊得来。不过，他倒是跟我想象中的不一样，没有传闻中的那么冷漠不近人情，很好相处，而且很有成熟男人的魅力。"

"他那张死人脸哪里有魅力了？你不会告诉我，你才见他一面就喜欢上他了吧？你审美什么时候变得这么畸形了？"欧明轩立即激动地嚷嚷起来。

秦梦萦抽出一根烟，慢悠悠地点燃："他没魅力，你这种得不到就强上的花花公子有魅力？"

欧明轩像被踩到尾巴的猫似的瞬间炸毛："秦、梦、萦！我都说了我那时候是鬼迷心窍一时冲动了，我不是及时醒悟了，什么也没做吗？就算我有罪，那也是未遂，未遂好吗？你说话至于这么尖酸刻薄吗？你就不怕把我刺激出什么毛病来？我压力都够大了，你就不知道安慰我、关心我一下吗？你还是医生呢，怎么就这么狠心呢！总之我警告你，不要跟冷斯辰走得太近，你听到没有？你啥时候学会抽烟的，快掐了，女孩子家家的抽什么烟啊！"

听着欧明轩跟机关枪一样噼里啪啦且跳跃度极大的一番话，秦梦萦无语地翻了翻白眼："你怎么这么狂躁？需要我关心一下你，给你开点药吗？"

欧明轩："……"

跟秦梦萦聊完后,冷斯辰哄着夏郁薰睡着,然后在客厅里坐了整整一夜,一直在思考建议的治疗方案。

秦梦萦的意思是,现在夏郁薰虚构了一个世界,而他就是这个世界的支撑。想要她清醒过来,最有效的办法无疑是摧毁这个支撑,让这个支撑消失。但这个办法显然也有危险性,万一最后的结果不是她清醒过来,而是彻底崩溃呢?

可是,如今也没有更好的办法了。而且距离夏末林回国已经没几天了,夏郁薰最在乎的人就是她的父亲,肯定不希望被父亲知道自己变成这样。

这些天他一直冒充夏郁薰给夏末林发短信,要是夏末林打来电话,冷斯辰就一句一句教夏郁薰怎么答话。如果夏郁薰再不能恢复正常,事情就瞒不下去了。

无论如何,姑且一试吧。反正自己就在附近暗中看着,如果情况不对,可以立即叫停。

屋外渐渐传来此起彼伏的鸟鸣声,阳光透过窗帘投进朦胧的光亮,地面上拖曳着他沉重的影子,不知不觉竟已经是早上六点。

冷斯辰疲惫地捏了捏眉心,准备回房小睡一下。刚从椅子上起身,夏郁薰的房门砰的一声打开。冷斯辰抬起头,迎面对上她如同失去整个世界般慌乱无措的表情。

看到冷斯辰的刹那,夏郁薰立即飞奔过来,扑进他的怀里,委委屈屈地一声声唤着:"阿辰……阿辰……"

"怎么连鞋子也不穿?"冷斯辰眉头紧锁,急忙将她抱坐在自己腿上,摸了摸她冰凉的小脚。

夏郁薰一脸惊魂未定地黏在他的怀里:"阿辰,你去哪里了啊?"

"就在这儿,哪儿也没去。"冷斯辰叹气。

"真的吗?阿辰,你不会离开我、不会丢下我的对不对?"她的每根头发丝都在倾诉着不安。

冷斯辰本来都已经下定决心了,可是,此刻看到她的样子,他用了一晚上时间下定的决心竟立刻被击溃了。他难以想象如果实行那个计划,到时候她该是怎样的惊慌和害怕。

"阿辰，阿辰？"看他不回话，夏郁薰急切地追问。

"我……"冷斯辰犹豫不决。

"反正你不准走，我不许你走。你去哪里，要带我一起去！"夏郁薰蛮横地一把拉下冷斯辰的脖子，焦急不安地将自己的唇贴上去，急切地寻找着安全感。

冷斯辰完全没有抵抗力地任由她柔软甜美的唇贴了上来，扶着她腰肢的手越收越紧……

哐当哐当——一阵刺耳的声响之后，夏郁薰惊得鹌鹑一般立即缩进冷斯辰怀里。

冷斯辰一边安抚地摸了摸她的脑袋，一边抬起头，然后便看到门口呆立着的欧明轩，以及他脚下一片狼藉的汤碗碎片。

两个男人目光相对，在空中擦出激烈的火花。

秦梦萦晚上是在客房住下的，被外面的声音吵醒后便出来看发生了什么事。一走出来便看到冷斯辰极为亲密地将夏郁薰抱坐在腿上，夏郁薰依恋地蜷缩在他的怀里，微肿的双唇一看就知道刚才发生过什么事；而站在门口的欧明轩脚下是摔碎的汤碗和馄饨……这情景不用说也知道是怎么回事了。她竟有些同情欧明轩了。这个在女人方面从来没有吃过亏的家伙，这件事对他造成的心理阴影还真挺大的。

"实行梦萦的疗法，立刻！"欧明轩失控地怒吼。冷斯辰，这个无耻的死变态，吃豆腐的技能简直快点满了。

冷斯辰面容冷硬地看着他："你没有资格命令我。"

欧明轩冷笑一声："呵，冷斯辰，你以为我不知道你心里那点龌龊的小九九吗？其实你恨不得她永远这么下去是不是？这样她就能任你摆布了！冷斯辰，承认吧，你就是自私！"

冷斯辰死海般的眸子暗涌起伏："不要把你的想法强加在我身上。"

"哈，你敢说不是？在此之前郁薰明明已经放弃你，想要试着忘记你了！而你呢？现在才来后悔，才想抓住不放，你有没有考虑过她的感受？有没有想过她要不要再继续爱你？"欧明轩一口气说道。

同样是男人，他怎么可能猜不透冷斯辰心里在想什么！

冷斯辰的表情越来越阴鸷，眉宇间如同染上了寒霜。他不想承认，自己确实是被欧明轩说中了。

到底要不要治好夏郁薰，他的内心深处其实一直都很纠结。理智上他知道应该不惜一切让她好起来，但情感上，他非常害怕她清醒之后便会离自己而去。毕竟她已经被他伤透了心。这么一想，他突然能够理解夏郁薰的心情，以及那种即使是活在虚幻里也不愿意面对现实的软弱了。

"不要欺负阿辰！"夏郁薰见欧明轩那么凶地骂冷斯辰，顿时就炸毛了，护食的小兽般愤怒地瞪着他。

欧明轩已经被她气得快疯了："我欺负他？你这白痴女人，被他吞得骨头都不剩了，还对他感恩戴德！夏郁薰，拜托你白痴也有点限度！你知不知道你现在黏着冷斯辰没出息的样子让我悔不当初！早知道当初就不应该心软，应该狠狠地打击你，让你早日入土为安，省得在这儿给我添堵！还向日葵，还木棉树呢，你就是一棵榆木！我简直瞎了狗眼才会跟你这样严重拉低我智商的白痴做朋友……"欧明轩一边骂一边用手指狠狠戳着夏郁薰的榆木脑袋。

夏郁薰被骂得晕头转向，一步步往后退，最后受不了似的一把挥开欧明轩的手，烦躁地大吼一声："欧明轩你够了！"

这一声之后，屋子里一片寂静。

欧明轩先是呆愣了几秒，然后嗖地蹿过去，激动万分地扼住夏郁薰的双肩："郁薰，你认出我了！你终于认出我了！"

"我……我不认识你，不认识！你是坏人！"夏郁薰怔怔地看着眼前的男人，痛苦地抱住脑袋，闭上眼睛摇头，然后用力挣开他缩到冷斯辰身后。

欧明轩的心被抛到半空中又被狠狠扔了下来，他失控地冲上去："夏郁薰！你给我滚出来说清楚，我受够了……"

"欧明轩，别太急进了，慢慢来。"秦梦萦急忙拉住他出声劝道。

"可是刚才，她明明……明明已经认出我了……"欧明轩挫败不已地垂下脑袋。难道是要骂得她狗血淋头，她才能清醒一点？还是她只对他骂她的印象比较深刻？他平时也没有总骂她吧？呃，貌似骂得是挺多的……

刚才夏郁薰突然叫出欧明轩的名字，冷斯辰也很惊讶，转过身来认真地看着夏郁薰问道："小薰，告诉我，你认识他吗？"

夏郁薰小心翼翼地探出脑袋偷偷瞥了欧明轩一眼，然后点点头。

欧明轩神情一喜，满脸期待。冷斯辰的眉头微不可察地皱了皱："真的认出来了？"

夏郁薰一脸忌惮地盯着欧明轩，斩钉截铁道："嗯，他是大坏人！"

冷斯辰闻言莫名松了口气。欧明轩则是无语凝噎，一脸自家女儿认贼作父般的痛心疾首，到底谁是大坏人啊？最大的那个坏人你为什么不说？

一旁的秦梦萦沉吟道："这至少证明适当的刺激确实是有效的。"

冷斯辰看着那双盛满了对自己的眷恋和依赖，却也染上了不安和惊慌的双眼，回想起记忆中那张潇洒肆意灿若骄阳般的小脸，那才是真正的夏郁薰，而眼前的夏郁薰就像是被折断翅膀的鸟儿。

"把你的具体方案告诉我，明天实行。"冷斯辰终于开口。

秦梦萦点头："没问题。"

欧明轩哼了一声，没再说话。

次日清晨，温暖的阳光透过窗户亲吻着身旁女孩甜美乖顺的睡脸，冷斯辰微微撑起身体，手中轻抚着一缕乌黑的发丝，深沉的眼眸里满是复杂和挣扎。

过了不知多久，动摇的目光终于变得坚定。

夏郁薰每天都醒得很准时，生物钟让她六点整一准睁眼，而现在已经是五点五十分，也就是说他只剩下十分钟的时间了。

手机振动了一下，秦梦萦已经发短信过来催了。

他本想亲吻她，可是又怕惊醒她，最终还是什么也没做。最后看了她一眼，小心地将一只毛绒小熊代替自己塞进她的怀里，然后害怕改变主意似的迅速起身离开。

冷斯辰刚一走出来，欧明轩就暴躁地低吼："冷大总裁，这就是你的办事效率？"

冷斯辰凉凉地扫他一眼，没搭理他。

"还有三分钟，快去躲起来吧。"秦梦萦催促。

冷斯辰昨天就勘测好地形了，这会儿熟门熟路地走到院子里，从杂物间里拿出一把梯子，顺着梯子直接爬到了屋顶，然后躲到了烟囱后面。这个角度夏郁薰绝对发现不了他，而他站在高处可以清楚地看到她的情况。

欧明轩见他躲得还算敬业，这才撇撇嘴不说话了。三个人一边看着手机上的时间一边有些紧张地等待着。

时间一点一滴地过去，虽然只有几分钟，却感觉好像过了很久。终于到了六点，没过一会儿，伴随着砰的一声，夏郁薰卧室的门准时打开了。

只见夏郁薰穿着睡衣，怀里抱着个毛绒小熊，迷迷糊糊地揉着眼睛走了出来。

秦梦萦坐在门前的躺椅上，神情淡定地喝着咖啡。欧明轩拿着扫把假装在扫院子，一边偷看夏郁薰，一边紧张地咽了口唾沫。明明是在帮她，可是为什么总有种在做坏事的错觉？

楼顶上，冷斯辰屏息凝视，一动不动地注意着夏郁薰的一举一动。

因为之前有几次醒来时冷斯辰也不在身旁，而是在客厅或者厨房，所以她这会儿醒来发现他不在，也并没有非常慌张。

她先是去了客厅，然后又去院子里绕了一圈。

两边都没有找到人，小丫头的神色开始有点不耐烦了，将小熊抱在身前，不满地嘟着嘴，小鸟一般飞快地蹿来蹿去开始到处找他。

"阿辰——阿辰——阿辰——阿辰阿辰阿辰阿辰……"

看着夏郁薰抱着小熊噔噔噔满世界寻找他的样子，冷斯辰就不由自主有些松动了。秦梦萦及时发了条短信过去，让他静观其变。

夏郁薰还在继续找人，不出一会儿，两间屋子里先后传来男人杀猪般的哀号。

"啊——夏小姐！夏小姐你饶了我吧！你可是老板的女人！打断我的腿我也不敢……"梁谦满脸惊恐，瑟瑟发抖地用床单裹住自己。

"不是阿辰，不是阿辰……"夏郁薰扔下手里的被子和被她吓得半死的梁谦跑掉了。

半晌后，第二间屋子发出一声更加凄惨的哀号。

"夏小姐！你你你……你怎么了？你冷静点啊！"向远抱着被子一直缩到床脚，最后扑通一声摔下床去。因为担心又有什么突发情况，这些天他跟梁谦都是留在这边过夜的，没想到一大早醒来就被人掀了被子，这人还是老板的心肝。天哪！他可是裸睡的！就这么被看光光了！

夏郁薰在床上翻找了一遍，确定没有人才从床上爬下来："不是阿辰，不是阿辰……"

半个小时后，她已经找遍了家里所有能想到的地方，却依旧没有发现冷斯辰的踪迹。

夏郁薰的呼吸渐渐变得越来越急促，脸上的神色也越来越慌张。她紧紧抱着怀里的小熊，失魂落魄地站在院子中央，最后一头往院子外面跑去……

欧明轩刚要追上去，身边手机响了下，点开一看，是冷斯辰发了条短信给他，提醒他夏郁薰没穿鞋。他这才发现夏郁薰一直光着脚，急忙提着鞋子追了上去："郁薰，先把鞋子穿上啊！"

"不要，让开！"夏郁薰一副"你谁啊，真碍事"的表情不耐烦地一巴掌挥开他。欧明轩执意不让路，夏郁薰急了，开始拳打脚踢。

"夏郁薰，你别以为你变白痴了我就不敢揍你！快给我把鞋子穿上！"欧明轩一边应对着夏郁薰的无理取闹一边怒吼道。

夏郁薰一心要去找人，完全不搭理他，胳膊、拳头、脚，包括怀里的毛绒小熊全都成了她的武器。

欧明轩开始暗中庆幸她没有穿鞋子，否则那绝对会是她身上最有杀伤力的武器。

打着打着，欧明轩惊喜地发现夏郁薰的招数从一开始的混乱无序完全凭本能，到渐渐开始恢复了正常路数。打架的套路恢复正常了，这是不是说明她的心智也开始恢复了？这丫头，果然不能好好跟她说话，非要骂她打她，她才能被逼着给点正常的反应。

楼顶上，冷斯辰看着夏郁薰打架时变得光芒四射的小脸上露出他熟悉的自信和生动，心中也是一喜。

夏郁薰和欧明轩两人正打得难舍难分之际，一旁实在看不下去的秦梦萦捡起鞋子走过去，说了一句："穿鞋子跑得比较快。"

夏郁薰顿时停住动作，盯了那双鞋子一秒，然后飞快地穿上，飞快地跑了出去。

秦梦萦一句话就搞定了，简直是智商碾压。

顶着一只熊猫眼，累得气喘吁吁的欧明轩瞬间崩溃："你有办法怎么不早说？"

"抱歉，我没料到你这么蠢。"秦梦萦一脸无辜。

"你……"欧明轩深深觉得，等把这丫头的病治好，他也要得创伤后压力综合征了。

夏郁薰跑出去后，欧明轩和秦梦萦紧跟其后，冷斯辰也从屋檐上跳下来追了上去。

"人呢？完蛋，追丢了！这丫头怎么跟兔子似的，跑这么快！"欧明轩站在三岔路口，暴躁地揉了揉头发。

身后的冷斯辰冷静地环视了一圈四周："跟我走。"

三人从其中一条岔路进了一个树林，没多久果然远远看到了夏郁薰的身影。如冷斯辰所料，夏郁薰是去了小时候他们经常一起玩的那个小树林。

只见夏郁薰气喘吁吁地跑到一棵三人合抱粗的大树下，左看右看都没看到人，于是又满怀期望地仰起脑袋朝上望去。当终于确定树上树下皆空无一人时，她脸上的光芒一点点黯淡下去，整个人都失去了生气，如同失去阳光空气瞬间枯萎的花骨朵……

那种深入骨髓的绝望神情令冷斯辰的心脏一阵阵抽搐，连欧明轩都有些于心不忍了。秦梦萦担心冷斯辰忍不住，以眼神示意他冷静。

时间一点一滴地过去，夏郁薰依旧如同望夫石一般一动不动地站在树下。就在冷斯辰快要沉不住气脚步微动的时候，夏郁薰突然又朝着另外一个方向飞快地跑去。

夏郁薰这一找就找了一整天。跟在后面的三个人累得都快虚脱了，可是夏郁薰还在精力充沛地满山找人。从清晨到傍晚，从家里到小树林，从山坡到山顶……她翻遍了承载着他们回忆的每一寸土地。

没有，全都没有，她的阿辰就像是人间蒸发了一样，到处都没有他的踪迹。

夏郁薰拖着疲惫的步伐一步一步走到山上的一个湖泊边，无力地跪坐了下来。波光粼粼的湖面倒映着天际的晚霞，山风吹过，泛起一阵阵醉人的涟漪。若不是此刻时机不对，倒是一幕难得的迷人景色。

秦梦萦一直在盯着夏郁薰的一举一动和每一个细微的表情变化，当她埋头跪坐到湖边，秦梦萦的神经立即绷紧了起来。因为她有预感，夏郁薰就快要有突破了。

听到身旁的脚步声，秦梦萦赶紧险险拉住冷斯辰的手："你做什么？"

"今天就到这里，不要再继续了。"冷斯辰面如寒霜道，深不见底的眸子里翻涌着一丝怒火。

看着她狼狈地跌坐在地上，看着她孤单的小小身影，看着她无比惊恐的表情，他只想立即飞奔过去将她搂进怀里。他甚至开始恨自己为什么要听秦梦萦的话，为什么要实行这么残忍的计划。

"我知道你心疼，可是你现在过去就功亏一篑了。"秦梦萦蹙眉道。

就在冷斯辰犹豫不决的时候，只听得扑通一声，夏郁薰竟毫无征兆地跳进了湖里。

冷斯辰和欧明轩同时准备冲过去,秦梦萦却立即阻止道:"夏小姐是不是懂水性?"

"是又怎样?她现在这种情况,什么意外都可能发生!"冷斯辰说着就要往里跳。

"不行,别去,再等等……夏小姐懂水性,不会有事的!"

冷斯辰难以置信地看着她:"够了,我不会再信你!"

"欧明轩,拦住他!"秦梦萦焦急不已。

已经到了紧要关头,刚才夏郁薰跳下去绝对不是因为轻生,而是在自我救赎。如果这个时候冷斯辰出现,她很有可能再次缩进壳里,躲在他的怀抱里再也出不来。

然而已经来不及了。秦梦萦话音刚落,冷斯辰已经扑通一声跳了下去。就连欧明轩都没有听她的意见去阻止,而是紧接着也跳进湖里。

"梦萦,你这次真的太过分了。"

秦梦萦被欧明轩推得一个趔趄,无奈地看着两个已经完全失去理智的男人。真是猪一样的队友!

冷斯辰以最快的速度将夏郁薰捞上了岸。夏郁薰一看到冷斯辰立即红了眼眶,好像受了天大的委屈:"阿辰……"

"对不起对不起……小薰,都是我不好。"

"阿辰……阿辰……"夏郁薰瑟瑟发抖地蜷缩在他的怀里,疲惫地失去了知觉。

冷斯辰吓得不轻,魂飞魄散地抱着她朝精武馆的方向飞奔而去。

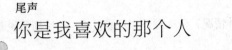

尾声
你是我喜欢的那个人

　　几人回到精武馆的时候，天都黑了，向远给昏迷的夏郁薰做了检查，确定她没有大碍，只是太累睡着了，冷斯辰和欧明轩总算是松了口气。

　　欧明轩想起之前秦梦萦说夏郁薰懂水性不会有事的话，这会儿难免有些尴尬。真的被她说对了，当时要是再坚持坚持，郁薰这会儿会不会已经恢复了呢？

　　欧明轩挠挠头："那个……梦萦……"

　　"不用说了，当时那种情况下，我理解。"秦梦萦一脸淡然，丝毫没有生气的样子。毕竟这种事情她见得太多了，很多病人家属接受不了她的方法，都选择中途放弃。

　　虽然她嘴上这么说着，心里也很明白，对于冷斯辰的做法更是充分理解，但是……欧明轩的不信任还是令她心底划过一丝异样的情绪。

　　秦梦萦的通情达理让欧明轩更加觉得愧疚，急忙补救道："下次我们一定配合。"

　　秦梦萦若有所思地朝着床上的夏郁薰看了一眼，良久没有说话。

　　"怎么了？有什么问题吗？"欧明轩紧张地问。

　　"没什么。"秦梦萦耸耸肩转身进了自己屋里。

　　应该不需要下次了。

　　深夜，精疲力竭的两人静静地躺在床上相拥而眠。

　　今天的治疗失败了，冷斯辰说不清自己对这样的结果是失望还是庆幸，失望她没有清醒，又庆幸不用面对她清醒后对自己的态度。

　　才第一天他就已经心力交瘁，实在是难以想象未来要怎么继续。

若是那天晚上她来找他时，他没有赶她走，没有说那些伤人的话，她就不会变成这样。每次想到这里，他都后悔到恨不得杀了自己，更恨自己那么晚才明白。

那天他之所以那么愤怒，愤怒到口不择言，不过是因为在酒店时看到她跟欧明轩在一起，听到她对欧明轩说的那句"喜欢"。

他是个绝对的完美主义者，无论是要求自己，还是要求未来的另一半。他习惯了掌控一切，包括自己的情绪，他讨厌一切扰乱他判断的存在。

从一开始，他的未来就从未考虑过夏郁薰——这个定时炸弹一样的不确定因素，这个无论从哪方面来说都不符合他择偶标准的女人，他甚至把她当成洪水猛兽一样排斥在外。谁会知道命运如此爱开玩笑，他竟偏偏爱上了这样一个自己认为绝对不会爱上的女人。甚至，他不得不承认，自己或许从很久以前就已经开始喜欢她。

从她抱着那只枕头唤它阿辰开始；从她带着一身的伤赶去公司救他开始；从她十六岁那年穿着一身白裙红着脸出现在他面前开始；从她幼儿园放学攥着自己都舍不得吃的糖果送给他开始；从她被妈妈关在小黑屋里，紧攥着他的衣角哭得天崩地裂开始……

日复一日，年复一年，终于有一天，他的情感战胜了理智。终于，他再也无法自欺欺人。

小薰，你到底什么时候才能醒来，听我亲口告诉你，我喜欢你。

转眼过了一夜。

清晨的阳光透过窗棂洒落进来，夏郁薰缓缓睁开眼睛，感觉自己从一个很长很长的梦里醒来。是个让她不想醒的美梦。

可是，腰腹上宽厚的手掌、身边熟悉的气息，还有背后沉稳有力的心跳……是怎么回事？难道她还没醒？

夏郁薰僵直着脖子小心翼翼地扭过头，然后整个人都蒙了。与此同时，她混乱的大脑里飞快地闪过这段时间里发生的一切。身边的这个人真的是冷斯辰。是他帮她洗的澡，是他帮她换的衣服，是他把她抱上床，是他抱着她睡了一整晚……不久之前，她傻乎乎地抱着一个枕头叫"阿辰"，喂枕头吃饭……她跟刚破壳的小鸡仔黏老母鸡一样黏着冷斯辰，吃饭、喝水、睡觉，连上厕所都不放过……而这一切都是真的，不是梦！

天哪！简直要疯了！

夏郁薰面如死灰，直挺挺地躺在床上。因为受到的打击太大，连美色在旁都已经无心欣赏。

无论如何，当前最重要的还是赶紧告诉冷斯辰她恢复正常了。这段时间她已经连累了太多人替她担心。

她深吸一口气，好不容易做好心理准备，结果一抬头，猝不及防地对上了一双落满晨晖的眸子。

刚睡醒的男人睡眼惺忪地看着她，极其自然地伸出手掌揉了揉她的头发："醒了？时间还早，再睡会儿吧。"冷斯辰说完坐起身开始穿衣服。正伸手拿外套，见女孩表情呆呆地盯着自己，眸子里闪过一丝无奈和心软，俯身在她额头亲了一下，柔声道："放心，我不走，只是去给你准备早饭。"

昨天的意外让冷斯辰不敢再继续实施那个治疗方案，决定还是另想办法。

直到冷斯辰离开屋子，夏郁薰才终于缓缓回魂，无比僵硬地抬起手摸了摸自己刚才被亲吻过的额头。

呵呵，她宁愿当个神经病也不愿意清醒，这事儿真不能怪她！这段时间里，她被如此温柔地对待，被这般小心翼翼地呵护在掌心，那是她连做梦都不敢想的幸福。他的宠爱让她心甘情愿溺死在梦里，差点儿永远无法回到现实的世界。

直到他的消失刺激到她，让那个以他为中心构造的虚幻世界慢慢崩塌，她才终于开始自我救赎，毅然跳进冰冷的湖水，逼迫自己从那冗长美丽的梦里醒来……

餐桌上，除了冷斯辰之外，欧明轩也在。两个男人相看两厌地对坐着。

"秦医生呢？"冷斯辰问。

"刚去叫她了，她说减肥不吃。"欧明轩咬着筷子，有些心不在焉地回答。

夏郁薰看看这个又看看那个，苦大仇深地坐在那里，一直在琢磨着怎么开口。

"那个……"她刚要说话，冷斯辰白皙修长的手指捏着一个包子递到她跟前："小薰，吃个包子，是你最喜欢的猪肉馅。"

"哦哦！"夏郁薰三两口把那个大包子给塞进了肚里，然后抬起头，"我……"

欧明轩哼了一声："包子有什么好吃的，吃我买的煎饼果子！我早上特意开车去学校门口那家买的。"

夏郁薰只好又把煎饼果子接过来，快速解决了，随后急着开口说话："我唔唔唔……"

"怎么吃得这么急，慢点吃，没人跟你抢。"冷斯辰蹙着眉，给她倒了杯牛奶。

夏郁薰仰起脖子咕噜咕噜就给干了："阿辰，我跟你说……"

冷斯辰叹了口气，抽了一张纸巾，轻轻给她擦拭着沾了奶渍的嘴角，无奈而又宠溺地责备道："怎么还跟小孩子一样？"

夏郁薰："……"

已经不知道第几次被打断的夏郁薰，内心几乎是崩溃的。还能不能让她开口说句话了？

就在冷斯辰见她头发乱糟糟的，拿了把梳子准备给她梳头发的时候，夏郁薰突然一声大喊："别动，全都别动，也别说话！我有话要说！"

冷斯辰的手停顿在了半空中，欧明轩也有些错愕地抬起头。

"我郑重声明，我现在已经恢复正常了！非常、极其以及特别正常！"

夏郁薰气喘吁吁地吼完，空气静默了几秒钟。欧明轩和冷斯辰对视一眼，同时露出惊疑不定的表情。

夏郁薰急了："真的，你们相信我啊！我要是还病着，说话思路能这么清晰吗？刚才我就想说了，你们俩一直轮流拿东西塞我！咳咳……噎死我了……"

欧明轩又惊又喜，又有些不敢相信："郁薰，你……你真的……"

"真的真的真的，不然你们随便试探下我嘛！"

话音刚落，头顶突然落下一片阴影，熟悉的气息铺天盖地而来，紧接着唇角一软。

三秒钟后，夏郁薰发出一阵差点儿掀破屋顶的尖叫，扑通一声从椅子上骨碌碌滚了下去，满脸惊恐地死死捂着自己刚才被冷斯辰亲过的嘴角……

冷斯辰居高临下地看着她，淡淡说了一句："没错，是正常了。"

夏郁薰："……"

果然她病一好，这货立刻就恢复了高冷毒舌又恶劣的本性。从小到大，似乎只有她生病的时候，他才能稍稍温柔点。这一次，为了留住那一点温柔，为了逃避那天晚上他对自己说的那些话，她竟然傻到宁愿病一辈子不醒来的地步。

回忆起那一晚，夏郁薰的脸色立即灰败下来。心脏虽然疼痛，脑子却清醒了很多。她拍了拍身上的灰尘站起身："老板，还有学长，谢谢你们这些天的照顾，真的很抱歉给你们添了那么多的麻烦。"

欧明轩急道："郁薰，你说什么傻话呢！该道歉的人是我，我自责得都快跟着你一起疯了。还好……还好你终于没事了。那天的事对不起，真的对不起，我喝醉了，失去了理智，我真的不知道会把你吓成那样。你平时胆子那么大，力气又那么大，我以为……"

欧明轩有些语无伦次地说着，随即露出无比委屈的表情："我那天实在是太生气了……为了冷斯辰这家伙，你三番两次伤我的心也就算了，居然还把我的手机号码给别的女人！就算你不喜欢我，也不用把我往别的女人那里推啊！"

"我什么时候把你的手机号码……"夏郁薰正要反驳，突然想起来，"啊，你是说安妮啊，我的天……那是她缠着我，我实在没办法……算了算了，过去的事情就不要提了！"想起那天晚上欧明轩的告白，夏郁薰的表情有些不自在。

"那怎么可以？我是那种不负责任的人吗？"欧明轩说得好好的，突然扑通一声单膝跪下，"郁薰，嫁给我吧！"

夏郁薰被他这突如其来的举动惊得嘴巴里可以塞进一个鸭蛋，踉跄着后退了一步："欧明轩，你发什么神经？"

欧明轩神情严肃地看着她："我没有发神经，我是在很认真地跟你求婚。"说完挑衅地朝着旁边神情莫测的冷斯辰看了一眼。

夏郁薰也下意识地偷瞄了一眼冷斯辰，随即尴尬地抚额道："拜托学长，你那天晚上又没有……没有把我怎样，所以你实在是不必……而且我都已经有男朋友了。"

欧明轩眨了眨眼睛："男朋友？你是说那个秦浩吗？你们已经分手了，是用你的手机给他发短信说的。"

夏郁薰一呆，随即大怒："你说什么？谁干的？"好不容易遇到个稍微靠谱点的，她还指望着领回家给她爸看看呢！这是哪个缺德货干的啊！

"别看我，是他干的。"欧明轩幸灾乐祸地指向冷斯辰。

夏郁薰脸色一僵，缓缓扭头转向冷斯辰："咳，谢谢老板。您肯定是因为怕我的病情泄露被我爸知道才不得不这么做的吧？"

"夏郁薰你真是够了！"欧明轩满头黑线，正要继续吐槽，手机突然响了一下。他点开那条最新短信，然后眉头紧蹙："靠！玩什么不辞而别！"

"学长，怎么了？"

"没什么，之前给你治疗的那个秦医生突然走了。"欧明轩面色阴沉。

"啊？我还没来得及跟她道谢呢。"

"郁薰，我刚才说的你好好考虑一下啊，我先去趟机场，很快就回来找你！一定要认真考虑，一定啊！我等着你的好消息，么么哒！"

"啊？考虑什么啊？喂！学长我真的不用你……"无奈话还来不及说完，欧明轩已经跑得没影了。

夏郁薰头疼不已地叹了口气。然而，接下来还有更头疼的。纠结了半天，她终于鼓起勇气转向了冷斯辰："那个，老板……"

"我已经不是你的老板了。"

夏郁薰讪讪地改口："冷斯辰，你的伤怎么样了？"

"无碍。"

"对不起，当时要不是我……"

"与你无关。"

"哦……"接着便是一阵尴尬的沉默。完全没办法愉快地聊天！

照理说，她现在已经恢复正常了，他们也应该各回各家各找各妈了才对，可他跟在自己家里一样悠闲地坐在那里，一点要走的意思都没有，是闹哪样？在发生了那么多尴尬的事情后，她实在是不知道该怎么跟他搭话啊！

好在这时候，她的手机突然响了起来。夏郁薰抓住救命稻草一样赶紧接通了电话。

"喂，郁薰啊，我听说你跟秦浩没有继续处了？那小伙子人不错啊，是哪里不太满意吗？"手机那头传来张阿姨关心的声音。

"呃……不是的，张阿姨，秦浩人挺好的，只是我……"夏郁薰一时还真不知道该怎么解释。

还好张阿姨也没有多问，热情道："没事没事，这个没看上，阿姨再给你介绍就是了！作家你喜不喜欢啊？我认识一个朋友的儿子，是搞文学创作的，跟你条件相当，而且还挺有名来着。你们俩要是在一起，那就是文武双全，多好啊！你要是觉得成，阿姨这就帮你们约个时间见面怎么样？"

"作家啊？那……"夏郁薰正愁夏末林回来怎么交代，听张阿姨这么一说，自然不会拒绝，正要答应呢，突然手上一空，手机被人夺走了。

"她已经有男朋友了。"冷斯辰对着手机说了这一句，然后直接把电话给挂了。

"冷斯辰，你干吗？"夏郁薰惊得目瞪口呆，正要质问，却对上了一双清冷犀利的眸子，顿时气短了三分。分明是他三番两次坏她好事，这表情怎么弄得好像是自己做了什么对不起他的事情似的？

冷斯辰面色微沉地扫了眼她的手机上弹出来的提醒消息："你爸是今天回国？"

他突然转换了话题，夏郁薰愣了一下才反应过来："今天多少号了？我爸是17号回来。"说完她拿回自己的手机看了一眼，顿时瞪大了眼睛，"我去！今天就是17号！时间怎么过得这么快！"

"飞机几点到？"冷斯辰沉声问。

"我想想……好像是上午十一点。完了完了，现在都已经九点了，只剩下两个小时了，这么短的时间，我去哪儿找个男人回来！冷斯辰，我真的要被你害死了。之前秦浩那事也就算了，你刚才为什么要突然抢我的手机对张阿姨说那些莫名其妙的话！"

夏郁薰急得团团转，正准备给张阿姨打个电话解释下，突然被冷斯辰一把拽住手腕往外走去。

"喂，你又想怎样啊……"

半个小时后，冷斯辰的车子终于停了下来。

下车后，夏郁薰一头雾水地看着头顶的民政局三个大字。

大门口一边是甜甜蜜蜜过来领证的小情侣，另一边是又哭又闹过来离婚的夫妻，无论是结婚还是离婚，都绝对跟她和冷斯辰没有一毛钱的关系。

"你拉着我来这里做什么？"

冷斯辰看了眼手表："跟我走。"

"冷斯辰，我不管你到底是抽的什么风，我现在真的没时间陪你疯！"再次被冷斯辰拽住手腕的时候，夏郁薰忍无可忍地反手拧住了他的胳膊。

冷斯辰闷哼一声，额头冷汗涔涔。

夏郁薰这才想起来他身上还有伤，急忙松了手，懊恼不已地扶住他：

"喂，你没事吧？是不是扯到伤口了？Boss大人，我爸马上就要到家了，我真没时间了！有什么恩怨咱改天再说行吗？我知道这段时间生病麻烦了你很多，大恩大德我改天一定……"

"就今天。"

"今天？"夏郁薰苦着脸，"那您老到底想我怎样？"

"跟我去登记。"冷斯辰顶着那张面无表情的冰山面瘫脸说。

夏郁薰呆了足足有三十秒："哈？"

"不是要报答我吗？"

夏郁薰一脸惊恐地看着他："冷斯辰，你……你是不是被人下降头了？"

对于冷斯辰而言，她的以身相许恐怕不是报恩，而是恩将仇报才对吧？

"大概吧。"冷斯辰低喃。

看着她呆呆的表情，冷斯辰无奈地叹息一声："怎么这么蠢！这种时候发什么呆？你就不会趁着我头脑不清醒的时候赶紧乘虚而入吗？"

夏郁薰："……"这让她怎么回答？冷斯辰果然是被下降头了吧？

夏郁薰轻咳一声："我觉得做人还是不能这么恩将仇报……"

冷斯辰正要说话，口袋里的手机突然响了起来。他看了眼手机屏幕上冷华裔打过来的电话，眸子里闪过一丝阴郁，随即直接按下了关机键。

"那你到底去还是不去？"冷斯辰催促。

夏郁薰头疼欲裂，她原以为欧明轩的求婚已经够可怕的了，没想到紧接着就遭遇了冷斯辰的逼婚……

"冷斯辰，这段时间发生的事情，我虽然有记忆，但记忆有些混乱，是不是还发生了什么我不知道的事情？为什么你突然有这么……不科学的想法……"

冷斯辰双臂环胸，好整以暇地盯着她："夏郁薰，你不是说总有一天要让我匍匐在你的脚下，向你忏悔，祈求你的原谅吗？不是要收复属于你的河山吗？怎么真的到了这天，我自己回归祖国了，你却突然瞻前顾后、畏首畏尾？"

夏郁薰直接傻眼了："这……这些话怎么这么耳熟……你偷看了我的日记？"

"是你自己翻给我看的。"冷斯辰脸不红心不跳地回答。

"我自己翻给你看的？我只是不清醒，又不是智障！"夏郁薰差点儿崩溃，可仔细想了想，好像是有那么一点隐约的印象，顿时想死的心都有了。

"难道是我得了什么绝症，你出于同情想完成我在人间的最后一个心愿？"

冷斯辰因为她的脑洞而嘴角微抽，随即意味深长地看着她："如果你得了绝症，在人间的最后一个心愿，原来是这个？"

意识到了自己的失言，夏郁薰顿时窘得双颊爆红："是又怎样？"

"不用得绝症，我现在就可以满足你。"

这温柔的语气，让夏郁薰的身上起了一层鸡皮疙瘩："我看我没病，真正病的是你吧？"

"如果喜欢你是种病，我确实病得不轻。"

夏郁薰："……"

冷斯辰看着她，目光突然变得前所未有的认真："夏郁薰，我喜欢你。"

夏郁薰脊背一僵："怎……怎么可能……冷斯辰，你别玩了！"

因为夏郁薰的迟迟不肯相信，冷斯辰渐渐有些烦躁，正色道："虽然你的记忆可能有些混乱，但你多少还是记得的吧？那你认为，你生病这段时间，我对你的态度只是因为同情和愧疚吗？"

夏郁薰抿了抿唇没有说话。她是有所察觉，尤其是今天早上的时候，她可是完全清醒的。只不过，她从未敢往那个方向想。

"你不是说我不符合你的一切标准，跟你不是一个世界的人吗？"为此她曾拼命地想要赶上他的脚步，想要符合他的标准，想要进入他的世界，可最后还是失败了。

"没错，你确实不是我喜欢的类型，不符合我对另一半所有的要求和期待，不温柔，不娴静，又那么笨，还一天到晚给我闯祸……"就在夏郁薰听得快要炸毛的时候，冷斯辰用没受伤的那只手臂用力将她揽进了怀里，"但直到我看清自己的心意后才明白，所谓的标准，都是为了不爱的人准备的，你凌驾了我的一切标准。虽然你不是我喜欢的那种人，却是我喜欢的那个人！"

"……"夏郁薰直接被秒杀。她是不是出现幻听了？冷斯辰刚才是在跟她告白吗？

"那天晚上真的对不起，对你说了很多过分的话。那天在酒店，我看到你跟欧明轩在一起，听到你说喜欢他，嫉妒到失去了理智……"冷斯辰的语气有些窘迫，很显然让他亲口承认这样的事情，实在是不容易。

夏郁薰急忙解释："不是这样的！我说的喜欢不是那种喜欢，只是普通朋友之间的喜欢！那会儿欧明轩明知道你在后面，故意套我的话……"

"不用解释了，我知道，我相信你。"

一句我相信你，让夏郁薰再也忍不住心里的委屈，眼眶一红掉下泪来。

冷斯辰轻拍着她的后背："乖，不哭了，先去登记，没时间了。"

"哎，等等……冷斯辰你玩真的？"

就这么跟着冷斯辰进了大厅，夏郁薰走路都在发飘，整个人都是蒙的。

"证件都带齐了吗？"工作人员问。

夏郁薰呆愣地摇摇头："没……"

冷斯辰："带了。"

然后夏郁薰就眼睁睁看着冷斯辰拿出了户口本和身份证，包括她的。见鬼！为什么她的身份证还有她家的户口本全都在他那里？

"填一下表格。"工作人员递了两张表格过来。

冷斯辰在那儿埋着头认认真真地填表，夏郁薰则是继续一副梦游的表情。

工作人员看她表情不对劲，终于忍不住开口问了一句："小姐，你们是自愿结婚的吗？"

"当然是！"夏郁薰神经质地答了一句，然后飞快地开始填表格。

管他冷斯辰是抽风了还是被下降头了，这千载难逢的机会要是放过了，那她绝对是傻子！

余光察觉冷斯辰在看着自己，夏郁薰蹙眉："看我做什么？快填啊！你要是敢现在后悔，我咬死你信不信？"

冷斯辰低笑一声，凑过去亲吻她的额头："放心，一辈子都不会后悔。"

出了民政局，回家的路上，夏郁薰手里拿着小红本，心里七上八下的。

"冷斯辰，我怎么感觉我掉你坑里去了？你该不会是早有预谋吧？"否则怎么会把户口本这种东西随身携带。

冷斯辰不置可否，算是默认了。

不知想到什么，夏郁薰的面色变得有些凝重："你不娶白千凝的话，那公司的事情怎么办？"

"放心，已经解决了。"

夏郁薰闻言惊讶："解决了？难道是学长？"

"你觉得我会接受他的帮助？"说到这件事，冷斯辰的脸色立即沉了下来，"夏郁薰，你是白痴吗？你对人能不能有点最基本的戒心？谁准你在那种情况下单独赴约的？"

夏郁薰惨兮兮地捂着耳朵："我知道错了知道错了！有你这样刚领证就翻旧账吼老婆的吗？"

冷斯辰一副拿她没办法的表情："不许再有下次。"

"知道了啦。所以事情到底是怎么解决的啊？那么大一笔钱呢！"

"公司一个合作伙伴注的资。"

"A市除了白家和欧氏，还有谁有那个能力？"夏郁薰狐疑。

"沈南风。"冷斯辰看着夏郁薰黑框眼镜下的眼睛，眸子里闪过一丝不安。

夏郁薰恍然大悟："原来是沈先生啊，难怪！说起来这次也是多亏沈先生救了我，回头我一定要当面跟他道谢。"

下了车后，两人意外地看到沈南风正在冷家老宅附近那一片晃荡。

"嗨，小甜心，你的阿辰带你去哪里玩了啊？"

呃……她能回答民政局半日游吗？

最后她还是选择了转移话题："沈先生，谢谢您救了我，这已经是第二次了，真不知道该怎么感谢您才好。"

沈南风听她说话的语气就知道得到的消息没错，她的病是真的好了，当即高兴道："呵呵，真那么想感谢我吗？"

"当然了！"

沈南风若有所思地摸着下巴笑道："我么，什么都不缺，正好缺个小棉袄，不然你做我女儿好了。"

"啊？"夏郁薰愣了愣，干笑道，"只怕我不是小棉袄，而是军大衣。"

"哈哈哈……"沈南风被她逗得哈哈大笑，"没事没事，军大衣我也喜欢！"

夏郁薰只当沈南风是在开玩笑，也没有当真。只是她觉得沈南风看着自己的眼神有些奇怪，很慈爱，就像是真的看着自己的女儿一样。她知道沈南风离过一次婚，没有子女，是因为这样所以很想要个女儿吗？

"郁薰啊……我……"

"沈总，能跟您单独谈谈吗？"冷斯辰突然打断了沈南风的话。

沈南风似笑非笑地看着他："当然。"

冷斯辰揉了揉夏郁薰的头发，柔声道："小薰，你先回家，我很快就来。"

"哦，好的。"夏郁薰想着他们俩肯定是有什么公事要谈，于是便先回去了。

两个男人走到了旁边的树荫下站定。

"沈总刚刚是从冷宅出来？"冷斯辰问。

"是啊，来见见我的亲家，有什么不对吗？"沈南风点了一支烟，一副理所当然的表情。

"你……"冷斯辰本来还想着怎么试探他，却没想到沈南风直接就这么说了出来，难免有些吃惊，"你真的是小薰的……"

"没错，我确实是她的亲生父亲。"沈南风倒是承认得挺干脆，说完看向冷斯辰，"不过我有点好奇，你是什么时候开始察觉的？"

"从你对小薰不同寻常的关注开始，后来还发现你跟小薰长得有几分相似，尤其是眼睛。"

沈南风一听立即有些兴奋："是吗是吗？小甜心的眼睛长得跟我很像吗？有多像？啧，真可惜小甜心总是戴着黑框眼镜！"

"你知道她为什么总是戴着黑框眼镜吗？"冷斯辰面色微沉。

"为什么？觉得好看？"

"因为她的母亲一看到她的眼睛就会联想到某个人、某些令她痛苦的回忆，变得情绪激动，甚至发病。"

沈南风闻言，脸色顿时阴沉下来。

半晌后，冷斯辰终于开口说出自己的最终目的："希望你不要打扰他们父女的生活。"

沈南风吐出一口烟圈，总是意气风发的脸上此刻只剩下满满的失落和黯然："我没准备认回这个女儿，没那个脸，也没有资格。"

冷斯辰闻言略松了口气。

沈南风斜了他一眼："臭小子，下手够快的。我稍微不注意，你连证都扯了！"

他派去盯着他们的人告诉他的时候，他想阻止时已经来不及了。虽然作为一个局外人，他对冷斯辰这个年轻人挺满意的，甚至欣赏他行事果决的作风，但是作为一个父亲，他可不希望他这么轻易就把他唯一的宝贝女儿拐回家。

"你告诉我父母你跟小薰的关系了？"冷斯辰蹙着眉问。

"本来是想说出来，好给小甜心撑腰的，不过想了想，怕他们的态度会让小甜心起疑，所以我只说她是我一个故人之女，这笔资金的人情，算是我给小甜心添的嫁妆。反正他们都是要卖儿子，卖给别人，不如卖给我嘛。我开的条件可比白家厚道多了。"

听着沈南风明显挑拨离间的话，冷斯辰直接开门见山道："就算我离开了冷氏，也不会去天霖。"

没挖到墙脚的沈南风一脸遗憾："你确定不来？那你现在一个无业游民要怎么养活小甜心啊？"

"不劳费心。"

"喊，我好歹算是你岳父！态度就不能好一点？"沈南风嘀咕。他自然知道冷斯辰肯定留有后路，所以倒也不担心宝贝女儿日后的生活。

看着青年离开的背影，沈南风突然有些感慨。如果当年他也能够放下一切，今天的结果会不会有所不同？

只可惜，没有如果。

精武馆，夏郁薰回家的时候，夏末林已经回来了。

"郁薰，我听你张阿姨打电话跟我说你新交了一个男朋友？"刚一见到夏郁薰，夏末林立即问起他最关心的事情。

夏郁薰强自镇定地给夏末林倒了杯茶："是的……"

"怎么认识的？哪里人？做什么工作的？"

"咳，爸，其实那个人您也认识。"

"我认识？"

夏末林正挨个想着可能的人选，这时，门口突然走进来一个人。

夏郁薰紧张不已地给冷斯辰使着眼色，想让他先离开避避风头。可是，冷斯辰却完全无视了她的提醒，径直走到她旁边，随后手臂极其自然地搂住了她的腰。

夏郁薰僵住了。

夏末林也僵住了。

夏末林面沉如水："郁薰，你不要告诉我，你新交的男朋友就是他？"

夏郁薰视死如归地闭着眼睛点了点头，然后又摇了摇头。

"到底是不是？"夏末林拍桌道。

夏郁薰吓得脖子一缩，憋了半天也不敢坦白他们已经领证了。

冷斯辰将夏郁薰护到身后："可以跟您单独谈谈吗？"

"单独谈谈？为啥要单独谈谈？"夏郁薰急了。

夏末林瞪了她一眼，然后寒着脸示意冷斯辰跟他进屋。

夏郁薰焦急地拉着冷斯辰："冷斯辰，你别去，会出人命的！我爸想揍你已经很久了！你身上还有伤呢，还是让我来说吧！"

"别担心，交给我吧，不会有事的。"冷斯辰安抚着她，然后跟了进去。

屋内，两人隔着一张茶几相对而坐。

"说吧，到底是怎么回事？"夏末林铁青着脸问。

冷斯辰的回答是双手捧着两个小红本子递到了夏末林的跟前。

夏末林看着那两个醒目的小红本，眼皮子一跳。当他将证书打开，看到两人的合照，还有显示着今天的日期，整个人都愣住了："这……"

"如您所见，两个小时前，我跟小薰已经领证了。"

"岂有此理！你当我夏家的女儿是什么了？呼之即来挥之即去？"夏末林勃然大怒。

"我当她是我这辈子最珍视的人。我知道我之前的行为让您无法放心把小薰交给我，我也知道我说再多，恐怕您也不可能相信我。如果您是担心我父母那边会让她受委屈，我现在已经离开冷氏集团，我的终身大事完全可以自己做主。虽然离开了冷氏，但我名下还有一家自己的公司，虽然成立时间不久，无法跟冷氏相比，但足以养活小薰。"

冷斯辰说着又将一份文件递到了夏末林跟前："这是一份婚前协议，如果有朝一日我跟小薰离婚，无论错在谁，我净身出户，名下的所有财产都归她所有。"

"你以为我们家图你那点钱吗？"夏末林更怒了。

"当然不是，只是除此之外，我找不到更好的方法能证明我的诚意。我是真心喜欢小薰，希望您能成全我们。"

"你证都领了，还说什么成不成全！"

"若不是这样，您会给我机会吗？"冷斯辰反问。

"下辈子都不可能！"夏末林气得不轻，"所以你就先斩后奏了？"

冷斯辰不说话，一副认打认罚的模样。

半晌后，夏末林终于冷静了些："为什么你会突然改变主意？"

"不是突然，而是一直以来我都在压抑着对小薰的感情，直到她辞职离开公司，开始相亲，开始跟我渐行渐远，这感情渐渐地再也压制不住。这只是一个量变到质变的过程，而不是我突然心血来潮，更不是对她呼之即来挥之即去。作为旁观者，我相信岳父您多少也能看出来一点。"

夏末林哼了一声："不要叫我岳父。"

不可否认，小时候这两个孩子的关系确实很好，甚至有好几次郁薰发病，都是冷斯辰在旁边才能让她恢复过来。还记得有一次，郁薰被若欣关在山上的小黑屋里两天两夜，他找疯了都没找到她，是冷斯辰一个人爬上山找到了她，又把她背下了山。

平心而论，不提他的父母，冷斯辰这孩子，他是很喜欢的。但是他亲眼看过门不当户不对造成的悲剧，实在是不想郁薰再步后尘。所以，随着年龄的增长，冷斯辰渐渐有意识地远离郁薰，他也是松了口气的。只怪自己这个倔强的女儿太死心眼，不撞南墙不回头，跟她母亲当初一模一样。

想到这里，夏末林的火气顿时又蹿上来了："夏郁薰，你给我滚进来！"

夏郁薰就贴在门后偷听，被这一声吼吓得直接顺着门缝滚了进来。

冷斯辰无奈地过去把她扶起来，拍了拍她身上的灰尘，然后小两口一起跪在了夏末林的跟前。

夏末林无奈地盯着两个人，随即也不知道想到了什么，神色突然变了变："郁薰，你先出去。"说完还严肃地补充了一句，"不许偷听！"

搞什么啊？刚让她滚进来，又让她滚出去，还不许偷听！

夏郁薰敢怒不敢言，不放心地看了冷斯辰一眼，为免惹怒夏末林，只能又乖乖出去了。

"冷斯辰，我问你，之前帮郁薰输血的那个人，是不是叫沈南风？"夏末林语气急切地问。

"是的。"

"果然是他……他到底想做什么？"夏末林脸色骇然地自言自语着，随即看向冷斯辰，"你跟沈南风是不是很熟？"

"还可以。"冷斯辰斟酌着回答。

夏末林目光如炬地盯着他："你是不是知道什么？"

"是的。"冷斯辰没有隐瞒。

夏末林埋着头，叹息了一声："你果然知道了……"

除了眼睛长得像那个人，郁薰跟若欣长得实在是太像了，只要沈南风见到了郁薰，肯定就会怀疑。如果沈南风稍微忍不住跟冷斯辰打探一下郁薰，以冷斯辰的精明，迟早也会猜到真相。

夏末林双手紧捏成拳，满脸的紧张："他是什么意思？他要认回郁薰，要带走她吗？"

"我探过他的口风，他似乎没打算跟郁薰相认，至于带走她，更不可能。"

夏末林稍稍松了口气："你确定？"

"我听他的语气，不像是说假话，他说他没脸也没资格认郁薰。"冷斯辰如实回答。

"哼，算他还有几分自知之明。"夏末林语气不善。

冷斯辰知道这其中肯定有不少隐情，但上一辈的事情，他也不好多追问。

沉默片刻后，还是夏末林主动开口道："知道我为什么这么反对郁薰跟你在一起吗？"

冷斯辰摇摇头。

"因为郁薰母亲的例子，就是活生生的悲剧。"夏末林面露悲痛，缓缓说道，"若欣很小的时候，她父母就在一场车祸中去世了。她从小就跟着奶奶在乡下生活，家里隔壁有一栋废弃的别墅。有一天，那栋别墅里住进来了一个跟她年纪差不多大的小男孩。"

"那个小男孩就是沈南风？"冷斯辰问。

夏末林面色沉重地点点头："沈南风那时候似乎是肺不太好，来乡下养病的。因为住得近，一来二去两人就认识了。后来……无非是少年少女日久生情，沈南风病好之后不得不离开，若欣就努力考上了他那个城市的大学。两人私订终身，过了一段很美好的日子，却终究抵不过门第的巨大差距。

"那天，若欣跟沈南风约好了一起离开，开始新的生活，最后没能等来沈南风，却等来了他跟别的女人结婚的消息。后来，若欣瞒着沈南风自己怀有身孕的事情，一个人带着肚子里的孩子远走他乡……

"我跟若欣是大学的时候认识的。我暗恋她四年都不敢告白，直到那天在江边救下了她，我们的生活才有了交集。只可惜，我终究还是没能让她忘了那个人……"

沉默良久后，冷斯辰开口："我理解您的心情，但我不是沈南风，小薰也不是她的母亲，我们不会重蹈他们的悲剧。我父母这边最难的一关，因为我放弃了公司的继承权，加上沈南风的出现，其实已经算解决了。之前我们公司资金短缺，是他填补的漏洞，并且他跟我父母说他是小薰母亲的故人，这个人情算是给小薰的嫁妆。有这一层关系在，小薰以后在我们家至少不会受委屈的。"

"虽然我半分都不想接受那人的恩惠，但是为了郁薰……算了……就这样吧。"夏末林长长地叹了口气。听冷斯辰说，他连公司的继承权都放弃了，还有之前那个婚前协议，冷静之后，他也不得不承认这一次冷斯辰的诚意。

院子里。

夏郁薰等得花儿都谢了，终于把冷斯辰给等了出来，急忙蹿过去上上下下地打量着他，确定他没有缺胳膊少腿才放下心来："你跟我爸聊什么了啊？聊了这么久！"

"聊了以后要好好对你。"

"那我爸算是接受我们在一起了吗？"

"嗯。"

"原来你之所以这么赶着把我拐去领证，就是为了在我爸回来之前先斩后奏啊？"夏郁薰后知后觉地问。

冷斯辰摸了摸她的发旋："如果不这么做，以你父亲的脾气，虽然我也不是完全没有把握说动他，但是这绝对不是一朝一夕的事情。我们已经错过了二十年，我不想再浪费一分一秒的时间，也不愿意再冒任何可能失去你的风险。"

夏郁薰搓了搓手臂："唔，冷斯辰……你突然对我这么温柔，我真的好不习惯啊！感觉浑身都不对劲！悲催，我是不是被你给折磨成受虐狂了啊？"

冷斯辰："……如果是这样，我也可以满足你。"

"咳，不必了。"夏郁薰抽了抽嘴角，然后面色有些不安地看着他，"你怎么没跟我说你离开冷氏了啊？还有那个什么婚前协议，你到底是什么时候让我签的？我一点印象都没有了。"

冷斯辰垂眸专注地凝视着她："这些不重要，重要的是，现在我们在一起。"

看着男人眼中映着自己的双眸，夏郁薰一阵阵心跳加快。严格来说，从冷斯辰对她说出"登记"两个字开始，她的心跳频率就没恢复过正常。她夸父追日似的追了二十年的男人，她生命中的光，就在今天，终于真正地属于她了。

"郁薰——我回来了——"这时，大门外突然由远及近传来一声咋咋呼呼的呼喊，煞风景地打破了此刻绝佳的气氛。

夏郁薰心里咯噔一下："完了完了，是学长！怎么办？"

冷斯辰面无表情地回答："自然是实话实说。"

说话间，欧明轩已经蹦跶着进来："郁薰，你考虑得怎么样了？你这么机灵，相信你一定会做出最明智的决定对不对？"

话音刚落，旁边的冷斯辰甩过来一个红彤彤的东西。

"什么玩意儿？"欧明轩侧身接过，然后打开一看，"这啥？冷斯辰你居然办假证！"

夏郁薰轻咳一声："学长，是真的。"

欧明轩的表情呆滞了一秒："你在逗我吧？我去送个机的时间，你们就登记了？"

夏郁薰点点头。

"……"欧明轩脚步不稳，一副天塌下来的表情扶着门框，"想不到我欧明轩也有被炮灰的一天。这不是真的，这绝对不是真的，我不信，我不相信……"

"学长，你没事吧？"

欧明轩失魂落魄地摆了摆手，一边往外走一边唱着："我是真的为你哭了，你是真的随他走了。就在这一刻，全世界伤心角色又多了我一个……"

夏郁薰无奈地摇了摇头，然后莞尔一笑。

冷斯辰则无语地仰头看向了天空。

夏郁薰拉住冷斯辰的手，把头靠向他的肩膀，顺着他的目光看去——

天空真的很美……

番外

相识篇：

小小的我们

我的心里从此住了一个人

曾经模样小小的我们

小小的手牵小小的人

守着小小的永恒

　　　　　——冷斯辰 VS 夏郁薰青梅竹马时期二三事

从天而降的夏郁薰

冷斯辰从小就是个乖巧安静的孩子。那时候，郭淳雅将所有心思都放在体弱多病的冷斯澈身上，经常在医院陪冷斯澈。而冷华裔整日在外工作，极少回来。

一两岁的时候，冷斯辰用睡觉打发时间；三四岁的时候，他开始学习认字看书；五六岁的时候，他已经知道怎么去安排每一天空出的漫长时间。

为了让他得到更好的教育，郭淳雅为他请了家庭教师，所以他并没有和同龄的小朋友一样去幼儿园上学。大部分时间里，小斯辰都是一个人，如空堡中寂寞的小王子。

冷斯辰六岁那年，生活就像平静的湖面突然坠入一粒小石子，最后却发现那不是小石子，而是一颗不定时爆炸的微型水雷。

后院突然传来狗的狂吠声，冷斯辰放下手里的奥数习题，跳下椅子，去看发生了什么事。

彼时，相比大门不出二门不迈的冷斯辰，三岁就满镇子乱跑的夏郁薰，为了捡一只皮球，从后院的狗洞钻了进去，一抬头就看到一只庞然大物冲着她龇牙咧嘴，凶悍地叫唤着。

"布丁，过来！"

夏郁薰哭得梨花一枝春带雨的时候，看到绿油油的草坪处，暖融融的阳光下，王子一般出现，赶走恶狗，救她于危难的冷斯辰。

夏郁薰傻傻地看着，连哭都忘了。于是，三岁的夏郁薰就对冷斯辰一见钟情，非君不扑了。

"葛格，抱……"于是，夏郁薰立即开始投怀送抱，神情那叫一个乖巧谄媚。

　　看着坐在地上满脸泪痕，浑身脏兮兮的小女孩儿，冷斯辰蹙了蹙眉头。他从小就有严重的洁癖，自然是不会去抱她的。

　　这时候，王管家听到动静，匆匆赶了过来，一看到夏郁薰，立即惊愕道："这不是夏家的丫头吗？怎么跑到这里来啦？"

　　"叔叔，薰儿捡球球……"

　　夏郁薰笑靥如花，拍拍屁股自己站起来，屁颠屁颠地走向冷斯辰："葛格，一起玩！"

　　看着脏兮兮的皮球，冷斯辰立即后退一步，眉头皱得更紧了。

　　王管家知道这位小祖宗现在很不高兴，正想赶紧把夏郁薰带出去，一个人影突然从墙头跳了下来，走近才看清是一个高高瘦瘦、面容俊朗的小伙子。

　　夏郁薰看到来人，立即兴奋地拔腿扑过去，短小的胳膊环着那人的小腿，粉嘟嘟的小脸仰起来蹭了蹭，热情地唤道："石头葛格！"

　　"是哥哥！"

　　"葛格！"

　　"哥哥！"

　　"葛格！葛格！葛格！"

　　"球脏了，扔掉！"

　　"不要！"

　　"你到底扔不扔？"

　　"不！葛格是坏人！"

　　来人本是面无表情，此刻有些崩溃的迹象。

　　"抱歉，王管家，给您添麻烦了！"

　　王管家爽朗道："是石岩啊，我就说是谁这么好的身手！哈哈，没关系，孩子嘛，调皮点儿很正常，以后可看好了，刚才差点被布丁伤了。"

　　冷斯辰若有所思。王管家的话，换个方式理解就是：不调皮就不正常。自己是不正常的吗？

　　石岩蹲下身子："郁薰，我们回家。"

　　"不！"夏郁薰立即挣脱石岩的手，不顾冷斯辰惊愕的神情，一下子扑进他的怀里："不要你抱，要葛格抱！"

小小的身子异常柔软，混合着青草和牛奶的气味，冷斯辰从来没有跟谁如此亲近，即使是爸爸妈妈也没有过，一时之间竟然愣住了，忘记了去推开她。

这见异思迁的熊孩子，又开始了！见到谁长得好看就缠着要人家抱！石岩板起脸，严肃道："你再不听话，我要揍你了！"

"不，薰儿要跟葛格玩！"

石岩双手环胸，幽幽开口："你再不回去，夏末林要揍你了！"

夏郁薰的神情终于开始动摇，缩在冷斯辰的怀里："不要！不要！不要！不要揍薰儿……"

不知道为什么，当时夏郁薰可怜兮兮的样子瞬间激起了冷斯辰的保护欲，所以，当石岩要强行把夏郁薰拉走的时候，小斯辰白皙的小手下意识地将怀里的小女孩儿搂紧了些。

石岩见状，眉头一挑。

一时之间，王管家也愣了。这是什么情况？这位小少爷不是最讨厌别人跟他亲近的吗，更何况是个脏兮兮的小家伙？刚才夏郁薰莽莽撞撞扑过去的时候，他还以为小少爷会把她扔出去。

夏郁薰开心地扬起小脸看着冷斯辰，甜甜地叫了一声："葛格！"

冷斯辰纠正："哥哥！"

夏郁薰有些生气，她最不喜欢别人纠正她的发音了："葛格！"

"哥哥！"

"葛格！"

"哥哥！"

"……哥哥！"夏郁薰的眼泪都快出来了，却艰难地发出了正确的音调。

"哥哥，球……"

"球脏了，不要捡。"

"嗯。"

石岩的脸完全黑了。要不要区别对待得这么明显？

"妈妈……"小斯辰蜷缩在被子里软软地唤了一声。他头好重，身体四周好像被一层吸满水的海绵紧密地包围着，空气渐渐稀薄，喘不过气。

郭淳雅穿好衣服，拿着挎包，匆忙地在冷斯辰额上印下一吻："斯辰，妈妈去医院陪弟弟了，你在家里要听话，有事就找王管家。"

"妈妈……"

砰！回应他的只有关门声。

他想要说话，却一点儿力气都没有，发不出声音，眼睁睁看着唯一的依靠离开，整个屋子里只剩下他一个人。

妈妈忘记了，昨天王管家请假回家了，今天家里只有他一个人。不过，就算她忘记了也没什么，他一个人在家里也没什么，弟弟已经让妈妈那么操心了，所以他处处要求自己不给妈妈添乱，安静到不存在也没有关系。

就像现在，他发着高烧，依旧没有给任何人带来麻烦。

四岁以前，冷斯辰虽然相对安静，但其他地方还是和同龄人一样，贪玩调皮。

可是，有一天，他和一群小孩子一起玩的时候，不小心闯祸了，把其中一个男孩儿的头砸破了。当时冷斯辰被男孩儿的家长扣了下来，家长打电话给郭淳雅的时候，因为冷斯澈心脏病突发进了医院，所有人都在医院守着，郭淳雅心力交瘁之下非常生气，说随便他们怎么处理他，她现在很忙，赶不过去，直接挂了电话。

那天，冷斯辰一个人在医院的走廊站了整整一夜，等了整整一夜，妈妈也没有来接他走。最后，他一个人跑回家，把所有的零用钱捧了回来，交给那个男孩儿的家长。

小小的孩子，孤立无援，那两个家长骂他的父母不负责任，自认倒霉，随手拍掉了冷斯辰手里的储蓄罐。储蓄罐摔到地上，碎了一地。

从那以后，冷斯辰就彻底沉寂了，他再也不和小朋友玩了，也很少说话。

一开始，郭淳雅发现他的转变之后很担心，也有些后悔，但后来渐渐发现孩子这样的转变也没什么不好，便安下心来。毕竟，没有父母不希望孩子变乖巧的。

于是，冷斯辰心里那道伤就这样被忽略，隐匿，慢慢腐烂。

若干年后，夏郁薰知道之后颇为鄙视，这厮心理承受能力实在是太差了，多大点儿事啊！

不过，对于这一点，冷斯辰倒是破例没有反驳，因为对于夏郁薰而言，这件事真的不算什么。

他一直以为自己是天下最不快乐的人，却发现眼前这个女孩子拥有一切可以不快乐的理由，可是她依旧可以笑得那么开心。每次在她面前，他都会觉得，自己之前执着的一切都太可笑。

仿佛她的存在，就是为了颠覆他的一切认知。

小斯辰躺在床上，全身跟火烧一样，正在胡思乱想，一会儿是妈妈对小澈宠溺的微笑，一会儿是自己晚上做噩梦时一个人躲在被窝里哭泣的样子，一会儿又是院墙外小朋友的欢声笑语，最后竟然是前日里那个主动亲近他，叫他哥哥的小女孩儿……

冷宅高高的院墙外，夏郁薰扯着石岩的裤脚："石头葛格，抱！薰儿要过去！"

在她眼里，葛格和哥哥是不同的。石岩是葛格，冷斯辰才是哥哥。

石岩额头青筋暴跳，这小疯丫头居然让他用自己的一身武艺帮她做这种事，实在是受不了了。可是他比武输给了夏末林，按照赌注，被迫答应帮忙照顾这小丫头三个月。

当时他还没有意识到这项任务的艰巨性，一个月之后，他就充分见识到了什么叫生不如死，也见识到了夏末林的阴险。每次这丫头叫"石头葛格"，他都会条件反射地全身发寒。

"不行。"石岩想都没想就拒绝道。他可不要助纣为虐，擅闯民宅。

这一次，夏郁薰没有闹腾，而是出奇地好说话，等石岩反应过来不对劲的时候，那孩子已经从"通道"爬进去了。

听着院子里意料之中的狗叫声，石岩低咒一声，翻了过去："该死！"

"啊啊啊，不要，不要追薰儿，薰儿不是坏孩子……"夏郁薰被布丁追着，一路狂奔到了屋里，径直蹿进一间卧室，七手八脚地爬到床上，钻进被窝。

布丁突然就安静了，看着床，不安地来回转着圈。

"走开，走开！哥哥，哥哥你在哪里……"

彼时，冷斯辰已经快被某人挤得摔下床了。

"哥哥……？"夏郁薰在床上翻了一个身，蓦然瞪大双眼，看着近在眼前的冷斯辰。

冷斯辰说不出话，只觉得抵着他的额头很冰凉，很舒服，让他情不自禁地想靠近一些。

"哥哥，你发烧了。"

"嗯……"

"妈妈说生病了要吃药，哥哥你有没有吃药？"

冷斯辰无意识地摇了摇头。

"哥哥不乖，和妈妈一样不乖。"夏郁薰跟个小大人一样，叹了一口气，笨拙地爬下床去。

等夏郁薰终于翻到橱柜里的医药箱，屋子里已经一片狼藉。布丁一开始还在乱叫乱跳，后来乖乖趴在冷斯辰的床沿。冷斯辰有一下没一下地摸着它的毛发安抚。

"哥哥，为什么是'666'？妈妈说感冒要喝'999'的。"夏郁薰一脸焦急。

冷斯辰虚弱地勾起嘴角："倒过来看看。"

夏郁薰没有把药盒倒过来，而是把自己的脑袋倒过去看。果然，"666"变成了"999"。

"哥哥，不要怕，喝了药就会好了！"

石岩斜倚在门边感叹：多贤惠的孩子，怎么没见她对自己这么贤惠呢？

王管家晚上赶了过来，冷斯辰吃了药睡了。因为怕传染，夏郁薰被冷斯辰赶去屋外，一边玩玩具，一边时不时去看他有没有好一点儿。

王管家请了家庭医生，本来想通知郭淳雅，但是被冷斯辰阻止了。

冷斯辰生病的几天，夏郁薰每天都会过来，看到冷斯辰吃药的时候眼睛都不眨一下，夏郁薰崇拜得五体投地。

大部分时间冷斯辰都是沉默的，只有夏郁薰在叽里咕噜地自说自话，丝毫不知疲倦。

冷斯辰家里有很多很多好吃的甜点，还有很多她艳羡已久的玩具，但是冷斯辰几乎没有碰过，冷斯澈经常住院，自然也很少动。美食，玩具，这些对夏郁薰而言吸引力丝毫不亚于冷斯辰的东西，自然也是她天天往冷宅跑的原因。

至于冷斯辰，在了解这一点之后，三天两头拿出不同的玩具放在显眼的地方。夏郁薰自然就缠着他，缠到他满意了，他就会恩准她玩。他还有意无意地让厨房准备好吃的甜点，自己却吃得很少，自然全都落进了夏郁薰的肚子里。

于是，那段时间里，夏郁薰被冷斯辰喂成了一个小肥球，以至于她一直到初二都保持着这样的"肥球"身材。谁让她每次都拒绝不了美食的诱惑呢!

当时的冷斯辰动机很单纯:只要这里有她感兴趣的东西,她应该就会天天来这里了吧!

暖洋洋的阳光下,冷斯辰坐在椅子上看书或者上网。每当这个时候,夏郁薰也不吵不闹,安安静静地坐在一旁的草地上玩拼图,偶尔遇到困难,找不到相同颜色的,就会可怜兮兮地唤一声:"哥哥……"

这时,冷斯辰便会抬起头,走过去指点一二,有时也会陪她玩一会儿这个对他而言毫无挑战乐趣的游戏。

可是,他喜欢拼图完成后,她看着自己时眸子里亮晶晶的崇拜,喜欢她开心的欢笑,那比阳光还要明媚。

看两个孩子相处得不错,王管家也觉得很欣慰,少爷总算是有个朋友了。

冷华裔在意大利的分公司工作,有大半年没有回家了,而郭淳雅这次一走,也将近一个月没回来。平时她打电话过来问冷斯辰的情况,王管家皆是按照冷斯辰的叮嘱,回答一句"一切都好"。

除了家里三天两头被那毛手毛脚的小丫头砸坏这个,碰坏那个;除了少爷吃了那小丫头摘的不明野果,肚子疼了三天三夜;除了少爷居然有好几次回来的时候都是灰头土脸,全身是泥;除了那些花花草草变得七零八落,奇形怪状;除了布丁身上的毛被剪得坑坑洼洼……除了这些,确实一切都好。

王管家建议过很多次,希望夏郁薰可以走正门,但是那丫头偏偏不听,每次不是钻狗洞,就是被石岩抱着从天而降,然后照例被布丁追着满院子乱跑一圈之后,扑进冷斯辰的怀里寻求庇护,一人一狗,相看两厌。

"哥哥,这个好玩吗?为什么你一直在玩?"夏郁薰踮着脚,趴在桌面上,眼珠子滴溜溜地转着,满脸好奇。

在玩遍了冷斯辰家里所有的玩具之后,夏郁薰把目光落在了冷斯辰的笔记本上,目前为止,冷斯辰身边没有遭夏郁薰毒手的,就只有他的书和本子。

"过来,我教你写字。"冷斯辰把夏郁薰拉到跟前,拖了一张小凳子让她踩着。

"哦。"虽然不知道什么是写字,夏郁薰还是屁颠屁颠地跑了过去。

"会写自己的名字吗?"冷斯辰问。

夏郁薰摇摇头。

冷斯辰自然没想过，人家孩子才三岁，连幼儿园都没上呢，又一直被放养，怎么可能会写自己的名字，以为人家都跟他似的是神童呢！

那天，冷斯辰花了一下午时间教夏郁薰写名字，结果她"夏郁薰"三个字没写出来，倒是破天荒地依样画葫芦，写出"冷斯辰"三个字。

他开始期待每天早晨的太阳早点儿升起，开始期待明天可以再教她些什么，开始期待那丫头会有什么令人啼笑皆非的惊人举动……

他不清楚对他而言她是个怎样的存在，或许只是把她当成一个意外出现的玩具，令他不再寂寞的玩具。只是，这个玩具实在是淘气，经常脱离他的掌控，让他恨不得再也不要见到她，却又每次都因她闯祸做错事之后，牵着他的衣角，目光像小狗一般可怜兮兮而屈服。

他被她的活泼开朗感染、吸引，更多时候却是嫉妒。为什么她可以这般无忧无虑，这般快乐无知？

不久，郭淳雅带着冷斯澈出院回家了。

冷斯辰开始紧张，虽然他年纪小，但也清楚地知道，夏郁薰这样的孩子跟他这样的家庭是多么格格不入，他担心妈妈会不喜欢他跟夏郁薰玩在一起。没想到，让妈妈同意夏郁薰经常来家里玩的原因，竟然是冷斯澈……

原来，这小丫头的感染力不仅仅是对他有影响的，当看到后院里被布丁追得到处乱跑的夏郁薰之后，冷斯澈居然笑了。

然后，那丫头莽莽撞撞，一头撞到了冷斯澈的身上，虚弱的冷斯澈哪里经得住这么撞，于是两个人一起摔到了地上。

"坏布丁！坏布丁！你你……你别过来哦！你再过来，我就把你剩下的毛也剪光光……"

看着毛发坑坑洼洼的萨摩耶，缩在他怀里鼓着腮帮子，跟一只小松鼠一样的夏郁薰，冷斯澈无法抑制地笑了起来，笑得气喘吁吁。

不仅仅是郭淳雅，冷斯辰也惊得愣住了。

冷斯澈因为生病，从小就有些自闭，自从懂事开始，他极少露出笑容，更别说是像现在这样笑得这么开心。

这时，冷斯澈不知想到了什么，突然收回笑容，变了脸色，推开了夏郁薰。

"葛格，对不起，薰儿不是故意撞到你的……"夏郁薰讨好地拉起冷斯澈的手。

冷斯澈怔怔地看着那只被夏郁薰拉住的手，板着小脸，语气很冰冷："我有心脏病，你不怕被我传染吗？"

听到这话，郭淳雅蓦然变了脸色，一时之间，心酸心疼心碎，什么心情都有。小孩子们不懂事，知道冷斯澈生病之后，全都不跟他玩，还说会被传染，这件事一直是冷斯澈的心理阴影，直接导致了他的自闭。

"心脏病是什么？传染是什么意思？"夏郁薰一脸不解，然后小脸变得焦急惊慌，"葛格，你的手流血了！"说完，她便将小嘴凑过去吹了吹，"妈妈说吹吹就不疼了！"

"你叫什么名字？"冷斯澈问。

"夏郁薰。"以前人家问这个问题的时候，夏郁薰都会回答"薰儿"，因为妈妈是这样叫她的。自从冷斯辰教她认字之后，她总会很自豪地说出自己的全名。

冷斯澈鼓起了很大的勇气："我叫冷斯澈，我可以跟你一起玩吗？"

玩！她最喜欢玩了！夏郁薰毫不犹豫地点头："好的呀！"

两兄弟都是粉雕玉琢的，长得非常漂亮。不过，冷斯辰的五官虽然精致漂亮，但看上去冷冷清清的，一副生人勿近的样子。而冷斯澈的容貌很柔和，给人的感觉就像是秋日午后的暖阳。

夏郁薰向来对小帅哥没有免疫力，更何况这次破天荒的不是她死缠烂打，而是人家主动要跟她玩，她自然没有拒绝的道理。

看到自闭的冷斯澈主动和人交流，郭淳雅激动得手都在颤抖，很热情地拿出刚买的新玩具，让冷斯澈和夏郁薰一起去屋里玩。

看着夏郁薰和冷斯澈手牵着手走进屋里，不远处，冷斯辰小小的身影有些僵硬，半晌，他慢慢地转身离开。

刚迈出一步，一个软软的身体扑过来，牛奶和青草的气息迎面扑来："哥哥，一起玩！"

"我不去了，你们去玩吧！"冷斯辰扯开夏郁薰拉着他的手。

一面是玩具的吸引，一面是冷斯辰，夏郁薰很纠结。

最终，夏郁薰还是选择小跑几步跟了上去："哥哥不玩，薰儿也不玩！"

郭淳雅急忙过来打圆场："斯辰啊，一起去玩吧！弟弟都好久没回来了，你多陪陪他。"

冷斯辰沉默着点了点头。

进了屋里，冷斯辰便安静地坐在了沙发上。

夏郁薰虽然很想去玩玩具，但看到坐在沙发上的冷斯辰没有动，她也没有动，只是窝在他的脚边玩手指。

看着她乖乖巧巧窝在身边的样子，冷斯辰刚才心里莫名的失落和烦闷全都不见了。片刻后，他叹了一口气，摸了摸夏郁薰的头发："过去玩吧！"

他随即对冷斯澈说："斯澈，把东西搬过来。"

"好的，哥哥！"冷斯澈立即开心地去搬玩具了。

在家里，他最喜欢、最依赖的就是哥哥，哥哥总是保护他不受欺负。最重要的是，哥哥也是唯一一个会使唤他，不把他当成病人的人。

我在这里

　　这一天，天朗气清，阳光明媚，景兰镇家家户户奔走相告，人群全都往一个方向跑去，精武馆里里外外围满了人。

　　"夏家的媳妇又犯病了吧？"

　　"作孽啊！自己要作死就算了，怎么还把孩子带着！"

　　"可怜了那个小女娃儿……"

　　夏末林只是陪学生去了一趟城里参加武术比赛，一回家就看到宋若欣抱着女儿坐在二楼楼顶的栏杆上。她穿着雪白的衣裙，一头乌黑的发，身后是蓝天白云，美得如同天使。

　　夏末林努力压制内心的惊慌："若欣，吃饭了！快带郁薰下来……"

　　宋若欣还是没有焦距地怔怔看着前方，丝毫没有听到夏末林说的话。

　　"爸爸……"看到夏末林站在楼下，夏郁薰委屈地扁了扁嘴，张开手要他抱。

　　宋若欣抱得不紧，夏郁薰挣扎得厉害，几乎要掉下去，下面立即传来此起彼伏倒抽冷气的声音。

　　"郁薰乖，别动，别动……"夏末林的声音终于颤抖起来。

　　宋若欣的身子微微前倾，腾出一只手抚摸着只有她能看到的虚空，喃喃唤了一声："霖……"

　　夏末林神情一怔，随即嘴角苦涩蔓延，他当然知道，她口中的是"霖"，而不是"林"。

　　"若欣，你不是答应过我要好好的，下来好不好？"夏末林几近乞求。

　　宋若欣依旧沉浸在自己的世界中。

夏末林看向像糯米团子一般紧紧黏在宋若欣怀里的夏郁薰："郁薰，叫你妈妈下来！"

夏郁薰看看夏末林，又转向宋若欣，立即明白过来，小心地扯着宋若欣的衣角："妈妈，薰儿饿，吃饭饭……"

"薰儿，我的薰儿……"宋若欣眼角不停地溢出眼泪，将夏郁薰紧紧拥住，让她几乎不能呼吸。

这时，人群中走出一个高高瘦瘦的小伙子："别急，你继续跟她说话，我上去救人！"

"石头葛格，石头葛格……"

"石岩，小心点儿。"虽然石岩的身手很好，可夏末林还是没办法放心。

从晨光熹微等到满天繁星，今天夏郁薰没有来冷宅。

"哥哥，薰儿会不会出了什么事？"

最近他们好像有点太宠这个小丫头了。冷斯辰看着弟弟："薰儿她不是只有我们两个朋友，你明白吗？"她有她自己的生活。

还是那么小的时候，冷斯辰就已经刻意不放纵自己去沉溺于某件事或某个人。

冷斯澈小脸黯淡下去，有些不满意哥哥毫不在意的态度："哥哥，难道你就不喜欢薰儿吗？"

如果不是和他一样在乎和担心，为什么总是走神？为什么看着冷掉的点心发呆？为什么一听到布丁的叫声就会看向院子的方向？

热浪滚滚，空气闷热得透不过气来，连知了都没了力气鸣叫。厚重的云层偶尔移动，遮住了太阳，大地忽明忽暗。

精武馆里失去了往常晨练的喧闹，静得令人不安。这还是教练第一次迟到。学生们都等在训练场上，或是无聊望天，或是劈腿下腰，或是小跑热身，都时不时朝里面张望着。

卧室里，夏末林几乎跪下，死死地攥着宋若欣的手："若欣，告诉我，薰儿到底在哪里？若欣……"

那天把母女两人从楼顶救下来之后，宋若欣的情绪突然变得稳定，不吵也不闹，看上去已经正常了。结果，夏末林第二天一大早就发现女儿不见了，平时这个时候，夏郁薰应该还在宋若欣怀里睡觉的，他却只看到宋若欣坐在床头，脸上是诡异的笑容，喃喃自语："谁也找不到，谁也找不到……"

宋若欣竖起食指，神秘地说道："嘘！我把薰儿藏起来了，谁也找不到，谁也不能抢走她……薰儿是我的……"

夏末林只觉得心惊胆战："好好，没人跟你抢薰儿的，若欣乖，告诉我薰儿在哪里好不好？只告诉我一个人，我一定谁都不说……"

宋若欣有些犹豫地看着夏末林，最后还是摇了摇头，捂住嘴巴："不要，谁也不能说……"

然后又开始自言自语："薰儿乖乖的，再也没有人可以抢走你……妈妈只有薰儿了……只有薰儿……"

不管怎么劝，宋若欣都不肯说出夏郁薰的下落。夏末林跌跌撞撞地冲出来，疯子一样询问所有人今天早上有没有人看到宋若欣去过哪里，接着发动武馆里的学生帮忙找夏郁薰。

找了整整一天，还是没有消息，夏末林近乎绝望，最后在石岩的建议下报了警。

已经三天了，夏郁薰依旧没有去过冷宅。

王管家刚一进门，冷斯澈立即迎了上去："王叔，你知不知道最近薰儿在做什么？为什么好久没有来玩啦？"

"那孩子失踪了，家人还报了警，所有人都在找她呢！刚刚她爸爸还让我问最近你们有没有看到她。"

听完王管家的话，冷斯澈的脸色一下子变得苍白，冷斯辰也从奥数题海里抬起头。

他们想过很多很多种原因，她已经有了新的朋友了，她把他们忘了，她的爸爸妈妈不许她出来玩……唯独没有想到，她居然出事了。

王管家说完，唉声叹气地去院子里喂布丁。

冷斯澈刚想往外跑，就被冷斯辰拉住："我去吧！妈妈回来看不到你会担心的。"

"可是，哥哥你呢？妈妈也会担心的。"

"你就说我在屋里看书，妈妈不会发现的。嗯……如果还是不行，你可以装病。"冷斯辰思索着说。他的存在感相对比较低，如果再加上斯澈不舒服，郭淳雅更没有心思管他了。

冷斯澈崇拜地看着冷斯辰："知道了，哥哥，你放心，妈妈这边就交给我了，你一定要找到薰儿！"

冷斯辰想了想，把布丁也带上了。他回忆着每次被夏郁薰缠着去玩过的地方，一处一处地找。

他不知道夏郁薰的失踪是因为她的妈妈，只以为她是贪玩迷路了，或是被坏人拐走了。

冷斯辰安慰着自己，先不说这一块的路她比自己都熟，他还教过她不可以随便跟陌生人走。可是，一想到第一次见面时她自来熟地扑到自己怀里的情景，他又实在对她没什么信心，说不定她真的跟陌生人走了。

真是个麻烦的孩子！虽然有时候乖巧得像一只小白兔，但大多数时候还是很"猴"。

冷斯辰一边胡思乱想，一边到处找人。眼看天色越来越阴沉，风越来越大，冷斯辰越来越着急。

"布丁，有没有发现什么？"冷斯辰摸了摸布丁的脑袋问道。

布丁呜呜叫唤几声，不停地东嗅嗅，西闻闻，然后突然汪汪汪叫了起来，往一条小路跑去。冷斯辰急忙跟上去。

黑漆漆的小木屋里，夏郁薰已经被关了两天两夜。

这里地势很高，阴凉森寒，屋子里门窗紧闭，分不清是白天还是黑夜。

妈妈说会来接薰儿的，妈妈说很快就会回来的，可是，妈妈为什么还不来？薰儿好饿，好冷，好害怕，好想妈妈……

黑暗中，夏郁薰的神经异常紧张，稍有动静都会惊得抱住身体，越缩越小。可是到了后来，意识越来越模糊，她连紧张的力气都没有了，迷迷糊糊的，一会儿清醒，一会儿昏睡。

她跟妈妈是最亲的，妈妈非常非常疼她，每次做错了事情，爸爸要责怪她，妈妈都会护着。妈妈从来不阻止她做任何事情，只要她开开心心的就好。尽管爸爸经常反对妈妈宠溺她，但是在家里妈妈最大，爸爸完全没有发言权，所以最后都是爸爸妥协。

妈妈有时候会拉着她说一些很奇怪的话，甚至把她抱到很高的地方，她除了觉得好奇，并不觉得自己的妈妈和别人的妈妈有什么不一样。她最喜欢、最信任、最依赖的人依旧是妈妈。所以，当妈妈走了很远的路，把她推进了这个小木屋里，让她乖乖在这里等她回来的时候，她一点儿都没有犹豫。

渐渐地，这无边无际的黑暗与安静终于结束了，但随之而来的是狂风呼啸，闪电惊雷骤起，暴雨倾盆而下……

一道闪电过后，惊雷炸响，照亮了角落里那张惊恐苍白的小脸。

"妈妈，妈妈，不要丢下薰儿……"

到了最后，似乎已经知道妈妈不会再来了，她奄奄一息地呢喃着："哥哥……"

"砰！砰！砰！"木屋的门上突然传来有节奏的撞击声，在这个狂风暴雨的夜里显得异常恐怖。

"啊——啊——"心理承受能力已经到了极点，夏郁薰抱住脑袋，尖声大叫了起来，希望自己的声音可以盖过那些可怕的声响。

最后一声巨响之后，木门轰然倾塌，闪电下，门口黑色的剪影是一人一狗。

"薰儿……"

很多年后，冷斯辰始终难以忘记那一刻见到夏郁薰时的震惊和心疼，每次被她气到吐血，发誓要快刀斩乱麻，再也不管她的时候，一想起那个雨夜里她的样子，即便是有再大的怒气，也无法做到真的对她生气，无法在她又莽莽撞撞闯祸受伤的时候不管她。

"薰儿……"

夏郁薰的尖叫声停止在冷斯辰那一声颤抖的呼唤里："哥哥？哥哥！"她抬起满是泪痕的小脸，眸子迷离，神志不清，就这么撞进他的怀里。

冷斯辰湿淋淋的，满身泥水，慌忙要推开她。

脚还来不及踩到土地，又悬到了九万英尺的高空。夏郁薰一下子怔住了，无法置信地看着冷斯辰，眸子里的光亮一点一点湮灭。

连哥哥，连哥哥也不要她了吗？都不要薰儿了……

夏郁薰惨白着小脸，满是绝望和伤心，冷斯辰这才意识到刚才下意识的动作吓到了早已无法承受一丝一毫伤害的夏郁薰。于是，再也顾不得其他，他一把将她重新搂进怀里："薰儿，别怕，我在这里。"

这个世界最令人感动的话，不是"我爱你"，而是"我在这里"。

夏郁薰终于哇的一声大哭起来，说不出完整的句子："妈妈……薰儿……妈妈不要薰儿了……哥哥不要丢下薰儿……"

"没有，我没有要丢下你！不要哭了！"冷斯辰手忙脚乱地安慰着她，想要帮她擦干眼泪，却发现自己全身上下都湿透了，只能越擦越糟糕。

过了一会儿，肩膀上抽泣的小家伙突然没了动静，冷斯辰这才发现她昏昏沉沉的。

外面狂风暴雨，他找到这里来已经耗尽了所有的力气，带着夏郁薰根本不可能下得了山。

冷斯辰想了想，立刻把木门重新架起来，堵住外面的风雨。

"哥哥……"肩头上，夏郁薰动了动身子，额头无意间擦过他的脸颊。

冷斯辰立刻伸手摸了摸，果然很烫，她发烧了。怎么办？现在这种情况，他只觉得比那时候一个人站在医院的走廊还要无助、心慌。

还好他上山之前担心天黑回不来，在下面的小店里买了打火机，现在派上了用场。冷斯辰很快便冷静下来，借着打火机的微光在破柜子的抽屉里找到了小半截黑乎乎的蜡烛。

蜡烛点燃，昏黄的烛光照亮了屋子。

冷斯辰几乎不抱希望地打量了一下这间木屋，屋子里果然没有通电，中间的木桌上倒是有一盏油灯，连张床都没有，应该是山上猎户狩猎时偶尔用来歇脚的地方。

冷斯辰想找一下屋子里还有没有可用的东西，于是蹲下身子先把夏郁薰放下来，却发现她两只软乎乎的小手紧紧地攥着他的衣服，怎么也不肯松开。

察觉到他要松开自己，夏郁薰像惊弓之鸟一样，身子一抖，立刻扁了嘴："哥哥不要走，哥哥不要丢下薰儿，不要丢下薰儿，薰儿会乖乖的……"

不要丢下她……从找到她开始，她就一直在重复这句话。从她的呓语里他才知道，居然是她的妈妈把她丢在这里的，还锁上了门。他不明白为什么她的妈妈可以这么狠心，做出这么残忍的事情。一想到这里，他就不寒而栗。

找她的这一路上，他听到了很多有关她的事情，知道她的妈妈被别人说成是"神经病"，是"疯子"，还听说她好几次发疯，差点把夏郁薰害死了……

冷斯辰叹了一口气，没有再把她放下，而是重新把她抱起来。夏郁薰这才安心地停止抽泣，乖乖地趴在他的肩头。

一个小小的男孩子，抱着比他更小的女孩子，轻轻拍打着她的后背，在这可怕的夜晚，显得异常安宁。

原来，她并不是像自己看到的这般无忧无虑。但为什么她还是可以笑得这么开心？这个问题，即使是聪明如他，也不得其解。

冷斯辰抱着夏郁薰，打量了一下小木屋，除了有几处漏水，总体还算得上坚固，待在里面应该不会有危险。屋子里的家具仅限于一张桌子、两张板凳、一个橱柜，角落里有不少柴火。

冷斯辰把橱柜里面的破衣服全都拿了出来铺在地上。然后，他把自己湿淋淋的衣服脱了下来，连带夏郁薰的小手也拉了下来。衣服刚脱下来，夏郁薰立刻放弃衣服，改为搂着冷斯辰的脖子。冷斯辰只得保持着这个姿势，艰难地点燃柴火，然后抱着夏郁薰坐下来，把衣服架在火上烘烤。

"哥哥，哥哥……"

"嗯？我在……"她的身体很烫，他的心里越来越不安，"薰儿，撑着点儿，天亮就好了！"

"哥哥，渴……"她被关在这里至少有两天，也就是说，她两天两夜没有喝水吃东西了。

"等等，我去找水……"找了一圈，这地方连个杯子都没有，冷斯辰只好用小手接着屋顶漏下来的雨水，然后小心地送进夏郁薰的嘴里。

"够了吗？"

"哥哥，薰儿好饿……"

他来的时候，衣服口袋里本来塞了一包夏郁薰最喜欢吃的饼干，可是衣服都湿透了，不知道饼干还能不能吃。冷斯辰立刻去翻衣服，然后欣喜地发现包装还很严实。

他撕开包装，一点点地把饼干喂到她的嘴里。

她突然撇开脸："哥哥吃……"

"我不饿。"相比她饿了两天，他只是两顿没吃而已，根本不算什么。

门边趴着一只灰头土脸的大狗，两个小小的身子蜷缩在角落里，火光照亮他们稚气的脸蛋，两颗毛茸茸的脑袋靠在一起，如同两朵相互依偎的小蘑菇。

雨过天晴，夏郁薰醒来的时候，已经在医院里。

"郁薰，你醒了！肚子饿不饿？"夏末林焦急地询问，夏郁薰却不言不语，转动着眼珠到处看。

"郁薰，找什么？爸爸帮你找！"

夏末林正说着话，出门买粥的宋若欣一个箭步冲上前来，紧紧地将夏郁薰搂进怀里，身体颤抖着，哽咽道："薰儿，薰儿你醒了！妈妈不好，都是妈妈的错，对不起，对不起……"

宋若欣抱得有点紧，夏郁薰很不舒服，但是没有动，水灵灵的眸子满是失望地看着门外。

夏郁薰始终不说话，宋若欣急了："薰儿，说话！薰儿，你怎么啦？不要吓妈妈！妈妈答应你，以后一定好好的，妈妈再也不会伤害你了！薰儿，原谅妈妈这一次好不好？薰儿……妈妈求求你，跟妈妈说话……"

听着那一句"以后一定好好的"的承诺，夏末林一阵心酸。希望这一次若欣是真的能想开，可以摆脱过去的阴影。

"若欣，别急，我去叫医生来看看！"

医生护士进来给夏郁薰做检查。

夏末林小心地握住宋若欣满是冷汗的手，安慰着："别担心，没事的。"

宋若欣心里愧疚万分，鼻头一酸，脑袋靠在夏末林的肩头："都是我的错……"

直到医生告知孩子已经没有大碍，烧也退了，夫妻两人才安下心来。

"若欣，别折磨自己，折磨薰儿了，你这么痛苦，那个人却什么都不知道，值得吗？"夏末林不知道该说些什么，该说的他全都说过了，还是要她自己想开才行。

"是我太自私了，不该用过去的事情伤害我身边的人……可是，我控制不了自己，我该怎么办？末林，我该怎么办……"

"我会帮你的，我们一起努力，只要你自己愿意放下。就算是为了薰儿，努力一次好不好？"

冷宅。

冷斯辰把夏郁薰送到医院之后，通知了她的父母，然后匆忙赶回家去。

冷斯澈几乎一夜没睡，一直透过窗户看院子里的动静，早上六点多的时候，终于看到冷斯辰带着布丁从后院的偏门走了进来。

冷斯澈惊讶地看着一身狼狈、满脸疲惫的冷斯辰："哥，发生什么事啦？你怎么到现在才回来，衣服还弄成这样？人找到了吗？"

冷斯辰简单说了一下情况，然后小声问妈妈有没有发现。

冷斯澈听得目瞪口呆，好半天才回过神来，摇摇头："放心，妈妈还不知道。你快去换衣服吧！等下妈妈要叫你吃早餐了！"

郭淳雅居然真的没有发现他彻夜不归，冷斯辰松了一口气的同时，更多的是落寞和失望，这还是他第一次希望做错事被发现。

一切都和往常一样，只是两个男孩儿各怀心事。

"妈妈……"

"小澈，怎么啦？"

"妈妈，我有点不舒服。"冷斯澈捂着胸口喘气。

冷斯辰担忧地看着弟弟，难道是刚才跟他说的话刺激了他？

郭淳雅立即慌张地迎上去："怎么了，哪里不舒服？妈妈带你去医院。斯辰，你在家里，不要乱跑，知道吗？"

又是和往常一样的场景，冷斯辰点点头，他早就习惯了。

郭淳雅刚要带他走，冷斯澈突然扯住冷斯辰的衣角："妈妈，我要哥哥陪我一起去！"

郭淳雅愣了愣，随即答应道："好好好，哥哥也一起去，你不要激动！"

冷斯辰困惑地看过去，却发现弟弟居然在跟他使眼色，怔愣了一下，才反应过来这小子是装的。虽然不赞同他总是用这招吓大人，但是想去医院看薰儿，也只有这个方法了。

到了医院，一直到傍晚，郭淳雅回家拿东西，兄弟两人才得以去找夏郁薰。

冷斯辰刚走到病房门口，就有个一整天都没说话，不吃不喝，急得夫妻俩团团转的小家伙从病床上跳下来，赤着脚扑进他的怀里，踩躏他刚换的白衬衫，哭得肝肠寸断："哥哥，你去哪里啦？"

夏末林和宋若欣又惊又喜地看着女儿终于肯说话了，而且乖得不得了。

冷斯辰让她坐好，她就抽泣着坐好；他给她喂粥，她就张口；他让她躺下，她就闭眼休息……当然，她总是小心翼翼地睁开眼睛偷看他还在不在。

冷斯澈提着的心也放了下来，摸摸夏郁薰的脑袋，一如既往地微笑："薰儿真乖！"

夫妻两人知道这几个小家伙最近走得比较近，却不知道关系这么好，尤其是跟隔壁这个总是一本正经、看起来很不合群的冷斯辰……

夕阳照得三个小家伙的脸红彤彤的，可爱而温馨。

"是你们找到薰儿的？"宋若欣问。

"是哥哥找到的。"冷斯澈回答。

"也是你打电话通知我们的吧？谢谢你！"宋若欣微笑着道谢。

冷斯辰的脸色不太好，只是点了点头。不管是因为什么，她那样对自己的孩子，都无法原谅。

这时候，还不清楚情况的冷斯澈问："为什么薰儿会跑到那么危险的地方？"

宋若欣面色微微发白，看向蜷缩在被子里，突然紧紧闭着双眼的女儿，没有回答，只是眼泪滑落下来，声音有些绝望："薰儿不会原谅妈妈了，是吗？"

看到女儿将对自己所有的依赖和信任都给了一个陌生人，宋若欣这才意识到自己失去了多么重要的东西。

夏末林急忙说："不会的，郁薰最喜欢妈妈了，怎么会真的生妈妈的气呢？郁薰，对不对？"

夏郁薰的身子颤抖得更厉害了，甚至把脑袋也缩进了被子里，小手紧紧攥成拳头："讨厌，讨厌妈妈……"

晴天霹雳也不过如此，宋若欣站立不稳，几近晕倒："薰儿……"

夏末林生气地斥责："郁薰，怎么这么不懂事？跟妈妈道歉！"

"不要吼她，你没看到她害怕吗？道歉的人应该是我，是我……"宋若欣痛苦地捂住脸。

冷斯辰和冷斯澈面面相觑，对这样的情况都有些无所适从。

"斯澈，我们先出去吧。"冷斯辰想着是不是该让他们一家人聊聊，把事情说清楚。

"哥哥，不要走，妈妈不要薰儿了，爸爸也不要薰儿了，哥哥不要丢下薰儿，好不好？"夏郁薰从床上摔下来，死死地攥着他的裤脚，哭得声嘶力竭。

看着女儿这个样子，夏末林所有的怒气都化作了愧疚。他有什么资格怪女儿呢？如果他能再小心一点儿，她就不会受这么多苦，而事情发生之后，他又没有及时去救她，他根本就不是个称职的爸爸。虽口口声声说会把她当成亲生女儿来疼，可是他心里始终无法释怀。孩子的心是最敏感的，即使他什么都不表现出来，孩子依旧可以感觉到。

黏在冷斯辰的怀里，夏郁薰才有勇气开口说话："妈妈为什么不要薰儿？"她沙哑着嗓子奶声奶气地说话，让人无比心疼。

宋若欣急忙解释："不，妈妈没有不要薰儿，妈妈怎么会不要你呢！妈妈，妈妈只是……妈妈保证下次再也不会了，薰儿可以原谅妈妈吗？"

夏郁薰埋着头不说话。

刚才看到夏郁薰这么听冷斯辰的话，宋若欣下意识地向冷斯辰投去求助的眼神。

冷斯辰此刻能做的只有轻轻拍着她的后背，毕竟他没有权利为她做任何决定。他心里却隐约知道，这一次，夏郁薰恐怕是很难原谅她的妈妈了。

夏郁薰抽噎了几下，仰起小脸，看看妈妈，又看看爸爸："我有条件。"

一看女儿松口了，宋若欣立即蹲下身子，拉住她的小手："条件？当然可以，不管什么事情，妈妈都答应你！"

冷斯辰困惑地看着软软地趴在他胸口的小家伙，居然猜不透这小丫头在想什么。

"妈妈，你可不可以亲爸爸一下？"夏郁薰一脸期待。

几个人都愣住了。

夏末林短暂惊愕之后，微黑的脸涨红一片，宋若欣却立即凑过去在夏末林的脸上亲了一下，无视僵化的夏末林，重新凑到夏郁薰跟前，满脸讨好："乖薰儿，这样可以了吗？"

夏郁薰煞有介事地嘟着小嘴，挑剔着："马马虎虎，妈妈不够认真。我还有条件的！"

一听这话，夏末林有当场逃走的冲动，他心里一直是喜欢宋若欣的，无怨无悔地为她做任何事情，却从未有过任何其他想法，刚才那个吻着实是吓到了他，即使知道她只是为了女儿，心还是完全乱了。

不知不觉间，冷斯辰蓦然发觉，刚才那样压抑的气氛，只因为夏郁薰的一句话就完全消失了。

夏郁薰脆生生地宣布："以后薰儿要自己一个人睡。"

宋若欣立即眸子黯然："薰儿还是生妈妈的气……"

宋若欣话未说完，夏郁薰立即接着说："妈妈要和爸爸一起睡！"

"不行！"说话的人是夏末林。

夏郁薰立即红了眼眶："讨厌，讨厌爸爸……"

宋若欣立即一边心疼地擦着夏郁薰的眼泪，一边瞪了夏末林一眼，让他不许再说话。"薰儿不哭，妈妈全都答应你！"

自小骄傲自负的冷斯辰第一次觉得，他连一个比自己小三岁的小丫头都不如，如果是自己，恐怕又是一辈子无法原谅，她却能用这样可爱的方式让一家三口变得更加幸福融洽。

之后两年，宋若欣很少发病，和夏末林的关系也越来越好，就算没有爱，依旧可以相亲相爱，更何况身边还有这么一个可爱的小精灵。

而事实证明，夏郁薰自小就有腹黑的潜质了，因为自从一个人睡之后，她就经常半夜溜去冷宅，钻进冷斯辰的被窝。

第一次，冷斯辰吓得不轻；第二次，他花了大半夜认认真真教育她不可以这么做；第三次，他直接生气地把她送回家；第四次，她依旧准时跑过来，他睡眼蒙眬地再送她回家……

终于，不知道是第几次之后，冷斯辰彻底无奈了，只得由着她。还好她每天都醒得很早，然后自己乖乖离开，没有给他闯什么祸。或许，还有一个他一直不愿意承认的原因，他害怕夜晚一个人睡觉的黑暗和孤单。自从小家伙来了之后，他再也没有做过噩梦。

冷斯辰八岁了，凭借着高智商，朦朦胧胧地开始理解很多事情，至少知道虽然夏郁薰总是叫他哥哥，但他毕竟跟她没有血缘关系，他不是她的哥哥，他们不应该这样一起睡觉。于是，冷斯辰狠下心来，不许夏郁薰再往他这里跑，而夏郁薰也出奇地好说话，真的没有再来。

冷斯辰一直很后悔，如果当时他没有顾忌那么多，没有赶她走，或许可以早一点儿发现她的不对劲，至少她不会变成后来那样，一直戴着厚厚的眼镜，隔绝了眸子的颜色，也隔绝了自己的心。

很小的时候，夏郁薰眼眸的颜色虽然比一般人要浅一点儿，但不大看得出来，随着年龄增长，她眼睛的颜色越来越明显。直到有一天，宋若欣帮她洗脸的时候，猛然看到她的眼睛，然后毫无征兆地开始发狂，像是想到了什么非常可怕和痛苦的事情。这两年里，宋若欣的精神逐渐变得稳定，也许是出于一种自我保护，选择性遗忘了一部分记忆。但当看到夏郁薰的眼睛之后，那些她一直遗忘的记忆，又全都涌现出来，让她的精神无法承受，她比之前更癫狂了。

　　夏郁薰的身上经常有宋若欣激动时掐她的痕迹，所以她不敢再去冷宅，不想让冷斯辰知道。

喜欢的男生

宋若欣死的那天，夏郁薰坐在高高的土城楼上，看着下面所有焦急呼唤的人，目光定格在一点，然后微笑："哥哥，你会离开我吗？会像妈妈一样离开我吗……"说这话的时候，她脆弱得好像下一刻就会灰飞烟灭，那样小小的身体，不知承受了多少伤害，可是不管她容纳多少悲哀，给予别人的总是微笑。

她爬得那么高，其实只是想找回一些那时妈妈抱着她坐在高处唱歌的回忆，可是她知道，这一切是真的再也回不来了。

她知道，其实妈妈一直都很不开心；她知道，妈妈是爱自己的；她知道，每次清醒的时候妈妈都很痛苦，也很后悔，她会抱着自己哭泣，跟自己道歉……妈妈是那样无助、哀伤……

可惜那时候她还太小，也不够勇敢。她一直在想，如果她能努力一点儿，再努力一点儿，而不是总是因为害怕就退缩、放弃，妈妈会不会因为她而好起来？那样妈妈就不会病得越来越严重，不会因为严重抑郁而自杀。甚至如果那天她没有负气说讨厌她，然后从家里跑出去，如果当时自己在妈妈的身边，或许妈妈就不会死了。

可是没有如果。一定是她做得不够好，所以妈妈才毫无留恋地离开了她。

所以，当冷斯辰朝她张开双手，说"薰儿，下来……"，她便下定决心，这个人，她这辈子都不会放弃，因为再也无法承受一次那样的失去。

十岁，夏郁薰上四年级，十三岁的冷斯辰进了当时最好的贵族学校崇樱中学上初一。

冷斯辰完全可以跳级，可他不想总是变成异类，而郭淳雅也在他的据理力争之下尊重他的意愿。当时她还要给冷斯澈安排出国治疗的事情，实在没有工夫和他争辩，好在这个孩子从来不会让她操心，也不会让她失望。

十岁，成了夏郁薰人生中的一个分界点。十岁，她不可以再每天和他一起上学放学；十岁，她不可以再肆无忌惮地缠着他疯闹闯祸；十岁，不仅仅隔着遥远的距离，连他的态度也突然变得冷淡疏离……

是不是因为自己整天缠着他，让他烦了呢？一想起学校里有关自己是他女朋友的传言，夏郁薰就忍不住双颊晕红，但心里隐隐是高兴的。也有人说，没听到夏郁薰叫他哥哥吗？他们是亲戚，所以才会走得那么近。于是，夏郁薰第一次讨厌起"哥哥"这个称呼。

崇樱是全封闭式管理学校，从开学到现在，她有一个多月没有见到他了。

终于，星期六的时候，她瞒着夏末林，偷偷拿着攒下的零花钱坐上了去 A 市的公交车。

夏郁薰到的时候已经是傍晚，看着金碧辉煌的学校大门，流光溢彩的"崇樱中学"四个大字，以及校园里梦幻一般的樱花树，夏郁薰惊得瞠目结舌。哥哥就是在这个地方上学吗？

仰视着皇宫一样奢华的校园，自己是那样渺小；看着来来回回的同学们身上的漂亮的校服，她那身洗得发白的运动服更是无比刺眼；呆滞的目光转向不远处广场上练习舞蹈的女生，自己肥胖臃肿的身体让她自卑得无地自容……

以前的夏郁薰，待在小小的景兰镇，从来不知道自己原来是这样差劲，而这样差劲的自己，一直不知天高地厚地缠着那样优秀的冷斯辰。明明是初春，她却觉得全身冰凉。

脚步凝滞了半个多钟头，她傻傻看着这些顷刻间颠覆她之前一切认知的事物，神情几近麻木。终于，她完全忘了为什么而来，移动脚步，想让格格不入的自己离开这里。

可是，她的目光突然停在广场上的某处，动弹不得。

那个少年，他穿着蓝白相间的英式校服，里面是白色的衬衫打底，系着深蓝色的领带，胸口的金色徽章熠熠生辉，起风时有樱花瓣飘过。即使是完全没有审美概念的夏郁薰也知道，那样的冷斯辰是非常非常好看的，那么多穿着校服的男生，没有谁可以把校服穿得这么好看。

那么久没有见，她多想跟往常一样扑上去跟他撒娇："哥哥，小薰好想你……"

可是，下一刻，她的一切幻想被残忍地彻底击碎。

刚才那群跳舞的女生中，最好看的一个女生被几个女生推操着，走到冷斯辰的面前，然后突然被推到冷斯辰的身上。

夕阳下，英俊的男生和漂亮的女生，脸颊都是红彤彤的，如同天边的晚霞。

"冷斯辰，你是来看我跳舞的吗？"女生害羞地问。

"……我只是路过。"冷斯辰还是一如既往地面无表情。

"哈哈，苏茜，他这是不好意思呢！他就是来看你的！"冷斯辰旁边的男生跟他勾肩搭背的，一看就不是好人，夏郁薰这么想着。

"凌宇，走了。"冷斯辰转身离开。

"美女们，明天见！"那个叫凌宇的男生嬉笑着追了上去，勾着冷斯辰的肩膀。

居然敢靠哥哥这么近！看着那个搂着冷斯辰肩膀的男生，夏郁薰有种咬死他的冲动。

刚才那个女生，她长得真的好漂亮，哥哥一定很喜欢她吧……夏郁薰来之前所有的冲动和热情，全都熄灭得连一点火星子都不剩。她最终还是落寞地沿着来时的路离开了，她需要时间消化一下今天所看到的一切。

正想转身离开，夏郁薰感觉自己的手臂突然被一阵很大的力道往一边拉去。

"就知道是你！你怎么回事？到底怎么走路的？一个人跑来这里，为什么不跟我说一声？现在又是要去哪里？"

凌宇似乎从来没见过冷斯辰一口气说这么长的话，夸张地将嘴巴张成了"O"形。

夏郁薰傻愣了好久，才怯怯地挣开冷斯辰的手，踉跄着后退一步："我，我……我要回家，我要回家去了……"

旁边的男生做出一副惊恐的表情，是因为自己穿着洗得发白的运动服，还是因为自己肥球一样的身材，抑或是因为她跟男孩子一样短短的头发？她想离开这里，一刻也不想待下去……

眼前的少年就连愤怒时的样子也是极好看的，夏郁薰看得痴迷。他越是耀眼，她越是哀伤。虽然她总是一副没心没肺的样子，心思却是敏感细腻的, 就像仙人掌, 外表坚强, 内心柔弱。

有什么办法可以和他一辈子不分开? 几乎一无是处的自己, 凭什么待在他的身边? 也是从这一刻起, 夏郁薰决定要开始认真学习武艺。她天真地想着, 就算自己脑子不够使, 不能文, 至少也要能武, 这样就可以保护他了。

看着发呆的夏郁薰, 冷斯辰有些不耐烦: "问你话呢!"

吼什么吼? 她千里迢迢跑来这里, 受尽了惊吓, 他还跟她吼? 夏郁薰的牛脾气也上来了: "我要回家!"

"你特意跑到这里来, 就是为了回家?"

当然不是, 她是为了看他, 而且冒着被爸爸暴揍的危险, 好不容易才偷溜出来。

"我, 我是来看你的, 现在看到了, 我要回家了。" 知道自己根本不是他的对手, 她索性也不说谎。

"看我的? 那为什么刚才没看到就要走?"

"反正……反正我就要走! 你别管我!" 她说不过就耍赖皮。凌宇看戏的姿态让夏郁薰全身不舒服, 她一跺脚, 转身就跑。

冷斯辰无奈地看着那丫头傻里傻气的样子, 伸手拉住她: "在这里等我。"

"你去哪里?" 她迷迷糊糊地瞪大眼睛看他, 但是不知道想到了什么, 突然仓皇地低下头, 拨了拨厚厚的刘海, 几乎把眼睛遮住了。她眸子的颜色平时不仔细看是看不出来的, 只有在阳光下会很明显。

冷斯辰回答: "我回宿舍收拾一下东西。"

"啊?" 她没听懂这个跟她等他有什么关联。

"和你一起回家。"

"啊?" 这一次她是因为惊讶。

"啊什么啊! 明天是星期天, 我本来就是要回家的。" 冷斯辰面不改色心不跳地说。

不明状况的凌宇困惑地插话: "冷斯辰, 明天不是约好要帮舞蹈社设计……"

他话没说完, 冷斯辰已经走远了, 凌宇只好小跑跟了上去。两人很快便走远了。

夏郁薰一个人站在学校门口, 圆滚滚的身子竟有些萧瑟的意味。

她低低地垂着脑袋，盯着自己脏兮兮的鞋子。突然，她胖乎乎的小手被一只微凉修长的手拉住。夏郁薰惊讶地顺着自己的手抬起头，看到了去而复返的冷斯辰。

冷斯辰没有说话，只是拉着她径直往前走，她也没有问，乖乖跟着他走，眼眶红红的。

冷斯辰本来都已经走出好远了，下意识地回头，看到那丫头被抛弃一样孤零零地站在原地，于是他在凌宇异样的目光中鬼使神差地又返回原地。

往来的学生很多都对他们指指点点，似乎是很好奇这么两个气质完全不搭的人怎么会走在一起，还亲昵地手牵着手。

她心里不安，好几次暗暗想挣开冷斯辰的手，可他也不知道是无意还是有意，握得那么紧，她根本挣不开。仰头看到他丝毫不在意的神情，夏郁薰突然也跟着轻松起来。连哥哥都不在乎呢，自己为什么要在意别人的眼光？

想着想着，原本阴郁的心情一扫而空，而冷斯辰的手也稍稍放松了。

"哇！好漂亮的喷泉！"

"啊！有很多漂亮的樱花，跟童话世界一样！"

"听说不是本校的学生，没有佩戴校徽是不可以进来的。为什么刚才的门卫没有拦住我呢？"

夏郁薰很快就本性毕露了，好奇地东张西望，问这问那，跳脱得不行。

不待冷斯辰回答，凌宇立刻抢答："斯辰可是我们学校的名人呢！带个人进来算什么？"

嗯，哥哥果然无论在哪里都是最优秀的。

走着走着，冷斯辰突然觉得有些不对劲，但是又说不上来哪里不对。

他拉着她直接进了男生宿舍大楼，她抽出自己的手，微微笑了一下，示意他不用担心她一个人："我不进去了，就在这里等你吧！"

冷斯辰这才发觉，从见面开始，她就一次都没有叫过他，之所以觉得不对劲，是因为少了她一声声甜甜的"哥哥"。

冷斯辰临时打电话通知郭淳雅要回家，郭淳雅虽然惊讶，但还是很开心儿子回来的。

"不是说学校里有事吗？"郭淳雅在电话那头问。

"不是什么重要的事，不会影响学习。"

"那就好！妈妈也正想让你回家一趟，小澈快要去美国了，妈妈替你跟老师请一个星期的假，你在家里好好陪陪他。"

在郭淳雅心里，冷斯辰的成绩比什么都重要，而更重要的……是她的小澈，他的弟弟。

冷斯辰打完电话之后，靠着椅背，闭上眼睛睡觉："到了叫我。"

"哦。"夏郁薰点点头。为什么他看起来好像不开心的样子？

一个刹车之后，夏郁薰没稳住，直接栽到冷斯辰的腿上："哎哟，哥哥对不起……"

冷斯辰依旧安静地浅睡，但是紧蹙的眉头因为那一声"哥哥"而微微缓和。但是，紧接着，他的安静便因为唇上如同羽毛一般飘过的柔软触感而支离破碎。

"阿辰……"他听到耳边她生涩的声音。

下车之后，夏郁薰也不知道是因为心虚还是什么，匆匆丢下一句"再见"，立刻直奔精武馆。

意料之中，她得到一顿责骂，身上挨了好几下，还被罚跪，晚上不许吃饭。可是她一点儿也不难过，因为哥哥，哦不，阿辰，会有一个星期都待在家里。好可惜啊！爸爸看得这么紧，害得她今天晚上都不能偷溜出去了。

晚上，冷斯辰躺在床上辗转反侧，院子里稍有动静都会惊醒，但随后而来的又是重新寂静和浓浓的失望，也不知道自己在期待着些什么。

在车上的时候，她应该只是很正常的亲昵而已，小时候她不是也经常黏着自己亲亲抱抱的吗？以冷斯辰的情商，实在是不能对他抱太大希望，以至于某年某月的某一天，夏郁薰近乎抓狂地来回暴走：冷斯辰，到底是我无理取闹，还是你太白痴？！不要告诉我，我围着你转那么多年，你就连我在追你都不知道？

星期天，郭淳雅举办了一场同学宴，邀请了冷斯辰所有的同学过来家里玩。一方面是为了冷斯辰处好同学关系，另一方面是希望多一些朋友来家里玩，冷斯澈能开心一点儿，因为生病，他都没有上过学。

自从知道要去美国，冷斯澈这几天别说笑了，就连一句话都没有说过。郭淳雅急得不行，只能病急乱投医。她心里分明知道能够让儿子开心的只有一个人，却因为偏见，不想让儿子和那个疯子的女儿走得太近。孩子们年龄越来越大，关系越来越好，郭淳雅的担忧就日益加重。其实那个女孩子很可爱，只是作为一个母亲，她不能让儿子的未来出现一分一毫的差错。

事实证明，郭淳雅的方法没有起到一点儿功效。

冷斯辰因为郭淳雅的擅自决定，一上午都冷着一张脸坐在院子里，除了偶尔和聒噪的凌宇说几句话，几乎都没有理过同学。好在那些同学貌似早就习惯了冷斯辰这副冷冰冰的样子，也不在意，女生更是不死心地频频过来找他说话。

而二楼的阳台上，冷斯澈则是事不关己地坐在藤椅上，抱着一本《安徒生童话》出神，下面有很多同学都对冷斯辰这个弟弟非常好奇，想上来结交，但均因为他看似温和却散发着与世隔绝的寒气而不敢上前打扰。那样温柔的冷斯澈，竟比冷斯辰更冰冷和难以接近。

楼下有很多女生，一边偷看冷斯辰，一边窃窃私语，时而仰头好奇地打量二楼那个有些神秘的男生。

"啊——"苏茜突然仰起头，惊愕万分地叫了一声，然后急切地扯着同伴的衣角，"余小洁，快看！"

几个女生顺着苏茜的目光看过去，均是满脸惊艳。

一切只因为二楼那个一直安静如同雕塑的男生，突然看着不远处，微微一笑，眸子里绽放的光彩简直倾国倾城，颠倒众生。

看着弟弟的目光落在院外且神情惊喜，冷斯辰眸子里的光芒微闪，蓦然明白了一件事。难道斯澈总喜欢坐在二楼，只是为了等她……

紧接着，冷斯辰的眉头紧紧蹙起，希望那个丫头不要用那么惊悚的方式出场……

只可惜，冷斯辰刚这么想，某只肥球已经爬上墙头，看到满院子的人之后，惊得嘴巴张成了"O"形。等她反应过来，想要逃走的时候，已经被布丁冷不丁一声兴奋的大吼吓得摇摇晃晃，扑通一声掉进了院子，像一只误进鸟窝的肥虫子。

布丁和往常一样，亢奋不已，扑腾着跑了过去，夏郁薰照例是满院子乱跑。

冷斯辰的太阳穴突突跳动了几下，刚才即使在熙熙攘攘的人群包围下，他也没有感受到丝毫热闹，却在这丫头墙头一跳之后，觉得满园喧嚣。

此时此刻，满院子的人都看着突然闯入的夏郁薰，好奇地议论着她的身份，也有几个眼尖的认出她是昨天和冷斯辰走在一起的小女生。

冷斯辰正想过去解围，却发现已经有人比他更快。

就在夏郁薰无比窘迫，差点想要从狗洞里钻出去逃离这里的时候，冷斯澈走了过来，无比自然地牵着她胖乎乎的小手，语气熟稔亲昵："小薰，过来这边，我给你留了好吃的！"

啊！好吃的！她被老爸罚跪，从昨晚到现在都还没吃饭呢！这个诱惑实在是太大了。

"跟我去楼上。"看着她双眼放光的模样，冷斯澈的眼神更加温柔了。

夏郁薰忙不迭地点头，毫无招架之力地被诱惑着上了楼，早就忘了来这里的最初目的。

咦？最初目的？她的最初目的不也是来看他们，顺便混点儿东西吃吗？这么一想，夏郁薰更加心安理得地跟着走了。

冷斯辰看着两人离开的背影，若有所思，虽然冷斯澈也很喜欢小薰，但平时和她走得并不近，总是保持着不远不近的距离，仿佛在刻意压制着些什么，不过今天显得异常热情，有种不顾一切的姿态。

郭淳雅看着儿子的态度，无奈而妥协地轻叹一声。反正就要走了，就由着他这一回吧！她何尝不希望儿子能开心呢！对于这个随时都有可能离开她的儿子，她的包容永远是无限的。两个儿子，一个是她最宠爱的，另一个是她期望最高的。

冷斯澈屋里的圆桌上，满满当当放着夏郁薰最爱吃的东西。看着她大快朵颐的样子，一向胃口不好的冷斯澈也觉得有了胃口。

"阿澈，你不吃吗？"夏郁薰嘴里含着糕点，努力地咽下去，然后不客气地重新拿起一块。

学过拼音之后，她就改了"葛格"这个称呼。不过，无论是"葛格"，还是"阿澈"，都是这个世界上最温暖的语言。

"嗯……哪个比较好吃？"冷斯澈认真而期待地询问。

夏郁薰急忙切了一块精致的樱桃慕斯蛋糕，递到他的嘴边："这个很好吃！"

冷斯澈犹豫着，就着她的手咬了一口，看到她笑嘻嘻地对自己说："好吃吧？"

冷斯澈点点头，接过那块蛋糕，斯斯文文地咬着。

那慢条斯理的样子看得夏郁薰有些纠结，她突然想起某件事情："完了……

我本来要减肥来着。真是糟糕，一看到好吃的就忍不住……"

冷斯澈困惑道："减肥？为什么突然想减肥？"

"当然因为太胖了啊！这样……多难看啊……"夏郁薰神情惨淡地戳着蛋糕。

冷斯澈神情一怔，随即了然，眉宇间似有几分哀伤："小薰是有喜欢的男生了吧……"

"喜欢的男生？"她一脸问号。

在夏郁薰眼里，冷斯辰是完全独立的存在，根本不在那些男生之列。

门外，刚要迈进来的冷斯辰在听到这句话之后，脚步蓦然一顿。

她喜欢哥哥，冷斯澈一直都是知道的。从哥哥去山上救了她开始，她就已经把他当成最重要的人了。而那一次，如果不是因为自己身体不好，去救她的人不会只有哥哥。

冷斯澈的眼神太过哀伤，夏郁薰那样的粗线条，也开始觉得气氛不太对劲："阿澈，你怎么啦？不开心吗？有人欺负你别怕，我帮你揍回来！"

冷斯澈轻笑一声，摇摇头："小薰，我要走了。"

"走？阿澈，你要去哪里？"

"我要去美国。"

"哥哥也会去吗？"夏郁薰心头一慌，对眼前的美食全然没了兴致。

她紧张的神情让冷斯澈的眸光黯淡了几分："不会，哥哥不去。"

"只有阿澈一个人去？那一定会很无聊的！你什么时候回来？"

"我也不知道。"冷斯澈苦笑。不知道这次手术之后，他还能不能回得来。

夏郁薰的心突然就紧紧缩成了一团，每次有什么重要的东西要离开自己的时候，她就会有这种感觉。

"小薰，你会想我吗？"冷斯澈忐忑地问。

"嗯。当然会！"夏郁薰拼命地点着头。

"小薰，过来。"

"嗯？"她困惑地走到冷斯澈的跟前。

"我可不可以抱你一下？"还未等到她的回答，冷斯澈已经伸出手臂拥住她。

夏郁薰愣了一下，随即反拥住他，带着些鼻音："阿澈，不要伤心，等你回来了，我们还可以一起玩。"

"嗯。"

"我会给你写信的。"

"嗯。"

"阿澈，你会回来的，对不对？"虽然他没有说明，但她是知道的，知道他是去治病的。

"……嗯。"

"小薰，不要刻意减肥，不要委屈自己，如果你喜欢的那个人因为你的外表而讨厌你，那他根本就不值得你喜欢。"而他知道，哥哥不会在意这些。

夏郁薰觉得冷斯澈的话说得很有哲理，默默地点头。

"不过，我理解的，有一句话叫'女为悦己者容'。"冷斯澈笑道。

"什么意思？"

"意思就是，你会为了喜欢的人想变得更优秀、更美丽。"对于冷斯澈能把大家都听得懂的话用她听不明白的句子表达出来这一点，夏郁薰向来是很佩服的。

"下面很热闹，要过去玩吗？"

夏郁薰摇摇头："不想去，我又不认识他们，我陪阿澈聊天好不好？"

"好。"

她喜欢的男生是谁？这个问题就这么被搁置了下来，却一直横亘在冷斯辰的心里。他从来没有想过，有一天那个一直跟在自己身后的跟屁虫，也会这样去对待另外一个人，天天黏着那个人对那个人笑，他想想心里都觉得不舒服。

晚上，人都散了，夏郁薰也要回家了。她走到门口的时候，被冷斯辰拦住了。

虽然一直待在这里，却根本没能跟他说上话，因为今天有好多客人要招待，所以夏郁薰没有去打扰他，趁着冷斯辰送走同学的时候，想悄悄离开，没想到他会主动来堵住她。看来这次真的闯大祸了！一想到白天的事情，她就觉得丢脸。

夏郁薰认命地垂着头，不停地道歉："对不起，对不起！我不知道今天你家会有那么多同学，我、我……我下次再也不翻墙了，我保证！"

冷斯辰没有说话，只是把一大袋子诱人的糕点递到她的跟前："拿着。"

"啊？"怎么会这样？不但没有挨骂，还有甜点吃？

"不要吗？"

夏郁薰神情有些犹豫。就算不是为了他，她自己也不想长那么胖的呀！

她果然是要为了那个所谓的"喜欢的男生"减肥！想到这里，冷斯辰的脸色更冷了。

"不要算了。"冷斯辰说完，转身就走，作势要把袋子扔进垃圾桶。

夏郁薰急了，蹿过去一把抱住他的胳膊，夺回那袋糕点："我要我要！"

她接受了，那就表示她喜欢的那个男生应该也没有那么重要。

于是，冷斯辰圆满了。

于是，夏郁薰继续肥下去。

第四节

她踩烂了我的苹果

时光荏苒，光阴似箭，转眼三年。

月亮绕着地球转，地球绕着太阳转，夏郁薰依旧绕着冷斯辰转，只不过旋转半径越来越大。

郭淳雅陪冷斯澈去美国三年了，听说冷斯澈恢复得很好，但郭淳雅依旧不放心，在美国照顾着，很少回来。这导致冷斯辰回家的次数也越来越少，到最后，一年回来的次数不到十次。

更悲惨的是，自从夏郁薰开始苦学武术，被夏末林发现她惊人的武学天赋之后，夏末林开始狂热地训练她，她忙得没有一点儿时间去学校看冷斯辰，以至于在冷斯辰今年暑假没有回景兰镇的情况下，夏郁薰的烦躁达到了顶峰。最后受苦的全是身后那帮小弟以及武馆里无辜的师兄弟。

就在她要全面爆发，做出骇人之举的时候，上帝终于仁慈地开了一扇窗。

明天在 A 市的体育中心有一场国家级的武术比赛。为了这个比赛，夏郁薰这几个月废寝忘食，被夏末林折腾得掉了好几斤肉。

傍晚，夏郁薰忐忑地握着公用电话亭的电话，迟迟下不了决心打给冷斯辰。他这段时间一直没回来过，说不定很忙呢！这个时候打过去的话，会不会打扰他？

她最后一刻还是失去了打给他的勇气，拨通了另外一个电话："喂，张晟，是我，夏郁薰。"

"有事吗？"张晟和夏郁薰是小学同班同学，也是个小神童，初中考进了崇樱，而她只能进家门口的一所普通中学。

"也没什么事，我明天要去 A 市的体育中心参加全国武术大赛。"

"真的？到时候我去给你加油啊！"

"谢谢，你要是有事，就不用来了。"

"有事也得去啊！你放心，到时候我一定拉一票人去捧场！"张晟热情地说道。

"这样啊！我……我想问一下，冷斯辰他最近很忙吗？他……他明天有没有空？"夏郁薰迟疑着问。

张晟挠挠头："他啊！最近是挺忙的！10月1日就是崇樱十周年校庆，很多人暑假都留在学校准备，冷斯辰现在肯定忙着帮他女朋友设计舞蹈社的服装和道具呢！"

夏郁薰一呆："女……女朋友？"

"是啊！你们关系不是很好吗？他没有告诉你？"

夏末林带着夏郁薰和另外五个参赛的男生提前到 A 市体育中心附近的旅馆住了下来。步行五分钟有个公园，夏郁薰就是在公园里的电话亭打的电话。

打完电话之后，她一直愣愣地坐在公园的长椅上。

十分钟后，张晟行色匆匆地赶到公园，看到夏郁薰失魂落魄的样子，吓了一跳，急忙上前："怎么啦，这么急着找我，到底出什么事啦？"

夏郁薰一脸哀怨地看着他，好像他做了无比残忍的事情："可不可以告诉我冷斯辰的女朋友是谁，他们是怎么在一起的，是什么时候的事？"

张晟猛敲了一下脑袋："你、你……难道你喜欢冷斯辰？"

"……"夏郁薰绞衣服。

"天！那时候你总是叫他哥哥，我还以为你只是把他当成哥哥的……"

"……"夏郁薰继续纠结地绞衣服。

"咳，你什么时候配的眼镜啊！真丑……"

"拜托，不要转移话题好不好？"夏郁薰爆发，瞪他。

"好好好！"张晟在夏郁薰旁边坐下，"我在初中部，高中部的事情只是略有耳闻而已，我只知道那个女生叫苏茜，是崇樱的校花，舞蹈社的社长。苏茜初一的时候就开始追冷斯辰了，追了整整三年，具体过程我不清楚，但是他们成天出双入对，已经是公认的一对了。"

三年，不就三年吗？有什么了不起……怎么也没想到，几个月不见，却得到这样一个惊人的消息，冷斯辰已经有女朋友了。原来这就是他总是不回家的原因吗?

夏郁薰想起一个成语——乐不思蜀,前所未有的危机感席卷而来,于是……

"我要考进崇樱。"

张晟吓了一跳:"你开玩笑的吧?"

"不行! 我要进崇樱! 我一定要进崇樱!"夏郁薰站起来,开始来回暴走。

"没用的。"张晟摇头说。

"为什么? 为什么没用?"夏郁薰逼近,扯住张晟的校服领带。

张晟脸颊微红:"咳咳,开学之后,你上初二,冷斯辰上高二,先不说崇樱有多难考,等你考上崇樱高中部,冷斯辰也已经离开崇樱上大学了。"

晴天霹雳! 五雷轰顶!

"有办法的,一定有办法的!"夏郁薰失神地喃喃自语。

"唯一的办法就是……还是不说了,这更不可能。"张晟一脸颓然。

"什么办法? 你快说呀!"

"跳级。"在夏郁薰再次逼近之前,张晟立刻警惕地倒退一步。

"跳级?"

"对,这对你来说不是几乎不可能,而是完全不可能。就算你跳级成功进入崇樱了,和他在一起的时间,也只有一年而已。"张晟诚实地分析道。

"一年! 一年! 一年啊! 可以和阿辰待在一起一年,再不可能我也要试试! 张晟,你成绩这么好,这一次,你一定要帮我!"夏郁薰双手合十,一脸乞求。

张晟无奈道:"真是个小疯丫头! 冷斯辰哪里好? 一个两个都入魔了! 搞不懂你们这些女生。"

夏郁薰虽然嘴里说得信誓旦旦,可实际上一点儿把握都没有,神情变得越来越惨淡。她要是能考进去,早在初一就已经考进崇樱了。

张晟突然想到什么,兴奋地说:"啊! 对了,你刚才说你要参加全国武术大赛,是不是?"

"是啊! 怎么啦?"夏郁薰有气无力地问。

"笨啊! 全国武术大赛如果拿到第一名,崇樱会无条件录取的!"

"什……什么? 这怎么可能? 你是怎么知道这件事的?"夏郁薰蒙了。

"怎么不可能啊？你忘了我妈是谁？"

"崇樱的……教导主任！"

"只要你拿到了第一名，可以直接转学上初二的，学前可能会有个资格测试，应该不难。崇樱教学很好，但是费用也不低。不过，崇樱这几年正在吸收特长生，家境不好也没有关系，学校会适当减免学费，你努力一点儿还能拿到奖学金。而且在崇樱上初中直接升高中部的可能性也很大……"

山重水复疑无路，柳暗花明又一村……真的可以吗？这样她就可以去崇樱，可以和阿辰在一起学习两年时间。啊，真是的，为什么没有早点儿知道这个消息呢？如果早点儿知道，初一的时候她就去参加那个全国武术大赛了。无奈夏末林总说她火候不够，这次参赛的人中她是年龄最小的，夏末林说不指望她能得到名次，这次只是为了让她见见世面，增加实战经验。先前夏郁薰并没有对这次比赛抱什么热情，现在完全不一样了。

还好这些年她练得够认真，对自己也够狠。明天的比赛，她一定要全力以赴。

"夏郁薰，加油！真希望能跟你一起上学。"

"嗯，我一定会努力的！张晟，太感谢你了！你简直就是我的再生父母啊！"

"呵呵，你就别拿我开玩笑了，你还是我的救命恩人呢，女侠！"那时候，她总是抡起肉嘟嘟的小手替他摆平那些嫉妒他学习好的坏学生。后来，那个总是喜欢欺负他的孩子王枫，也因为不打不相识，跟他们成了好朋友。

如今，夏郁薰在普通中学，张晟进了崇樱中学，而王枫在父母的安排下跟一位老师傅学中医。彼此间的联系并没有因为毕业而变淡，每次大家小聚的时候都会开心地聊彼此生活中发生的趣事。当然，每次夏郁薰和王枫这两个家伙免不了要打上一架。

时间过得很快，两人聊着聊着就天黑了。

夏郁薰深呼吸，吸天地之灵气，纳日月之精华。神啊！请赐予我力量……

夏郁薰回来的时候，夏末林忍不住多看了她几眼。这丫头眼睛亮得不像话，整个人气场都不一样了。这种情形只在三年前她突然想好好学武的时候见到过。

他很了解这个女儿，平时都是懒洋洋的，能少出点儿力绝对不多出一分，但关键时刻爆发力极强。当然，这并不代表她懒到与世无争，她的底线是——食物和冷斯辰。

自从被关在小木屋里挨了饿，夏郁薰对食物有着近乎狂热的执着，能让她主动放弃进食念头的，便是那能让她瞬间爆发的第二个存在——冷斯辰。

从某种意义上来说，夏郁薰颇有点儿"扮猪吃老虎"的潜质。水满则溢，月盈则亏，人的情绪也是这个道理。当承受的比赛压力大到一定程度的时候，夏郁薰反而淡定了。

看着台上两个打得不相上下、难舍难分的少年，夏郁薰百无聊赖地打了一个哈欠："嗯，虽然看起来两人实力均等，可是……大师兄赢定了。"

夏末林闻言，眉头一挑："怎么说？"

夏郁薰翻了一个白眼："你没看他刚才还有空闲跟台下的美女抛媚眼吗？他根本就没用全力，我看他是对这万众瞩目的感觉上瘾了，想着法子在台上多赖一会儿……"

果然，就在台上险象环生的时候，那个一双桃花眼的少年，选了一个最拉风的时机给了对方绝妙的最后一击，比赛结束。

大赛如火如荼地进行着，过一会儿女子组初赛就要开始了，她希望冷斯辰能来，只可惜他很忙，很忙……

崇樱中学高中部，舞蹈教室。

张晟路过的时候，正好遇到冷斯辰迎面走来，好像正要进舞蹈教室，下意识就拦住他问："冷斯辰，你怎么还在这里？"

"什么？"冷斯辰不明所以地皱了皱眉头，手上还拿着几张设计图。

难道他还不知道？夏郁薰竟然没跟他说吗？不过也对，都知道他有女朋友了，郁薰现在肯定很伤心，不会主动找他的！不过，她应该还是希望冷斯辰去的吧！如果看到喜欢的人为自己加油，肯定更有动力。

于是张晟决定多嘴一次："今天郁薰要参加全国武术大赛，在体育中心，八点钟开赛，郁薰的场次大概要到十点，快开始了。不跟你说了，我要赶紧多找几个人给她加油……"能做的只有这些了，他来不来，就要看在他心里到底孰轻孰重。

听到这个消息，冷斯辰的手指关节捏得微微发白。

已经有多久没有她的消息？现在居然是通过别人才知道她来了 A 市，

知道她要参加一场很重要的比赛……若是以前，她一定会紧张地拉着他唠叨一整夜，一定会趁这个机会赶来学校看他……可是她没有，甚至连来A市都没有通知他。或许，当年对冷斯澈说的话，他该对自己再说一遍。

她不会只有他这么一个朋友，更不会一辈子依赖着他。彼时，零情商的冷斯辰根本就没有意识到，这句话同样可以用在他自己身上。

夏郁薰最害怕的，何尝不是彼此之间就算再亲密，也会随着成长被其他人代替。就算在他的潜意识里，可以进入他的领地的人只有她一个，可是他从来没有给过她任何保证，所以她还是会害怕的，害怕再这么下去，有一天会越走越远。所以，没有他的肯定，即使是站在他的领地里，她也同样会迷路，然后一步步远离，直到完全走出去……

冷斯辰整个上午都心情烦躁，周身散发着"生人勿近"的气息，连苏茜跟他说话也是爱搭不理。大家不是没看过冷斯辰冷酷的样子，却没见过这冻结成冰的场面，往常叽叽喳喳的女生说话都不由自主地放低了声音，小心翼翼地在安全距离行动。

冷斯辰好几次想主动去看她，可是又因为莫名的烦闷而作罢。

她什么时候和张晟关系这么好了？记起来了，这个张晟好像和她是小学同班同学。算了，既然她宁愿告诉张晟也不告诉自己，自然是不愿意他去的，他又何必去瞎掺和。

冷斯辰不想承认，几个月没有见她，自己比想象中还要想她。

某一天，当他突然发现自己的情绪全然被那丫头的一举一动牵动；某一天，当他发觉自己越来越期待每个双休日的到来；某一天，当他猛然发觉自己的唇距离她的睡颜只有零点几毫米……冷斯辰被这些说不清道不明的情绪吓到了。

这几个月，忙是借口，逃避才是真的。在他没想清楚这种莫名令他完全无法控制的情绪是什么之前，他不想见那个扰乱他的罪魁祸首。

可是现在……该死的！他就知道那丫头一刻都不会让他安生的。

凌宇进来的时候，先是看到一群战战兢兢的女生，然后看到某个散发着强大冷气的家伙。

"喂，出什么事啦？脸都结冰了！"

冷斯辰不说话。

凌宇直接把他手里正在制作的舞台道具抽走："别折腾了，你的心思根本不在这上面。到底怎么啦？谁惹你啦？"真是稀奇了，他还真想象不出谁能把冷斯辰惹成这样。

冷斯辰没有回答，只是问了一句："现在几点？"

"都快十二点了，可以吃午饭了。"

时间已经过了吗？冷斯辰赫然站起，走出去。

凌宇蒙了好一会儿才跟上去："喂！你去吃饭吗？等等我啊！"难道他摆着这么一副臭脸，是因为饿？

夏郁薰真的很不明白冷斯辰的心思，之前说他完全不跟自己联系是真的，不过，他每周都会定时寄来好多好吃的东西，这到底是什么意思呢？夏郁薰经常一边抱着零食，一边愤慨于他这种定时喂食行为。

怒！

此时此刻，赛场上，众目睽睽之下，夏郁薰正一边思考这个深刻的问题，一边跟对手悠闲地打太极……

相比而言，她还是希望收到他的只言片语，她以为自己够懒了，可是那家伙怎么能懒成这样呢？零食都寄来了，写几个字能占用他多少时间？她给他写了那么多封信，他一次都没有回过。

大怒！

缓慢的动作突然变得迅猛有力，夏郁薰一脚把对手踹飞了。

夏郁薰又想到一件事：女朋友！女朋友！啊啊，阿辰居然有女朋友了！

暴怒！

结果对手刚爬起来，又被踢飞了，这次直接摔到了台下……

众人看夏郁薰的眼神，简直跟看外星人没有两样。

比赛刚开始的时候，这个扎着马尾，戴着黑框眼镜，胖乎乎的女孩往台上一站，吓翻了底下一群人。有没有搞错啊？这可是全国武术大赛！这个全身上下看不出一点儿武术气质的女孩子，到底是怎么闯进全国五十强，站在这个台上的？她的对手可是 H 市有名的武术小神童呢！

而比赛结果比夏郁薰站在台上的那一刻还要让人惊悚。

"赢了！赢了……居然是那个胖胖的女孩子赢了……"

"人不可貌相，出手好狠啊！"

"就是就是！"

"海水不可斗量，深藏不露啊！"

"对啊对啊！"

"那么胖，腿却能踢这么高，怎么做到的？"

体育馆附近有条美食街，一行人刚比完赛，大汗淋漓，浩浩荡荡地出发觅食。

"嘿！小师妹，刚才打架的时候，你神游太虚，想什么呢？"大师兄安逸城眨着一双桃花眼，笑嘻嘻地把手臂搭在夏郁薰的肩膀上。

"关你什么事？"夏郁薰伸手拍开肩膀上的爪子，推了推眼镜，继续瞪大眼睛觅食。

"该不会是在想哪个男生吧？"两个人贫惯了，经常口无遮拦。

"去去去！你打架的时候都能给美女抛媚眼了，凭什么我不能神游太虚啊？我爱想谁就想谁！"

众人无语……这两个变态！如果他们的对手知道他们在赛场做的事，不知道会作何感想。

夏末林无语。打架？这么重要的全国性比赛，对这两个小兔崽子而言，就是打架？不过，这两个小家伙的实践经验多半来自打架，所以跟那些从小受正规训练的孩子相比，多了"出其不意"以及"爆发力"。

夏郁薰在一家老面馆面前停住，深呼吸一口："啊！好香……我们就去这家吧！"

"我不想吃面！"安逸城斜了一眼夏郁薰，正要往前走，却被一把勾住衣领："相信我，这家一定好吃！"

"你吃过？"

"没有啊！我闻出来的！"夏郁薰继续扯着安逸城往里面走。

"小师妹，你是狗鼻子吗？"

"找死！想打架是吧！谁赢了听谁的？"夏郁薰把背包甩给旁边的三师兄，撸起袖子，摆好姿势。

"好啊！打就打，谁怕谁啊？"

其余四人作抚额状："又开始了……还能不能消停吃顿饭了……"

这会儿两个人已经在"老谢牛肉面馆"前面过了几十招。

安逸城，性别男，爱好女，年龄十六。

夏郁薰，性别女，爱好食物和冷斯辰，年龄十三。

性别和年龄都有差距，纵使夏郁薰身手再灵活，也无法长时间作战，更何况现在她还饿着。于是，她只好使出撒手锏："啊！有美女！"

"在哪里，在哪里？"安逸城作孙悟空状，四处扫视。

砰——他被过肩摔了……

"该死！夏郁薰你玩阴的！"安逸城灰头土脸地站起来的时候，夏郁薰已经带着众人进了面馆，点好了面。

夏郁薰看着菜单上的小菜，为难道："好像有点贵啊！"

夏末林发话了："没关系，这次你们六个人有四个进了总决赛十强，连小斌和小航都进了十六强，成绩真的很不错，这顿大家庆祝下。"

"老爸万岁！我要吃两碗！"

"小心撑死你！"

刹那间，两人又用筷子过了几十招。

夏末林无奈地摇头：年轻人就是有精力啊！

"丫头人缘不错，那么多人给你加油，后援团挺硬的啊！怎么？赢了也不请人家吃一顿？"安逸城随手拿了一个刚才夏郁薰买的苹果。

夏郁薰也没想到张晟会带那么多同学过来看她比赛。不过，一眼望去全是眼镜男，张晟那家伙不会把他奥数小组的精英全都带来看这种不符合他们气质的暴力比赛了吧？

夏郁薰把苹果分了，正好一人一个，然后抱着红彤彤的大苹果作向往状："急什么？等我拿了全国女子组第一再说。"

安逸城白她一眼："好大的口气啊！你知不知道你的对手是谁？"

"不就是秦然吗？"夏郁薰无所谓地说道。

"秦然！秦然！秦然是谁你知道吗？如果说你是怪兽，那秦然就是'禽兽'！"

对面的"江南酒家"，凌宇不明所以地看着菜单："干吗非要来这里吃饭？这里的菜很好吃吗？"

冷斯辰不说话，凌宇顺着他的目光往对面看过去，恍然大悟。

她过得很好，看来他是白担心了。

"走吧！"冷斯辰移开视线站起来。

"走？往哪里走啊？饭都还没吃呢！"凌宇飞快地点了菜，不给冷斯辰转圜的余地。

凌宇饶有兴趣地一会儿看看对面，一会儿又看看冷斯辰："喂！刚刚跟小肥球说话的男生是谁啊？两个人看起来好像关系很好！"

"斯辰，你完了，情敌出现了！"

"斯辰，我看那丫头好像也没那么黏你啊！不错，有出息，看来之前是我误会她了！"

这边正聊着，那边一桌子人杀气腾腾地过来。

"你就是夏郁薰，今天打败 H 市于姗的那个人？"一个穿着白色运动服的女孩儿，身后跟着几个同样穿着白色运动服的少年，整齐划一地在他们的餐桌前站定。

夏郁薰这边穿得五颜六色的，集体抬起头看向来人，除了夏郁薰。那丫头还在呼噜呼噜地喝面汤，一脸享受，完全不受打扰。

"你好，我叫秦然。"穿白色运动服的女孩子努力保持着良好的教养，自我介绍道。

秦然？不就是小师妹接下来的对手吗？长得还不错，看在是小师妹对手的分儿上，安逸城多看了她几眼。

"喂！我师妹跟你说话，你没听到吗？"后面有个高个子少年刚上前一步说话，就被安逸城杀气腾腾的一瞥压制。高个子少年下意识地回头看了一眼，总觉得背后凉飕飕的，好像某种超强的冷空气正锁定在他的身上。

"你的功夫很漂亮，我想跟你比试一场。"秦然的眸子里闪烁着光芒，看得人毛骨悚然。

安逸城说这丫头是"禽兽"不是没有原因的，秦然是那种有天赋且热衷武学的人。严格来说，她不是热衷，而是狂热。

秦然在另一个赛场提前解决了对手，所以过来看看明天和她角逐第一的会是谁。结果，看到夏郁薰的那场比赛之后，秦然渐渐有"兽化"的迹象……以至于虽然明天就要比赛了，可是她一分一秒都等不了，找了几条街，总算找到了夏郁薰。要不是来的时候师兄弟千叮万嘱一定要淡定，她这会儿就立刻扑上去跟夏郁薰打一架。

秦然心里想着：难道这女孩儿一点儿都感觉不到她身上强烈、热烈以及激烈的渴望吗？她没有感受到战斗的讯号吗？为什么她还能这么淡定地吃牛肉面呢？这、这……这实在是太不专业，太不热情，太没有武术精神了。

"老板，再来一碗！"夏郁薰喝完最后一口面汤，意犹未尽地举着两根筷子在空中挥舞。

众人无语……

秦然愤怒了……

"怎么，不敢接受挑战吗？"秦然一拍桌子。

夏郁薰全副身心都在食物上面，压根儿没弄清楚发生了什么事情，镜片后面的一双大眼睛迷茫地眨了眨，然后继续对上菜的小姑娘翘首以盼。

"喂！丫头！别太嚣张！"夏郁薰"目中无人"只有食物的样子，高个子少年实在看不下去了，啪的一声拍桌。

夏郁薰这边的几个少年也有些坐不住了，可是看到夏末林没有发话，谁都没有出声。此刻夏末林的心里却是百转千回，这个女儿虽然别的不行，想不到定力还是不错的，那几个小子被人稍稍挑衅就坐不住了，那丫头还是稳如泰山地坐着。嗯，孺子可教也！

这时候，安逸城悠悠说了一句："大赛规定选手不可以私下比武。"

"不行，我现在就要跟她打一架，现在，立刻，马上！"秦然不依不饶。

众人正僵持的时候，夏郁薰已经重新把小脸埋进那碗香喷喷的牛肉面里。

"慢点儿吃，小心呛着！"安逸城无奈地拍拍夏郁薰的后背，姿态宠溺且亲昵。他抬头对秦然说："她吃饭的时候听不到任何人说话，你还是等她吃完再跟她说吧！"

安逸城话音刚落，秦然那边的高个子少年突然后背一冷，忍不住打了一个寒战。怎么回事，怎么老觉得冷飕飕、阴森森的？

而对面"江南酒家"靠窗的某个座位上，凌宇双手环胸，搓了搓手臂，喊道："老板，牛肉火锅！"冷，好冷，怎么这么冷呢？

"你说什么？"秦然完全不理解安逸城这句话的意思，只当安逸城是在打发她，而她也已经等得够久。

一碗牛肉面的时间，足以让秦然完全"禽兽化"。于是，啪的一声，秦然那一掌拍下去，木头桌子裂了一条缝。

这个时候，意外发生了……

夏郁薰放在手边的那只本来要当作饭后水果的红苹果，躲过了前两次震动，却没能躲过这一次。在剧烈的震动下，那只苹果做自由落体运动，摔下桌子，滚到秦然的脚边，接着被她残忍地一脚踩上去，肠穿肚烂，死无全尸……

苹果，我可怜娇弱、手无缚鸡之力的小苹果，我都还没来得及吃你，你怎忍心就这么离我而去……夏郁薰颤抖着手指，指向制造惨案的罪魁祸首。

禽兽啊禽兽！本来她赢的理由只有一个——冷斯辰，现在，那个"禽兽"居然朝她的食物伸出了魔爪。好！很好！

"江南酒家"里，凌宇察觉到对面的家伙竟突然轻笑出声，刹那间简直万物复苏，春暖花开。

而此时此刻，秦然"禽兽化"的同时，夏郁薰气血值飙满，瞬间"魔兽化"！那气场，简直天雷滚滚、飞沙走石、天地失色、日月无光……而最终阻止这场场外非法决斗的，是"禽兽"和"魔兽"的"主人"。

"小丫头，我们秦然怎么着你啦，看你一副不共戴天之仇的样儿！"

"教练！"秦然在看到来人之后，立即像被针戳破的皮球一样蔫了。

看着石岩那张欠揍的脸，夏郁薰先是略有些惊讶，接着差点扑上去咬他："她是你的人？"

"是啊！我徒弟，厉害着呢，打架从没输过！"石岩颇为自豪地说，同时挑衅地看向夏末林。当年败给夏末林，简直是他人生的耻辱，这一次，他一定要连本带利地讨回来。

次日，上午十点四十九分。

赛场上，夏郁薰微微垂着头，平缓着剧烈的呼吸，眸子里凶残的幽光从刘海的缝隙间流泻出来，紧紧锁定对面的人。

两个女孩儿比起武来就跟疯了一样。此刻，场下的观众全都屏息凝视，精神高度紧张。

特邀嘉宾席上，崇樱校长正侧耳询问台上两个女孩子的情况。

又来了，又来了！夏郁薰应付着秦然一连串凶悍的攻击。都打了这么久了，居然还能发起高强度攻击，这家伙都不知道累的吗？

台下，石岩满意地点点头，秦然最大的优势就是体力和耐力惊人。

夏末林倒是水波不兴，输赢对他来说不是最重要的，这一次郁薰能拿到第二已在他意料之外。来的时候，她还只是抱着玩玩的态度，压根儿没有比赛的样子，也不知道发生了什么，这丫头突然认真起来。大部分时间看到的都是她懒洋洋的样子，突然见她拼命，还真是有些不习惯。

这个时候，大师兄安逸城对其他几人小声说了几句话，于是，台下的后援团不明所以地按照安逸城的指示把刚才的口号"夏郁薰，加油"改成了"苹果！苹果！苹果"。

一开始大家觉得这个口号太奇怪了，喊的声音不大，但是感觉到台上的夏郁薰攻击明显加强之后，立即备受鼓舞，全都大声喊"苹果！苹果！苹果"，惹得台下不明真相的观众也跟着乱喊。众人因为后援团的动静议论纷纷：苹果？这是那个女孩子的外号？或是某种暗号？

角落里，凌宇差点笑岔气："这帮傻孩子实在是太有才了！你家小肥球最有才！"

可是，冷斯辰没有笑，只是若有所思地看向安逸城的方向。

"喂！人都来了，过去给小肥球加油吧！你一去，小肥球绝对气血值瞬间飙满，比那个什么苹果有用多了！"凌宇建议道。

冷斯辰依旧蹙着眉不说话。

这家伙，人都来了，还在这儿矜持什么啊？长年像冰山，若不是每次小肥球来，这家伙才会开金口，他简直要怀疑他有语言功能障碍了。

"啊！小肥球情况不太好啊！已经到极限了……"

凌宇话音刚落，台下观众一片哗然，夏郁薰连番透支攻击之后，眼前一黑，一晃神就被秦然一个飞踢击中肩膀，整个人飞出好远。

小薰……冷斯辰心头一紧。不是为她的失手，而是为她眸子里刹那间闪过的绝望。

"冷斯辰！凌宇！"这时候，一个穿着白色连衣裙的女孩子挤过人群，走到角落里，"累不累？请你们喝饮料！"

凌宇不客气地接过来："谢了！"

两人早上要过来的时候，凌宇实在敌不过苏茜的缠功，只好告诉她，他们要去体育中心看比赛，结果她非要跟着过来。

冷斯辰依旧一张面瘫脸，凌宇又从来对美女没有抵抗力，只好任她跟着来。不过，她这么个娇弱的小美人，跟这里一个个仰着脖子吼得脸红脖子粗的人，实在是不太搭。

其实，气场不对的又何止是苏茜呢！凌宇扭头看了一眼身旁的冷斯辰，意外地从这座冰山的眼中看到类似心疼的情绪。

夏郁薰的失手顿时让台下的支持者群情激昂，人群涌动，苏茜被身后的人推挤得站不稳身子，眼看就要摔倒，突然横过一只手臂揽住她的腰，在又一拨人群拥过来之前，微微用力把她扯进自己的怀里。

苏茜顿时满脸通红，眸子里满是幸福和羞怯："谢谢你……"

凌宇在一旁真是看不下去了！虽然苏茜是美女，他还是不太喜欢她。这个女孩子外表看起来挺清纯无辜的，实际上非常有心机，有时候甚至有些不择手段。

凌宇继续看台上的情况，下一秒，不知道第几次摔倒的夏郁薰突然直直地朝他们这边看过来，毫无疑问，目光正锁定在他旁边的这一对身上。

冷斯辰也注意到了，于是两人的目光隔着人海在空气中接触，只是短暂的相遇之后，夏郁薰立刻别开了目光，不再多看一眼，重新站起来的时候已经有了几分决然萧瑟的意味。

阿辰来了，阿辰居然来了！可是她从没有像此时此刻这般不想看到他！因为他身边还带着一个很漂亮的女孩，女孩的白色连衣裙就像一个她永远无法抵达的梦。阿辰很小心地拥着她，担心人群碰撞到她。

"啊哦，糟糕了，这下小肥球可要伤心死了……"凌宇在一旁哀叹着。

那个女孩低低垂着头，沉默着，敛着眸子里水光的样子，看得人心一阵一阵抽痛。

夏郁薰觉得整颗心都空了，满脑子只有"快点儿离开这里，离开那个人的视线"的念头。冷斯辰，你到底有多残忍，你抱着你喜欢的女孩子，幸福而甜蜜，如同看戏一般看着我在台上为你拼命……

"怎么回事？郁薰的状态不太对劲！"安逸城蹙着眉头，往夏郁薰刚才目光扫过的地方看去，试图找到一些蛛丝马迹。接着，他眸子蓦然紧缩——冷斯辰！

这时候，场上新一轮的对决已经开始。

夏末林和石岩皆讶异地看着夏郁薰的转变。

武学最高境界乃是一个"空"字。脑子里装了太多杂念，或是急功近利，反而没办法发挥出最大的潜力。刚才的夏郁薰是在拼命，现在的她脑子里什么念头都没有了，机械地应对着来人的招数，看上去竟然有胸有成竹之感，而对面的秦然显然乱了阵脚。

体力再过人也是有极限的，也是会感觉到累的。而对于已经完全透支，突破临界点转而进入另一片天地的夏郁薰来说，这场比赛胜负已定。

当裁判举起她的手，当台下一片欢呼，夏郁薰却什么也听不见，只想回家好好地睡一觉，谁也不要叫醒她。

　　赛事结束，夏郁薰撑着一口气跑出了这个令她难以呼吸的体育馆，没走几步就天旋地转，安逸城不放心地追了出去。

　　"郁薰！"安逸城惊呼一声，将夏郁薰拦腰抱起，咬牙切齿，"你这个小疯子！真的疯了吗？"

　　她那种打法简直就是……身体都虚脱了，还到处乱跑！

　　"放……放我下来！"

　　"你还折腾！"

　　"不要你抱！"夏郁薰固执地挣开安逸城，脚刚落地就要重新摔下去。

　　熟悉的清冽气息撞了个满怀，等她反应过来，已经在冷斯辰的怀里。她心刚要软下来，却看到他身后裙角飞扬、一脸关切的苏茜，抵在他胸前的双手慢慢紧握成拳，然后毫不犹豫地推开他。

　　冷斯辰有一刹那的错愕，或许是因为她从来都没有拒绝过他，没有推开过他。

　　"我扶你！"安逸城匆匆看了冷斯辰一眼，然后追上去扶住摇摇欲坠的夏郁薰。

　　冷斯辰搞不清楚她莫名其妙的冷漠是为什么，眸子里的怒焰越来越盛。是因为她的态度，还是因为安逸城脸上的关切？

　　夏郁薰全身的力气都被抽干了，要不是安逸城扶着她，或许她真的会当场晕过去。他没有追上来，甚至一句话都没有说。

　　冷斯辰，这样就放弃了吗？早该知道的不是吗？她从来不会拒绝他，不会忤逆他，而他也早已习惯她的顺从。所以，一旦她拒绝了他，他绝对不会主动追上来。从来只有自己对他死缠烂打，就算有一天自己彻底消失了，他恐怕也不会在意。夏郁薰，你分明没有拒绝的资格，却还要不自量力地对他任性。

　　眼泪一滴一滴地坠落下来，模糊了视线……

　　安逸城看得心慌意乱，他还是习惯她跟自己打架时嚣张的样子。

　　夏郁薰意识由模糊到消失的瞬间，身体居然整个腾空了，刚才还满心凄凉地被安逸城扶着，此刻居然被那个绝对不可能追上来的人拦腰抱起。

　　在那个丫头那样的态度对待自己之后，本该掉头就走，可他居然从安逸城手里把人抢了过来，以冷斯辰的个性，是绝对不会做这种事的，可他就是做了。并且，在看到怀里的小家伙一脸惊愕看着自己的模样，感觉还不坏。

如果此刻夏郁薰的脸上有一丝一毫的不情愿，安逸城告诉自己，他绝对会去把人抢回来。

可是，没有……

她雾蒙蒙的大眼睛傻看着他，打定主意不说话，冷斯辰无奈地轻叹一声，妥协地先开口："干吗这么拼？"

"她踩烂了我的苹果……"

冷斯辰的嘴角有些抽搐。

然后她也不问他要带自己去哪里，就这么让他抱着一直走。

身后，凌宇摸了摸鼻子，看着苏茜卸下伪装，变得越来越难看的脸色，有种大快人心之感。

医院。

医生差点报警，说小姑娘是不是遭了家暴。

夏郁薰往病床上一躺，立刻就撑不住双眼皮，临睡之前，看着在床头削苹果的冷斯辰，迷迷糊糊地说："还有……我要和阿辰在一起上学……拿到第一名就可以去崇樱，就可以和阿辰在一起了……"

冷斯辰用指腹拭去她眼角的泪，眸子里有几分愧疚，这傻丫头居然是为了自己。

第五节

吻

　　有了冷斯辰的辅导，入学前的测试不成问题，转学去崇樱的事情还算顺利。

　　夏末林从没想过夏郁薰会拿第一名，所以根本没注意第一名还有这么一个附带优惠。虽然家庭条件不是很好，但为了让女儿能去好学校上学，多花点儿钱也心甘情愿。尤其这丫头不知道什么时候开始开窍了，不管是学武还是学习方面，都变得认真很多。

　　开学三个多月了，夏郁薰就跟一只刚破壳的小鸟一样，拼命跟在冷斯辰后面，以至于现在高中部的学姐学长全认识她了。

　　在这些天之骄子之间，夏郁薰一开始混得实在凄惨，不过，有句话叫"性格决定命运"，夏郁薰热情开朗，很快便感染了那群不可一世的孩子，最终奠定了她在学校的地位。

　　使她融入这个集体的里程碑事件，源于他们班的班花袁诗婕。

　　袁诗婕算是讨厌夏郁薰的典型代表。一个月前，她放学回家的时候，被几个三流中学的混混堵住，其中一个混混强迫她做自己的女朋友。她就这么被骚扰了好几个星期，但她不敢跟任何人说。有一次，袁诗婕在厕所哭的时候，被夏郁薰撞见了。或许是看着眼前胖乎乎的小女孩儿实在很真诚，竟给她几分温暖的感觉，她就含含糊糊地说出了事情的始末。

　　当天放学，夏郁薰自告奋勇地陪袁诗婕一起回家，半路果然等到了那几个小混混。袁诗婕害怕得躲在夏郁薰身后，瞬间激起了夏郁薰的保护欲，她三下五除二，彪悍地摆平了那几个不良少年。

　　小混混何严颢当场就傻眼了，他还没见过这么彪悍的女孩子，觉得比那娇滴滴的女生耀眼多了，只有这样的女生才配得上他。于是，悲剧就这么发生了……

何严颢转而对夏郁薰展开了猛烈的追求，放学在门口守着，吃饭在对面桌看着，哪个男生跟她走得近点儿，都要遭到人身攻击……

夏郁薰那迟钝的脑袋当然完全没有感觉到何严颢是在追自己，只当他是找碴儿，于是对他三天一小打，两天一暴揍，就当锻炼身体勤习武艺了。

对此，袁诗婕相当愧疚，毕竟是她才害得夏郁薰这么惨，被那群人盯上的。

这件事情传开之后，夏郁薰的形象光辉灿烂了起来……

基于某人闹腾的本事实在太大，事情很快便传到了冷斯辰那里。

某日中午，忙着参加物理比赛，有好些天没有露脸的冷斯辰，居然在放学后出现在夏郁薰教室的门口。

"是冷斯辰！他该不会是等你的吧？"袁诗婕兴奋地用胳膊肘提醒身旁的人。

夏郁薰转头一看，果然看到冷斯辰清秀挺拔的身影。

冷斯辰："中午吃什么？"

夏郁薰："回锅肉盖浇饭。"真不像是女生会吃的东西，大部分女生怕胖，都不会吃那个，只有她吃得一脸欢快。

冷斯辰："一起。"

短短两个字，夏郁薰就屁颠儿屁颠儿地跟了上去。

夏郁薰和冷斯辰的关系实在是很微妙，看似是夏郁薰单方面缠着冷斯辰，细想又不像。两个气场完全不同的人站在一起，本该怎么看怎么别扭，却是说不出的和谐自然，好像本来就该如此。

渐渐地，大家习惯了校园里那道雷打不变的风景线。蹦蹦跳跳的女孩子叽叽喳喳地跟在一脸冷漠的男生后面。偶尔男生受不了，会白她一眼，有时会勾起嘴角甚至揉揉她的头发。这两人的关系实在是无法一言以蔽之。

不过，就夏郁薰这样的，让她的情敌们连打击的热情都没有。因为在她们看来，她完全没有竞争力！相反，冷斯辰对夏郁薰类似妹妹的态度，反而使不少女生通过夏郁薰走捷径。像什么传信、传礼物的事情，夏郁薰没少做。这种事情，一回生，二回熟，她做着做着也就麻木了。

学校食堂的饭菜不仅贵，还难吃，于是夏郁薰经常在外面吃饭。

一间小小的快餐店里，何严颢早已等待多时，见夏郁薰进来，刚要百折不挠地迎上去，却在看到她身后跟着的冷斯辰后，蓦然停住脚步。

夏郁薰领着冷斯辰在靠窗的位置坐了下来，也不看那个每天都会来找碴儿的家伙。

趁着饭菜还没上，夏郁薰照例把今天女生们的信件和礼物全都倒出来，尽职地交给冷斯辰。

冷斯辰轻车熟路地把东西放到桌子一角，接着若有所思地打量了一下对面桌的几个少年。其中一个正笑嘻嘻地跟夏郁薰打招呼，看着他的眼神颇有些敌意。那个男生应该就是传说中的何严颢了。

夏郁薰在吃饭的时候，是绝对不允许任何人打扰的，否则后果很严重。这一点，何严颢在无数次被暴揍之后体会颇深。

一开始冷斯辰出现的时候，何严颢还只是感到威胁。而当看到冷斯辰强行把夏郁薰吃了一半的饭端走，接着强行逼她把餐巾围上，正吃得欢快被打断的夏郁薰居然只是嘟了嘟嘴，没有一脚把他踹飞出去，何严颢泪流满面地消失了，再也没有出现过。

何严颢突然放弃夏郁薰的原因，一直是个谜，连冷斯辰自己也不清楚。他只是担心夏郁薰，所以陪她一起吃饭，没想到那一次之后，何严颢再也没有出现过。

这些天因为苏茜和冷斯辰的传闻，夏郁薰一直夜不能寐。虽然看冷斯辰的态度，苏茜应该只是一厢情愿，一切只是传言，可是毕竟人言可畏。

凌宇上次拉住她，偷偷给她分析了很久，说苏茜先是预谋在舞台道具掉下来的时候推开冷斯辰被砸伤脚，让冷斯辰不得不每天照顾她，一来二往，学校就有了这样那样的谣言。冷斯辰从不解释，加上苏茜态度暧昧，这谣言就越传越真了，苏茜也就顺理成章地天天跟在冷斯辰身边，一副女朋友的架势。

虽然一番分析之后，结果都指向冷斯辰对苏茜没意思，但是，为什么他不解释呢？这点实在让夏郁薰耿耿于怀。

打开窗户，凉风拂面，今夜无月无眠。舍友都睡了，夏郁薰一个人趴在窗台上发呆。突然，楼下假山旁边白影一闪，夏郁薰顿时毛骨悚然。

夏郁薰看到了一个无论在什么情况下都不会认错的背影。她定睛看去，竟然是一身白裙的苏茜和冷斯辰。月黑风高，孤男寡女，实在是很难让人不往某些方面想。

一开始，夏郁薰只是竭力趴在窗沿看两人的动静，当苏茜突然抓住冷斯辰的手并且搂住他的身子，她所有的淡定都成了浮云。

崇樱校风严谨，严禁早恋是头等校规，晚上查夜也是很严格的，想不到苏茜这样的好学生也会做这么大胆的事情。至于冷斯辰……他竟然也不管不顾了！除了爱情，还有什么能让一个冷静如斯的人失去理智呢？

夏郁薰心里跟猫爪子挠着一样，一阵风似的悄悄下楼，潜伏到了假山后面，听到前面隐约传来两人对话的声音。

"冷斯辰，我喜欢你！我从来没有这么喜欢过一个人！为了你，我连尊严都不要了，为什么你始终连看都不愿意看我一眼？"

一听这话，夏郁薰的心提到了嗓子眼，事情好像不是她想的那样……

"我不喜欢你。"

冷斯辰的声音冷得连躲在后面的夏郁薰都忍不住搓了搓双臂，心却是放了下来，甚至不厚道地有一丝窃喜。

"为什么？我到底哪里不够好？还是……你已经有喜欢的人了？她比我好吗？"

冷斯辰眉间已有不耐，不愿意多说，转身欲走。他本来就是极其讨厌麻烦的人，只要不触及他的底线，他基本不去理会，有时候解释反而像是掩饰，只会让问题更加复杂。可是现在，情况让他不得不做出决断。显然他的话对于痴念的苏茜并没有起到任何作用，这是冷斯辰一开始就料到的结果，所以他本不愿多说，既然解释与不解释都是一样麻烦，他还不如少说几句话。

苏茜已经黏出去了，小跑几步，又从身后搂住他："那个人是谁？难道是……"

苏茜正要说话，不远处突然有一道刺目的手电光照了过来，夹杂着查夜老师的声音。

"崔同学，到底在哪里？没有根据不要乱说话！"

"张老师，我真的没有骗你！我亲眼看到他们两个偷偷摸摸跑出来的！你要是不相信，可以随便找个人来问问，苏茜和冷斯辰……"

夏郁薰躲在假山后面，听得心惊肉跳。

事情已经很明显，有人跟老师告密！苏茜之所以约冷斯辰在这里见面，大概是因为初中部这片的检查会松一点儿，没想到还是被人发现了。

糟糕了！瓜田李下，就算他们两个没什么，但三更半夜被发现躲在这种地方，也难免引人遐想。更何况，他们还是学校公认的一对，到时候绝对说不清楚。这些事情老师们知道得不多，就算听到一点儿风声，应该也会因为他们两个人的成绩和家境而睁一只眼闭一只眼。但是，如果真的闹出丑闻，学校就绝对不可能不管了。

夏郁薰越想越着急，她心里知道冷斯辰最不想给父母添麻烦，如果这件事曝光，学校通知家长，那后果……

这时候，一束手电光照到了冷斯辰的身上，冷斯辰下意识地用手臂挡住刺眼的光。

"谁在那里？"查夜的张老师几步赶上前来。

"快走！"自己来不及隐藏，冷斯辰低咒一声，把树后还没有被发现的苏茜推到假山后面。

"一起走！"苏茜吓得脸色苍白。

冷斯辰一边催促她，一边上前几步，主动朝查夜的老师走去。

哎呀，这个笨蛋，如果是冷斯辰一个人出现在这里，那事情就好办多了，只要你走就行了啊！眼见苏茜要傻乎乎地跑出去，夏郁薰一跺脚，以迅雷不及掩耳之势从假山后面蹿出来，飞快地扯住苏茜的手臂，把她藏到假山后的石洞里，在她吓得尖叫之前捂住她的嘴巴，用眼神示意她不要出声。

"老师，我就说他们在这里的！"

冷斯辰双眸微眯，看向张老师身后跟着的同学。

冰冷的眼神看得崔勇一阵心虚，但他随即又挺起胸脯，他又没有做错事。有时候，一个人想害你，并不一定要有什么过节，你比他优秀，比他幸运，已经足够让他视你为眼中钉，更何况对方还是苏茜的前男友崔勇。

"冷斯辰，这么晚了，你在这里做什么？"张老师并没有说明来意，冷静地问道。

"散步。"冷斯辰更加冷静地回答。

"冷斯辰，看不出来你还真是好兴致，这么晚了还一个人出来散步？"崔勇冷笑一声，刻意加重"一个人"三个字。

崔勇一边说，一边走到冷斯辰后面，看似随意地走着，眼睛却不放过任何一个可以藏身的地方。显然老师也不相信冷斯辰说的话。

"明天就是全国物理竞赛，因为紧张睡不着，所以出来走走。"

一听冷斯辰这话，张老师严肃的面容慢慢柔和下来，心也开始动摇。

冷斯辰这样的学生，哪个老师不喜欢，张老师对冷斯辰的印象自然也不差。就算青春期的孩子有些什么懵懂冲动的情感，他也相信这个理智的孩子不会做出违反校纪校规、影响学习的事情。

眼见着居然只有冷斯辰一个人，现在老师似乎也相信了冷斯辰的话，崔勇心里更加焦急。苏茜一定没来得及走，就在这附近，他亲眼看见这两个人往这边走，才跑去找老师过来的。

"老师，真的还有一个人。"

"崔同学，说不定是你眼花？"张老师为难道。

"不可能。"崔勇目光突然落在假山上，嘴角诡异地勾起，"老师，你跟我来！"

张老师也发现了假山后的动静，脸上露出狐疑的神情。

冷斯辰心头一紧，却依旧装作漫不经心。

眼见着张老师和崔勇绕到了假山后面，只听得一声受惊的尖叫声响起："啊——"

"苏茜，我就知道你躲在这里！"

"啊！鬼啊——放手，放手，放手！"

"你、你……你不是苏茜！你是谁？"

"老师，老师，老师！老师救命！"

"夏同学？你怎么会在这里？"

一时间，场面一片混乱。

冷斯辰怎么也没想到，被张老师抓出来的人居然是夏郁薰。

"夏同学，你可不可以解释一下？"张老师一脸疑惑。

大家都知道夏郁薰和冷斯辰是邻居，而夏郁薰的妈妈死得早，所以在学校里，冷斯辰也比较照顾她，再加上夏郁薰这成绩以及吨位，就算是在这种情况下，任谁也不会把她和冷斯辰的关系想歪。而且看冷斯辰的表情也是一脸愕然，完全不知道假山后面还有个人。

"我……我、我，我只是出来采姑娘的小蘑菇！"夏郁薰嗳嚅着，把手心里的蘑菇举到老师跟前，丝毫不知道自己因为紧张说了多么诡异的一句话。

"什么？"张老师满脸问号。

夏郁薰咽了一口唾沫，告诉自己不要紧张，接着开始瞎编："生物课老师让我们明天每人交一份作业，我睡到半夜，突然发现我忘记了这件事，只好爬起来摘标本……"

"胡说！"没抓到苏茜，崔勇气得不轻，但又实在弄不清楚这到底是怎么一回事。

"我才没有胡说呢！明天我们真的有生物课，不信你可以去问我们老师！人家刚发现了这么完美的一朵小蘑菇，你就突然冒出来，害我以为看到……"

夏郁薰迷糊是出了名的，张老师恰巧是她的化学任课老师，对这一点深有体会。化学实验室曾经无数次差点葬身在她的手下。所以，忘记生物作业半夜出来采蘑菇这种事，别人说可能像是在瞎掰，如果对象是夏郁薰，他还真就信了。

张老师哀叹一声，问："夏同学，你刚刚在这儿有没有看到什么人？"

"没有呀！"夏郁薰眨着无辜的大眼睛，"诚实"地回答。

到最后，这件事就这样不了了之了，崔勇怎么想也想不通，这一招"狸猫换太子"到底是怎么做到的。

看着两人走远了，夏郁薰总算是松了一口气，心有余悸地拍拍胸口，宝贝似的捧着手里的小蘑菇抚摸："蘑菇啊蘑菇！你真是太可爱了！"

冷斯辰垂眸看了一眼在发神经的夏郁薰。可爱吗？怎么都看不出这灰灰的真菌生物哪里有可爱的潜质。不过，这捧着它傻乎乎的丫头……

这么一闹，都快到十二点了。一到晚上十二点，某些生物就会出来溜达，夏郁薰想到这里，打了一个寒战，拔起小短腿就要往宿舍楼跑。

从头到尾她都没跟冷斯辰说话，毕竟，这样的情况下，她开口只能让冷斯辰更尴尬。哎！真傻，真的！千不该万不该，不该半夜跑下楼来招惹是非，安心睡觉不就什么事都没有了吗？真是好奇心害死猫！

夏郁薰垂着脑袋，绕过冷斯辰就要跑，却意外被修长用力的手掌紧紧拉住胳膊。

"苏茜呢？"冷斯辰发觉的时候，身体已经在大脑反应过来之前做出了反应，正想着该说什么才好，却想不到真正说出来的话是最不合时宜的那一句。果然，他看到夏郁薰的神情有些尴尬，眼中还有些他看不懂的东西。

夏郁薰心里闷闷的。不是说不喜欢吗，为什么还是这么关心？也难怪啊，美女总是可以理所当然得到优待和温柔的！

"我把她拉进假山后面藏着了，后来想想老师早晚会发现这里的，就让她从假山侧面的洞口绕另一条小路回去了！"夏郁薰回答。

"假山里有洞口？"

"嗯，我也是无意中发现的。"

两人有一搭没一搭地说着话，气氛有些冷。

"你怎么不一起走？"冷斯辰又问。

夏郁薰的脸有些黑了，讷讷地回答："洞口太窄了，我出不去！"

冷斯辰终于忍不住轻笑出声，习惯性地揉了揉她的头发。

此时，她穿着卡通睡衣，已经养得很长的头发没有绑成马尾，随意地散在身后。不知道什么时候，月亮已经出来了，那长长的发丝在月光下根根分明，显得异常柔和，与指尖的触感一样。他这才蓦然发现，这丫头不知什么时候开始有的耐性，居然把头发养得那么长了！

"你什么时候在假山后面的？"冷斯辰指尖绕着她的一缕发丝，漫不经心地问。

终于问到这个问题了，夏郁薰顿时心虚，但是她又从来不会在冷斯辰面前说谎，于是全都照实说了出来："睡不着，看到下面有人，就……好奇，下来看看！"

冷斯辰没有说什么，更没有要解释的意思，夏郁薰一阵黯然，他本来就没什么好跟自己解释的。

看没什么话可说了，夏郁薰犹豫着说："那我上去睡觉了！"

冷斯辰出乎意料地没有说"嗯"，而是说："陪我走走。"

"呃……啊？"夏郁薰还在犯傻的时候，冷斯辰已经往不远处的小湖走去。

冷斯辰并不担心，他知道她一定会跟上来。他一直都那么肯定她会跟着自己，就算自己有一天走得太快，飞得太远，这个傻傻的女孩子也会守在原地等着。

刚刚才经历一场"浩劫"，现在又孤男寡女在一起散步，也太那什么了吧？夏郁薰想着，又觉得自己好笑，她这个样子，任谁也不会觉得他们会有什么的嘛！她痴痴地看着前面的背影，他分明离自己只有几步远，却好像隔着万水千山，无法接近。

冷斯辰不知道为什么突然停住了，而夏郁薰心神不定没有发现，还在往前走，径直撞到他硬硬的后背上，捂着鼻子叫痛。

冷斯辰一转身就看到她手里还拿着那朵蘑菇，不由得开口问："还拿着蘑菇干什么？"

夏郁薰闷声回答："要交作业的。"

这下冷斯辰倒是愣住了："你真的是……"

夏郁薰哀叹："有作业是真的，不过我可没有迷糊到那种程度，我的标本早就做好了，可是我刚才在张老师和那位同学面前都那样说了，明天肯定是要用小蘑菇去交的，要不然被发现了怎么办？"

"对不起，连累你了。"

冷斯辰突然跟自己道歉，夏郁薰倒真的有些尴尬了："没关系啦！我也是顺便而已，你下次小心点儿。"她其实很不喜欢他跟自己这么客气，宁愿他像平时那样骂她损她，也不喜欢他这样。

冷斯辰不说话，微微勾起唇角："哪还有下次？"

两人绕着小湖走了一两圈，夏郁薰终究还是没忍住："阿辰，你为什么不喜欢苏茜啊？"

半晌，冷斯辰回答："没感觉。"他始终无法理解那些年少的热情和冲动，无法理解看到一个女生就会心跳紧张的感觉，无法理解凌宇喜欢上某班女生几乎癫狂抽风的状态。苏茜那样的女生，确实既优秀又漂亮，算得上完美，多少男生都迷恋她，崔勇就是其中一个。他不是不知道苏茜对自己的心思，可是自己在面对她的时候什么感觉都没有，她抱着自己的时候，他只觉得排斥和厌恶，有时候他甚至怀疑自己有些不太正常。

冷斯辰的神情似乎有些烦恼，夏郁薰也不知道他在想什么，正想提醒他是不是逛得差不多该回去了，却突然看到对面阳台上白影一飘，与此同时，学校晚上十二点的钟声响了。

夏郁薰尖叫一声就朝着冷斯辰扑过去，搂着他的腰，脑袋死死埋在他的胸前颤抖："阿辰，有、有……"

突然扑过来的柔软以及那张素净的小脸，让他有刹那间的恍惚，胸口蓦然被某种强烈的情绪占据，一波他完全无法控制的陌生悸动主宰了他的理智，等反应过来的时候，他已经情不自禁地低头吻上怀里那个颤抖的小家伙……等冷斯辰意识到自己在做什么的时候，并没有立即仓皇离开，却是有点想笑。这小丫头怕是吓坏了吧？这丫头小时候总喜欢用粉嘟嘟的唇擦得他一脸口水，那时候，他并不讨厌这种贴在脸颊上的亲昵柔软而温暖的触感……此时此刻，用唇去感受时，才发觉真的很软，不仅仅是唇上的触感，就连四肢百骸都似乎牵起一阵陌生的悸动。

就在夏郁薰吓得忘记呼吸，快要窒息而亡的时候，冷斯辰总算是松开她，摸了摸她柔软的发丝问："哪里有鬼？"

"那那……那里……"

冷斯辰顺着夏郁薰的视线看过去："只是衣服。"

"衣服？哦哦……"

"回去睡吧。"

"哦……"大脑停止思考，夏郁薰完全进入条件反射的状态。

那天晚上，夏郁薰是一路飘回去的……那厮到底是什么意思？一句淡淡的"回去睡吧"，就好像什么事都没发生过，以至于那一刻她心里的天崩地裂、飞沙走石、狂风暴雨全都成了没有意义的云烟……

事后，夏郁薰终于鼓起勇气追问，他的回答是"被附身了"……

呵呵……我信了你的邪！

第六节
差距

　　还没来得及享受有冷斯辰的校园生活，夏郁薰就滚进了初三的噩梦。

　　冷斯辰高三了，学习更加紧张，两个人见面的次数越来越少，夏郁薰甚至觉得这种状况和不在一个学校毫无区别。只有一年了，难道真的就要这么浪费掉吗？

　　凭借冷斯辰的成绩，到时候一定会考进一流的重点大学，她这个学渣就不用说了，到时候又是天各一方。夏郁薰越来越沮丧，渐渐陷入绝境，整日浑浑噩噩，茶不思饭不想，为此瘦过一段时间，但随之而来的是变本加厉的暴饮暴食。她一想不通，一烦躁，就拼命吃东西，如果不是平时锻炼得多，现在这孩子怕是滚都滚不动了。

　　夏末林让她好好学习，争取直升崇樱，可是夏郁薰打不起精神。别说以她的资质根本不可能，就算考上了崇樱又怎么样？到时候他已经离开了……

　　放学后，夏郁薰跑到以前常去的小树林，靠在樱花树下，对着刚发下来的数学试卷发呆。她这段时间总是心不在焉的，成绩越来越差了。还有一件令她更加害怕的事情，她眼睛的颜色越来越可怕了……太多的事情压在心里，让她觉得喘不过气来，好几次想去找冷斯辰，可是看他那么认真在学习，便不好去打扰。他的妈妈对他要求那么高，现在他的压力肯定很大。

　　"叹什么气？"

　　想曹操曹操到，夏郁薰正出神，上方突然传来熟悉的声音，紧接着，很多天没见的那个人在她身边坐了下来。他的眼睛下面有淡淡的阴影，神色疲惫。

　　大家都在努力，只有自己一片迷茫，完全不知道该做什么。想到这里，夏郁薰又叹了一声，内心想：我在想"怎么才可以一辈子和你在一起"这个比数学还高深的问题，你又怎么会明白？

"有没有想过考什么学校？"冷斯辰微微闭着双眼休息。

夏郁薰摇头："没有，反正还有三年。反正……你考哪里，我就考哪里……"

冷斯辰眉头微挑："我考 A 大。"

夏郁薰立即把脑袋砸到膝盖上，心如死灰："我就知道……"

"不要总是跟着我，你该有自己的打算。A 大确实很难考，可是，只要你努力一点儿，普通的大学还是很容易的。不过你还不需要想得那么远，你当前要做的是努力直升崇樱，崇樱的本科升学率很高。"冷斯辰客观地分析道。

"自己的打算……"夏郁薰失神地自语着，突然眼眶泛红，冲动地转身贴进他的怀里，"阿辰，我是你的什么人？"

冷斯辰身子僵了片刻："怎么啦？"总觉得她的状态不太对劲，或许这个年纪的女孩子都有些多愁善感吧，就连一向大大咧咧的夏郁薰也不例外。

没有等到冷斯辰的回答，夏郁薰轻声呢喃："你是我最重要的人……"

"那你爸爸呢？"冷斯辰轻笑。

"那不一样，爸爸是我最重要的亲人！"夏郁薰咕哝。

"我不是吗？"冷斯辰眸光转深。

"不是！"

她说"不是"的时候，他或许感觉到了什么，但依旧和之前一样下意识地选择了忽视。

夏郁薰曾经想过直接告诉他自己的心意，可又担心影响他学习。等来等去，一直等不到最适合的告白时机……于是，就这么一直等到冷斯辰毫无悬念地拿到了 A 大的录取通知书。

冷斯辰去 A 大那天，郭淳雅和冷华裔特意赶回来送他。当时夏郁薰刚刚参加完一场国际武术交流赛，班主任说凭借她的特长可以直接保送到高中部，她气喘吁吁赶到的时候，还来不及告诉冷斯辰这个消息，汽车已经和电视剧中的镜头一样远离了……

冷斯辰透过后视镜看着身后那个越来越小的身影，心头莫名地开始抽痛。对于这个地方，对于这个家，他是没有丝毫留恋的，此刻心头却涌上本不该有的浓烈不舍。一直以来，好像都是她在跟随和依赖着自己，到最后他却发现，离不开、放不下的并非只有她一人……

她是我的什么人？脑海里不知不觉地回想起夏郁薰当初的问题。亲人？朋友？青梅竹马？他第一次不得不正视他们之间的关系，正视他对那个女孩儿的感情……

然而，情商为负的某人刚刚发现这种朦胧的类似爱情的感情，在接下来的几年，冷氏家族企业迅速衰败直到濒临破产，彻底让爱情那种东西成了可望而不可即的奢望。

冷斯辰离开后，两人之间太过巨大的差距，让夏郁薰消沉了一段时间，等到高三的时候，她已经成了名副其实的学渣。

高三 F 班。

夏郁薰趴在课桌上发呆，同桌袁诗婕正跟几个女生兴奋地一起看一本不知道哪个明星的写真集。三个女孩子一边看，一边尖叫，小脸红扑扑的，满是激动和亢奋。

夏郁薰都不记得多久没有遇到过能让她有这样热情的事情了，忍不住嘀咕了："有这么好看吗？"

袁诗婕一听，立即不高兴了，激动地维护道："我们家杰杰超级帅的，你快过来看！你看了肯定会爱上他！"

夏郁薰凑过去随便翻了翻，兴致缺缺："也就一般般啊，哪有你说的这么夸张？"

"一般般？你居然说一般般，我掐死你！"

"夏郁薰，眼睛是不是瞎啦？"

"就是啊！居然说我们杰杰一般般！"

三个女生突破天际的尖叫声差点把夏郁薰给吼聋了。然后三人就切换到了疯狂安利模式，一个细数他们家杰杰的作品和获奖纪录，一个在说他们家杰杰人品是多么高洁，对粉丝是多么体贴，袁诗婕则一直在翻那本写真集给她看。夏郁薰本来只是随口一问，最后被三人一起压着在看那本写真集。

夏郁薰突然愣了一下："等等！别动！"

"怎么啦？"袁诗婕要翻页的手顿住。

夏郁薰夺过她手里的画册，翻到了前一页，然后盯着那张照片里面容素净的白衣少年，愣住了。

"哈哈，你是不是也觉得这张超棒？简直是'侧颜杀'啊！"袁诗婕满脸得意。

夏郁薰托着下巴，失神地喃喃："我好像……也爱上他了……他叫什么名字？"

"哈哈，我就知道，没有人能抵挡我们家杰杰的魅力！"

"不过，你居然连萧慕杰都不知道，你还是不是地球人？我们家杰杰可是史上年纪最小的'影帝'，而且他……"袁诗婕开始给她各种科普。

从那天以后，和很多少女一样，夏郁薰成了一名"追星族"。

因为追星，自从冷斯辰离开崇樱后的那种浑浑噩噩的空虚感，竟然奇迹般被填补了，这种感觉让她欲罢不能。但随之而来的是本来就挺渣的成绩更加惨不忍睹。

"喂，明天杰杰的新电影首映，我千辛万苦终于搞到了四张票，翘了晚自习，一起去看吧？"

"好啊！"夏郁薰欣然答应。

袁诗婕笑嘻嘻地凑近，意味深长地看着她的手机壳，上面印着萧慕杰那张白衬衣照片："当初你还质疑我们的审美呢，现在却比我们谁都疯狂！不过，你好奇怪啊，杰杰那么多惊艳的造型，你却总喜欢他素颜的造型，没想到你口味这么纯情啊！"

夏郁薰白了她一眼："那表示我喜欢的是他的本质！"

袁诗婕盯着她的手机壳，露出若有所思的表情："话说，我怎么总觉得这张照片看起来很熟悉，很像某个人……"

夏郁薰面色微怔，随即嗔道："杰杰就是杰杰，怎么会像别人？"

"也是！我们杰杰就是杰杰，是颜色不一样的烟火……"

第二天晚自习，袁诗婕、夏郁薰和其他两个女生翘课来到了电影院。

"哇，好多人啊！不愧是我们家杰杰！"

"哇，这张海报好帅！夏郁薰，是你最喜欢的白衬衫造型，要不要帮你拍照？"

"好啊，好啊！"

四个女孩子叽叽喳喳，一边聊天，一边拍照，然后买了可乐、爆米花，一起开开心心地进了场。

"快，全都把手机静音，要专心认真地看！"

"哦哦，对！"

崇樱中学。

晚自习刚结束，学生陆续从教室里走出来。

"啊啊啊！那边的是谁？好帅啊！"

"那不是冷斯辰吗？"

"什么？冷斯辰？他不是早就毕业了吗？"

"他是在等谁啊？"

一直到教室里的人都已经走光了，冷斯辰依旧站在那里没有走。

旁边一群在看帅哥的小女生也没走，一个个跃跃欲试，想上前搭话，却见冷斯辰突然朝着她们的方向走来。

"请问，你们看到夏郁薰了吗？"冷斯辰问。

"夏郁薰？"原来是在等夏郁薰啊，女生们恍然大悟。

"今天好像没看到她来上晚自习啊！"一个女生迟疑地回答。

另一个女生摇头："不对，来了的，不过中途走了，好像是跟袁诗婕她们一起去看电影了！"

"看电影？"冷斯辰眉头微蹙。

"是啊，她们几个可迷萧慕杰了，今天萧慕杰的新电影首映，肯定是要去支持的！我也想去来着，可是都没票了，真讨厌……"女生一脸遗憾地回答道。

"谢谢。"听完女生的话，冷斯辰的脸色更沉了，道了谢，然后转身离开。

冷斯辰刚走不久，后面的一群女生激动得在那儿不停蹦跳。

"哇哇哇，好帅好帅，近看更帅了！要我说，如果冷斯辰进娱乐圈，还有其他人什么事儿啊！"

"对啊对啊，绝对大火！你们没发现那个萧慕杰其实跟冷斯辰长得有一点儿像吗？"

"我说你们别异想天开了，冷斯辰是什么人，怎么可能进娱乐圈啊？"

"怎么不可能，你们没听说冷家现在的情况不是很乐观吗？说不定还真有那个可能呢！"

影院里，四人正看到一场离别前的吻戏。

旁边的女孩子全都激动地尖叫，夏郁薰却莫名觉得酸涩难受。果然电视里都是骗人的，而现实总是残忍的。什么樱花树下的唯美吻别啊……现实中的她只能一个人追在车子后面跑断了腿……

夏郁薰突然有些意兴阑珊，心不在焉地斜支着脑袋，剧情没有过脑，只是盯着大屏幕上少年的脸出神。下一秒，她胳膊突然一紧，随即被一股大力从座位上拉了起来。夏郁薰的第一反应是反剪对方的手腕，结果一扭头，对上了一双熟悉又陌生的眸子，在昏暗的光线下泛着一抹幽光。这么一晃神，她就被来人一路拉出了放映厅。

夏郁薰此刻百感交集，怎么也没想到会在这种情况下见到冷斯辰。她肥成了一坨肉球，穿着夸张的应援服，逃课出来看电影，这样不堪的情形……

快要出门的时候，她开始用力挣扎，想逃避这一切："冷斯辰……放手……放手啊……"

路过的地方正好有一个萧慕杰的人形纸牌，夏郁薰果断一把抱住，死活不走。

"松手！"冷斯辰的脸色异常难看。

夏郁薰瞪着他："不松！我电影才看一半，你凭什么莫名其妙把我拉走？"

"你到底松不松？"冷斯辰的脸色更沉了，满脸风雨欲来。

"我不松，就不松！我要去看杰杰的电影！"

最后，冷斯辰索性松开了她的手，目光极冷："最后给你一次机会。"

夏郁薰被那目光冻得一个哆嗦，闪电般松开"萧慕杰"，走到了他的旁边，心里敢怒不敢言。

冷斯辰脸色稍缓，大步流星地走在前面，夏郁薰则是跟小媳妇一样憋屈地跟在后面。

"你怎么会来这里啊？"

"难道是特意来找我的？"

"找我有急事吗？"

一连问了几个问题，前面的人都没有回应，两条长腿走得飞快，夏郁薰终于火了："喂！冷斯辰，是你来找我的，现在又不说话，再不说话，我回影院了！"

冷斯辰终于顿住脚，转过身："为什么不接电话？"

夏郁薰看了一眼手机，果然有好几个未接电话："看电影当然要静音啊！"

"为什么逃课？"冷斯辰又问。

"为了看电影呗！"夏郁薰咕哝。

"夏郁薰，你知不知道自己在做什么？"

冷斯辰失望的眼神让她心里跟针扎一样，她紧捏着双拳，道："我当然知道！"

"你不是说要考 A 大吗？这就是你的学习态度？"

"啊，A 大……"夏郁薰低笑一声，突然有些压制不住情绪，扬声道，"冷斯辰，你别搞笑了，你摸着良心告诉我，你觉得我考得上 A 大吗？"

"就算不是 A 大，努力一点儿，也能上个不错的学校。"

"上个不错的学校？"夏郁薰嘲讽地看着他，"如果不是 A 大，对我而言都没有任何区别！"

"你……"冷斯辰捏了捏眉心，满脸无奈，"夏郁薰，你能不能懂点儿事？"

夏郁薰真是恨透了他说话的语气，激动道："我懂不懂事关你屁事！"

冷斯辰的脸色瞬间冷了下来："你再说一次！"

夏郁薰自然是不敢，心虚又倔强地扭着头不看他。哼，她又没有说错，本来就是不关他的事啊。当初他走得那么潇洒，连个告别都没有，上了大学之后就开始一副要跟她撇清关系的态度，现在干吗跑来管她，还一副自家的白菜被猪拱了的痛心疾首的表情。她知道自己现在这个样子真的很糟糕，可是，她实在是找不到努力的动力了。

"上车！"冷斯辰把她带到一辆车子跟前停下。

他什么时候买的车？夏郁薰有些呆愣地看着那辆银灰色的保时捷，跟冷斯辰一样高贵又低调。小时候不懂事，而现在越是长大，她越是感觉到自己跟他之间的差距。因为那天堑一样的鸿沟，让她连努力的资格都没有了。

夏郁薰局促地上了车，冷斯辰没有立即开车，而是从车后座上拿了一个很大很重的袋子扔给她。

"什么啊？"夏郁薰狐疑。

难道是礼物？零食？原来他也不是完全没良心的啊……夏郁薰一边想，一边喜滋滋地将袋子打开，下一秒，整个人跟被雷劈了一样。

"冷斯辰我跟你什么仇什么怨啊？"袋子里居然是试卷习题册大礼包，还真是大礼啊！

冷斯辰又递给她一张表格。

"这又是什么？"夏郁薰心有余悸地看了一眼，然后再一次崩溃了，冷斯辰递给她的是一张无比详尽的学习计划书……

"什么？早上五点就起床？我又不是公鸡！人家正是长身体的时候好不好！"

不过晚上睡觉的时间倒是不晚，十点睡觉，平时她玩手机都要玩到十二点才睡。但小格子里密密麻麻的碎片时间安排还是让她头晕眼花，她略看了一眼，按照他的计划，半年时间内，她需要把他买的这几十斤习题册试卷全做完。

夏郁薰准备抵死反抗，冷斯辰突然伸手摸了摸她的头发。夏郁薰整个人都僵住了，她不记得有多久他没有对自己有过这样亲昵的举动。他上了大学之后，他们常常好几个月见不到面，偶尔见个面，也是行色匆匆。此刻突如其来的亲近让她有种想哭的冲动。

"虽然只有半年时间，但是我相信你，小薰，你可以的。A大没有你想象中那么可怕。"

所有人都跟她说不可能、不可以，她自己都认命了，此刻他却对她说他相信她，她可以……

夏郁薰抽了抽鼻子："你别给我灌迷魂汤，我自己有几斤几两，我自己心里清楚。要考A大，那绝对不可能！除非……"

"除非什么？"

"除非有点什么特殊手段……"

"什么特殊手段？"

夏郁薰眼珠子转啊转，不停地绞着手指，时不时偷偷抬头瞥他一眼，最后支吾着："比如……如果我下个月的月考成绩能进步五十名……你就让我亲一下什么的……"

冷斯辰："……"

见他无语，夏郁薰立即恼羞成怒："我知道不可能啦！我开玩笑的！"

冷斯辰长长地叹了一口气，无奈地开口："一百名。"

"一百名……什么一百名？"夏郁薰有些发愣，随后满脸震惊，"你……

你是说如果我下个月的月考能进步一百名，就让我亲一下吗？真的吗，真的吗，真的吗？"

冷斯辰白了她一眼，伸出手："书包给我。"

"干吗？"

冷斯辰打开她的书包，嘴角微抽，里面学生该有的东西一样没有，全都是萧慕杰的海报、CD、写真集、签名照等乱七八糟的东西……冷斯辰寒着脸，直接拿出来塞进了车上的垃圾桶里。

"啊，不要！"夏郁薰满脸凄惨，"钱！这些都是钱啊！你知道我买的时候多贵吗？"

冷斯辰完全无动于衷，又把她的手机拿过来，手机壳也没收了，外面穿的乱七八糟的衣服也扒了扔了，最后又要去掏她的钱夹。

夏郁薰都没怎么反抗，见他要拿自己的钱夹，立即急了，赶紧去抢，最后一头栽在他的腿上，被他按住夺过了钱夹，最后眼睁睁看着他抽出钱夹里的照片。

冷斯辰正要扔，却愣住了，因为那是他的照片……

"扔啊！怎么不扔啦？"夏郁薰哼了一声，把钱夹抢过来抱在怀里。

冷斯辰总算不扔了，叹了一口气看着她："好好学习，知道吗？"

"哦……"

那天之后，学渣夏郁薰就跟撞了邪一样，突然秒变学霸，切换到了疯狂学习状态。

不仅是袁诗婕她们几个，连老师都震惊了，还特意把夏末林叫过来了解情况，问她是不是受了什么刺激。夏末林自然是一头雾水，只是估计跟某人有关……但不管怎样，这个结果总算是好的，他也乐观其成。

在冷斯辰的"美人计"之下，夏郁薰不知不觉熬到了高考，也不知道老天是不是故意在玩她，之前的月考成绩排名总是跟冷斯辰的约定差几名，还有一次只差一名，而高考竟也是几分之差……

更让她郁闷的是，高考结束之后，她跟冷斯辰的关系又恢复到了不冷不热的状态。值得庆幸的是，她跟寝室的五个室友处得还挺好。她这次考得比老师和夏末林预料的都好很多，夏末林这段时间对她无比温柔，堪称有求必应。无论如何，就算没有考上 A 大，她还是要感谢冷斯辰。他说得没错，那会儿她确实是太不懂事了。

大学生活

夏郁薰十八岁生日那天，景兰镇小河边，头顶月明星稀。夏郁薰靠在一棵枝繁叶茂的大树底下，怀里抱着自己烤的蛋糕，小篮子里放着些彩纸叠的河灯，静静地等着。

当初高考之前她提了一个要求，如果她考上了 A 大，冷斯辰就要做她的男朋友，最后的结果……自然是泡汤了！

冷斯辰当时答应得那么干脆，是不是早就猜到她绝对考不上啊？不过，虽然没有考上 A 大，作为安慰奖，冷斯辰答应会陪她一起过生日。她下定决心今天告白，并且从一个月前就开始做心理准备了。

她等啊等，从傍晚一直等到天黑，却没有等到他……快十点的时候，冷斯辰发了条短信道歉，说有急事来不了。夏郁薰呆呆地看着那条短信，坐在那里一动不动。时间不知不觉过了十二点，她的生日就这么过去了。夏郁薰缓缓地站了起来，不顾一切地跑去了 A 大……

下了出租车，她头发都快跑散了，全身都是汗，鞋子还是半湿的。她一路跑到男生宿舍楼，在拐角处弯着腰平复了一下剧烈的喘息，心里胡思乱想着。虽然不肯承认，但她觉得师兄说得有道理，如果自己能减个十几斤，战斗力起码会提升一倍，硬件条件确实该改善了。

紧接着，夏郁薰迈出了这辈子最惨痛的一步。她走过转角，一眼便看到，昏黄的路灯下，那个俊逸如竹的男人穿着白色衬衫，解开了两颗扣子，刘海被夜风吹得微微有些凌乱。而那个正被他温柔亲吻的女孩儿穿着粉色碎花水袖雪纺裙和细长的高跟鞋，肩头披着男人的外套，长长的睫毛擦着男人的脸颊微微颤动。

这一幕如同水墨画般美好，让人觉得连呼吸都是种惊扰。隔着十步的距离，夏郁薰静静地站着，连呼吸都被隐去，额前凌乱的碎发黏在两鬓，有些被风吹进眼睛里，酸涩难受。她下意识地动了动脚趾，鞋子里立刻传来黏腻的触感，身上的汗被风一吹，全身冰凉。

她全身的力气都被抽干了，手里的蛋糕摔在地上，她知道蛋糕跟她的心一样摔成了碎片……

"斯辰，怎么啦？"冷斯辰突然僵住了，白千凝不解地仰着布满红晕的脸颊。

冷斯辰低咒一声，朝夏郁薰离开的方向追出去。

夏郁薰的鞋子打滑，没办法加速，没多久就被冷斯辰追到。

两个人都气喘吁吁，一时无言。

"来了怎么不通知我一声？"冷斯辰语气平静，好像什么都没发生过。

夏郁薰垂着头不说话。

冷斯辰的理智告诉自己没做错什么，却觉得心里有些愧疚和心虚。他努力压制这些不该出现的情绪，语气带着几分安抚："吃饭了吗？"

他越是平静，她就越是愤怒。她抬起头，小脸满是委屈和怒意："为什么？"

冷斯辰拉着她的手往外走："抱歉，因为有点事，所以没能去。下次给你买礼物。别闹了，先回家好吗？"

"你明知道我说的不是这个！"夏郁薰退后一步，猛地甩开他的手。

"好，你要我说什么？"他站定问她。

"刚才那个女人是谁？"夏郁薰颤声问。

"我女朋友。"回答这一句的时候，冷斯辰的语气里明显有些烦躁和不耐。

"你女朋友？"夏郁薰笑出声来，"她是你女朋友，那我呢？"

"这跟你有什么关系？"

"跟我有什么关系？冷斯辰，你可以更残忍，你明知道我喜欢你！"她几乎是嚷出来的。

冷斯辰的脊背蓦然僵硬，这是第一次从夏郁薰口中听到她明明白白说喜欢自己。

"小薰，冷静一点儿。"

"我很冷静！"

"你还小，不懂什么是真正的喜欢。"他试图和她讲道理，但更像是狡辩。

"我不懂，那你就懂吗？你懂什么是真正的喜欢？"夏郁薰反问，眸子的火光如同喷发的火山。

"喜欢并不是爱。"冷斯辰说。

夏郁薰努力压制着火气："不是爱？那你告诉我喜欢和爱的区别是什么？我以前从来没有说过，可是我以为我做的一切你都明白！我为了你进崇樱，明知道自己不喜欢那样的学校；你要高考，我天天早上给你送早餐；看你压力太大，有事没事就跑去给你讲笑话逗你开心。不管多少人说我死皮赖脸，只要是为了你，我什么都可以做。要不是因为我喜欢你，你以为我吃饱了撑的是不是？我在谁跟前委屈过自己？偏偏只对你……"

说到这里，夏郁薰红了眼眶："后来只因为你一句直升崇樱机会比较大，我拼了命参加比赛获得保送资格，那天……我脚骨脱臼，小臂骨折，医院都来不及去，只希望可以赶过去告诉你这个好消息，可你还是走了，连和我告别都等不及。我拼命努力学习，想和你考一所大学，虽然最后还是没能实现……我告诉自己距离不是问题，我以为你也是喜欢我的，甚至以为你是希望我考进 A 大的，是在等我毕业……"

"够了！"冷斯辰双手紧握成拳，阻止她说下去，"如果我之前有什么行为让你产生误会，我很抱歉。"

"误会？"夏郁薰不可思议地看着他，"我是笨，可我不是傻瓜！你如果不喜欢我，当年为什么要亲我？为什么阻止我追星？为什么要鼓励我努力学习？为什么要关心我的未来？一直以来，虽然你没有说，我也从不问，但我觉得我们之间是有默契的，是谁也插不进来的……"

冷斯辰突然冷笑一声："我喜欢你？夏郁薰，你不觉得可笑吗？"

那一声冷笑，几乎让她冻结成冰，所有的自信都灰飞烟灭，而下一句直接将她打入地狱。

"你配吗？"

夏郁薰说完那一番话，冷斯辰才惊愕地感觉到，眼前这个小丫头是真的长大了，但他内心在激烈排斥着这个事实。喜欢她吗？怎么可能！只是因为她一直跟在自己身边，习惯性地把她当成自己的所有物而已，无论她做什么，他都觉得是理所当然的。她太过干净，干净到令他厌恶自己，他嘲笑她的天真，又无比羡慕她的天真。与其说是讨厌这样单纯天真的她，不如说是讨厌自己。现实让他明白，这样单纯的她根本不该和自己存在于同一个世界。

从前，不管别人怎么想，只要她在乎的人不介意就好，现在这个人站在她的面前问她"你配吗"，那一瞬间，夏郁薰几乎将自己完全否定，一脚踩进深渊里，永不见天日。

天崩地裂之后，她突然间平静下来，只剩下深深的无力和疲惫，机械地喃喃："对不起，原来一直以来，都是我自作多情了……"这句话看似是在自责，实际上是在一字一句控诉那个口口声声说不在意的人。

那个说"不要在乎别人怎么看，只需要在意我的眼光"的男人，那个曾经枕着她的肚子一脸脆弱地说"小薰，为什么活着那么累"的男人，那个无奈地对她说"好好学习，我在 A 大等你"的男人，在今夜彻底幻灭……

虽然他一脸厌恶和不耐烦的神情让她想立刻离开这里，可是她转身走出几步之后又顿住了。有些事情还是说清楚才好。什么该死的心有灵犀，什么一切尽在不言中？全是骗人的东西！

还好是背对着他的，如果面对着他，她根本说不出一句话："冷斯辰，我想过了，这件事是我的错。我也不知道为什么鬼迷心窍、走火入魔了，居然会产生你喜欢我的错觉，而且一错就是那么多年。可是，你不说，我怎么知道呢？你要是早告诉我你讨厌我，讨厌我跟在你身边，讨厌我做的这些事情，其实我不是非要那么死皮赖脸缠着你的。不过你放心，反正我们不在一个学校，我不会碍着你的事，也不会以这么一副尊容跟在你身边给你丢脸！看来连老天都看不下去了，所以没让我考进 A 大继续多作孽……"她以为自己会哭，可语调居然算得上是轻松的，只有她自己明白说这些话的时候心里有多痛。

直到离开的时候，她还抱着一线希望，他或许会担心自己这么晚了一个人会去哪里，却只听到背后温柔到令她再也抑制不住眼泪的话语……而那些温柔，自然不是为了自己。

"千凝，你怎么来啦？"

"斯辰，发生什么事啦？"

"没事，我送你回宿舍。"

"斯辰……我不想回去！"

"怎么啦？"

"今天星期六，室友都出去玩了，只有我一个人，我害怕……"

沉默片刻之后。

"那去我住的地方？"

"嗯。"

冷斯辰在外面租了房子住。以往夏郁薰去看他的时候，不管玩到多晚，他都会坚决送她回学校，任由她撒泼打滚也绝不留她过夜。而现在，他轻易地收留了另一个女孩儿……

今天中午夏郁薰和她爸一起吃了长寿面，然后告诉他要赶回学校。实际上，她一直在河边等冷斯辰，没想到等来的是这样的结果。

离开 A 大之后，夏郁薰跟午夜游魂一样游荡回了 C 大。到了宿舍楼下，因为太晚，已经锁门了，她不想叫人开门，就靠着防盗门坐下来。

凌晨两点多，管理员阿姨出来上厕所，发现了她，吓了一大跳："这不是 303 的夏郁薰吗？怎么蹲在这里？"

夏郁薰抬起埋在膝盖里的脑袋，动了动僵硬的身子："抱歉阿姨，回来晚了，我怕吵醒你。"

"你这孩子，怎么这么傻，大半夜蹲在这儿也不怕着凉，快进来！"管理员阿姨责怪着。

察觉到夏郁薰的神色不对劲，管理员阿姨关心地问了几句，夏郁薰也不知道自己说了些什么，敷衍着往宿舍走。

咚咚咚，她敲了几下门，没反应。夏郁薰正想和刚才一样靠门坐，门突然打开了，老六一个满脸睡意的哈欠打到一半，化为惊天动地的尖叫："啊——鬼啊——"

夏郁薰隐约听到屋子里传来老五摔下床的哀号声和老四怯怯的询问声……

闹腾了十几分钟，夏郁薰被拉进了屋，灯光突然打开，她有些不适应，用手臂挡了挡，脸被照得更加苍白。

"吓死我了！"老六后怕地拍着小胸脯，"我说老大，大半夜你搞成这样，想吓死人啊？"

习惯裸睡的老五钻进被子里一阵折腾，衣服穿好之后，风情万种地撩了撩长发："怎么了，不是去跟你的青梅竹马过生日了吗？"

老四担忧地拉着夏郁薰的手："郁薰，发生什么事了，谁欺负你啦？"

老六差点笑出声来："老四你别逗了，谁能欺负她啊？"

老五白了老六一眼，从容不迫地说出一个名字："冷斯辰。"

果然，这个名字一出来，呈痴呆木偶状的夏郁薰明显颤抖了一下。

大家问了大半天，夏郁薰一句都不说，好半天之后，她突然幽幽飘出了一句："我真的很吓人吗？"说完她就打开阳台的灯，然后走出去。

阳台的墙壁上贴着一人高的镜子。夏郁薰看着镜子，那个头发披散、蓬头垢面、面色惨白的"球状女鬼"是自己吗？难怪刚才管理员阿姨看到自己的时候脸都绿了……难怪……他会说不配……

宿舍里三个人窃窃私语。

老六："这次老大怕是内伤很重啊！"

老四："怎么办？郁薰好可怜！"

老五："我早就知道会有这么一天的！"

老四："郁薰不会想不开做傻事吧？"

老五："现在看住她，具体等老二老三回来，大家再商量一下对策！"

老四："嗯，只能这样了。"

夏郁薰窝在宿舍睡了三天。

老六手里捧着薯片，咬得嘎嘣脆："喂，老大，吃点儿吧！"

多愁善感的老四作林黛玉状抖帕啜泣："居然连最爱吃的薯片都提不起兴趣了！"

老五正在涂着指甲油，吹了吹鲜红的指甲："早点儿死心也好，跟着男人没前途的，没听说冷氏集团都快破产了吗？我就不信冷斯辰那家伙真是神仙，一个人就能把那么大的烂摊子扛下来！"

"不管怎么样，都是他害得老大这么伤心的！"

说风就是雨的老三抄起双节棍就要往外跑，最后被老四拦住："别冲动！"

老六一边喷着薯片残渣，一边吐字不清道："就你那点儿三脚猫功夫，还是跟老大学的，消停点儿吧！"

众人一齐看向在一旁埋头看书，始终没有发言的老二："老二，说句话啊！太没良心了，老大都快睡死了……"

老二推了推眼镜，抬起头说了一句："郁薰，老六吃的薯片是你藏在柜子里的。"

众人还没有反应过来出了什么事，老六已经被枕头砸晕。

老二淡漠地看了夏郁薰一眼："还有得救。"她还有最起码的领土保护意识。

接下来的日子里，夏郁薰可谓置之死地而后生。每天四点就起床到操场进行高强度锻炼，两个小时后，操场渐渐开始有人，她已经练完回宿舍。因为觉得女孩子练武实在是太粗鲁了，所以她有大半年没有练过，导致高考瘦过一段时间之后，身材迅速胖了回来。

与此同时，除了旅游系名下的旅游社，她还报名参加了菁菁舞蹈社、弘扬跆拳道社、逍遥太极社。她还找了一份在酒吧的兼职，本来是卖啤酒赚外快，在一次暴揍变态之后，不但没有被开除，还被经理叫去做保安。总之，每一天都安排得满满当当的，没有空闲。

除此之外，她把所有零食都拿去跟老六换了护肤品和化妆品；平时跟老五虚心请教化妆和保养技巧；跟老四学习怎么做到小鸟依人，弱不禁风；跟在老二后头看唐诗宋词，读泰戈尔、莎士比亚，陶冶情操；闲得没事就拿一个劲儿地嚷着要成为武林高手的老三当靶子练武……

夏郁薰飙上C大校园封神榜，成为传奇性人物的事件发生地，便是她每天锻炼减肥的操场。

因为她起得很早，进行魔鬼训练的时候不会有人看到，除了食堂送菜的大叔，很少有人经过。但是，某日夏郁薰因为一个同学见面时对她说了一句"夏郁薰，最近变瘦了"，训练的时候格外兴奋，多练了半个小时。操场上三三两两过来跑步锻炼的同学，全被夏郁薰一连串行云流水般的武侠片动作惊呆了，当场就呼朋唤友，举起手机，甚至有人狂奔回去拿摄像机，那位同学便是学校报社的社长。

虽然对夏郁薰实在很好奇，但是因为她训练时气场强大，压根儿没有人敢靠近搭讪。曾经有个不知死活的大一男生想跟她说话，结果刚拍了拍她的肩膀，就被摔出去好几米远。

从此，夏郁薰便是"可远观而不可亵玩"，不少同学特意很早起来蹲点，就为了看她训练。有人从凌晨一点开始等，等到四点，夏郁薰终于出现，然后看到她做完热身准备之后一口气跑完三千米，还是在双腿绑了沙袋的情况下，她休息了一会儿后开始打太极，接着练虎虎生威的拳术……

有人蹲点三个月，拍摄夏郁薰每天的训练，把视频剪辑后发到了校园论坛。视频记录了夏郁薰从"球状"到"条状"的神奇过程。大家才知道这个女生得过不少全国性武术比赛的大奖。

于是，大家震惊了，夏郁薰也火了。

无数女生跑去向她请教减肥方法，在听到夏郁薰的变态减肥方法之后决定胖着好了；而男生对她都是敬而远之，有不怕死跑去挑衅的，皆泪流满面，铩羽而归……

光阴随着她身上的肥肉一起呼啸而过，转眼迎来了大学生涯里的第一个情人节。

情人节

情人节前一天晚上。

老三和老六在宿舍里哀号："情人节什么的……最讨厌了！"

老二则是一如既往地专心学习，她的字典里根本没有"情人节"这三个字。

身为旅游系系花的老五穿得花枝招展，明天自然是佳人有约。

而长相清纯娇柔的老四也有个温柔体贴的男朋友，明天会赶过来跟她一起过节。

夏郁薰负着手在宿舍里来回踱步。

老六建议道："明天宿舍正好有四个人，我们打麻将吧？"

夏郁薰白了她一眼："我明天有事。"

老六立即兴奋了："老大，难道，难道你……"

"我决定明天去街上卖花。"夏郁薰此言一出，视线全都落到了她的身上。

连一向把夏郁薰当成神崇拜的老三也被雷到了："老大，你抽风了吧？"

夏郁薰跷着二郎腿睡在床上："学费这么贵，姐缺钱，你们又不是不知道。明天卖花一定很赚。"

老二面无表情地说："很多人像你这么想，所以明天会市场饱和。"

夏郁薰顿时蔫了："说得也是……"

但是，她眼珠子立刻又骨碌转了几下，露出极其兴奋以及猥琐的神情，看得几个人全身发毛。

夏郁薰兴奋地来回疾走："既然市场饱和了，那我就找新的市场啊！"

“什么意思啊？”

“明天我就扮作可爱的小朋友，手捧菊花走上街头，‘哥哥哥哥，给哥哥买枝花吧！’真是想想就激动啊！相信我，这绝对是个商机！”

众人绝倒。

情人节这天，夏郁薰真的提着一篮子菊花徘徊于各大酒吧门口。没想到生意真的不错，一朵小小的菊花居然卖到了 99 元的天价。夏郁薰一边数钱，一边感叹，现在的人都这么有钱吗？

夏郁薰发现了一对极品。左边的男人长得风流不羁，带笑的眉梢透着一股邪气，右边的男人清逸俊秀，淡漠如风的神情似乎与夜店这样的地方格格不入。

夏郁薰小火箭一样蹿了上去，小狗一般天真无邪的眸子巴巴望着左边的男人：“哥哥哥哥，给哥哥买枝花吧！”

男人似乎有些惊讶，随即笑意更深，抬起手背放在鼻翼下轻咳一声，从夏郁薰的篮子里抽出一枝菊花，接着偏头望着身旁的男人，眸子刹那间温柔似水：“泽野，送给你。”

哇哦！夏郁薰当场握拳，口水横流……

君泽野额头青筋暴跳，一字一顿地说道：“欧明轩！”带他来这种地方也就算了，居然还做出这种无聊的事情。

“怎么了，亲爱的？”欧明轩满意地看到那个卖花的小姑娘激动不已，“哈哈，好久没有遇到这么有趣的孩子了！”

听到那句“孩子”，夏郁薰不知道该无语还是该感叹自己的天赋。

不过，此刻戴着粉红兔子耳朵，一身女仆装的夏郁薰，看上去就是一个可爱的高中生。

“小朋友，你知道雏菊的花语是什么吗？”欧明轩问。

夏郁薰摇摇头表示不知。

“雏菊的花语是……深藏在心底的爱。”

深藏在心底的爱……夏郁薰看着那可爱的小菊花，心底某个角落疼得厉害。

“这一篮多少钱？”欧明轩又问。

夏郁薰一边数了数，一边掏出手机飞快地按动数字键：“还有 9 朵，每朵 99 元，我给你打 9 折，一共是……801.9 元。先生您给 800 元就好。”

欧明轩含笑看着她，付完钱，把那束夏郁薰刚刚亲手包扎好的雏菊又送回她的手里。

"呃……"夏郁薰蒙了一下。

"送给你，你很可爱。"欧明轩看着她，浅浅一笑，勾魂摄魄。

刹那间，微风吹过，世界静默，时光静止……这个男人，平时就是以捕获女人的心为乐，好像只有这样才能体现自己的人生价值，对此没少被君泽野教育。

夏郁薰愣了一下，咧开嘴，笑得万紫千红总是春，如春光灿烂小白兔："先生，谢谢您！您真是好人！"这反应倒真是出乎意料，连君泽野也有些惊讶，要是平常，那个女孩子应该先是惊得目瞪口呆，然后羞得面若桃李，最后看着他脉脉含情，一颗芳心就此凋零……而这丫头居然笑得这么纯粹，说难听点儿就是没心没肺。

夏郁薰直接走人。欧明轩意味深长地看着夏郁薰的背影，做了一件极其猥琐的事情。

"喂，你是不是闲着没事干，跟踪一个卖花的小丫头？！"君泽野惊讶地说。

"嘘，别惊扰了我的猎物！"欧明轩竖起食指，兴趣盎然地看着那个挎着篮子的"小兔子"。

"我猜那孩子可能情商出了问题。"欧明轩用手指敲了敲额头，然后得出结论。

当欧明轩看到那丫头居然把自己送给她的花全卖掉时，整张脸都黑了。

"那丫头情商绝对有问题！她怎么可以做出这种事情？正常做法应该是把花带回去插好，就算枯萎了也把花瓣摘下来晒干做成书签珍藏在日记本里，夜夜枕在床头……"欧明轩暴走。

君泽野淡淡地看了他一眼："你想太多了。"

接下来，欧明轩跟着夏郁薰走进了一间很有名的酒吧"绯色"。

欧明轩很好奇，她的花不是卖完了吗？怎么还去酒吧？进了酒吧，欧明轩才发现，夏郁薰那一身女仆装，是"绯色"女服务员穿的制服。她居然是"绯色"的员工？

欧明轩叫了一杯鸡尾酒，目光一直落在那只满场忙碌的"小白兔"身上。夏郁薰的本职是保安，但平时会做一些零散的工作，酒吧里老客都见识过这个小丫头的厉害，知道她无害外表下有一颗野兽般的心。

"你们酒吧居然招未成年人？"欧明轩看着夏郁薰的方向，随口问了一句。

"你是说小夏啊！她今年大一，虚岁都19了。"调酒师回答。

在听到她的年龄后，欧明轩仅仅是惊讶，在得知她所在的学校之后，则是感叹，看来今年这个情人节不会那么无聊。

此刻，夏郁薰正在那边跟一个浓妆艳抹的女人激烈讨论着什么。

"小夏，黛西上场扭伤了脚，下场你帮忙替一下她吧！"

"你让我上去跳钢管舞？露丝姐，你还是饶了我吧！"

夏郁薰刚要溜，就被露丝勾住后衣领："小夏，别对自己这么没信心，你的底子好，什么柔韧动作都能做，我听说你还入了学校舞蹈社，你的可塑性很强，我相信自己的眼光！"露丝信心满满地鼓励道。

"呃，不行！"夏郁薰连连摆手，誓死不从。

"一场400元。"露丝说。

夏郁薰的眼睛亮了亮，不太自信地支支吾吾："露丝姐，你不怕我把酒吧的牌子给砸啦？"

露丝："600元！"

夏郁薰："这不是钱的问题，好不好？"

露丝："1000元，连黛西都没开过这个价！"

夏郁薰："我跳！反正砸了也跟我没关系。"

如果不是看到刚才那一幕，欧明轩绝对不相信此刻换装后站在台上的女人是刚才的小白兔。

夏郁薰穿着超短紧身牛仔短裤，紧身衣上贴着银色亮片，齐腰长发吹成了蓬松的大卷，有几缕染成了耀眼的红色，脸上妖冶的烟熏妆掩盖了青涩稚嫩，完全看不出是本人，这也正是夏郁薰想要的效果。万一遇到熟人认出她，她就死定了，所以化妆师把她化成鬼也没关系。

夏郁薰刚站在台上，底下就响起哄闹声，似乎在不满为什么不是黛西上场，很多人是为了看黛西来的。

"大家好，这位舞者，是新来的悠悠，舞技超绝……"

劲爆的音乐序曲伴随着主持天花乱坠的介绍响了起来，而夏郁薰站着发呆，目光痴痴地看着一个方向，身体僵硬，似要一寸寸风化。冷斯辰的目光无意间落在台上的时候，她的心跳近乎停止，可他只是淡淡地扫了一眼，目光又收了回去，侧身跟身旁的女孩子说着什么，神情温柔。

台下观众议论纷纷，不明所以地看着那个站在台上发呆的女孩子。

欧明轩眉头微微蹙起。为什么她的神情那么……伤心，甚至绝望？顺着她的目光看过去，他看到不远处的一对情侣，那不是 A 大的……冷斯辰和白千凝吗？难道他们认识？事情似乎越来越有意思了……

露丝在下面急得直跳脚，完了完了，这下"绯色"的牌子真要砸了。

黛西夹着一支烟，靠在化妆室的门边，看着台上低低垂着头，兀自沉浸在自己的世界中的夏郁薰，无奈地摇了摇头。情之一字……

刚才冷斯辰和白千凝进来的时候，她就直觉不好，本来希望夏郁薰没有注意到，没想到她还是发现了。就算时隔再久不见又怎样？这个男人一出现，她立即乱了方寸，可悲的女人……

黛西实在看不下去了，正要转身离开，却看到舞台上夏郁薰突然开始随着乐律扭动身姿，每一个动作都带着惊人的爆发力，让人情不自禁随着她舞动。与其说这是一场热舞，不如说是畅快淋漓的情感宣泄。最上乘的舞蹈不仅仅是肢体的表达，更重要的是情感。

一时之间，灯光闪烁，人群激昂，气氛高涨，随着夏郁薰几个超高难度的动作，舞池气氛兴奋到了极点……

难道这是欲扬先抑？这个女人前一刻分明是一副安静寂然的模样，下一刻就爆发了。

不管怎么样，效果都是不言而喻的。

音乐声骤止，一切恢复平静，夏郁薰随意鞠了个躬，便利落地跳下台来。刚走没几步，她就被人拦住，抬头一看，居然是刚才那个人："是你？"

"赏脸陪我喝一杯？"欧明轩笑盈盈地邀请。

"咳，那个，不太好吧？"夏郁薰尴尬地看了眼欧明轩身后的君泽野。

欧明轩险些笑出声来："你不会真以为我们是一对吧？"

"呃……难道不是吗？不是吗？"夏郁薰几乎是尖叫出声，"怎么可能？你们这么配！"

不仅仅是君泽野，连欧明轩的脸也黑了。

夏郁薰依旧是一副不相信的眼神。

君泽野接了个电话，把椅背上的外套拿起来："我有事先走了。"

欧明轩敷衍地挥了挥手。

君泽野无奈地摇头，天天这么游荡着，也不知道这家伙什么时候才能定下心来。

夏郁薰满腹心思都在不远处的冷斯辰身上，想着自己这个样子可千万不能让他看见了，刚想赶紧回后台卸妆溜走，却被欧明轩扯住胳膊。

他一脸笑意地看着她："真的不赏脸？还没有女人拒绝过我！"

夏郁薰白他一眼，不耐烦道："明明不开心还笑什么笑？难看死了！"

欧明轩失神地松开她的手："我不开心？"这丫头眼睛还真够毒的！事实上，那个时候欧明轩厌倦了留恋于女人和金钱之中，觉得自己毫无生存意义，由此引发的厌世和自弃情绪越发严重。谁也不会想到，这个意气风发的男人会有轻微的抑郁症。

夏郁薰正要走人，却发现冷斯辰和白千凝径直朝自己的方向走来，顿时惊得面无血色，什么顾不得了，仓皇地把脑袋埋进了身前男人的胸前。

欧明轩挑了挑眉头，看看身后几步远的冷斯辰，又低头看了一眼胸前埋着的小脑袋，嘴角勾起，故意说道："我就知道没有女人会拒绝我，怎么，这么快就投怀送抱啦？"

夏郁薰双手合十，火急火燎地乞求："那个，麻烦身体暂时借我用一下，大恩大德，永世难忘！"

欧明轩目光怪异地看了她一眼，心想这丫头还真敢说。不过，他立即抬起她的小手贴在自己的胸前，大方道："当然，请随便用。"

夏郁薰翻了翻白眼，不过，第一次和陌生男人这么接近，那家伙又刻意地垂着头用下巴蹭着她的额头，凝滞的空气温度上升，顿时让她双颊犹如火烧，心里催促着冷斯辰快走快走，无奈他们不知道碰到什么熟人，居然就站在那里攀谈起来。

"斯辰，想不到居然会在这里遇到你！怎么没见小肥球？都好几年没见到她了，哈哈……"

居然是冷斯辰的中学同学、高考后出国留学的凌宇，这家伙怎么回来了？对了，大概是国外那边寒假放得比较早……

冷斯辰避开了凌宇的话题，客气地寒暄了几句。

"这位是？"凌宇的目光落在了他旁边的女孩身上。

"我女朋友。"冷斯辰面无表情地回答。

"呃……"凌宇惊讶之后，立即笑道，"呵呵，斯辰你果然有眼光……"

夏郁薰动都不敢动，默默听着冷斯辰跟曾经最好的朋友介绍自己的女朋友。

她头顶传来一声叹息，然后一只手掌揉了揉她的头发。

虽然只有五分钟，但她全身的力气都耗尽了，不管怎样，总算是躲过一劫，夏郁薰卸妆之后急匆匆地冲出来，在欧明轩的掩护下离开了这个是非之地。

"今天谢谢你了，还没问你的名字呢！"夏郁薰弯着腰，气喘吁吁。她是真心感激，不仅仅是感激他刚才的帮忙，更感谢他什么都没有问。

男人似笑非笑地看着她："欧明轩。"

"咦？这名字好熟啊……"夏郁薰蒙了一下，接着露出震惊的神情，"不对，简直是如雷贯耳！你……你该不会是我们 C 大那个校草吧？"

夏郁薰这么一想，看一眼，再看一眼，发现他和老六她们平日收集的照片里的人真的有几分相似。

"哎，小学妹总算是认出我了，否则我都该自我检讨自己的知名度了！"欧明轩说得颇有些委屈。

夏郁薰擦汗，急忙解释："实在是你真人比照片帅多了，我这不是没认出来嘛！"

欧明轩轻笑："是吗？比起刚才你躲着的那位呢？"

"呃……"夏郁薰干笑挠头，"全校盟 BBS 上都没能分出上下，我这肉体凡胎之眼哪能妄加评断！"

"没关系，我只想知道在你心里谁更好。"欧明轩伸手撩开遮住她眼睛的刘海。

夏郁薰条件反射地往后退了一步，重新把刘海扒拉到前面，那张脸是彻底黑了。这话怎么就越说越暧昧呢？不过，看到真人才知道，这男人果然是妖孽啊，难怪宿舍那几个天天在那疯魔，不论是名花有主的老五，还是花痴老六，就连一心只读圣贤书的老二，床头字典里也夹着这厮的玉照。

"小肥球！"

一声激动的"小肥球"打破了暧昧的气氛，夏郁薰松了一口气的同时，又把心提到了嗓子眼。不会这么衰吧？已经躲到这种程度，居然还是遇着了……

夏郁薰咽了一口唾沫，硬着头皮转过身，果然看到白千凝挽着冷斯辰的手正看向她这里，凌宇则是兴奋地扑过来一个熊抱："我苦命的小肥球，你怎么瘦成这样了啊？"

夏郁薰被他拍得直翻白眼："淡定淡定！"

"老远就看到你急匆匆地往外跑，我在后面叫你，你都听不见……"凌宇滔滔不绝地讲着，然后眼露精光，看着夏郁薰身后的男人，"这位是？"

毕竟和欧明轩才刚认识，夏郁薰真不知道该怎么介绍，想了想，说："他是我的一位学长。"

"你好，凌宇，郁薰的朋友。"凌宇不动声色地朝冷斯辰投去意味深长的一眼。小样儿，居然装淡定！也不知道是谁刚才酒喝到一半突然要结账。凌宇走出来看到前面那人的侧影才反应过来，原来如此。偏偏追出来之后那家伙还是一点儿动静都没有，他只好主动上去打招呼，顺便八卦一下小肥球身边那位是何方神圣。

"你好，欧明轩。"欧明轩落落大方地自我介绍道。

凌宇略有些惊讶，欧明轩这个名字他无数次从堂妹表妹等人的口中听到过。小肥球果然不是吃素的！

刚才白千凝的神情就有些疑惑了，听到欧明轩自我介绍之后，神色愕然，然后大方地上前自我介绍："久闻大名！白千凝。"

"你好，上次交流舞会上见过你。"欧明轩一派绅士的模样。

终于轮到冷斯辰，夏郁薰一个劲儿地冒冷汗，也不知道自己在紧张些什么。

冷斯辰："冷斯辰。"

欧明轩："你好。"

呃……就这样？她果然想太多了。或者说把自己想得太重要了！本来还傻傻地担心冷斯辰会误会什么。夏郁薰，你到底要傻几次才甘心呢！

话也说了，旧也叙了，人也认识了，夏郁薰正想说要回校了，偏偏凌宇又出来搅局。

"小肥球，都好久没见了，大家聚一聚吧！前面一百米就有个韩国烧烤店，我刚回国的时候来吃过一次，东西不错！"

"不用了吧？已经很晚了。"夏郁薰推辞道。这样的组合实在太过诡异了。

凌宇上蹿下跳："小肥球，我们都那么久没见了，你就一点儿都不想我吗？你看到我一点儿都不激动！呜呜呜……小肥球你对我好冷淡……你怎么可以恨屋及乌呢……"

这家伙说话越来越没谱了，那么高的个子压在她瘦弱的肩头作受伤状，夏郁薰被他烦得不行，不过也托他的福，几个月后突然见到冷斯辰的无措全被冲淡了。

欧明轩双手搭上夏郁薰的肩膀，把她从凌宇的魔爪之下解救出来，接着一把将她推进地狱："去吧！朋友好不容易回来一次，再晚有我呢！"

虽然明白他的意思是他们同路，可是为什么这话听上去就是不纯洁呢！

白千凝面有难色，但最后还是在凌宇殷切的目光下点头表示同意，冷斯辰一如既往地沉默。

于是，三比一，五人一行去了前面的烧烤店。

东西味道是挺不错的，夏郁薰一闻就知道。只可惜，美味当前却要对着冷斯辰那张千年冰山脸，什么胃口也没了。拜托，她又不想破坏他们的甜蜜情人节，她都尽力躲着了，谁知道还是被凌宇那个没眼力见的家伙抓过来啊！

夏郁薰正在发呆，耳侧传来热气，伴随着欧明轩的询问："要辣椒粉吗？"

夏郁薰点点头，欧明轩在肉串上撒了一些辣椒粉递给她。

"谢谢……"夏郁薰拿着肉串吃也不是，不吃也不是。

欧明轩轻笑一声："别担心，你已经很瘦了，不需要再减肥，女孩子还是健康一点儿比较好。"

"对了，郁薰，我正想问你呢！几个月前看到你还不是这样的，瘦了好多，我都差点认不出了，你是怎么做到的？"白千凝好奇地问道。

上次冷斯辰只说夏郁薰是他的妹妹，再看夏郁薰的相貌，白千凝丝毫没怀疑她会跟冷斯辰有什么。

凌宇一副了然的样子："衣带渐宽终不悔，为伊消得人憔悴，零落成泥碾作尘，人比黄花瘦……我懂的。"

夏郁薰一口可乐差点喷出来，这都什么跟什么啊！

夏郁薰轻咳几声，露出极其钦佩的神情："凌宇，虽然你在国外待了几年，可是你的中文水平真是……日益精进了！"

凌宇笑着摆手："过奖过奖！"

夏郁薰无语。

"果然是女大十八变啊！这次回来发现小肥球变好看了，就是这副眼镜实在是太碍眼，你到底有没有一点儿正常的审美啊？"凌宇说着就要去摘夏郁薰的眼镜，手还没碰着眼镜的边，就响起一阵杀猪般的哀号，"噢……啊啊啊，松手，松手！斯辰救命！"

冷斯辰轻飘飘地看了凌宇一眼，分明在说"你自找的"。这家伙就是不长记性。

夏郁薰的杀气半天才收回去，回过神发现自己刚才竟然又在冷斯辰面前动粗了，顿时有些尴尬，低垂着头默默吃肉。

中途白千凝要去洗手间，凌宇出去接电话，座位上只剩下三个人，偏偏欧明轩看到对面座位上有熟人要去打招呼，到最后就只剩下夏郁薰和冷斯辰两个人了。

如坐针毡也不过如此，夏郁薰心里哀叹着，"否极泰来"这个词反过来用也是可以的，本来以为今天运气很好，一晚上而已，下学期的学费都赚了一大半，谁料快结束了居然会发生这种折磨人的事。

偷偷抬眼，冷斯辰不紧不慢地吃东西，什么多余的情绪都没有，那些紧张和不安都是她一个人的事……该死，那两个人不回来也就算了，欧明轩那家伙干吗还在聊啊？不是说只是打个招呼吗？分明就跟美女聊得乐不思蜀了。帅哥果然都是靠不住的！

夏郁薰心神不宁地朝欧明轩的方向张望着，盘子里的肉都快被剁成肉酱了。她只是不想和冷斯辰两个人单独相处太尴尬，可这一幕看在冷斯辰眼里，分明是她因为看到欧明轩和别的女人说话而生气焦急。

"给你。"

"什么？"冷斯辰突然开口说话，夏郁薰吓得差点从椅子上滚下去。

"上周去美国看斯澈，他给你的。"

冷斯辰随手丢了个东西过去，夏郁薰急忙小心翼翼地接住，顿时满眼冒爱心："哇，好可爱的娃娃！怎么可以这么可爱，这么可爱……"

那是一个巴掌大的袖珍娃娃，肥嘟嘟的，穿着蓬蓬裙，娃娃身上的衣服、鞋子、挂饰，就连一根头发丝、一个米粒大的纽扣都极其精巧。

"这个很贵的吧？"夏郁薰爱不释手地摸着娃娃的小脸，"这触感比真人还软……"

这么多年没见，阿澈还是了解她的喜好，要是她自己，就算再喜欢，怕是也舍不得买。

她灿烂的微笑恍若隔世，真的好久没有见到她……自从那天之后，这丫头再也没有找过他，本来想借着送这个娃娃去看她，没想到今天意外相遇，就用这个娃娃来打破两个人之间的沉默和疏离。她不再那样缠着他，似乎过得还不错，可他开心不起来。

夏郁薰立即打越洋电话给冷斯澈："阿澈，阿澈，阿澈！东西收到了，非常非常非常喜欢！"

冷斯澈接到电话的时候，刚结束上午的课程，一边收拾书本，一边听着她在那头兴奋说话的声音。两人聊完，挂了电话好久，他的脸上依旧挂着温暖的笑意。

"阿澈的病……怎么样啦？"

"动过几次手术，都很成功，现在已经康复了，只要不受太大的刺激，就和常人一样。"

夏郁薰松了一口气："那他什么时候回来？"

"再过两年吧，至少要等完成学业。"也要等自己把国内的事情处理好，在这之前太危险。

吃完饭，凌宇打车回家，冷斯辰和白千凝一起回学校或者他们的小窝，度过浪漫的情人节。

这个时候没有公交车了，夏郁薰忍痛打车回学校，后面还跟着个蹭车的欧明轩。

车上，夏郁薰侧着脑袋靠着玻璃窗，心里跟猫抓似的，怎么也平静不下来。

"喂，你跟冷斯辰什么关系？"欧明轩好奇不已，凑过来问。

"我喜欢他很多年，他从来没有喜欢过我。"夏郁薰木然地回答。

欧明轩没想到她这么诚实，有些惊讶。

"说具体一点儿啊！"

瞥了一眼乖宝宝状等故事听的欧明轩，夏郁薰惊呆了。帅哥都喜欢以别人的痛苦为乐趣吗？

"所有人都知道我对他觊觎已久，他这个当事人却一无所知。终于，在一个狂风暴雨、雷电交加的夜晚，我跟他摊牌，他冰刃般的话语、寒风般的冷笑让我醒悟，我这种癞蛤蟆想吃天鹅肉的行为是多么天理不容，自此我就衣带渐宽终不悔，为伊消得人憔悴，零落成泥碾作尘，人比黄花瘦……"

夏郁薰一口气说完，然后闭上眼睛喃喃自语："既然那么讨厌我，为什么一开始又要放任自己对我好，等我再也离不开的时候又不要我了，难道他就没有任何责任吗……"

欧明轩刚开始听得满脸揶揄的笑意，到最后渐渐沉默。

半个小时后，欧明轩将她送到宿舍楼下，临走前说了一句："这世界上没有谁少了谁就不行。"

夏郁薰不置可否，只是苦笑："你会这么说，是因为你没有遇到那个人。"

我们是两个世界的人

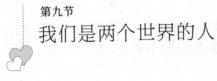

跟欧明轩告别后，夏郁薰正要上楼，手机却响了起来，居然是冷斯辰，犹豫着接通："喂？"

冷斯辰："到学校啦？"

夏郁薰："嗯……"

冷斯辰："出来。"

夏郁薰："啊？"

冷斯辰："我在 C 大门口等你。"

夏郁薰想再说话，那边已经挂了。

夏郁薰怎么想都觉得不对劲，今晚这种日子，他不是应该和白千凝在一起的吗？再说了，他那是什么态度，呼之即来挥之即去。可是，接到他的电话，还是会有种口是心非的欣喜，这是他第一次主动找她出去，虽然这个时机实在是让她费解。夏郁薰慎重地想了想，还是拨通冷斯辰的号码，她可不想到时候又看到什么让她疼到撕心裂肺的场面，一看到白千凝，她就有成魔的冲动，她守着他那么多年，从三岁一直到现在，凭什么到最后他还是成了别的女人的……久而久之，她都快对自己的人格产生怀疑。她嫉妒，苛刻，怨恨，自己什么时候竟然变成了这样！

手机那头只听得到浅浅的呼吸声，他在等她说话。

夏郁薰迟疑地开口："那个，很晚了，有什么事就在电话里说不行吗？"

"你不方便？"冷斯辰低沉的声音暗潮汹涌。

"啊？"夏郁薰没反应过来。她能有什么不方便的，她这不是怕他不方便吗？

"你和谁在一起？"他的语气明显在刻意压制某种情绪。

"我一个人啊！在宿舍楼下，正准备上去就接到你电话。"

"出来。"他想了想，补充了一句，"我一个人。"

这一句让她如蒙大赦，松了一口气。

夏郁薰赶到学校门外的时候没有看到冷斯辰，正想打电话确认，门口那辆保时捷的灯亮了两下，车窗降了下来，露出一个完美的侧脸。

夏郁薰狐疑地走上前去："阿辰？"

"上车。"

"……哦。"

夏郁薰正要往后走，冷斯辰又叫住她："坐前面。"

夏郁薰乖乖上车，坐到他身边，左看看右看看，没话找话说："换车了吗？好像跟上次的不太一样……"

"嗯。"冷斯辰一手斜撑着额头，一手操纵方向盘。

她都快忘了，冷斯辰现在已经开始接管公司了，换辆车算什么……她再次认识到和他之间的差距，即使白千凝不在，她还是被刺激到了。

"去哪儿啊？"夏郁薰闷闷地问。

冷斯辰没有说话，只是眸子微闪，若是以前，她一定不会问他去哪儿，只会安安静静地跟着他走。他也不知道自己是怎么了，吃完饭分开之后，心怎么也静不下来，最后还是一时冲动将白千凝送回家，车开着开着就开到了这里。他忍不住拨通她的电话，把她叫出来之后，又不知道自己到底想怎样。这该死的情绪，怎么一遇到她就完全不受控制！

从在"绯色"见到她和一个男人姿态亲昵地走出去开始，他的行为就失控了，索性失控到底，顺从心意把她叫了出来。而他心里的这种烦乱，果然在她来了之后自然消退了。或许，他只是想她在自己身边而已，即使什么都不说，什么都不做，也感觉很安心。

半响无话，夏郁薰的手机突然响了起来。她瞥了一眼屏幕，"亲爱的"几个字正在欢快地闪烁着。号码是欧明轩自己存进去的，他还真是不知道矜持为何物。

冷斯辰的余光扫了一眼夏郁薰的手机屏幕，脸色更寒了几分。

她接起电话："喂，学长！"

"睡了吗？"欧明轩慵懒的声音响起。

夏郁薰看了一眼身旁的冷斯辰，不想多做解释，就回答说："睡了。"

"那，晚安！"欧明轩语气温柔。

"晚安！"

夏郁薰如释重负，正要挂电话，欧明轩突然又问了一句："你是旅游社副社长？"

"嗯，你怎么知道？"夏郁薰惊讶地问。

"旅游社是我赞助的。"欧明轩回答。

"呃……原来你就是旅游社传说中的钱袋子啊，可是从来没看你露过面！"居然这么巧！

"我也觉得我是时候露面了，最近实在有点无聊。"欧明轩懒洋洋地回答。

两人又聊了一会儿，欧明轩重新道了"晚安"，然后又说"记得要想我"。

夏郁薰无奈。这男人怕是对哪个女人都这样，把肉麻当乐趣。

"不要跟这个人走太近。"这时，一旁的冷斯辰冷声道。

夏郁薰想了想才反应过来他说的是欧明轩："为什么？我觉得学长人很好啊！"

冷斯辰闻言，突然就控制不住自己了，语气也变得苛刻："很好？那你有没有想过他为什么要对你好？他凭什么看上你？"

他说过的每一句残忍的话突然全涌上她的心头，所有的血液都冲到了她的脑子里："我知道自己什么样子，我知道我不配你们这样的有钱人！你认为他看上我一定是别有所图，这很正常。但是，要钱没钱，要色没色，我根本就没什么好被人家贪图的不是吗？所以，不劳你为我费心！"说完，她用力拍打着车窗："停车！我要下车！"

冷斯辰一脸懊恼，却无法开口解释，于是全都化作了愤怒，将车越开越快，最后一拳重重地砸在方向盘上，车子一个剧烈晃动，夏郁薰这才发现刚才忘了系安全带，身子不稳，尖叫一声，摔到冷斯辰的身上。

不知道是被气的还是吓的，她的手有些发抖，腰好像也扭到了，撑了几下硬是没撑起身子，最后索性就这么趴在他的白色衬衫上，双手紧紧攥着，沙哑的声音微弱呢喃："为什么……为什么我们会变成这样？我们的关系越来越糟糕，我真的很害怕……我居然慢慢开始害怕和你说话时说错话，甚至做什么都小心翼翼的。你总是这样，什么都不说，什么都要我自己猜，你明知道凭我的智商根本不会有自己想明白的那一天，而我对你的情商也不再抱任何期望……如果现在我把你今晚莫名其妙的行为归结为在意我，你是不是又要说我不配，说我自作多情？你到底想我怎样？冷斯辰，你太欺负人了！"

夏郁薰说到最后，那种愤怒又委屈的感觉再次涌上心头："我已经……不想再花那么多的时间去猜你在想什么了！而且，我也没有那个工夫风花雪月，我还要挣钱交学费、生活费，我知道我配不上你，你不用再特意找我出来告诉我一次……好了，就这样，让我下车，现在看着你，我难受……"

现在她还能怎样？如果不想让他更讨厌自己，就只有以退为进。虽然听着他的话心里很难受，但她自己明白那些都是事实。

冷斯辰伸手把她扶好，然后身子倾斜过来，她以为他是要开车门，却见他手臂绕过来，替她系上安全带。她正不明所以，他已经重新启动车子，平缓地往前行驶。

她又被无视了，夏郁薰气得瞪他，却意外发现他眸中的寂寥和脸上的倦色。难道是他一直都伪装得太好了吗？直到现在，她才发现他的状态很不对劲，整个人绷得紧紧的，好像稍微再用力就会断裂。他眸子越来越讳莫如深，眉宇之间是化不开的愁云，这种状态她只有高考前两个月见过一次，甚至比那次更严重。

那时候她正在上晚自习，他突然出现在教室门外，教室里的同学发现他，一片哗然。

她走过去，看到他向来冰冷孤傲的脸上有着从未有过的疲惫和痛苦。

他只是揉揉她的头发，揽着她一起绕着学校走，什么话也没说，走到小树林的时候，他突然抱住自己，以前所未有的温度："小薰，好累……有没有想我……"

那一刻，她心疼得落泪，然后听到他在耳边呢喃："我想你了……"

那一刻，她真的以为他是在意她的，自己也是被需要的。她的整颗心都满满的，即使今后都为他而活，她只想一辈子在他的身边。可是，为什么才几个月，一切都变了……到底哪一个才是真实的他？她看不透……

片刻后，冷斯辰的车子在一栋别墅前停下，看她没动静，他打开车门，直接把她拉了下去。

夏郁薰的手下意识缩了缩，终究还是舍不得他手心的温度。

这不是以前她去过的普通小公寓，这地方她是第一次来，看来他又换地方住了。房子很大，里面的家具都是欧式风格，精巧奢华，却没有人气。夏郁薰没有心情考究这屋里的装潢，而是不由自主地搜索这里有没有女人居住的痕迹。

冷斯辰穿着白色衬衫，外罩V领针织背心，上面被她哭得一片狼藉。夏郁薰看得心有戚戚然，两根食指戳啊戳："对不起，大不了我给你洗好了……"

冷斯辰斜睨她一眼，利落地脱了外面的背心。夏郁薰眨眨眼睛，被吓了一跳，接着又看他不紧不慢地一颗一颗解衬衫扣子，慵懒而魅惑。

夏郁薰的眼睛越瞪越大，最后尖叫一声，颤抖着手指，指着他："你、你……你干吗？"

冷斯辰解开最后一颗纽扣，把衬衫脱下来，连带那件针织背心一起扔给夏郁薰，接着转身进了浴室。夏郁薰看着他裸露的后背，愣了好半天才知道他是把衣服脱下来给她洗，顿时嘴角抽搐，回想刚才的风景，双颊火热……

夏郁薰捧着衣服，无措地在沙发上坐下，等了好半天，浴室里的水声停止，冷斯辰一边擦头发，一边走出来。

夏郁薰立刻站起来："衣服也拿了，我先走了，洗好明天给你送过来。"

冷斯辰在她脚底抹油之前，整个身子覆过去，将她锁在沙发上，咬牙切齿道："今晚哪儿也不许去，给我乖乖待着。"这该死的女人，就这么想离开自己吗？他偏不如她的意！

他沐浴后的清香扑面而来，夏郁薰脑袋都被熏晕了，经历过这么多事情，对他莫名其妙的行为，她多少已经有点免疫力，知道自己没办法拒绝，干脆顺着他的意思："那我睡哪儿？"

最后，夏郁薰在冷斯辰的床上睡，冷斯辰睡在了客厅的沙发上。

房间很大，很冷。夏郁薰坐在软软的床垫上弹了弹，她的身体很好，即使是冬天也只穿两三件衣服，但是脱了外套钻进被窝里，还是冷得哆嗦。被褥、枕头都是他的气息，这里完全没有女人的东西，她略微安心。不过，目光扫到床头柜上放着的安眠药，她又有些担忧。他睡不着吗？

冷斯辰就在外面，离自己那么近，压根儿不知道他到底想干什么，她以为自己今晚一定会睡不着了，但事实上，因为累了整整一天，没过多久她就进入了梦乡。

凌晨一点多钟，冷斯辰打开卧室的门，拧亮床头昏黄的小灯，看她睡得暖意融融，鼻翼渗出些细小的汗珠。他掀开被子，小心地躺在她的身旁，她似乎感觉到冰冷的气息，鼻尖不满地皱了皱，翻了个身滚到床的另一侧。冷斯辰无奈地伸手把她捞回来搂进怀里，她几乎整张小脸都皱起来了，模糊不清地哼了哼，冷斯辰以为她要醒来，她却只是动了动身子，又昏昏沉沉地睡了过去。

那个小小的身体就像温暖的火炉，很快将他温暖，她迷迷糊糊地主动钻进他的怀里。他的手掌覆在她的腰侧轻轻揽着。这丫头真的瘦了很多，他莫名地有些心疼，虽然她瘦下来很好看，但还是喜欢她胖乎乎的样子。

一夜无梦，他睡醒的时候，发现居然早上七点多了。安眠药早已对他没有作用，他自身也不太喜欢用这类药物，这是几个月来他睡得最好的一次。小家伙还没醒，他索性抱着她又睡了一会儿。昨晚他破天荒地放纵了自己一次，一直关机到现在，那边恐怕急疯了。放纵总是需要付出代价的。

夏郁薰醒来的时候，一看手机，已经早上八点多了。真见鬼，她的生物钟向来很准的，凌晨四点一准醒，这次居然会睡得跟头猪一样，连上课的时间都错过了。

她打了电话给舍友，本想让老六帮忙请个假，却得知那几个家伙今天一个都没去上课。

"今天早上不是有课吗？难道我记错啦？"夏郁薰愕然。

"不点名的课去干吗？"老六理所当然地回答。

夏郁薰翻了一个白眼："点名的课也没见你去过。"

老六义正词严："君子坦荡荡，别以为点名就可以束缚我，说不去就不去。"

"就你有理！那她们都不去吗？"

她正问着，电话那头听到老五说话的声音："今天天气这么好，用来上课多浪费啊！"

"那老四呢，也不去？"夏郁薰又问。

"和小赵闹矛盾了，她心情不好，没心情上课。"

"老三呢？"

"刚把你那招旋风踢学会，她心情好着呢，上课多影响心情啊！"

夏郁薰彻底无语了。

"今天到底是什么日子？难道连老二也不去？"

那头，老二悠悠然地回答："旅游社今天有活动，欧明轩会到场。"原来这才是根本原因。

"最新消息，欧学长准备组织一次豪华旅游，只有三十个名额。老大你快回来吧！赶紧的！我们还靠你抢票呢！好歹你也是副社长！"

夏郁薰穿好衣服走出去的时候，意外地发现冷斯辰还在家里，此刻正在打电话吩咐着什么。

门铃声响起，冷斯辰示意她帮忙开门。

夏郁薰挠挠头发，走过去打开门，门口的男人一看到她，立即露出见鬼的神情，并且滑稽地退后一步，仰视房子，似乎在确定自己是不是走错了地方。

"你找冷斯辰？没走错。"夏郁薰说完便走了进去，一脸不高兴。那家伙什么表情？她出现在这里就这么可怕吗？

冷斯辰也不急着招待那男人，看她脸色不好，走过去摸摸她的额头："有哪里不舒服吗？"知道她认床，睡在陌生的地方特别不安生，喜欢踢被子，昨晚他一直搂着她睡的，应该没有着凉啊！

夏郁薰受宠若惊地摇摇头："那个……你的衣服昨晚我洗好了，晾在阳台，中午应该就能干。"

"要走了？我送你。"冷斯辰看着她说。似乎再没有理由留她在身边了，就算放纵也要有个度。

夏郁薰看了看好像是冷斯辰助理的陌生男人："不用了，你还有事要忙。"

冷斯辰犹豫："路上小心。"

"嗯。"

冷斯辰轻叹一声："乖乖的，别闹了，知道吗？"他虽然没有明确道歉，但这句话明显在妥协了。

"我知道了，走了。你不要太忙，注意身体。"夏郁薰的眼睛红了红，与其和他闹成这样，她宁愿暂时退步，保持这样的关系，也比最熟悉的两个人一见面就剑拔弩张好。

就让她做个什么都不知道，什么都不想的傻子吧！可是，生命不息，战斗不止，她不会就这么放弃的。

夏郁薰赶到旅游社的时候，人山人海。

"各位同学，请各位同学排好队！"

"非旅游社的同学请自觉排队，谢谢合作！"

"我们有三十个名额，但要等明天定好旅游计划才开始发放！各位如果想参加，必须先成为旅游社成员，有意者请排队报名。虽然这次只有三十个名额，但是这样的机会以后还会有的，请大家放心！"

"什么？对对，欧学长也会一起去的！"

"啊啊啊，真的吗，真的吗？可以和学长一起去旅游吗？"

旅游社的社长大人钱坤正在挥汗如雨地维持着秩序，可是起到的作用微乎其微，到最后小身板被人潮挤得东倒西歪，风中凌乱……

远远就看到欧明轩那厮站在那里，笑得勾魂摄魄，夏郁薰双手环胸，无奈摇头。

旅游社本来一百个人不到，当然，那是在大多数人不知道欧明轩是幕后赞助商的情况下。这下一曝光，加上钱坤稍加利用，旅游社有望成为C大第一大社团。夏郁薰看着人海感叹，这就是传说中的帅哥效应啊！

"啊——"钱坤哀号一声，被几个彪悍的女生扔了出来，夏郁薰单手扶住他。

钱坤一见夏郁薰，立即泪流满面："姐姐，你可来了！"

夏郁薰把那颗悲痛欲绝的脑袋推开，然后径直穿越人群走到前面。所到之处，女生们纷纷侧身让路，就像疯狂的小兔子见到大灰狼一样怯怯然。夏郁薰无视制造混乱的欧明轩，走到报名台前。

老五立即迎上来给她端椅子，夏郁薰接过老六递过来的饮料，淡淡地说了一句："排队。"

混乱的人群瞬间排成了笔直的一条，老五她们几个不是旅游社的，正在队伍里跟她挤眉弄眼，示意她一定得帮忙。

这一幕着实让欧明轩吃惊不小，看不出来这丫头在学校挺有威望的。看着那些变得小白兔一样乖巧的女生，欧明轩突然萌生了一个念头。

"薰，你昨晚去哪儿啦？"欧明轩突然凑近，不等她回答，目光立即变得幽怨，"为什么要撒谎……"

"呃……"夏郁薰想着大概是老六她们说漏嘴了，"我当时只是怕麻烦，不想解释。"

　　欧明轩的目光更加哀怨了，带着三分涩然、七分苦楚："是吗？你现在连解释的时间都不愿意给我了……"

　　别说后面那些瞠目结舌的小白兔，他那眼神，连夏郁薰都快心碎了："那个，我等下跟你解释行吗？"

　　当时的夏郁薰并不知道，无心的几句话会在C大引起怎样的轩然大波。

　　很久之后，夏郁薰表示对欧明轩的演技佩服到五体投地，并且跟随他的旗帜进了他一手创办的话剧社。

　　有关旅游的地点，旅游社众成员一番舌战之后仍旧没有得出结论。

　　欧明轩坐在旁边悠闲地喝茶，目光始终落在窗台角落里，那个女孩子身上跳跃着点点明媚的阳光，依旧掩饰不住满溢的黯然神伤……

　　感觉头顶罩上了一层阴影，夏郁薰下意识地抬头，对上欧明轩仿若洞悉一切的目光。

　　"想去哪儿？"

　　"不知道，随便……"她重新趴回窗台上，懒洋洋的。

　　"心情不好的时候，出去走走会好一点儿。"

　　"我心情不好的时候，一步都不想走……只想睡觉……"

　　"可是，你再不说话，她们估计要吵到明天半夜。我晚饭还没吃呢。"欧明轩一副可怜兮兮的语气。

　　最后的最后，夏郁薰说了三个字——"少林寺"。

　　满场静默。

　　不过，那些名胜古迹都没什么特点，说起来，少林寺还真是挺有特色的。大家当时确实被这个提议惊到了，但是后来仔细想想，觉得这个决定也不错。于是，去少林寺这个方案就这么定下来了。

　　经过几天的准备，名额敲定，时间定在暑假的第一个星期。夏郁薰本来没什么心情旅游，但想想暑假冷斯辰也不会回家，她一个人在家里除了帮老爸打理武馆，也没事做，就答应去了。

　　这段时间，欧明轩经常来找她，理由层出不穷。或者是在网吧忘了带钱，或者是一个人吃饭太寂寞，又或者是邀请她加入话剧社，再就是他正被一群疯狂的兔子围堵……

　　欧明轩的政策就是，对内正义凛然，对外朦胧暧昧。这家伙的暧昧尺度拿捏得相当好，在外人看来，他和夏郁薰俨然就是一对。夏郁薰本来就迷迷糊糊的，一直认为他只是把自己当成普通朋友，即使有所察觉，也完全找不到理由拒绝他，毕竟他从未说过"喜欢"之类的话，如果她贸然去说，岂不是又自作多情？她觉得清者自清，反正他们之间本来就没有什么，别人爱怎么想就怎么想好了。于是，她就这么神不知鬼不觉地沦为欧明轩的挡箭牌。

少林寺七日游，夏郁薰在山上遇着了几个得道高僧，探讨了一番生死大义，那老和尚泪流满面，说她有慧根，差点就要破了不收女弟子的先例把她收入佛门。

事情是这样的。当时庙里的和尚正在讲经，正说到"救人一命胜造七级浮屠"云云。夏郁薰在一旁听着，觉得实在无趣，忍不住自言自语："生又何尝生，死又何曾死。生死皆机缘，万物自有轮回。何必见死则救？"

那老和尚一听，立即蹙了眉头："佛曰慈悲为怀，怎可见死不救？"

夏郁薰看了一眼和尚光秃秃的脑门，反问道："大师怎么知道我救了它就是慈悲？世人贪恋于生，怎知佛乃以死为度，彼岸往生。生何其苦，死方极乐。"

大师当场震惊了，急忙迎上前来施了一礼："贫僧是这寺庙的方丈，这位施主与佛门颇有渊源，小小年纪便有这般境界，参悟生死，慧根极深……"

夸赞一番之后，方丈真诚而恳切地看着她："施主可愿入我佛门？"

夏郁薰震惊了，一旁的欧明轩也震惊了。和这丫头在一起实在是太有趣了！欧明轩强忍笑意，轻咳一声，好心地上前为她解围。

他先是不动声色地把夏郁薰从身后轻轻揽进怀里，然后对大师说了一句："方丈怎好夺人所爱？"接着，他又凑到夏郁薰的耳边低喃："薰，你不会丢下我一个人去出家的，对吧？我这么好，你肯定舍不得……"

尽管知道这男人只是为她解围，夏郁薰还是忍不住感到一阵恶寒。

旅游终于结束了。

欧明轩一直把她送到了景兰镇，两个人绕着两侧长满灌木的小道慢慢走着。

"你说得对，出来走走心情真的会好很多！"夏郁薰回忆着旅游时发生的趣事，不由得勾起嘴角。

欧明轩："嗯……我也很开心。"

"你知道我为什么能看出来你心情不好吗？"夏郁薰问。

"为什么？"

"因为你和我是同类。"

欧明轩白她一眼："我才没这么白痴的同类！"

两人正有一句没一句地聊着，却在拐弯处意外遇到一个人。

冷斯辰看着迎面走来的两人，神色怔愣片刻，迅速冷凝。他回来已经七天了，居然连她影子都没看到，终于见到了，却看到她和别的男人在一起。

"阿辰，你回来了……"夏郁薰莫名有些心虚。

冷斯辰不冷不热地看她一眼，越过两人，往相反的方向走去。

夏郁薰立即挫败地垂下头："我还以为他不会回来的……怎么好好的，又不理我了呢……"

"你连佛法都参得透，还参不透那家伙在想什么？"欧明轩揶揄道。

夏郁薰诗意地感叹："他是我唯一参不透的谜。"

欧明轩轻嗤一声："那种男人，整天不冷不热，浑身散发着超强负荷黑暗离子，跟他在一起久了，不利于身体健康的，知道吗？以后还是要多跟我这样的正能量帅哥在一起！"

夏郁薰敢打赌这家伙的重点是最后一句话。自恋成这样也是没谁了！

暑假转眼就要过去了，冷斯辰这两个月都住在冷宅，可是碰到他的次数屈指可数。好不容易碰到了，看着他冷漠的表情，却怎么也鼓不起勇气去跟他说话。

明天就要去学校报到，夏郁薰早早睡了。第二天早上醒来，一睁开眼睛，看到冷斯辰那张放大的俊脸，她惊得差点把舌头咬掉。

阿弥陀佛，罪过罪过，哪有人一大早就做春梦的……夏郁薰慌张地环视一圈，确定这是自己的房间，略微松了一口气。看着天外飞仙一般神奇出现在自己床上的男人，她僵硬着身子不敢动。

窗外灰蒙蒙一片，照明物只有床头一盏幽暗的小灯。或许是因为光线，此时此刻，他的侧脸看上去竟异常柔和。他的双手占有欲十足地揽着她的腰身，略含酒气的温热的呼吸在她的颈窝肆意撩拨。他睡得如同婴儿般香甜。

忽然不想追究这到底是怎么回事，她重新闭上眼睛，清醒地享受这一刻的奢侈。就在她沉溺其中，快要溺死自己的时候，冷斯辰缓缓地睁开眼睛，迷茫的眸子慢慢变得清明。

夏郁薰此刻正在装睡，努力克制紧张的心跳。

冷斯辰衣衫半敞，斜撑着身子，无辜地揉揉凌乱的头发，看着怀里的女孩子，自言自语："夏郁薰，你本事越来越大了！"

夏郁薰当时并不明白他话中真正的含义，只是暗自低咒：这厮太过分了，也不看看这是谁的地盘，分明是他自己跑来的，关她什么事啊？闻到他身上有酒气，夏郁薰便知道这家伙又发酒疯了。他平时喝醉之后，偶尔会做些惊人的事情。比如……梦游？！貌似这是唯一的解释了！

接下来更惊人的事情发生了，原以为他清醒之后应该趁着自己还在睡立刻离开，没想到他居然又保持刚才的姿势躺了下来。有人梦游醒来之后，又接着梦游的吗？还是……他刚才看似是醒来，其实不是，他说话起身也还是在梦游？她快要被折腾疯了……

夏郁薰保持着高度紧张状态，撑了二十多分钟，迷迷糊糊又睡着了。她再次醒来，已经七点多钟，而冷斯辰已经不在了，好像一切只是一场梦……

两年后。又是一年毕业季，夏郁薰有些怅然地走在校园里。

仰起头，目光落在一栋男生寝室楼上，夏郁薰顿住脚步，看到某寝室的阳台上白色的床单迎风飘荡，上面用黑色毛笔写着一排大字"挥一挥衣袖，不带走一个学妹"。对面欧明轩他们宿舍楼上的红旗与之交相辉映，写的是"挥一挥衣袖，卷走芳心一片"……

跟欧明轩他们吃散伙饭的那天晚上，大家吃完饭，夏郁薰觉得不尽兴，于是欧明轩又带她去了"绯色"酒吧。

那天，夏郁薰喝得大醉。

欧明轩看着，竟也有几分伤感，但依旧带着玩世不恭的笑："我说郁薰，你是不是特别舍不得哥走啊？瞧你喝得……"

夏郁薰醉眼蒙眬地抬起头，点了几下，说："嗯……舍不得……特别舍不得……"

欧明轩一时竟愣住了，接着凑到她的耳侧："傻丫头，你该不会是爱上我了吧，嗯？"

说话间，突然有只手伸了过来，一把扯住欧明轩的衣领。夏郁薰觉得这个男人有些面熟。

"泽野？你什么时候回国的？"欧明轩惊讶地问。

看着欧明轩若无其事的样子，君泽野难掩怒气："为什么你可以当作什么都没发生的样子？"

欧明轩的面色陡然阴沉，似有不耐："君泽野，我们认识这么多年，你应该了解女人对我而言的意义，这一次有什么不同吗？你会不会太小题大做？"

"她不一样！"君泽野咬牙切齿道。

"哪里不一样？一直以来……对她有意思的是你吧？我从来不碰兄弟的女人，可是别忘了，是你亲手把她推给我的！"

"你闭嘴！"君泽野努力压制着怒气，"希望你能一直这么自欺欺人！"

"自欺欺人？"

君泽野冷笑一声："你自己心里明白。"

夏郁薰撑着脑袋看两个男人你一言我一语地争执。

君泽野气冲冲地离开之后，她一脸深意地看着他："难怪先前我就觉得你不太对劲，果然是和女人有关！"

欧明轩不说话，把手边的酒一饮而尽。

夏郁薰呵呵笑着，拍了拍欧明轩的肩膀："我敢打赌，你一定爱上那个女人了！"

"为什么？"欧明轩蹙眉。

夏郁薰把酒杯重重一放："帅哥，再来一杯！"然后，她朝欧明轩勾勾手指，"过来，姐姐给你分析！"

欧明轩觉得自己一定是疯了，居然问这个醉得一塌糊涂的白痴丫头。

夏郁薰把刚调好的酒灌下去，然后开始侃侃而谈："难道你一点儿都感觉不到自己的失魂落魄和焦躁不安吗？刚开始那会儿，你一天起码要看几百次手机！怎么？自己甩了人家，难道还指望人家主动打电话给你？不仅如此，一不留神就会魂游天外，浑身散发着生人勿近的黑暗离子，一点儿都不正能量！最明显的变化就是，之前不惜无耻到用我做挡箭牌，回来之后却开始主动追女生。你想做什么？想证明自己并不是非她不可？想证明你还是那个万花丛中过，片叶不沾身的欧明轩？你说，除了女人，还有什么能让一个男人变得这么疯狂，这么白痴？"

难道喝醉会让人变聪明吗？这丫头条理分明，字字清晰，句句说到他的痛处，甚至连一直以来自己把她当成挡箭牌都知道。

欧明轩点点头："嗯，还有呢？接着说。"

"还有……我好难过……学长，你是男人，你老实告诉我，我是不是很糟糕？是不是男人都不会喜欢我？是不是男人都会选白千凝那样的女人？是不是男人看到我都觉得我不是女人……"

一连串绕口令之后，夏郁薰趴在吧台上，醉得不省人事。

欧明轩长长地叹息一声："傻丫头……"

第十节

姑奶奶要放纵一次

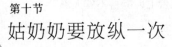

　　一年后，就在夏郁薰面临毕业，前途一片茫然的时候，冷斯辰出事了。

　　学校食堂高高挂着的电视屏幕中，依旧在播放冷氏总裁于前一天晚上九点十分遭人暗杀的新闻。夏郁薰呆呆地看着，端着的饭盒哗啦一下摔到了地上，她疯了一样冲了出去。

　　她好不容易打听到冷斯辰所住的医院，赶过去之后，发现那里已经被围得水泄不通。大门口停着几辆警车，蹲守着一大批记者，楼梯、电梯都有保安巡查，病房门外有好几个保镖把守。

　　凭借着无害柔弱的长相，夏郁薰顺利来到六楼，刚要往里走，立即被人拦住。

　　黑衣保镖面无表情地伸手横在她的身前。

　　夏郁薰焦急道："你好，我是你们总裁的朋友，我想进去看看他！"

　　黑衣保镖生硬地拒绝："总裁不见任何人，不管您是谁，请您先回去。"

　　"那……那你可不可以告诉我他怎么样，伤得重不重？"

　　"对不起，无可奉告！请回。"保镖的语气有些不耐烦，他打发了好几个以朋友为名冒充记者的人了。

　　夏郁薰心里焦急万分，正想直接闯进去，身后传来一阵规律的高跟鞋声音。

　　"白小姐！"黑衣保镖看到来人，表情立刻变得恭敬。

　　"斯辰怎么样？"

　　"这个……"

　　"你倒是说话啊！"看他支支吾吾，白千凝索性也不问他了，直接往里面走。

保镖慌忙上前拦住："抱歉，白小姐，总裁交代不可以透露任何信息，也不可以让人进去打扰。"

白千凝怒极，更多是因为夏郁薰在场，自己却被拒绝而感到没面子："你知道我是谁吗，连我也敢拦？"

那个年轻的保镖倒是很敬业，执意不放行。白千凝气得拿手机打冷斯辰的电话，依旧打不通。趁着白千凝和那个保镖纠缠的空当，夏郁薰瞅准机会溜了进去。

"喂，小姐，你不能进去！"

保镖立刻追了上去，守在病房门外的几个保镖看到这边的情况，纷纷跑过来拦人，但怎么也没想到这个女孩子的身手这么好，三两下就摆平了身后企图拉住她的保镖。

这么好的身手，难道是昨天那伙暗杀的人？保镖们不敢懈怠，集中精神应战，并且迅速调动外面的人手。

夏郁薰急着进去看冷斯辰的情况，一心只想摆脱那些人的纠缠，所以疏于防守和进攻，很快身上就被拳风伤了好几处，火辣辣地疼。

刚才电视中的新闻画面一幕幕在她脑海中回放，最后一幕是救护车沉重的鸣笛声音，一声一声捶在她的心上……夏郁薰越想越心慌，两下侧飞踢，然后身子一弯，从保镖的腋下钻了进去，然后砰的一声反锁上房门。

进了屋里，看到那个右手打着石膏，额头贴着创可贴，左手拿着报纸靠在床上的男人，夏郁薰的眼泪立刻流了下来，好像流不完一样，越来越汹涌……

身后传来保镖们撞门的声音，可是她什么都听不见了，只知道站在那里，看着他，呆呆地哭。

察觉到他的眉头蹙起，夏郁薰立即抹了一把眼泪："对不起，打扰到你了，我马上就走！"

夏郁薰刚走到床边，就听到砰的一声巨响，房门被生生撞飞，然后一大群人冲了进来。

"里面的人，放下武器！"带头的警察夸张地举着枪，一脸紧张地盯着她，好像她是什么洪水猛兽。

冷斯辰的脸色变得很难看。夏郁薰嗫嚅着揪着衣角，她又闯祸了。

这时候，一个男人行色匆匆地走进来，人们纷纷让道。此人在公司的职位应该不低。

那男人看到夏郁薰，先是惊讶，然后是了然，最后松了一口气，急忙让所有人下去。"一场误会而已，全都出去吧！"男人开口道。

大家一头雾水，但既然管事的都说没事了，也没人敢有意见。

夏郁薰想起来了，这个男人她见过的，就是在冷斯辰的别墅过夜的那一次，好像叫梁谦，是冷斯辰的特助。

闲杂人等全都退场之后，夏郁薰冷静下来就开始尴尬了。看样子他虽然受了伤，但是应该没有生命危险，倒显得她这样不管不顾、疯疯癫癫地冲过来实在是太丢脸了。

冷斯辰本来正麻木地坐在床上，脑子里满是对这种生活的厌倦和疲惫，整个人处在一种自我厌倦和精神放空的状态。而她就在这个时候，突然莽莽撞撞地闯了进来，面上显露着失去一切的心慌和绝望，在看到自己的那一瞬间，她仿佛顷刻间获得了重生……

此时此刻，她安静下来，正忐忑地觑着自己，似乎在为刚才冲动的行为而懊恼。

他以为她要说"看到你没事我就放心了，那我走了"，事实上，夏郁薰确实是想这么说的，可是真的说出口，话却成了"阿辰，我可不可以抱一下你……"。

不仅仅是冷斯辰怔住，连夏郁薰自己也愣住了，说完便露出更加懊恼的神情。

当听到冷斯辰那句"过来"，夏郁薰简直以为自己是幻听。她红着眼眶一步一步走到他的跟前，小心避开他手上的伤，轻轻伏在他的胸口，让他沉稳有力的心跳声慢慢将她的不安抚平。

看着这个受了莫大惊吓之后，委委屈屈地将小脑袋埋在他胸口的小家伙，冷斯辰觉得，或许……这样的生活也不是太糟糕，至少不管发生了什么事，还有这样一个人时时刻刻惦记着自己。

也是从那一刻起，夏郁薰在心里明确了下一步的奋斗方向：她要保护他……

虽然应聘成功了，夏郁薰依旧有些闷闷不乐。已经有她了，居然还同时招了三个保镖，他就这么不相信她的实力吗？工作已经三天，却跟个花瓶一样被晾在一边，什么事都没得做。不对，花瓶还有观赏价值呢！可是她……

冷斯辰无力地坐在办公桌前，办公室外面的那个完全在他意料之外的小东西实在是让人大伤脑筋。怎么也想不到她居然会来冷氏应聘，应聘的职位更是让他头疼。梁谦给夏郁薰安排的位置是便衣保镖，要求在冷斯辰五十步范围内走动，就好像古代的影卫一样。

对于冷斯辰的不满，梁谦只能无奈地解释："这次本来就准备招一个外表看起来无害的女性保镖在暗处保护，人家是靠实力应聘进来的，公司总不好莫名其妙地不要她吧？"

"而且……我认为没有比她更合适的人选。"梁谦说。

冷斯辰蹙眉不语，正是因为这样，他才不想让她在身边待着。她并不适合他的圈子。

实在无法当玻璃窗外那两道毫不掩饰的火热视线不存在，冷斯辰抬起头，朝夏郁薰的方向看去，果然见她心虚地转移视线，东张西望。

冷氏集团最近收购了一块土地，各方面策划都已经确定，冷斯辰决定在开工之前亲自去工地看一看。那块地上有几个钉子户，影响了进程，他去可能会有些危险，梁谦劝了几句没用，只好多安排几名保镖跟着去。

夏郁薰一看冷斯辰要出门，立刻来了精神，飞快地把刚刚帮安妮打印好的文件送过去，然后跟上。

夏郁薰刚一离开，马上就有人开始窃窃私语。

"你们说总裁到底是什么意思啊？好好的放个什么事都不做的花瓶在身边干吗？"郑毅转动着手中的圆珠笔，一副想不通的神情。

"不知道就别乱说！拜托，花瓶也是一项技术活儿好不好？你看她全身上下哪里有花瓶的潜质？"安妮一边对着小镜子补妆一边说。

郑毅："说得也是，要不是她的长相太安全，总裁这么做还真是值得深思……"

安妮斜了他一眼："太安全更值得深思好不好……"

这时候有人插嘴了："她不是以保镖的职位应聘进来的吗？梁特助亲自选的人！"

"保镖？就她那样的？总之，这件事从头到尾都透着诡异！"

"不过那个女孩儿人倒是不错，挺可爱的！"

"难道总裁换口味啦？"

骄阳似火。

冷斯辰带着几个部门主管走在工地上，不时交谈着，夏郁薰百无聊赖地在后面跟着。她手里握着一把遮阳伞，纠结着要不要去给冷斯辰遮一下，但是考虑到自己的身高，哎，实在是有点难度啊！夏郁薰啊夏郁薰，你连伺候人的用处都没有了！

冷斯辰的额上渐渐渗出汗珠，顺着侧脸，缓慢而诱惑地滑入衣襟内……

夏郁薰一咬牙，撑起伞，上前几步，走到他的旁边，努力举高手，为他遮住阳光。

冷斯辰感觉头顶多了一片阴凉，垂眸看了一眼旁边的夏郁薰，继续跟主管们说话。

过了十几分钟，夏郁薰换了左手换右手，换了右手换左手，举得双手发酸的时候，冷斯辰突然把她的伞接过去自己打着。夏郁薰松了一口气的同时也有些失落，她什么事情都做不好……

她慢腾腾地走着，本想退到后面去，可是不知道为什么，冷斯辰的速度也渐渐变慢，一直保持着和她平行的位置，那把伞的阴影也正好能遮住她。

难道他是故意的？冷斯辰会这么体贴吗？夏郁薰正想着，一群人从不远处跑来，二话不说，直接提着桶，把里面的不明液体劈头盖脸地泼过来。

"小心——"冷斯辰想倾伞挡住的时候，夏郁薰已经迅速将他推开到安全距离，挡在他的前面，虽然她躲的速度够快，但还是被泼到了……

一时之间，烂菜叶子、砖头、石头……漫天飞舞，乱成一团……

冷斯辰扔开伞，看到夏郁薰衣服上几处触目惊心的血红，一把扼住她的手腕，双眸怒火滔天："哪里受伤了？"

夏郁薰被他捏得生疼，痛苦不已："疼疼疼！"

"哪里疼？"冷斯辰愤怒的语气稍弱，夹杂了几分焦急。

"你捏得我的手好疼！"夏郁薰可怜兮兮地抱怨道。

"你……"冷斯辰简直想捏死她算了。

夏郁薰一边试图抽回手，一边解释："我没事，身上这些是他们刚才泼的狗血而已！谢天谢地，还好不是粪便和硫酸……"

听到最后两个字，冷斯辰的眸色一冷，然后不顾她喊疼，将她拖着上了车。

冷斯辰一边开车，一边拨通梁谦的电话："送一套衣服过来。今天的事，让余主任给我一个解释。"

梁谦哀叹，一边要处理这烂摊子，一边还要替总裁大人买女人的衣服。

"那个……那个……"他这是要去哪儿？看着他散发着超强冷气的侧脸，夏郁薰咽了一口唾沫，憋了半天，终究还是没敢问出来，一言不发比较保险。

冷斯辰在别墅前停下，拉着她的手臂，走过去打开门，然后径直把她推进浴室，接着砰的一声关上门。

夏郁薰疑惑，他这是让她洗澡？看了一眼自己身上，她虽然该感谢他的好心，可是他的态度能不能不要像要拉着她上断头台一样……

夏郁薰洗完澡，刚穿好衣服，就听到门铃声，然后是一个女人的声音。

"斯辰，你有没有受伤？"

"没事。"

"那些人太野蛮了！跟他们根本讲不通道理的，还是交给警察处理吧！"

"你不是在 B 市吗？"

"是啊！听说你出事，我立刻就赶过来了……"

"你……"

"不要说，不要说！我知道我任性，可是我保证没有耽误签约，再说人家也是担心你嘛！"

"下不为例。"

"知道啦！你也是，下次不要再做这么危险的事情了……"

是白千凝……夏郁薰靠着冰凉的墙壁，揪紧了手里的毛巾。

"斯辰，我刚才赶过来，身上出了好多汗，可不可以借你浴室用一下？"

夏郁薰还来不及黯然神伤，更来不及纠结这个时候应不应该出去，就被白千凝这句话惊得五雷轰顶，手忙脚乱。

"等一下。"是冷斯辰的声音。

"嗯？"白千凝不解。

"有人在用。"

冷斯辰，你个白痴！他居然就这么承认了，那家伙难道不知道这句话暧昧到惊悚？该死的！他都不紧张，她在那儿心虚什么？或许他根本就完全没有其他意思，所以才会这么镇定自若，只有她这个傻瓜在浪费感情。

他的冷静浇熄了她心头所有炽热的情感，夏郁薰抱着衣服走了出来，看向冷斯辰的方向，神情带着作为下属特有的恭谨："谢谢总裁。"

白千凝既然来得这么及时，自然是早就听到风声了。她不动声色地扫了一眼夏郁薰手里带血的衣服，上前几步，温柔地拉住她的手："郁薰，辛苦你了！斯辰很重视你这个朋友的，虽然你是他的保镖，可是也不要太拼命了，也要保护好自己！"

"嗯，我知道了。"这个女人果然贤惠、知性、懂事，夏郁薰在心里苦笑。

"今天还好有你在，留下来一起吃饭吧？我早就想找机会感谢你了！"白千凝俨然女主人的姿态。

"感谢"二字刺得夏郁薰心头生疼，什么时候自己对他好，需要另一个人来感谢？

"不用了，职责所在，这些都是我应该做的。"

夏郁薰说完要走，一直没开口的冷斯辰突然出声："等等。"

"总裁还有事吗？"

"坐下，我有事跟你说。"冷斯辰说。

夏郁薰犹豫地停住脚步，在他跟前站住，心里忐忑不安，有种不好的预感。

"明天辞职。"是毫无商量余地的肯定语气。

他嘴里说出这句话的那一刻，夏郁薰整个人好像重重挨了一掌，不，是十八连环掌……她握紧双拳，眸子里的光隔着厚厚的镜片渐渐被溢出的眼泪打碎。冷斯辰，你到底什么意思？不就是被白千凝撞见我在你的别墅吗？可是，分明是你自己拉我来的啊！白千凝都还没说什么，你用得着立刻就和我撇清关系吗？

白千凝也很惊讶，心里却隐隐感到喜悦。虽然他平时总是冷冰冰的，不说甜言蜜语，更讨厌解释，但至少他是在意自己的。不过，场面话还是要说的。

"斯辰，怎么好好的让人家辞职？郁薰做得很好啊！"白千凝在冷斯辰身边坐下劝说着。

冷斯辰不说话，只是看着夏郁薰，等她的回答。

白千凝在想什么他知道，夏郁薰在想什么，他不用想也知道。这句话他本来就是要说的，正因为知道没有人比她更适合保镖这个职位，知道她真的会为了他拼命，今天的事情发生之后，更加坚定了他的想法，他不能让她留在自己身边。不想她为自己受伤，不想承认这是在为她担心……现在白千凝来了，这句话说出来就完全变成了另外一层意思。但是没关系，这样正好，不仅能安抚白千凝，也能掩饰他的真实意图。

夏郁薰不知道自己是怎么忍住眼泪的，她希望自己能懂事一点儿，听话一点儿，可是做不到。

她深吸了一口气，看着那个刚刚说出残忍话语的男人："我不会辞职，你没有权利决定我的意愿。但是……当然，作为总裁，你可以辞退我。"夏郁薰说完便转身离开了。

晚上，白千凝把夏郁薰约了出来。本来不想赴约，但逃避也不是办法，夏郁薰最后决定赴约。

咖啡厅。

白千凝举手投足之间皆透露着优雅。她轻抿了一口咖啡："郁薰，今天的事情你别生气，我跟斯辰就快订婚了，他可能是怕我误会什么，所以才……"

那种熟悉的感觉又来了，胸口的旧伤还没平复，又被重重打了一拳，脑袋里嗡嗡作响的都是"订婚"两个字。

"是斯辰想太多了，你是他的朋友，我怎么可能连这种醋都吃？你放心，我已经跟斯辰说过了，他不会辞退你的……"

后面的话，夏郁薰已经完全听不进去了，她不知道自己是怎么回到家里的。她一夜无眠，第二天顶着两个黑眼圈来到公司，迟到了将近一个小时。

安妮叫住站在饮水机旁倒水的夏郁薰："小夏，总裁让你来了去找他。"

夏郁薰的手一抖，水全都洒了出来："哦，知道了。"

她敲了几下门，然后走进去。冷斯辰正背对着她，坐在椅子上，右手有些疲惫地捏着眉心，左手中指有节奏地在扶手上敲击着，听到敲门声才回过神来。

"总裁，你找我。"

一股莫名的压力迎面而来，让她喘不过气。她在害怕什么呢？害怕他辞退自己，还是害怕从他的口中确定昨晚听到的消息？

冷斯辰："辞职信。"

果然……一听这三个字，夏郁薰全身的火气往上冒，气得双肩颤抖："混蛋，谁要写那种东西？我说了我不会辞职的！"

冷斯辰的语气森寒："不要挑战我的耐性。"

充满警告的语气彻底摧毁了她的理智。讨厌他背对着自己说话，夏郁薰直接绕到他的身前，双臂重重地撑着两边的椅背，一字一顿，神情倔强："我不会辞职！"

冷斯辰施舍般抬眼看她，声音清冷，像坠落在青石板上的冰凌："你喜欢我。"

夏郁薰神色一僵，紧接着又听他说："我不喜欢你。"

夏郁薰别开脸："我……我知道！我喜欢你是我自己的事情，跟你无关！"

刚想逃开，冷斯辰单手扣住她的腰身，将她拉近，面色阴沉得可怕："与我无关？一直擅自跟在我的身后，擅自在我的世界走来走去，这样还说与我无关？夏郁薰，你够了没有？"

重重的喘息声在宁静的空间里显得更加压抑，冷斯辰捏着椅背的手指关节用力到发白，看着她苍白的小脸，突然狠狠将她推开："不要再出现在我的面前！"

"你要赶我走……"夏郁薰被他推得一个踉跄，摔在地上，低低垂着头，双肩微颤，不知道是在哭还是在笑，终究还是化作一声哀戚的苦笑，"可是，我一直都在那里的啊……为什么偏偏要等我已经生根发芽，无法自拔了，才说要我走……"

冷斯辰的瞳仁蓦然放大，心跳漏了一拍，随即无力地仰靠在椅背上。扪心自问，难道这颗种子，他就没有浇过水吗？这般纵容它一直存活到今天，无意间给了它阳光的又是谁……

那次争吵之后，夏郁薰和冷斯辰便彻底陷入了冷战。冷斯辰没有再提让她主动辞职的事情，也没有辞退她，只是完全将她无视了。夏郁薰还是一副乐天的样子，好像什么都没有发生过，和平常一样过来工作，闲着没事就帮大家打杂，总裁出门就在后面跟着保护。只有她自己知道，每次看到那张冷漠的脸，看到那张冷漠的脸离自己越来越远，看到那张冷漠的脸对白千凝露出温柔，她心里有多痛苦。

时间久了，夏郁薰和公司里的员工都闹熟了，大家相处融洽，让她稍微有了安慰。其间，冷斯辰遇到大大小小的麻烦有七次，夏郁薰一言不发地站在他的身边，等那些保镖招架不住，人冲过来的时候，面无表情地出手解决。至今没有一个人能在她的面前近冷斯辰的身。

冷斯辰依旧是一副冷冷清清的样子，只是看她的眼神一次比一次冷。她不知道自己到底做错什么了，只是想待在他的身边，这样也不行吗？为什么他要这么生气……他就这么讨厌自己吗？

下班之后，夏郁薰卸下一天的伪装，垂头丧气地走在马路上。

走到一处巷口的时候，突然蹿出几个人，挡住她的去路。

"是她？"为首的男人穿着白色汗衫，露出的肌肤上全都是可怕的刺青。

"就是她，坏了我们的好事，三百万就这么打水漂了，还赔了人家一百万！"

狐疑的眼神上下把夏郁薰打量了个遍："她最好有你说的那么厉害，否则老子灭了你！"

夏郁薰把背包放了下来，双手环胸，靠着墙壁打了一个哈欠："要单挑还是群殴？"

第二天早上，道上全都在讨论昨晚青痕帮整个被灭的消息。

冷氏集团。

冷斯辰放下手中的文件，看了一眼手表，11 点 10 分了，她还没有到。

过了一会儿，安妮敲门走了进来："总裁，小夏刚打电话来，说要请半个月假。"

夏郁薰不隶属任何部门，假期都是由冷斯辰亲自批。

冷斯辰眸光转深："原因。"

"她电话里没说清楚，好像说是身体不太舒服。"安妮回答。

哪里不舒服需要请那么久的假，他太了解她，如果不是什么重要的事情，她绝对不可能请假。

"让她自己过来跟我说。"冷斯辰直接驳回。那种熟悉的无法控制的感觉又来了，一刻没有亲眼看到她，他的心就被搅得无法安宁。

安妮嗫嚅着退了出去。

夏郁薰接到安妮回复的时候，正躺在老六和老三合租的宿舍里，肩膀不能抬，只好让老六帮她举着手机。

"有没有搞错，那男人还有一点儿人性吗？你为了他，都成这样了！"老六来回暴走。

"他不知道我受伤。"夏郁薰说着就准备穿外套出去。

老六立刻拦住她："干吗，你还真要亲自跑去请假啊？这种该死的工作，不要也罢！你还要不要命啦？"

"就是，老大，别去了！"老三在一旁附和。

夏郁薰虚弱地摇摇头："没事，我去说一声就回来。"

"什么没事啊？那可是枪伤啊！老大，拜托你躺下休息一会儿，行不行？"老六几乎哀求。

夏郁薰苦笑着揉揉头发："对不起，让你们担心了……还让你们帮我跟我爸说谎……"

老三无奈道："这不是重点，好不好？重点是你伤得很重，需要休息！干吗因为那家伙一句话就负伤跑去啊！"

老六不满地嘟囔着："一开始我还挺看好冷斯辰的，现在想想，觉得他真是混蛋，还是学长好！老大，你可要擦亮眼睛！"

夏郁薰叹气，已经记不清楚这是第几次解释了："我和学长不是你们想的那样！"

"老大，你真的要去啊！"

"老大，我陪你一起去吧！"

夏郁薰背对着两人，摆摆手："不用了，我没那么脆弱。你们快去上班吧！别迟到了。"

站在高高耸立的公司大厦下面，夏郁薰仰着头，看向冷斯辰办公室的方向。

"好像……又远了……"她明明已经努力在追赶，为什么还是会感觉距离他越来越远呢？

夏郁薰刚一上楼，安妮立即迎了过来："小夏你来啦！你说身体不舒服，到底是怎么回事？总裁问我，可是你又没和我说清楚，所以……"

"谢谢你安妮，我自己去请假就好！"夏郁薰不动声色地躲开安妮的碰触。

郑毅在一旁说着风凉话："开玩笑吧？你也会有不舒服的那一天？该不会是每月……最多也就一个星期吧！你请半个月，算是怎么回事？"

安妮额上青筋暴跳，做了夏郁薰此刻想做而不方便做的事情，她狠狠地把手里厚厚的文件砸到他的脑袋上："你给我闭嘴！"

两人在打闹，夏郁薰小心闪避着，以免被波及。

"让让让——"这时候，一个赶工的家伙横冲直撞，夏郁薰立即躲开，但还是被他撞到了身体，扯动了肩膀上的伤，立即疼得额上冷汗涔涔。

此地不宜久留啊！夏郁薰摇摇头："我去请假了！"

"喂！小夏，等一等！总裁他不在办公室。"安妮提醒道。

"不在？去哪儿啦？"

"好像是出去了，刚走没一会儿。你来的时候没看到他吗？"

他乘坐的是专用电梯，她怎么会碰到他？现在夏郁薰不仅是胳膊疼，头也开始疼了。难怪安妮和郑毅敢在公司打闹，原来冷斯辰不在这里，看来疼痛已经影响了她的观察力和判断力。

既然他刚走没一会儿，或许现在下去还来得及，夏郁薰只好原路返回。

下楼之后，夏郁薰四处张望，突然发现目标，冲着停车场正要行驶的保时捷喊道："阿辰，等等——"

车窗降了下来，越过驾驶座，夏郁薰看到白千凝也在。

冷斯辰摘下茶色墨镜，随意地理了理领口，用余光打量了她一眼："既然还能赶来，应该不会到不能上班的地步！"

夏郁薰的脸色又苍白了几分，这个时候实在不想和他争吵，也没有那个力气："我……那个，请假，不能批准吗？"

"你以为冷氏是什么地方？请假那么长时间，我有足够的理由另找人代替你的职位。"冷斯辰的语气夹杂着莫名的怒意。那丫头一看就是有事瞒着他的样子，怎么，什么时候开始对他有了秘密！

"斯辰，你别这样，小夏她一直都很努力，这次主动请假肯定有事，你别为难她了！"白千凝再次扮演了白脸。虽然看到一个总是觊觎自己男人的女人光明正大地在他身边打转儿很不爽，但是，冷斯辰对那个女人决绝的态度倒是充分满足了她作为未婚妻的虚荣心。女人嘛，总是需要一些"炮灰"来证明自己的地位！

"我要一个能说服我的理由。"冷斯辰咄咄逼人。

白千凝扯了扯他的衣服，带着些撒娇的口吻："斯辰，别这样了，小夏好歹是你的朋友！"

冷斯辰正要说话，却被夏郁薰的轻笑声打断："呵，夫唱妇随的样子还真是令人羡慕呢……"

那一刻，夏郁薰身上所有的阳光似乎都湮灭了，全身笼罩着阴鸷，如同冲出牢笼的危险的野兽……

够了，真的受够了……她受够了他们虚伪的嘴脸、虚伪的语言……

夏郁薰低垂的头抬了起来，看向白千凝："白小姐，很抱歉，我不想再陪你玩下去了，你自己一个人玩吧！"

"小夏，你……你怎么啦？"白千凝勉强维持着脸上的微笑。

看着夏郁薰完全失控的样子，冷斯辰薄唇紧抿，眉头紧蹙。

夏郁薰走近几步，对着白千凝，火热的视线却毫不遮掩地投向冷斯辰："我喜欢这个男人，从三岁起就喜欢，追了他将近二十年，不要告诉我你看不出来！呵，除了这个男人，还有谁会看不出我爱他爱到死！啊，还有，别在我面前刻意强调'朋友'两个字，更别对我说什么感谢，你凭什么替他感谢我？你，没有资格！"

她单手撑着车窗，微微垂下头，与冷斯辰形成一个暧昧的距离，呼吸异常灼热，缓慢地说道："你要理由是不是？看着你们天天在我面前表演甜蜜，我最近有些消化不良，这个理由可不可以？"

冷斯辰砰的一拳砸在车座上："夏郁薰，你好大的胆子！"

冷斯辰生气了，她从来没看他这么生气过，夏郁薰清楚地知道自己此刻已经疯了，被他们逼疯的，但是，她不想停下来，一点儿都不想。受够了，真的受够了……

冷斯辰猛地打开车门下车，扼住她的手腕："给千凝道歉！"

她好疼，全身都疼，心却是麻木的……

"我不要。"她死死瞪着他，一字一顿地拒绝。

冷斯辰怒极反笑："夏郁薰，除了缠着我，你难道就没有别的事做了吗？要我说多少遍你才甘心？我对你没感觉，你最好认清你现在的身份！否则，立刻给我离开公司！我不需要一个公私不分的下属。"

"又要赶我走……这是第几次啦？"夏郁薰冷笑。

白千凝慌忙下车："算了……"

"白小姐，做人不要太圣母，何况还是伪圣母！你知不知道这样很讨厌、很恶心！我都说明白了我打这个男人的主意，何必还摆出这样一副虚伪的嘴脸！"夏郁薰肆意地说出所有积压在心里的话，这一次，索性就疯到底好了。

冷斯辰的面色越来越差，啪的一声，双臂把她圈在车身上。

夏郁薰缩了缩身子，闭上眼睛，他该不会是要揍她吧！巴掌声并没有如期而至，随之而来的是某人气急败坏的低吼。

某人拎小鸡一样把夏郁薰拎了过去："夏郁薰，出息了啊！送上门来给人家打！人家打完了左脸，你是不是还要把右脸送上去啊？"

"学长……"夏郁薰低头嗫嚅，不敢抬头看他。

"给我滚回家去！别给我在外面丢人！"欧明轩怒吼。

"滚不动。"

"你……死丫头！"

欧明轩咬牙切齿地瞪她，然后粗鲁地将她拦腰抱起来，放进车里的动作却异常温柔。

身后，冷斯辰的爱车再次遭遇重创。

欧明轩将她送回了老六和老三的宿舍，夏郁薰这才知道是她们不放心，才通知欧明轩的。

欧明轩一言不发地捣鼓医药箱，气氛沉默得让人压抑，夏郁薰偷偷看他，轻咳一声："那个，学长啊……"

"哼！"叫了几声，欧明轩也不理她，只是冷哼。

夏郁薰继续讨好地笑脸相迎："学长，我自己来就好了。"

欧明轩把医药箱放到床头，斜她一眼，讽刺意味十足："伤得怎么样？"

"死不了啦！"夏郁薰闷闷地回答。

欧明轩轻嗤一声："那还真是可惜。"

夏郁薰无语，这男人是来撒盐的吗？

欧明轩越看她越来气："夏郁薰，到底怎样你才能对那个混蛋死心？我说你……"话未说完，他突然被自己的口水呛住，双颊浮上了一抹红晕，咕哝着什么，转过头不看她。

夏郁薰正把衣服褪到肩膀，准备擦药，嘴巴咬着纱布另一头，吐字不清地问："说我什么？"

欧明轩踱步走到窗前："我懒得说你！"

重新把伤口包好之后，夏郁薰仰卧着，哀叹道："我的假还没有请好，怎么办？"

欧明轩走过去，把医药箱收好，白她一眼："你还指望他批假，等着明天收解雇通知吧！"

"啊？为……为什么啊？"夏郁薰一脸无知。

"你还好意思问为什么？我刚才看半天了，你难道没看到冷斯辰脸都被你气绿了吗？"欧明轩吼道。

"呃……有吗？"夏郁薰有些忐忑地挠挠头，"我刚才说的话，是不是真的很过分啊？"

欧明轩："现在知道担心啦？你刚才不是过分，那是疯狂！小样儿，一看就是压抑太久了！不过……虽然很瞎，你刚才的行为还是挺争脸的！"

欧明轩的结论让夏郁薰立即呈死人状："我完蛋了……果然，冲动是魔鬼！天啊，我都说了些什么啊？"

欧明轩一脸鄙视："我收回我刚才的后半句话！"

本来夏郁薰抱着必死的决心，没想到假居然批下来了，真是越来越想不通冷斯辰在想什么。

半个月后，夏郁薰的伤好得差不多了，回到公司，一切又恢复原样。

老六和老三被公司调到了国外，欧明轩还是神出鬼没，成天见不到人影，偶尔冒出来吓人。

冷斯辰和白千凝订婚的事情已经从地下到公开，最近传得沸沸扬扬。

因为要赶项目，今晚公司员工集体加班，作为贴身保镖的夏郁薰，自然是在外面舍命相陪，偶尔帮大家打打杂。

白千凝的党羽明里暗里没少为难她，可夏郁薰自然也不是吃素的。她直接隶属冷斯辰，打杂的事情是她自己愿意帮忙，而不是责任，保镖范围以外的事情，她不需要听任何人的吩咐。上次把冷斯辰气成这样，他都没有把她辞了，其他事情她更不在乎了，凭他的智商，不可能分不清是非，除非是他自己故意要为难她。

"哼，在公司里白吃白喝，白拿工资，真是不要脸！"碰了钉子的艾菲愤愤地拿走一沓文件，口中抱怨着。

夏郁薰还没说话，立即有人站出来："白吃白喝？你要是也能一个人撂倒十个，也可以白吃白喝！说风凉话谁不会？"

早就有人看不惯她的狐假虎威，不少人跟着附和。

"找碴儿也是一项技术活，想讨好老板娘，也得动动脑子！"

"就是！"

"郑毅，你……"艾菲跺着脚，气得脸色发白。

夏郁薰坐那儿，托着下巴，笑嘻嘻地看着郑毅："郑毅哥哥，你对我真好！"

郑毅的鸡皮疙瘩掉了一地："得了吧你！"

同事跟着打趣："小夏啊，郑毅哥哥不错的，你要不要考虑一下啊？"

旁边有人笑道："人家小夏对某人可是一片痴心，日月可鉴，哪里会移情！"

夏郁薰煞有介事地哀叹："我欲将心向明月，奈何明月照沟渠……"

众人："……"

不知不觉已经是晚上九点多钟了，夏郁薰等得无聊，便趴在桌子上小憩。

郑毅做完最后几张图纸，正准备走，想过去跟夏郁薰打个招呼。正收拾东西的安妮意识到郑毅的意图之后，在一旁拼命阻止，但是已经来不及了，郑毅的手已经搭上了夏郁薰的肩膀。

下一秒，悲剧发生，他刚搭上夏郁薰的肩膀，就被整个反扭到了背后，发出杀猪般的哀号。

安妮一副"我就知道会这样"的表情。

"谁？"夏郁薰陡然惊醒，盯着来人，眸子里带着杀气。

"啊啊啊，松手，松手！夏郁薰，你谋杀啊？"

听到郑毅的哀号，夏郁薰立刻松开他，不好意思地挠挠头："对不起，对不起！职业病！"

安妮同情地看了一眼郑毅："上次我也差点断手！之后再也不敢在她睡着的时候碰她了，刚才想提醒你，谁知道你手这么快……"

郑毅一副叹为观止的表情，立即躲远了些。

两人下班先走了，夏郁薰继续趴着睡觉。临走的时候，安妮不太放心，在夏郁薰的脑袋上贴了一张便利贴，上面写着："此人危险，请勿碰触！"

几个人离开之后，公司就只剩下冷斯辰和夏郁薰两人。

总裁办公室里，冷斯辰忙完，收拾好东西走出来，看到外面趴在桌面上睡着的夏郁薰时，神色怔了怔。

他放轻脚步走近，发现她头上贴着一张便利贴，伸手撕下来，看清上面的字之后，原本紧绷的嘴角不自觉地勾了起来。

蓦然发现，这好像是半个多月来自己第一次笑。

感觉有热源靠近，夏郁薰下意识地用脸颊蹭了蹭那只靠过来的手："阿辰……嗯……你工作结束了吗？"

"嗯。"

"接下来还有事吗？要去哪里？"

"金域苑。"冷斯辰报了一个地址。

"哦。"夏郁薰没什么表情，点点头。

这几天，冷斯辰去得最多的地方就是白千凝的别墅，她已经麻木了。一次一次亲自把深爱的男人送到别的女人家里，这世界上还有比她更可悲的人吗？走得太久，太累了，好想放纵一次，休息一会儿。

开车将冷斯辰送过去之后，夏郁薰没有立即回家，转而去了购物街，在导购惊异的目光中买了一套跟她风格完全不搭的红色连衣紧身短裙，然后把头发烫了一个一次性的大波浪。她第一次扔了厚重的黑色镜框，气势汹汹地杀进了酒吧……

姑奶奶要放纵一次！今朝有酒今朝醉，明日愁来明日愁！